Katja Brandis

Vulkanjäger

Katja Brandis

Vulkanjäger

Roman

GULLIVER
von BELTZ & Gelberg

Für Maurice und Katia

Dieses Buch ist auch als E-Book erhältlich
(ISBN 978-3-407-74451-7)

MIX
Papier aus verantwortungsvollen Quellen
FSC® C089473

www.beltz.de

in der Verlagsgruppe Beltz · Weinheim Basel
Werderstr. 10, 69469 Weinheim

Die Autorin wird vertreten durch die Autoren- und Projektagentur
Gerd F. Rumler, München
Lektorat: Frank Griesheimer
Neue Rechtschreibung
Einbandgestaltung: Johannes Wiebel, punchdesign, München
Gesamtherstellung: Beltz Bad Langensalza GmbH, Bad Langensalza
Printed in Germany
ISBN 978-3-407-74592-7
1 2 3 4 5 19 18 17 16 15

Feurige Ferien

Als mir der Brandgeruch in die Nase stieg, wusste ich, dass etwas gewaltig schieflief. »Melde mich später wieder«, sagte ich zu meinem besten Freund Noah, drückte *Auflegen* und sprintete die Treppe hinunter in die Küche. Kurzer Blick durch die Glasscheibe des Backofens – verdammt, das sah schlecht aus! Ich riss die Ofentür auf und Rauch wallte mir entgegen. O Mann, ich hatte versehentlich *Grill* eingestellt! Das Hühnchen sah aus, als hätte es eine Feuerbestattung hinter sich. Konnte man das noch essen? Oder hatte sich die selbst gekochte Überraschung für Mama gerade erledigt?

Ich packte das Hühnchen mit einem Ofenhandschuh am Schenkel, versuchte, es auf einen Teller zu schleudern und gleichzeitig mit dem Knie die Ofenklappe zuzuknallen. Aber das Hühnchen hatte zu viel Schwung, es glitschte auf der anderen Seite des Tellers wieder hinunter. Instinktiv wollte ich es mit der bloßen Hand stoppen, schrie auf – *heiß!* – und ließ es fallen. Auf den Fußboden.

Alles kein Problem. Kein Problem – wenn man sich das oft genug sagt, dann stimmt es irgendwann. Ich hatte noch eine Viertelstunde, bis Mama von der Arbeit kam. Reichlich Zeit, den Vogel abzuwaschen und die verkohlten Stellen abzukratzen. Als ich damit fertig war, blieben mir noch genau sieben Minuten für den Salat. Aber wenn jemand Salat machen kann, dann ist das Jan Bendert, sechzehn Jahre, Vizechampion im Küchenduell der zehnten Klasse. Die Gurke hatte keine Chance gegen mich, die Tomaten zerfielen förmlich vor meinem Messer, und die Paprika drückte sich winselnd in eine Ecke des Kühlschranks, als sie mich kommen sah. Pünktlich war alles fertig. 19.30 Uhr, fast auf die Sekunde genau. Wow!

Jetzt fehlte nur noch meine Mutter.

Ich wischte mir den Schweiß ab, kippte das Küchenfenster und wartete auf das Geräusch ihres Schlüssels im Schloss. Vielleicht kam sie ein paar Minuten später, das war gar nicht so schlecht, dann konnte ich noch den Tisch decken. Das tröstete sie vielleicht darüber hinweg, dass es im ganzen Erdgeschoss nach Waldbrand roch.

19:40 Uhr. Wahrscheinlich traf sie jeden Moment ein. Ich warf mich aufs Sofa. Zu einem gelungenen Essen gehört schließlich ein entspannter Gastgeber.

Das Telefon klingelte. Es dauerte eine Weile, bis ich es gefunden hatte – ich hatte es vorhin auf mein Bett fallen lassen. »Bendert«, meldete ich mich und zurück kam ein gut gelauntes »Hier auch!«.

»Hi, Mama«, sagte ich und blickte auf die Anruferkennung, um festzustellen, ob sie vom Handy aus anrief oder aus dem Büro. *Mama Büro,* stand da. In diesem Moment wusste ich Bescheid und ein hohles Gefühl breitete sich in meinem Inneren aus.

»Bei mir wird's leider ein bisschen später, ich bin mit der Präsentation immer noch nicht fertig und die Geschäftsleitung sitzt mir im Nacken …«

»Aha«, sagte ich so freundlich wie möglich. »Na, dann noch viel Erfolg und bis nachher.«

Ich nahm mir die Hälfte des Hühnchens und ein bisschen

Salat, den Rest warf ich weg. War eh nicht so gut geworden, in der Eile hatte ich zu viel Kreuzkümmel ins Dressing getan. Meine Katze Lucky machte es sich auf meinem Schoß bequem und begann sofort zu schnurren. Ich schenkte ihr ein Stück Huhn. Vor drei Jahren war mir Lucky in einer eiskalten Winternacht auf dem Bahnsteig einer S-Bahn-Station begegnet und fast einen Kilometer weit hinterhergelaufen. Wieso hatte sie ausgerechnet mich ausgesucht und keinen von den anderen Fahrgästen, obwohl auch andere sie gestreichelt hatten? Hatte sie gespürt, wie sehr ich Tiere mochte? Als Kind hatte ich mal eine junge Elster großgezogen, und wenn die Nachbarn einen Igel fanden, der Hilfe brauchte, brachten sie ihn direkt zu mir.

Während ich den letzten Rest Salat aß, informierte mich der 3-D-Screen über all das, was an diesem 4. Mai 2020 passiert war. Ehemaliger Ministerpräsident Italiens nach Herzinfarkt in seinem Pool ertrunken. Neuer Wasserkrieg zwischen Pakistan und Indien. Naturschützer verurteilen den neuen Trend, aus haltbar gemachten Blumen Kleidung herzustellen. Sämtliche Neuigkeiten rauschten an mir vorbei. Wieso hatte ich überhaupt versucht, sie zu überraschen? Das war total naiv. Jemand Schlaueres als ich hätte ihr heimlich einen wichtigen Dinner-Termin in den elektronischen Terminkalender eingetragen. Aber sobald sie gemerkt hätte, dass es nur ein Treffen mit mir ist …

Mit aller Kraft konzentrierte ich mich auf den Bildschirm, ich wollte diesen Gedanken nicht zu Ende denken. In Island war gerade mal wieder ein Vulkan ausgebrochen und bedrohte durch seine Aschewolke den Flugverkehr. Dunkelgrau wallte das Zeug nach oben. Sah ein bisschen aus wie der Rauch aus unserem Ofen, nur dicker.

Wie immer, wenn ich irgendetwas über Vulkane im Fernsehen sah, musste ich an meinen Vater denken. Ob er gerade dort war, in Island? Waren diese Filmaufnahmen von ihm?

Ich schrak auf, als das Telefon schon wieder klingelte. Vielleicht war das Noah, der wissen wollte, was passiert war und wann ich endlich zurückrief. Abwesend drückte ich auf den grünen Knopf und murmelte: »Ja?«

»Hier ist André. Bist du das, Jan?«

»Äh, ja«, stammelte ich verblüfft. Mein Vater! Zum ersten Mal seit zwei Monaten! Hatte er gespürt, dass ich an ihn dachte?

»Alles klar bei dir?«

»Ja«, sagte ich zum dritten Mal. Diesmal war es eine Lüge. »Wo bist du gerade? In Island?«

Er lachte. »Nee, in München, ganz in eurer Nähe. Du meinst, wegen der Eruption? Die ist mir eine Nummer zu klein. Und weil die isländischen Vulkane oft unter Gletschern liegen, sieht man bei den Ausbrüchen sowieso fast nichts.«

»Aufnahmen von Aschewolken hast du wahrscheinlich schon genug, oder?«

»Yep. Dutzende.«

Es tat gut, mit ihm zu reden. So gut, dass ich auf einmal feuchte Augen hatte. Ich wischte mir schnell mit dem Ärmel drüber.

André war in München! Hieß das etwa, dass er Zeit hatte, mich zu sehen? Besser, nicht drauf zu hoffen. Wahrscheinlich ging schon morgen sein Flug nach Kolumbien, Japan oder wohin auch immer.

Doch so war es anscheinend nicht. »Kann ich am Wochenende mal bei euch vorbeikommen?«, fragte mein Vater. »Ich würde dich gerne sehen und habe einen Vorschlag, der dich vielleicht interessiert.«

»Einen Vorschlag?«, wiederholte ich, wahrscheinlich klang ich heute arg begriffsstutzig. Kurzer Blick in den geistigen Terminkalender. »Samstag haben wir noch nichts vor, glaub ich. Komm einfach am Nachmittag vorbei, wenn du magst.« Ich sagte nicht, dass ich mich schon darauf freute. Nur für den Fall, dass es doch nicht klappte.

Aber es klappte tatsächlich.

Ein paar Tage später lehnte er lässig am Rahmen der Wohnzimmertür, die Daumen in die abgewetzte Jeans gehakt, die kurzen blonden Haare und der Dreitagebart schon ein bisschen grau. Wir sahen uns ähnlich, das gleiche sandfarbene Haar, die rauchgrauen Augen. Nur die Coolness hatte er mir nicht vererbt. Leider.

Meine Mutter begrüßte ihn deutlich freundlicher als ihre diversen Exfreunde, die hin und wieder vorbeischauten. Neugierig kam Lucky näher, um ihn abzuchecken, und strich um seine Beine. André beugte sich hinunter, um sie zu streicheln. »Hallo, Süße.«

»Das sagst du wirklich zu *jedem* weiblichen Wesen!« Meine Mutter hob die Augenbrauen.

»Zu Jans Streifenhörnchen hab ich's nicht gesagt«, meinte André schmunzelnd.

»Das ist leider letzten Monat gestorben«, informierte ich ihn.

»Hast du mir gar nicht geschrieben.«

Ich zuckte die Schultern. So richtig oft mailte ich ihm nicht, denn die meisten Nachrichten aus meinem Alltag waren nur begrenzt spannend, vor allem wenn man sie mit seinen Abenteuern verglich. Was sollte es ihn interessieren, dass Lucky zurzeit mit schrecklichem Erfolg Amseln jagte oder ich gestern mal wieder den Haushalts-Deppen gegeben und drei Ladungen Wäsche erledigt hatte? Dass ich um ein Haar von Frau Seidl beim Abschreiben erwischt worden wäre und mich mit meinen beiden Cousins zu einer LAN-Party getroffen hatte? Dass ich wohl nie Anna-Lia küssen würde, weil ich herausgefunden hatte, dass sie mit einem Typen aus ihrem Judo-Club zusammen war? Gähn.

Immerhin, von meinen Kanutouren hatte ich ihm geschrieben, schließlich stammte das alte, ramponierte Kanu von ihm – André hatte, als ich acht Jahre alt gewesen war, ein paar Monate bei uns gelebt und das Ding dagelassen, als er wieder auszog. Inzwischen hatte es ein paar Dellen und Aufkleber mehr. Manchmal paddelte ich mit Finn oder anderen Freunden los, aber auch oft allein, ich mochte die Stille und das Gefühl, dort auf dem Fluss ganz im Einklang mit mir selbst zu sein.

Mit Tellern und Tassen beladen wanderten wir raus auf die Terrasse.

»So, hier ist der Kuchen«, sagte meine Mutter und beförderte ungefragt ein Stück davon auf den Teller meines Vaters. Ich verzog das Gesicht – hatte sie vergessen, dass er nicht auf solchen Süßkram stand? Wahrscheinlich. Schließlich waren sie schon seit einer Ewigkeit getrennt.

André hatte meine Grimasse gesehen. Unsere Blicke trafen sich und wir tauschten ein kurzes, heimliches Lächeln. Erstaunlich – wir sahen uns selten, doch jedes Mal dauerte es nur ein paar Minuten, bis das Gefühl der Fremdheit verschwunden war.

Mein Stück Kuchen war schnell weg und ich nahm mir

noch eins. Schlechte Angewohnheit von mir. Immer wenn ich nervös war, aß ich zu viel.

»Na, wie läuft's so?«, fragte André mich.

»Er hat ganz gute Noten zurzeit, in Bio ist er Klassenbester, nur in Mathe braucht er Nachhilfe, und ...«, begann meine Mutter.

Ich verdrehte die Augen und André grinste. Als meine Mutter verstummt war, sagte ich: »Geht so. War schon mal besser.«

Er ging nicht darauf ein, sondern sah mich einen Moment lang nachdenklich an und wechselte ganz plötzlich das Thema. »Sag mal, hättest du Lust, in diesen Sommerferien mitzukommen? Zum Dreh?«

Mir kam es so vor, als bliebe mein Herz stehen.

»Du meinst ... auch mitfliegen und so?«, brachte ich irgendwie heraus.

»Na klar würdest du mitfliegen. Die Tickets spendiere ich. Also, was ist?«

»Irre!«, sagte ich andächtig. »Bin dabei!«

»Da habe ich auch ein Wörtchen mitzureden«, mischte sich meine Mutter ein. Sie hat wirklich ein gutes Herz, engagiert sich für *Amnesty International* und spendet jedes Jahr Unsummen für einen Pferde-Gnadenhof. Aber jetzt hatte ihre Stimme einen stahlharten Klang. »Was für einen Film machst du gerade? Doch nicht etwa wieder über Vulkane?«

»Doch.« André schob den Kuchenteller, der noch fast voll war, von sich weg. »*Menschen und Vulkane* ist der Arbeitstitel, ein Drittel habe ich schon gedreht. Etwa fünfzig Drehtage werden es noch, schätze ich.«

Wie cool! Ich würde bei einem Film über Vulkane mitarbeiten dürfen! Wenn ich das meinem Freund Noah erzählte – er hatte mich schon ein paarmal gefragt, ob ich später auch Filme machen wollte, und er verpasste keine Doku meines Vaters im Fernsehen.

Doch leider sah meine Mutter längst nicht so begeistert aus. »Klingt gefährlich«, sagte sie. »Wieso drehst du nicht mal was über Fossilien oder Geysire? Für einen Geologen gibt es noch andere Themen als Vulkane!«

»Klar. Aber die Leute sehen nun mal lieber Lavafontänen im Fernsehen als herumspritzendes Heißwasser. Außerdem bin ich streng genommen Vulkanologe.« André ließ sich nicht aus der Ruhe bringen. »Ist das okay für dich, Jan? Traust du dir das zu?«

In diesem Moment traute ich mir alles zu. Oder zumindest hätte ich zu allem Ja gesagt, Hauptsache, ich durfte wirklich mit. Also nickte ich.

André wandte sich an meine Mutter. »Britta?«

»Erst will ich wissen, wo ihr überhaupt hinfahren werdet.«

»Erst mal Hawaii. Danach schauen wir, wo gerade ein Vulkan ausbricht.« André breitete entschuldigend die Hände aus. »Vorausplanen kann man so was selten.«

»Na gut«, sagte meine Mutter und ich atmete auf. »Aber ihr geht nicht so nah ran, okay?«

»Versprochen – wir drehen fleißig mit Tele«, gab André fröhlich zurück. So fröhlich, dass ich nicht sicher war, ob er es ernst meinte.

Meine Mutter seufzte tief, dann beugte sie sich zu mir und umarmte mich. »Vielleicht ist es wirklich besser, dass du mit ihm fährst. Ich habe nämlich eine Anfrage für ein Projekt in Dubai, könnte sein, dass ich im Sommer ein paar Wochen weg bin …«

Ach so. Deshalb hatte sie sich so schnell umstimmen lassen. Dabei hätte es mir nicht mal besonders viel ausgemacht, alleine hierzubleiben. Ich war es gewohnt, mich durchzuschlagen, wenn Mama bei Kunden vor Ort arbeitete. Einkaufen, Wäsche machen, Spülmaschine ein- und ausräumen, bei ausreichendem Hunger irgendetwas in den Topf werfen und so weiter. Manchmal fühlte ich mich allerdings bescheuert dabei, ich war der Einzige in meiner Klasse, der daheim den Haushalt organisieren musste. Meine Freunde kamen sich schon heldenhaft vor, wenn sie mal den Müll rausbrachten. Dafür mussten sie aber auch um zwölf daheim sein – bei mir achtete oft genug niemand darauf, wann ich im Bett war.

Tapfer hatte meine Mutter ihren Communicator ignoriert, der schon den Eingang mehrerer Nachrichten signalisiert hatte. Als sie die Teller in die Küche trug, wusste ich, dass sie erst mal ein paar Minuten wegbleiben würde. Jetzt konnten André und ich uns ungestört unterhalten.

»Weißt du wirklich nicht vorher, wohin wir fliegen werden?«, fragte ich gespannt. Mein Vater nickte lächelnd, meine Begeisterung schien ihm zu gefallen. »Na ja, zwei Stationen stehen schon fest. Was ich auf jeden Fall filmen will, sind wie gesagt Lavaströme auf Hawaii und wie die Menschen darauf reagieren. Außerdem will ich die Schwefelernte am Kawa Ijen drehen, das heißt, es geht auch nach Indonesien.«

Hawaii! Indonesien! Wahrscheinlich stand auf meinem Gesicht ein seliges Lächeln, denn mein Vater lachte. »Ich hätte auch furchtbar gerne diesen Bauer in Mexiko interviewt, in dessen Maisfeld eines Tages einfach so ein Vulkan aus dem Boden gewachsen ist. Aber der Kerl lebt leider nicht mehr.«

»In einem Maisfeld? Einfach so?« Diesmal war ich es, der lachen musste. »Aber hier kann das nicht passieren, oder?«

»Unwahrscheinlich. Vulkanausbrüche und Erdbeben gibt's vor allem dort, wo die Platten zusammenstoßen. Du weißt schon: aus denen die Erdkruste besteht. Hattet ihr schon in der Schule, oder?«

»Längst.

»In Süditalien ist so eine Plattengrenze, aber hier nicht. Früher gab's in Deutschland mehr als genug Vulkane, aber der Einzige, der noch ein bisschen was hergeben könnte, ist in der Eifel.«

»So ein kleiner Vulkan im Garten wäre ganz praktisch fürs Grillen«, frotzelte ich und streichelte Lucky, die das sehr zu schätzen wusste.

André zog eine Augenbraue hoch. »Zumindest würden dann ziemlich viele Besucher vorbeikommen, um ihn sich anzuschauen.«

»Und du auch, schätze ich.« Es war mir so rausgerutscht. Eigentlich hatte ich gar nicht vorgehabt, ihm irgendwelche Vorwürfe zu machen.

»Ja. Ich unter Garantie auch.« Mein Vater lächelte schief. »Hör zu, es tut mir wirklich leid, dass ich mich in den letzten Jahren so selten gemeldet habe ...«

»Immerhin hast du dir meinen Geburtstag gemerkt. Gibt ja Väter, die schaffen nicht mal das.« Es kam aggressiver raus, als ich eigentlich wollte. Seine letzte Geburtstagsnachricht war zwei Wochen zu spät eingetrudelt.

André fuhr sich durch die kurzen Haare, er wirkte verlegen. »Eigentlich hatte ich auch vor, dir ein Geschenk mitzubringen. Aber dann habe ich es in meinem Hotelzimmer vergessen ...«

Was sollte ich dazu sagen? »Tja, hab ich halt Pech gehabt«? »Schade«? »Macht nichts«? Ich sagte gar nichts und stapelte schweigend die Tassen aufeinander, um sie in die Küche zu bringen. Auf einmal war ich nicht mehr sicher, ob es eine gute Idee war, die kompletten Sommerferien mit meinem Vater zu verbringen. Wir waren noch nie so lange zusammen gewesen, was war, wenn wir uns nach ein paar Tagen an die Kehle gingen? Vielleicht hatte sich das Ganze sowieso schon erledigt, vielleicht überlegte es sich mein Vater nach diesem blöden Gespräch noch mal, ob er mich dabeihaben wollte …

»Dumm gelaufen, das mit dem Geschenk«, sagte André plötzlich. »Aber ich hatte schon länger vor, dir das hier zu geben. Ist vielleicht ein kleiner Ersatz.«

Verblüfft sah ich, wie er ein schmales Lederband mit drei tiefschwarzen Perlen von seinem Handgelenk knotete. »Die Perlen sind aus Lava«, sagte mein Vater. »Ich habe es vor ein paar Jahren in Indonesien bekommen. Es soll Glück bringen …«

Ich nahm das Lederband und drehte es in der Hand. Die Lavaperlen fühlten sich glatt und warm an … angewärmt von seiner Haut. Auf einmal war ich wieder den Tränen nahe, was war eigentlich los mit mir in letzter Zeit? Ungeschickt versuchte ich, das Band um mein rechtes Handgelenk zu befestigen.

»Warte, ich helfe dir«, sagte André und knotete das Band mit seinen kräftigen, gebräunten Händen fest.

»Danke«, sagte ich leise und er nickte.

André blieb nicht mehr lange, sondern plauderte nur noch eine Weile mit meiner Mutter über ihre Arbeit bei der Consultingfirma und mein Taschengeld, dann umarmte er mich zum Abschied. »Ich kümmere mich um alle Visa und Genehmigungen, dann kann es im August losgehen.«

Also hatte er seine Meinung nicht geändert!

»Sag deiner Mutter, du brauchst für die Reise drei Paar Wanderschuhe mit Kunststoffsohle, die könnt ihr schon mal besorgen. Alles andere, Stirnlampen und so weiter, leihe ich dir.«

»Drei Paar? Wieso das?«

Er lachte. »Wirst du schon sehen«, sagte er.

In dieser Nacht bekam ich nicht viel Schlaf. Nachdem ich die brandheißen Neuigkeiten gepostet und sofort jede Menge Likes und Kommentare bekommen hatte, klickte ich mich mit klopfendem Herzen auf *YouTube* durch einen Vulkan-Clip nach dem anderen. Besonders lang blieb ich an einem Film über den Ausbruch des Mount St. Helens im Mai 1980 hängen. Jahrhundertelang hatte er ausgesehen wie ein ganz normaler Berg, rundum bewaldet, mit einer hübschen Schneekappe. Doch dann sprengte er eines Tages seinen Gipfel weg – explodierte einfach. Mit einer solchen Wucht, dass innerhalb von Sekunden Tausende von meterdicken Bäumen umgeworfen wurden. Ihre kahlen Stämme lagen säuberlich in die gleiche Richtung zeigend nebeneinander, als habe jemand Hügel und Täler mit Streichhölzern bedeckt. Ein riesiger dampfender Trichter klaffte dort, wo einmal die Spitze des St. Helens gewesen war. Um ihn herum … eine graue Wüste, so weit das Auge reichte.

Eine Gänsehaut überzog meine Arme, als ich den Film wegklickte. Dieses Ding war eigentlich kein Berg gewesen, sondern eine Bombe von der Größe eines Berges! Und niemand hatte gewusst, wie lang die Lunte war.

Traust du dir das zu, Jan?

Ja. Nein. Vielleicht.

Fast ohne dass ich es bemerkte, glitten meine Finger über das Lederband mit den Lavaperlen, das ich ums Handgelenk trug. Warum wollte André überhaupt, dass ich mitkam? Jahrelang hatte er sich so selten gemeldet, dass ich ihn fast abgeschrieben hatte! Und nun, auf einmal ... warum jetzt? Einfach nur, weil ich inzwischen kräftig genug war, für ihn die Kamerataschen zu schleppen?

Es dauerte lange, bis ich es schaffte, einzuschlafen.

Dunkle Augen

Als es dann wirklich losging, konnte ich es selbst kaum glauben. Ich warf meine Reisetasche in den Kofferraum unseres Golf Hybrid, meine Mutter saß schon am Steuer. Zum Glück war sie nicht der Typ, der mich fragte, ob ich auch wirklich meine Zahnpasta und genug frische Unterhosen eingepackt hatte. Stattdessen blickte sie mich nachdenklich von der Seite an. »Wenn irgendwas nicht klappen sollte … man kann einen Flug auch umbuchen, weißt du? Du kommst einfach zurück und ich hole dich vom Flughafen ab.«

»Von Dubai aus?«, gab ich trocken zurück. »Wow – toller Service!«

Verlegen ließ sie den Motor an. »In Dubai bin ich ja erst in einer Woche. Schreib mir gleich eine Nachricht, wenn ihr angekommen seid, ja?«

Sie setzte mich vor der Wohnung meines Vaters ab und stieg aus, um mich noch einmal zu umarmen. »Ich wünsche dir ganz viel Spaß und eine tolle Zeit«, sagte sie und drückte mich an sich. Etwas verlegen umarmte ich sie zurück und ihr vertrauter Duft stieg mir in die Nase. »Ich dir auch.«

Ich klingelte beim Firmenschild meines Vaters, und als die Tür aufsummte, schleifte ich mein Gepäck die Treppen hoch in den ersten Stock. Die Tür stand einen Spalt offen. Ich klopfte kurz, doch als keine Antwort kam, drückte ich die Tür einfach auf und ging hinein. André war nirgends in Sicht, stattdessen stand ich vor einem Berg von Taschen und Rucksäcken unterschiedlichster Größe. An den Wänden hingen gerahmte Vulkanfotos und eine Art meterlanger Kalender, auf dem in unterschiedlichen Farben Zeiträume markiert waren, vielleicht Drehtage. Mehr bemerkte ich nicht, denn jetzt kam André mit langen Schritten aus einem Nebenraum geeilt, auf seinem Kopf thronte eine ausgeschaltete Stirnlampe. Als er mich sah, strahlte er. »Pünktlich auf die Minute, so mag ich das. In einer halben Stunde fahren wir zum Flughafen. Pass eingesteckt?«

»Alles dabei«, sagte ich. »Wo fliegen wir zuerst hin?«

»Neapel.« André zog sich die Lampe vom Kopf. »Aber wir holen dort nur jemanden ab und fliegen dann weiter. Fred – eigentlich heißt er Federico – wird für uns den Ton machen, er kann aber auch verdammt gut drehen.«

Irgendwie hatte ich gedacht, wir würden nur zu zweit sein, André und ich. Total naiv. Ich nickte und hoffte, dass er mir die Enttäuschung nicht ansah. Schon redete André weiter. »Hier, bring das schon mal runter, unser Taxi kommt jeden Moment.« Der Rucksack, auf den André deutete, erwies sich als atemberaubend schwer.

»Was ist denn da drin?«, keuchte ich.

»Meine neue High-Speed-Kamera, eine *Arri* – neu kostet die 100 000 Dollar, also lass sie nicht fallen«, gab mein Vater zurück, lud sich selbst ein Stativ sowie eine Tasche auf und folgte mir die Treppe hinunter.

Auch am Flughafen machte ich mich nützlich damit, unser Gepäck durch die Gegend zu wuchten. Und war völlig verblüfft, als plötzlich mein Handy klingelte und Finn fragte: »Wo genau bist du gerade am Flughafen?«

Ich sagte es ihm – und keine drei Minuten später tauchten vier bekannte Gesichter beim Check-in auf und begrüßten mich johlend: Finn, sportlich-drahtig wie immer, Noah Hand in Hand mit seiner Freundin Pia, und Emily, die mit ihren schwarzen Klamotten und grünen Haaren ein bisschen auffiel zwischen den Urlaubern und Geschäftsleuten.

»Wir wollten uns noch mal richtig verabschieden, nur für den Fall, dass du in irgendeinen Krater fällst«, sagte Emily und umarmte mich.

Finn klatschte mich ab und Noah schlug mir auf die Schulter. »Sag uns Bescheid, wann der Film mit dir ins Kino kommt, okay?«

»Ich war doch nicht mal beim Casting«, sagte ich verlegen und war gerührt, dass sie sich die Mühe gemacht hatten, heimlich mit der Bahn herzukommen und mich zu verabschieden. In der Zwischenzeit hatte André unser Gepäck abgegeben und ich stellte ihm meine Freunde vor. Doch für mehr als ein kurzes Händeschütteln reichte die Zeit nicht, André blickte schon auf die Uhr. »Wir müssen jetzt durch die Kontrollen, fürchte ich.« Neugierig schauten meine Freunde zu, wie ich durch den Body Scanner marschierte, und schossen ein paar Fotos. Ein letztes Mal winkte ich ihnen zu, dann waren sie außer Sicht.

Der Flug kam mir sehr kurz vor, denn André wollte alles wissen: woran ich mich aus meiner Kindheit erinnerte, was für Multiplayer-Games wir bei unseren LAN-Partys spielten, welches meine Lieblingsfächer in der Schule waren. Was sollte das, wollte er jetzt auf einmal alles nachholen, was er in den letzten Jahren verpasst hatte? Wollte er mir das Gefühl geben, er interessiere sich für mich? Oder wollte er das wirklich alles wissen, sogar den unwichtigsten Scheiß?

Ausgerechnet als die Stewardess sich uns mit dem Getränkewagen näherte und ich ihm nur halb zuhörte, fragte er: »Sag mal, warum hast du eigentlich das alte Kanu behalten? Ist doch komplett zerschrammt. Ich dachte, ihr würdet es irgendwann auf den Wertstoffhof bringen.«

Ungläubig wandte ich den Kopf und sah ihn an, während die Stewardess meinen Sitznachbarn fragte, was er trinken wolle. Es war nicht irgendein altes Kanu, war ihm das nicht klar? Es hatte doch ihm gehört! Er hatte die vielen Reiseaufkleber auf die Seiten gepappt, die meisten Schrammen stammten von seinen Fahrten. Nie würde ich dieses Kanu hergeben, ich würde es über Flüsse und Seen paddeln, bis es auseinanderfiel. Ich öffnete den Mund, um ihm zu antworten, doch dann sah ich das ungeduldige Lächeln der Stewardess, und heraus kam: »Eine Cola bitte.«

»Gerne.« Dreißig Sekunden später umklammerte ich einen Kunststoffbecher mit braunem Inhalt, mein Vater bestellte einen Tomatensaft und die Antwort von eben gerade war in mir versiegt.

»Also, das Kanu. Das kann man doch noch benutzen«, murmelte ich schließlich, André nickte und dann schauten wir uns auf Andrés Tablet eine *Erebos*-Verfilmung an.

Nach der Landung nahmen wir uns ein Taxi in die Innenstadt von Neapel und landeten ziemlich bald im Stau. Um uns herum Autos, die alle verbeult und verkratzt aussahen, sogar die noch ziemlich neuen. Zentimeterweise schoben wir uns durch die mehrspurige Straße voran, jemand hupte wütend. »*Come sempre* – wie immer«, sagte unserer Fahrer gleichgültig und packte ein nach Schinken duftendes belegtes Ciabatta aus.

»Mist, das hätte ich mir denken können – ich gebe Fred

Bescheid, dass es später wird«, brummte mein Vater und tippte auf seinem Communicator herum. Ich legte den Kopf gegen das Sitzpolster aus braunem Kunstleder zurück und schloss die Augen. Aus dem Radio wummerte die italienische Version eines alten *Maroon 5*-Songs.

Endlich hielten wir in einer schmalen Straße und André klingelte an einem der von Abgasen geschwärzten fünfstöckigen Gebäude. Nichts passierte, doch zwei Minuten später hörten wir das Röhren eines Motors und ein Geländemotorrad schoss heran. Der Fahrer parkte seine Enduro auf dem Bürgersteig neben uns und zog den Helm vom Kopf. Zum Vorschein kam ein älterer Mann mit raspelkurzen grauen Haaren und tiefen Furchen um die Mundwinkel. Er ignorierte mich und schüttelte meinem Vater die Hand. »Na, alles klar, Fred?«, fragte André ihn lächelnd.

»Man schlägt sich so durch«, sagte Fred auf Deutsch mit einem leichten Akzent, den ich nicht einordnen konnte, italienisch oder amerikanisch oder eine Mischung aus beidem. Er streifte mich mit einem Blick. »Also das da ist dein Kleiner?«

Verblüfft glotzte ich ihn an. Schon vor einem Jahr hatte ich die 1,80-Marke geknackt und dieser Typ da in der abgewetzten Lederjacke reichte mir nicht mal bis zum Kinn.

»Ja, genau.« Mein Vater grinste. »Ganz der Papa, was?«

»Könnte man sagen«, brummte Fred und musterte mich mit hochgezogenen Augenbrauen. »Wenn man eine lebhafte Fantasie hat.«

Wie, was? Na, logisch sahen wir uns ähnlich! Zwei oder drei Minuten später fiel mir die beißende Bemerkung dazu ein. *Tut euch keinen Zwang an, redet ruhig über mich. Ich tue nur so, als ob ich zuhöre!* Nur leider quatschten sie längst nicht mehr über mich, sondern nur noch über den geplanten Dreh.

Wir verstauten unser Gepäck in einem kleinen Hotel eine Straße weiter, dann meinte André zu mir: »Fred und ich müssen noch die Ausrüstung überprüfen und alles Mögliche besprechen, magst du dich ein bisschen in der Stadt umsehen?«

Das hieß wohl, dass ich gerade überflüssig war. Kein Problem, ich wollte mir sowieso Neapel anschauen.

Ich streifte durch die engen Gassen, in die jetzt am späten Nachmittag kaum noch ein Sonnenstrahl drang. Vorbei an einem übervollen, stechend riechenden Müllcontainer und an einer Bäckerei, aus der es nach Vanille und Blätterteig duftete. An einem kleinen Altar an einer Hauswand, in dem Plastikblumen und Kerzen vor einem Heiligenbild aufgebaut waren. An einem Fischgeschäft, von dessen Auslage mich Dutzende von starren Augen anglotzten. Auf den Balkons über mir flatterte zum Trocknen aufgespannte Wäsche, und wenn ich wollte, konnte ich in die Erdgeschosswohnungen hineinschauen, alle Fenster waren offen. Drinnen lief überall Fußball im Fernsehen. Ich konnte sehen, woher der Strom dafür kam, die oberen Stockwerke vieler Häuser waren mit kleinen Stücken Solarfolie vollgeklebt, ein schimmerndes Patchwork.

Interessiert spähte ich in jede Ecke. Das hier war nicht das gepflegte, idyllische Italien, das ich aus den Urlauben mit meiner Mutter am Gardasee und in der Toskana kannte. Dieses Italien war rau, dreckig, arm und deutlich interessanter.

Ich bog in eine größere Straße ab, in der sich Geschäfte und Cafés aneinanderreihten. Ein paar Minuten später kam ich an einem Souvenirladen vorbei, dessen Auslagen sich über den ganzen Bürgersteig erstreckten. Keine Ahnung, was passiert wäre, wenn ich einen anderen Laden ausgesucht hätte, um etwas für meine Mutter, Noah, Finn, Emily und meine anderen Freunde zu kaufen. Aber ich ging in diesen und schaute mich mit leichtem Grusel um – hatte irgendjemand, den ich kannte, Verwendung für Wandteller mit einem kitschigen Blick über die Bucht von Neapel mit dem darüber thronenden Vesuv? Oder für Kühlschrankmagnete in Pizzaform? Es gab auch eine Schneekugel, in der eine Art brauner Napfkuchen mit Schlagsahne thronte ... ach so, das sollte wohl der ausbrechende Vesuv sein, das Weiße obendrauf war die Aschewolke ...

Mein Blick streifte durch den Laden, in dem ich der einzige Kunde war. Die junge Italienerin an der Kasse hatte mich noch nicht bemerkt, weil ich in der Nähe des Eingangs stand. Sie war gerade konzentriert dabei, ihr langes, dunkles Haar zusammenzudrehen und hochzustecken. Doch dann rutschte ihr die Haarklammer aus der Hand, und als sie danach schnappte, entglitt ihr auch die Frisur. Leise fluchend versuchte sie sie zu retten und gleichzeitig ihre Haarklammer zu suchen.

Unwillkürlich musste ich lächeln, und es war, als habe sie ihre Fingerspitzen ausgestreckt und mein Herz berührt. Wer war sie? Wie hieß sie? Jetzt hatte sie mich bemerkt, und mit einem höflichen Lächeln sah sie mich an und wartete darauf, dass ich etwas kaufte. Ich schnappte mir blindlings eine *I love Napoli*-Tasse und ging damit auf sie zu. Sie hatte ein elfenhaft zartes Gesicht und ihre langen Haare glänzten wie die schwarzen Tasten eines Klaviers. Da sie mir nur bis zur Schulter ging, schaute sie kurz zu mir hoch, als sie

»Tre Euro« sagte. Ich wollte noch irgendeine Bemerkung machen, aber ihre schönen, dunklen Augen hatten mein Italienisch von der Festplatte gelöscht. Der Blick des Mädchens wurde immer fragender, und ich spürte, wie mein Gesicht heiß wurde. Auch das noch. Jan die Tomate. Schnell das Geld rüberschieben und raus hier, ein *»Grazie – ciao«* schaffte ich gerade noch.

Ich wanderte durch die Straßen, ohne irgendetwas zu sehen, immer geradeaus, verloren in einem Traum. Um ein Haar hätte mich ein Motorroller umgenietet, aber der Fahrer konnte gerade noch ausweichen.

Ganz von selbst steuerten meine Füße mich irgendwann zurück zum Souvenirladen. Das Mädchen stapelte gerade Aschenbecher mit bunten Bildchen und Goldrand aufeinander. Ich tat so, als würde ich Weinflaschenhalter mustern, bis ich endlich den Mut hatte, sie in Italienisch anzusprechen. »*Scusi,* Signorina, haben Sie eigentlich auch Bücher?« Es war keine sehr schlaue Frage, doch ich hielt mich an Wörter, die ich kannte.

Dafür bekam ich ein Lächeln. »Leider nein, aber wie wäre es damit? *Molto bello!*«

Sie zeigte mir eine Tischdecke mit einer dekorativen Karte der Amalfi-Küste darauf. Unglaublich hässlich. Ich kaufte sie trotzdem. Mit etwas Glück fand meine Mutter das Ding witzig. Wie konnte ich herauskriegen, wie die Elfe hieß? Sie war garantiert nicht älter als ich, jobbte sie während der Ferien hier? Hatte sie einen Freund?

Als ich ins Hotelzimmer zurückkehrte, war mein Vater noch nicht wieder da. Ich warf mich auf mein Bett, starrte an die Decke und rief mir noch einmal jeden Moment mit ihr ins Gedächtnis. Nicht mal zu Anna-Lia hatte ich mich so hingezogen gefühlt. Sie hatte in der Klasse ein paar Monate lang neben mir gesessen, doch vermutlich hatte sie nichts davon gemerkt, dass ich sie toll fand. Ich hatte mir auch alle Mühe gegeben, es mir nicht anmerken zu lassen, während wir herumwitzelten oder zusammen Bio lernten.

Aber was jetzt, was war mit diesem italienischen Mädchen? In solchen Dingen hatte ich einfach kein Glück, wahrscheinlich würden wir nicht mehr als zehn Sätze wechseln in der Zeit, in der ich hier war. Schon bald würden André und ich weiterreisen zu all den Vulkanen, die mein Vater filmen wollte, und irgendwann würde ich sie vergessen … schließlich wusste ich nicht einmal, wie sie hieß …

Ich schrieb eine Nachricht an Noah, ihm konnte ich es sagen, was heute geschehen war. Ziemlich schnell war seine Antwort da.

Hey, das freut mich total! Lass einfach deinen Charme spielen! Pia sagt, du hättest es echt verdient, dass dich endlich mal eine entdeckt …
Noah

Moment mal, Noah redete mit Pia über mein Liebesleben? Der bekam keine weiteren Enthüllungen mehr von mir!

Den Abend verbrachten wir mit Fred in einem winzigen Restaurant auf der Via dei Tribunali, vor uns drei nach geschmolzenem Käse duftende Pizza Vesuvio, zu Ehren des Berges, der sich neben der Stadt erhob. »Wenn du magst, können wir morgen kurz auf den Vesuv klettern, während Fred noch ein paar Ersatzakkus für die *Arri* besorgt«, kündigte mein Vater an. »Schließlich willst du möglichst viele Vulkane sehen, oder?«

»Äh, ja, logisch.«

»Aber wenn du was anderes machen willst, gerne.«

»Okay.« Abwesend biss ich in ein dampfendes Stück Pizza.

Mein Vater ließ mich nicht aus den Augen. »Sag mal, was ist eigentlich los mit dir? Oder redest du immer so wenig?«

»Los? Mit mir?«, wiederholte ich und bemühte mich um ein Lächeln. »Ich glaube, es ist das Klima. Ziemlich heiß hier.«

»Das wird auf Hawaii nicht besser«, meinte Fred. »Kannst dich gleich dran gewöhnen.«

Ach, echt? Der hatte ja tolle Tipps auf Lager.

Mit zusammengekniffenen Augen betrachtete mich André, und einen Moment lang befürchtete ich, dass er einfach raten würde, was mit mir los war ... und damit richtigliegen würde. Aber dann zuckte er die Schultern und schob seinen halb leeren Teller von sich. »Das war meine erste und letzte Pizza hier, ich vertrage so fettiges Zeug einfach nicht.«

»Gut, dass du sonst härter im Nehmen bist«, bemerkte Fred und aß den Rest von Andrés Pizza gleich mit.

Alles auf eine Karte

Ich bekam dieses Mädchen einfach nicht aus dem Kopf. Warum eigentlich? Nur weil sie hübsch war? Womöglich stellte sie sich als oberflächliche Zicke heraus, die sich vor jeder Spinne ekelte und hauptsächlich an Shopping interessiert war. Aber irgendwie glaubte ich das nicht. Sie wirkte so herzlich, so echt.

Am nächsten Vormittag bummelte ich wieder und wieder am Souvenirladen vorbei. Immer, wenn ich sie sah, lief etwas, was sich wie ein elektrischer Schlag anfühlte, durch meinen ganzen Körper. Einmal sah ich sie mit einem Mann diskutieren und bewunderte die feurige Art, wie sie mit den Händen sprach. Ein anderes Mal beobachtete ich sie dabei, wie sie heimlich unter der Theke auf ihrem Communicator herumtippte, und musste grinsen. Niemand war im Laden, ich musste einfach nur auf sie zugehen und sie fragen, wie sie hieß. Alles auf eine Karte. Los jetzt!

Wieder nichts, weder meine Füße noch meine Lippen bewegten sich. Es nahm mir jeden Mut, dass sie mich immer noch mit diesem höflichen Verkäuferinnen-Lächeln bedachte. Kein Erkennen in den Augen, gar nichts. Obwohl ich gestern und heute so oft da gewesen war.

Am Nachmittag machte André sein Versprechen wahr, mir den Vesuv zu zeigen. »Es wird nicht besonders anstrengend, man kommt gut mit dem Auto hin«, kündigte er an. Nachdem wir aus Neapel raus waren, fuhren wir eine gewundene Straße entlang, die durch eine Ortschaft nach oben führte. Nach und nach wurden die Gebäude spärlicher, wir fuhren durch unbebaute Gegenden mit niedrigen Bäumen und Buschwerk. »Unter dem Gestrüpp sind lauter alte Lavaströme«, erklärte André. Neugierig hielt ich Ausschau, aber die Ströme waren längst überwachsen, man sah nicht viel. Ich beobachtete lieber den Turmfalken, der über uns jagte.

Auf einem Parkplatz in tausend Meter Höhe stellten wir unser Mietauto neben den anderen Autos und Bussen ab, zahlten Eintritt und gingen zu Fuß weiter. Auf einem Schotterweg ging es hoch bis zum Krater. Ungläubig musterte ich die Souvenirhütten, in denen man nicht nur Postkarten, sondern auch Figürchen und Aschenbecher aus Lava kaufen konnte. Direkt am Krater! Mein Vater folgte meinem Blick und verzog das Gesicht. »Unglaublich, was?«

Eine Horde französischer Touristen drängte sich am Kraterrand, lauschte den Erklärungen ihres Führers und bewunderte die Aussicht in den Krater, einen tiefen, rötlichbraunen Schlund. Wir gingen ein Stück weiter, um ungestört zu sein, lehnten uns ans Holzgeländer und blickten ebenfalls in die Tiefe. Viel zu sehen war nicht, bis auf eine kleine Dampfwolke, die aus dem Erdinneren hervordrang und sich an der Innenseite des Kraters hochschlängelte. Nach dem, was ich schon über Pompeji gelesen hatte, hätte ich mir den Vesuv irgendwie größer vorgestellt, bedrohlicher.

André betrachtete mich von der Seite. »Nicht sehr beeindruckend, was?«

»Nicht wirklich«, gab ich zu. »Kann das Ding noch mal irgendwann ausbrechen? Oder ist es erloschen?«

»Nein, erloschen ist der Vesuv nicht.« Mein Vater beobachtete die Kraterwände aufmerksam, schien jede Kleinigkeit in sich aufzunehmen. »Er ruht nur. Irgendwann geht's hier wieder rund – aber niemand weiß, wann. Manchmal dauert es Jahrzehnte bis zur nächsten Eruption, gelegentlich sogar Jahrhunderte. Bis dahin filme ich lieber anderswo ausbrechende Vulkane.«

Instinktiv berührte ich mein neues Lederarmband mit den Lavaperlen. Noch konnte ich nicht wirklich glauben, dass ich André dabei begleiten durfte, wie er Ausbrüche filmte …

Wir wanderten am Kraterrand entlang, und André zeigte mir Pompeji, auf den ersten Blick ein ganz normales Städtchen in der Küstenebene. Mit der Kamera zoomte ich die römischen Ruinen heran. »Das ist ganz schön weit weg«, sagte ich erstaunt und André nickte nachdenklich. »Aber nicht weit genug.«

Ich blickte über den Golf von Neapel hinaus, das Meer schimmerte in der Mittagssonne wie die Schuppenhaut einer Echse.

»Genug gesehen?«, fragte André und ich nickte. Auf dem Rückweg schweiften meine Gedanken ab, zurück zu dem Mädchen im Souvenirgeschäft. Würde sie mich wiedererkennen, wenn ich das nächste Mal in ihren Laden kam? Bestimmt!

Am frühen Abend bekam ich dann die Quittung für den ganzen Irrsinn.

»He, was hast du denn da für eine Sammlung?«, wollte mein Vater wissen, nachdem ich unvorsichtigerweise in seiner Gegenwart meine Reisetasche aufgeklappt hatte. »Wozu brauchst du drei Kühlschrankmagneten in Pizzaform?«

»Souvenirs für meine Freunde«, brummte ich.

»Und den Topflappen mit Zitronenmotiven?«

»Kann man immer gebrauchen. Ich koche gern.«

»Was ist mit der Amalfi-Tischdecke?«

»Was soll damit sein? Irgendetwas muss man ja über diese verdammten Tische legen.« Ich trank einen Schluck Wasser aus meiner *I love Napoli*-Tasse.

André griff sich an den Kopf. »Also, den Sammeltrieb hast du jedenfalls nicht von mir!«

Ich wies ihn darauf hin, dass meine Reisetasche noch keineswegs voll war, im Gegensatz zu seiner.

»Da ist ja auch wichtige Ausrüstung drin«, konterte mein Vater. »Weil wir sehr bald dabei sind, einen *Film* zu machen, falls du das vergessen hast. Übermorgen fliegen wir ab und können dann endlich mit dem Drehen anfangen.«

»Übermorgen?« Wahrscheinlich wurde ich gerade blass. Ich konnte doch jetzt nicht aufgeben! Irgendwann würde das Mädchen mich bestimmt wiedererkennen, wir würden ins Gespräch kommen und …

»Ja, genau. Wir nehmen uns dann Punkt zwölf Uhr mittags ein Taxi zum Flughafen.« Mein Vater war bester Laune. »Keine Sorge, vom Kilauea in Hawaii wirst du garantiert nicht enttäuscht sein.«

Ich konnte nicht anders. Eine halbe Stunde später erfand ich eine fadenscheinige Entschuldigung, um mich abzusetzen und noch einmal am Souvenirladen vorbeizugehen. Als ich loszog, betrachtete mich André wieder mit diesem durchdringenden Blick, den ich nun schon kannte, aber er sagte nur: »Sei bitte um sieben zurück, dann besprechen wir den Dreh und ich weise dich in die Ausrüstung ein.«

Als ich das Geschäft betrat, war die junge Verkäuferin

gerade damit beschäftigt, eine Frau zu beraten, die anscheinend eine britische Touristin war. *»Do you have sundials, my dear?«*, fragte die Dame, und meine Elfe nickte, ja, Sonnenuhren hatten sie da. Sogar aus echtem italienischen Marmor. Aber leider ganz oben im Regal.

»I would like to buy one«, verkündete die Touristin.

Meine Elfe warf einen Blick nach oben. Da kam sie nicht ran, im Leben nicht. Groß war sie nämlich nicht gerade. Seufzend wollte sie gerade in ein Hinterzimmer gehen und wahrscheinlich einen Hocker holen, da sagte ich spontan: *»No problem«*, streckte mich etwas und nahm eine der Sonnenuhren herunter. *»This one?«*, fragte ich die Touristin.

Die junge Italienerin nickte mir lächelnd zu und diesmal war es ein echtes Lächeln. Keins für jeden, sondern eines ganz allein für mich.

Noch drei andere Sonnenuhren musste ich holen, bis die britische Lady eine gefunden hatte, die ihr gefiel. Ich lungerte im Laden herum, bis sie bezahlt hatte und abgezogen war. Dann herrschte wieder Stille.

»Du hast ganz schön viele Freunde, was?«, fragte eine helle Stimme, *ihre* Stimme! Mein Herz begann zu rasen wie nach einem Sprint. Sie hatte das auf Deutsch gesagt, wieso sprach meine Elfe Deutsch? Ich schaute auf und sah, dass sie an der Kassentheke lehnte und mich beobachtete, das glänzende Haar floss ihr offen über die Schultern. An diesem Tag trug sie ein türkisfarbenes Top und einen schwarzen Minirock, der ihr blendend stand.

»Viele Freunde? Wieso?«, fragte ich, ebenfalls auf Deutsch.

»Weil du schon so viel gekauft hast.«

Ich grinste verlegen. Also hatte sie es doch bemerkt, dass

ich ziemlich oft vorbeigekommen war. »Ähm, ja, so einige«, schwindelte ich, obwohl ich eigentlich nur Noah, Finn und Emily wirklich als Freunde zählte. »Denen muss ich natürlich was mitbringen …«

»Aber kauf bloß nicht den Schrott *Made in China* – das da und das da und das«, sagte sie und deutete verächtlich auf ein paar Sachen, die ich zum Glück noch nicht besaß. »Taugt nichts.«

Es war so schön, endlich mit ihr zu reden! »Woher hast du gewusst, dass ich aus Deutschland komme?«

Ihre weißen Zähne blitzten auf. »Wir haben zwei Jahre lang in Deutschland gelebt. Dadurch kann meine Mutter jetzt als *traduttrice* – wie sagt man? Ach ja, Übersetzerin – arbeiten. Und ich erkenne *un ragazzo tedesco,* einen Jungen aus Deutschland, wenn ich einen sehe.«

»Toll«, sagte ich aus ganzem Herzen. »Wie heißt du eigentlich?«

Ein Kunde ging mit einer kitschigen Heiligenfigur zur Kasse und das Mädchen war wieder beschäftigt. Ich warf einen schnellen Blick auf die Uhr. Shit. Höchste Zeit, zurückzugehen. Ich würde rennen müssen, um es überhaupt zu schaffen. O nein, da kam diese englische Lady wieder, was zum Teufel wollte sie jetzt noch?

Mit dem Mut der Verzweiflung schnappte ich mir ein Tamburin, marschierte selbst zur Kasse und kam ganz knapp vor der Britin dort an. Meine Elfe schenkte mir ein verschmitztes Lächeln und kritzelte schnell *Giulia* auf einen Block, während sie mit der anderen Hand einen ganz anderen Preis eintippte als den, der wirklich auf dem Musikinstrument stand.

»Jan«, flüsterte ich zurück und bezahlte die fünfzig Cent,

die sie mir berechnet hatte. Dann war auch schon die ältere Dame dran.

Auf dem Weg zurück zum Hotel schwebten meine Füße über dem Boden, und ich ließ den Zettel mit ihrem Namen nicht aus der Hand – in meiner anderen Hand klimperte das blödsinnige Tamburin.

Mit zehn Minuten Verspätung war ich zurück, und ich sah auf den ersten Blick, dass mein Vater stinksauer war. »Schluss mit dem bescheuerten Versteckspiel!«, fuhr er mich an. »Klartext. Wie heißt sie?«

Völlig verblüfft hielt ich ihm den Zettel hin.

»Aha, Giulia – ist sie nett?«, meinte er, er sprach es aus wie Julia in Englisch. *Dschulia.*

»Ich glaube schon«, meinte ich.

»Na, dann ist's ja gut«, sagte mein Vater trocken und begann, mir den Zusammenbau der High-Speed-Kamera zu erklären. Ich gab mir den Rest des Abends viel Mühe, mir alles zu merken, und versuchte, mich möglichst geschickt anzustellen. Damit er sich wieder abregte. Hatte gerade noch gefehlt, dass er einen schlechten Eindruck von mir bekam, noch bevor unsere Reise richtig begonnen hatte!

Nach unendlich langer Zeit, wie es mir vorkam – dabei war es schon am nächsten Tag –, stand ich wieder in Giulias Laden. Sie begrüßte mich mit einem fröhlichen *»Va bene?«*, und als ich so tat, als würde ich alle möglichen Souvenirs auf meine Arme häufen, musste sie lachen. Ich mochte die Art, wie sie lachte, übermütig und tief aus dem Bauch heraus. Und es war, als hätte ich etwas gefunden, von dem ich nicht einmal gewusst hatte, dass es mir fehlte.

»Hast du Lust, mit mir ein Eis essen zu gehen?«, fragte ich schnell, bevor ich es mir anders überlegen konnte.

Wow. Ich hatte es getan, ich hatte gefragt. Halb gefroren vor Furcht, wartete ich auf ihre Antwort.

»Vediamo«, sagte Giulia. Wenn ich das richtig verstanden hatte, hieß das »Schauen wir mal« im Sinne von »Vielleicht«. Na ja, besser als ein Nein. Giulia schien auf etwas zu warten, auf irgendetwas, das ich sagte. Aber ich hatte keine Ahnung, auf was. Höflich meinte ich einfach »Okay, denk einfach drüber nach, ja?«, und Giulia schaute mich an wie einen Außerirdischen. Was hatte ich falsch gemacht? Wenn das hier ein Spiel war, kannte ich die Regeln nicht.

Also fragte ich bei meinem nächsten Besuch am gleichen Tag einfach noch mal. »Und, wann gehen wir Eis essen?« So, als hätten wir alle Zeit der Welt.

Fast rechnete ich wieder mit einem *Vediamo,* doch diesmal kam keins. Verschmitzt blickte Giulia mich an. »Sagen wir es mal so: Ich gehe mit dir Eis essen, wenn du mit mir im Meer geschwommen bist.«

»Kein Problem«, sagte ich erstaunt. Wo war der Haken? Schwimmengehen war neben Kanufahren eine meiner Lieblingsbeschäftigungen. »Wann treffen wir uns?«

»Heute um Mitternacht«, erwiderte Giulia, und ihre Augen blitzten herausfordernd.

Ein Schauer überlief mich. Ich hätte ihr sagen können, dass es unklug war, nachts im Meer zu baden, weil zu dieser Zeit Haie auf der Jagd waren. Außerdem konnte einen nachts keiner retten, wenn man in Schwierigkeiten kam. Aber das wusste sie wahrscheinlich selbst. Vielleicht hielt sie deutsche Jungs für langweilig und hatte vor, mich zu testen. Das konnte sie haben. »Okay«, sagte ich und hielt ihrem Blick stand. »Wohin soll ich kommen?«

»Ich hole dich mit dem *motorini* ab – wo wohnst du?«

Ich beschrieb es ihr und verabschiedete mich mit einem lockeren »Also dann, bis später«.

Die Chancen, meinen Vater von dieser Aktion zu überzeugen, waren gleich null, und ihn einfach nicht um Erlaubnis zu fragen die einzige Lösung, die mir einfiel. Also stopfte ich, als André gerade telefonierte, ohne Aufhebens mein Schwimmzeug in den Rucksack und erklärte: »Ich geh noch mal weg, kann spät werden, okay? Mach dir keine Sorgen.«

»Ab wie viel Uhr darf ich die Polizei rufen?«, fragte mein Vater, ohne aufzublicken.

»Wenn die Sonne aufgeht«, gab ich zurück. Wenn ich bis dahin nicht zurück war, hatte ich tatsächlich ein Problem.

Schwarzes Wasser

Erst jetzt, in der Nacht, wich die brütende Hitze langsam aus der Stadt.

Ich stand wartend auf dem Bürgersteig, der nach Hundepisse stank, und hielt Ausschau nach Giulia.

Ein weißer japanischer Motorroller hielt neben mir. »Steig auf«, sagte die kleine Gestalt auf dem Sitz und warf mir einen Helm zu. Ich setzte ihn auf und schwang mich auf den hinteren Sitz. Dann gab Giulia kräftig Gas. Ich suchte mit den Händen nach einem Halt, aber es gab nirgendwo einen Griff. Und dass ich die Arme um Giulias Taille schlang, kam natürlich nicht infrage. Also hielt ich mich – wie die meisten anderen Italiener auf dem hinteren Sitz – gar nicht fest.

Giulias Haare, die unter ihrem Helm hervorlugten, flatterten mir ins Gesicht, während sie elegant Autos überholte und sich an einem kleinen Stau vorbeischlängelte. Dann kamen wir auf einen breiten Boulevard, und ihr *motorini* sauste immer schneller durch die Nacht, die selbst um diese Zeit noch voller Lichter und Autos und Menschen war.

Ich hatte erwartet, dass sie zu irgendeinem Strand fuhr, aber sie bremste erst, als eine kantige Burg vor uns auftauchte. Eine Festung im Meer vor Neapel, gegen die die Brandung donnerte. »Castel dell'Ovo«, sagte Giulia und parkte ihren Motorroller. »Man sagt, dass irgendwo in seinem

Inneren ein Ei verborgen ist. Wenn es zerbricht, dann ist Neapel dem Untergang geweiht.«

»Da reicht wohl das nächstbeste Erdbeben«, sagte ich und gab ihr den Helm zurück.

»Wir hatten eins, aber das ist schon *cinque anni,* fünf Jahre, her. Ich fand's aufregend, aber meine Großmutter ist unter den Esstisch gekrochen.« Giulia schaute sich um – niemand in Sicht, die Ziegelbrücke, die zum Kastell führte, lag verlassen da. Rasch begann Giulia damit, sich auszuziehen und ihre Klamotten in eine Plastiktüte zu stopfen. Zögernd folgte ich ihrem Beispiel. Wo genau sollte man denn hier überhaupt ins Meer kommen? Über die Kalksteinfelsen vor der Promenade? Ich sah mich um und erkannte im schwachen Mondlicht die Silhouette des Vesuv, dessen Doppelgipfel auf der anderen Seite der Bucht aufragte.

Im Bikini sah Giulia atemberaubend aus, während ich mich im kalten Licht der Straßenlaternen einfach nur schlaksig und blass fühlte. Ein Junge, in den man sich unmöglich verlieben konnte.

Trotz des warmen Nachtwinds überzog eine Gänsehaut meine Arme. Wollte sie wirklich in dieses nachtschwarze Wasser – und, noch wichtiger, wollte *ich* das?

»Jetzt schnell, bevor ein Carabinieri uns bemerkt!«, wisperte Giulia und sprintete los. Ich ganz instinktiv hinterher.

Die Burg aus gelblichem, vom Alter geschwärztem Stein ragte über uns auf, angestrahlt von Scheinwerfern. Giulia gönnte ihr keinen Blick, sondern kletterte behände über die abgrenzende Ziegelmauer, sodass sie an die Seitenwand der Burg herankam. Sie presste sich an die Mauer und schob sich zentimeterweise auf einem schmalen Sims voran; drei Meter unter ihr ragten Felsen aus dem Wasser, wenn sie fiel, würde sie sich das Bein brechen oder, noch schlimmer, den Hals!

»Kommst du?«, rief sie mir zu.

Tickte sie noch ganz richtig? Ich hatte keine Lust, mir hier sämtliche Knochen zu brechen! Erwartete sie wirklich von mir, dass ich ihr folgte?

Doch dann gab ich mir einen Ruck. Wenn ich mich nicht mal traute, an einer Burg herumzuklettern … wie sollte ich es dann schaffen, mit meinem Vater Vulkane zu filmen?

Der Stein war porös und hatte viele kleine Vertiefungen, in die ich die Finger schieben konnte. Aber mit meinen großen Füßen hatte ich es viel schwerer als Giulia, auf dem Sims Halt zu finden. Ein paar Sekunden später rutschte mein Fuß ab. Ich krallte mich noch fester an die Wand und schwankte einen Moment lang, kämpfte darum, mein Gleichgewicht zu halten und nicht rücklings auf die Felsen zu stürzen. Besorgt sah Giulia zu mir herüber und reichte mir eine Hand. Aber wenn ich die ergriff, würde ich den Halt verlieren!

»Ich schaff's schon«, presste ich hervor und lehnte mich nach vorne. Der Stein fühlte sich rau und erstaunlich warm an gegen meine bloße Brust. Nach einem Moment hatte ich einen besseren Halt mit den Zehen gefunden und es konnte weitergehen. Aber auf der hell angestrahlten Seitenwand fühlte ich mich sehr sichtbar und preisgegeben. Jeden Moment konnte uns jemand bemerken! Was war, wenn es hier Wächter gab? Wurde man wegen so etwas verhaftet?

Wir kletterten um eine Ecke und gelangten auf einen breiteren Sims, auf dem wir uns problemlos bewegen konnten. Giulia sprang hinunter zu einem halb überspülten Ministrand am Fuß der Steinwand und winkte mir zu, ihr zu folgen. Wir wateten durch einen natürlichen Torbogen, den die Wellen aus dem Felsen gespült hatten, und waren auf der Seeseite des Kastells angekommen. Ich entspannte mich etwas. Jetzt konnte uns niemand mehr sehen.

Giulia ließ sich ins Wasser gleiten, und wir schwammen los, um das Kastell herum. Es war ein unheimliches Gefühl, durch das dunkle Meer zu gleiten und nicht erkennen zu können, was unter der Oberfläche lag. Mein Fuß stieß gegen irgendetwas Festes, zum Glück war es nur ein Stein. Eine Welle klatschte mir ins Gesicht und das Salzwasser brannte in meinen Augen. Wie viele Haie gab es eigentlich im Mittelmeer und waren schon ein paar in der Nähe? Unter uns, neben uns? Ich wusste, dass wir vor einem Angriff keine Flosse an der Oberfläche sehen würden, das gab es eher in Filmen … Haie griffen genauso oft von unten an … sollte ich nicht besser umkehren? Und was konnte ich tun, um Giulia zu beschützen, wenn tatsächlich ein Hai angriff? Es war scheußlich, auch nur daran zu denken! Wenn sie verletzt wurde, würde ich sie in den Rettungsgriff nehmen und zum Ufer ziehen …

Giulia war schon ein paar Meter voraus, sie rief irgendetwas. Dann sah ich es auch selbst – da war eine kleine gemauerte Plattform aus schwarzem Stein, vielleicht eine Anlegestelle. Wir ließen uns von der nächsten Welle hinaufspülen und hockten uns nebeneinander. Vor uns lag das offene Meer, eine schwarze Fläche, die sich bis zum Horizont erstreckte. Ein paar Lichtpunkte verrieten, dass weiter draußen in der Bucht Schiffe unterwegs waren, und in der Ferne glitzerten die Lichter einer Küstenstadt. Hinter uns … das gewaltige Kastell, hell erleuchtete und fast golden schimmernde Mauern, die in den Himmel ragten.

»Und, *ti piace*? Gefällt es dir?«, fragte Giulia fast schüchtern.

»Es ist großartig!«, sagte ich ehrlich begeistert, obwohl meine Beine sich noch immer puddingweich anfühlten. »Wie hast du das hier entdeckt?«

»Ich war mal mit meinen Eltern im Castel und habe von den Mauern ganz oben heruntergeschaut, da habe ich diese Stelle gesehen.« Giulia stand auf und reckte sich. »*Andiamo* – los geht's!«

Seite an Seite tauchten wir durch die nächste Welle, und das spülte meine Nervosität weg, als hätte es sie nie gegeben. Es war einfach nur noch aufregend, hier zu sein mit meiner wilden Elfe.

Noch einmal rasteten wir auf der Plattform. Einen Moment lang schauten wir beide schweigend zum Mond hoch, der wie eine halbe Apfelsine über der Bucht hing. Dann blickte Giulia über das Meer hinaus. »Weißt du, vor ein paar Tagen habe ich vom Boot aus Delfine gesehen ... sie sind einfach so durch die Wellen geglitten, völlig frei ... niemand hält sie auf oder befiehlt ihnen etwas ... am liebsten hätte ich sie begleitet. Weißt du, wie das ist?«

Frei sein. Ohne jede Sorge einfach voranstürmen in die blaue Unendlichkeit. »Ja«, sagte ich, und einen Moment lang trafen sich unsere Blicke, verstanden wir uns auch ohne Worte.

Als Giulia mich wieder vor dem Hotel absetzte, gab sie mir einen schnellen Kuss auf die Wange. »Wir können morgen Abend Eis essen gehen, wenn ich den Laden abgeschlossen habe.«

Zu dieser Zeit würde ich schon im Flugzeug nach Hawaii sitzen. Der Gedanke drehte mir den Magen um. »Geht es nicht auch am Vormittag? Ab Mittag … bin ich nicht mehr in Neapel.«

Sie reckte das Kinn vor. »So.« Einen Moment lang dachte ich, dass sie einfach knapp *Peccato!* – Schade! sagen würde, doch dann wurde ihr Blick plötzlich weicher. »Na gut. Zehn Uhr.«

Gott sei Dank, ein Mal noch würden wir uns sehen, bevor ich abfahren musste. »Wollen wir in das Café gehen, das schräg gegenüber von deinem Laden ist? Das Eis ist richtig gut da.«

»Nein, nein, nicht dorthin«, erwiderte Giulia fast erschrocken, dachte kurz nach und schrieb mir eine Adresse auf. »Das hier. Also dann, bis morgen.«

Ich nickte, gab ihr den Helm zurück und sah ihr nach, als sie davonbrauste. Keine Ahnung, warum sie das Eiscafé nicht mochte, aber das war mir auch ziemlich egal. Nur noch ein halber Tag, das war alles, was uns blieb. In diesem Moment verwünschte ich sämtliche Vulkane der Welt – ich wollte hierbleiben und sie richtig kennenlernen!

»Na, wie läuft's mit Giulia?«, fragte mein Vater beim Frühstück. »Was habt ihr gemacht?«

»Schwimmen gegangen«, sagte ich.

»In der Müllbrühe?« Mein Vater verzog das Gesicht. Ich schwieg und widmete mich meinem Frühstücksei, entschlossen, das Thema nicht weiter zu vertiefen. Meine Erinnerungen an gestern waren heilig!

Während André und Fred ein letztes Mal unsere Ausrüstung kontrollierten, schlüpfte ich auf die Straße – mein Communicator wies mir den Weg. Im Eiscafé war Giulia allerdings nicht in Sicht, ich erspähte nur zwei alte Frauen, eine Touristenfamilie und jemanden, der sich hinter einem

Ausflugsprospekt verschanzt hatte. Doch dann zuckte der Prospekt zur Seite, und ich sah Giulia dahinter, die mich anstrahlte.

»Was ist mit dem Laden?«, fragte ich und Giulia seufzte.

»Ich habe ein *Geschlossen*-Schild ins Fenster gehängt. Wenn mein Vater das mitbekommt, ist die Hölle los. Ich weiß wirklich nicht, warum ich das mache …« Nervös zwirbelte sie sich eine Haarsträhne um den Finger.

Mein Herz schlug einen Trommelwirbel. Wegen mir. Sie tat es wegen mir!

Giulia nahm Pistazie, Erdbeere und Mango, ich Vanille, Zitrone und Kokos – meine Eiswaffel sah dadurch sehr langweilig aus, aber ich mag nun mal die weißen Sorten besonders. Wir saßen uns gegenüber, blickten uns an und lächelten hin und wieder verlegen. »Wie alt bist du eigentlich?«, fragte ich sie.

»Siebzehn, und du?«

Sollte ich ihr wirklich gestehen, dass ich jünger war als sie? Besser nicht. »Ich auch«, murmelte ich. »Du hast jetzt bestimmt Ferien, oder? Verdienst du dir im Laden was dazu?«

Sie nickte und ihr Blick schweifte unruhig durchs Eiscafé. Wieso war sie so nervös? »Meine Familie hat noch ein paar andere Shops. Manchmal arbeitet auch mein Cousin Luca dort, aber dem macht es noch weniger Spaß als mir.« Wenn sie lächelte, erschienen Grübchen in ihren Wangen und in ihren Augen tanzte ein vergnügter Funke.

Plötzlich hatte ich Lust, den Spieß herumzudrehen. Sie hatte mich getestet, jetzt war ich dran. »Stell dir mal vor …«, begann ich langsam und Giulia zog fragend eine Augenbraue hoch. Hoffentlich fand sie das jetzt nicht total blödsinnig. Ich nahm meinen ganzen Mut zusammen und fuhr fort: »Stell dir vor, eine große Spinne krabbelt direkt vor dir durch eure Wohnung. Was machst du? Schreien und rausrennen? Sie totschlagen? Oder sie rausbringen?«

Giulia grinste. »Weder noch. Ich rufe nach meinem kleinen Bruder, der sperrt sie in ein Glas und findet sein neues Haustier toll.«

Ich musste lächeln, ihre Antwort gefiel mir.

»War das jetzt ein Test? Hab ich bestanden?«, fragte Giulia neugierig und schon deutlich entspannter als zu Anfang.

»Hundert Punkte«, sagte ich und Giulia lächelte verschmitzt.

»Na, dann bin ich ja wieder dran. Wie heißt bei einem Boot das vordere Ende?«

»Bug. Das war aber leicht, denkst du, ich bin die totale Landratte?« Ich war ein kleines bisschen gekränkt. »Und du hast wahrscheinlich den Bootsführerschein oder so was?«

»Sì.« Giulia runzelte die Stirn und schaute zur Decke. »Gut, wenn die Frage zu leicht war, darf ich noch eine stellen. Du gräbst in deinem Garten ein Loch und findest dabei eine Scherbe. Schmeißt du sie weg, haust du mit dem Hammer drauf oder zeigst du sie jemandem im nächsten *museo*?«

»Das kommt ganz drauf an, wo das Loch sich befindet«, meinte ich. »In München würde ich mit dem Hammer draufhauen, weil sie wahrscheinlich von einem alten Blumentopf stammt.«

»Oh. Und in Rom?«

»Behalten. Könnte ein Stück vom Nachttopf irgendeines Kaisers sein.«

Giulia tat so, als würde sie übertrieben aufatmen. »Jetzt hast du auch hundert Punkte.«

»Du interessierst dich also für Archäologie«, schlussfolgerte ich, und zum ersten Mal fiel mir auf, dass sie eine der wenigen Frauen in Neapel war, die kurze, unlackierte Fingernägel hatte.

»Ab und zu schaue ich bei Ausgrabungen zu und manchmal darf ich mithelfen«, erzählte Giulia und ihre Augen begannen zu leuchten. »Leider erlauben meine Eltern bisher nicht, dass ich Archäologie studiere. Sie finden das zu hart und anstrengend – in der sengenden Sonne Knochen ausgraben ist keine Arbeit für eine Frau und solche Sprüche eben. Aber ich habe keine Angst vor harter Arbeit.« Kämpferisch sah sie mich an. »Und was ist mit dir, was willst du mal machen?«

»Irgendetwas mit Tieren und der Natur«, sagte ich, das hatte sie sich nach meiner Testfrage wahrscheinlich schon gedacht. Giulia verzog den Mund zu einem breiten Lächeln.

»Was ist?«, fragte ich irritiert.

»Wir sind wirklich sehr unterschiedlich«, erklärte Giulia. »Du beschäftigst dich gerne mit lebenden Dingen, ich mit toten.«

Ich musste lachen. »Das klingt, als würdest du Zombies dressieren.«

»Dio mio!« Giulia verzog das Gesicht. »Die sind ja nur halb tot. Also nicht tot genug für mich.«

»Ach so. Hätte ja sein können, schließlich magst du Kastelle und das Meer bei Nacht … Ausgrabungsstätten auch?«

Giulia hob elegant eine Augenbraue. »Ausgrabungsstätten sind bei Nacht nicht besonders interessant, außer für dich, wahrscheinlich magst du ja Fledermäuse, oder?«

Ich vergaß die Zeit, während wir herumalberten, aber nach und nach merkte ich, dass irgendetwas Giulia beschäftigte. Sie schaute mich so seltsam an, als würde sie gerne etwas fragen, traue sich aber nicht ganz. Schließlich rückte sie damit heraus. »Findest du mich eigentlich nicht hübsch?«

»Doch, natürlich – warum?«, erwiderte ich fast erschrocken.

Sie lachte. »Na ja, italienische Jungs sagen das auch, weißt du … sie schwärmen von deinen Augen, deiner Figur und so weiter … aber du? Du bist irgendwie so ganz anders als alle, die ich kenne.«

Verlegen zuckte ich die Schultern und versuchte mir auf die Schnelle etwas auszudenken. Heraus kam Kitsch pur. Aber es gab tatsächlich etwas, was ich ihr sagen wollte. »Du bist genau richtig, wie du bist. Außerdem hast du Mut, das gefällt mir.«

Das brachte sie noch einmal zum Lächeln, ich hatte mich nicht blamiert. »Meinst du das Schwimmen am *Castel*? Aber das habe ich schon oft gemacht, dafür brauche ich keinen Mut mehr. *Du* hast welchen gebraucht.« Ihre Finger spielten mit der Korallenkette, die sie trug. »Ich mag dich, weißt du?«

»Ich dich auch«, brachte ich irgendwie heraus, und unsere Blicke trafen sich, hielten sich fest. In ihrem Blick las ich Neugier auf mich, und das ließ meine Knie noch weicher werden, als sie ohnehin schon waren. Hatte mich schon mal ein Mädchen so angeschaut? Wenn ja, dann konnte ich mich nicht daran erinnern.

Doch dann verschloss sich ihr Gesicht wieder, sie wandte sich ab und warf den Rest ihrer Eiswaffel in den Mülleimer neben dem Tisch. »Aber das ist egal, oder? Morgen bist du schon nicht mehr da. Du bist nur ein Tourist. Was soll ich mit einem Touristen anfangen?«

Nur ein Tourist. Das tat weh. Weil es stimmte.

»Wir könnten uns schreiben«, schlug ich verlegen vor, kritzelte meinen vollen Namen und meine Web-Adresse auf eine Papierserviette und schob sie ihr hin. Giulia betrachtete die Serviette, nahm sie aber nicht.

»Wo fliegst du hin?«, fragte sie einfach nur und stand auf. »Zurück nach Deutschland?«

Sie hatte mich abgehakt. Und ich konnte es ihr wirklich nicht verdenken.

»Nach Hawaii – mein Vater dreht einen Dokumentarfilm über Vulkane«, sagte ich, stand ebenfalls auf und zahlte für unser Eis.

»Über Vulkane? *Veramente?*« Giulia wirkte verblüfft.

Dann sah ich auf die Uhr und erschrak. In zehn Minuten würden André und Fred ins Taxi steigen – womöglich ohne mich!

»Giulia …«, sagte ich, doch dann wusste ich nicht mehr, was ich sagen sollte. »Ich muss los. Leider.«

»Ich auch«, sagte Giulia mit flammenden Augen. »*Arrivederci,* Tourist. Und nächstes Mal ziehst du nicht so eine miese Nummer ab und sprichst ein Mädchen an, das du sowieso nie wiedersiehst! So was macht nämlich nur ein *coglione,* ein Arsch!« Abrupt drehte sie sich um und marschierte aus dem Café.

Was für ein beschissener Abschied. Mir war elend zumute, als ich durch die Straßen hetzte. Das Taxi stand schon vor der Tür, als ich keuchend vor dem Hotel ankam. Fred war gerade dabei, die *Arri* vorsichtig im Kofferraum unterzubringen.

Mein Vater war nicht einmal wütend. Er sah mich nur mitleidig an. »Schwer?«, fragte er.

»Ja«, sagte ich und schaute den Rest der Fahrt schweigend aus dem Autofenster.

Hawaii

Meine Laune war noch immer trostlos, als wir endlich ins Flugzeug einsteigen durften. Wenigstens hatte André für uns beide Sitzplätze nebeneinander gewählt, ich hatte kurz befürchtet, er wolle im Flugzeug vielleicht neben seinem Kollegen sitzen. Doch Fred ließ sich nach dem Einsteigen auf der anderen Seite des Gangs nieder, schob sich die Ohrstöpsel seines Players rein und lehnte sich mit geschlossenen Augen im Sitz zurück. Ein paar Töne entwischten – er hörte klassische Musik.

André stopfte seinen Tablet-PC in die Tasche des Vordersitzes, streckte sich kurz und wandte sich dann mir zu. »Sag mal, Jan … wäre es eigentlich okay für dich, wenn du im Film auftauchen würdest?«

»Ja, klar, das ist okay«, sagte ich spontan. Also doch ins Kino, meine Freunde hatten recht gehabt. »Aber wobei willst du mich denn filmen? Ich dachte, wir nehmen Lava auf und so was …«

»Schon, aber der Film heißt ja *Menschen und Vulkane*. Den einen oder anderen Menschen hätte ich schon gerne im Bild.« André grinste. »Ich könnte mir gut vorstellen, dass Fred dich und mich bei deiner ersten Begegnung mit fließender Lava filmt.«

»Kein Problem«, sagte ich überrascht. »Nur … hoffentlich mache ich mich nicht zum Affen dabei.«

»Affen nehmen Reißaus, wenn sie es mit einem Ausbruch zu tun bekommen«, meinte mein Vater. »Menschen rennen hin und wollen das Ganze anschauen. Ein wichtiger Unterschied zwischen den Arten.«

Damit war klar, dass Weglaufen nicht infrage kam. Ich würde nur rennen, wenn André und Fred ebenfalls rannten.

»Wenn ich eine Szene mit mir dämlich finde, kannst du sie ja rausschneiden, oder?«

»Genau. Es ist nicht live. Du brauchst nichts weiter zu tun, als die Kamera zu vergessen und Spaß zu haben.«

Klang gut. Ich nickte. »Schaff ich.«

Der Flug war lang – weit über zwanzig Stunden, mit Zwischenlandungen in London und Los Angeles. Das war reichlich Zeit, um Giulia zu vermissen, Wut auf das Schicksal zu entwickeln und mich mies zu fühlen, weil sie mich für ein Arschloch hielt. Als wir in Los Angeles ankamen, war ich ziemlich erschöpft vom Grübeln und vom langen Herumsitzen im Jet, doch sowohl André als auch Fred wirkten noch völlig frisch. André zog los, um sich im Duty-free-Shop eine Flasche Whisky zu besorgen, während ich mit Fred in einem chromglänzenden Café blieb und mir eine Zahnbürste wünschte, weil ich einen fiesen Geschmack im Mund hatte. Fred schlug die Beine übereinander, nippte an seinem Mineralwasser und beobachtete die Menschen um uns herum.

»Wie lange arbeiten Sie eigentlich schon mit meinem Vater zusammen, Federico?«, fragte ich ihn.

»Acht Jahre«, sagte er. »Haben uns mal auf einem Festival kennengelernt. Wir haben dort beide unsere Filme vorgestellt.«

»Und worum ging es in Ihrem Film?«

»Afghanistan.«

Das machte mich neugierig. »Sind Sie so eine Art … Kriegsberichterstatter?«

»War ich mal«, sagte Fred, holte seinen E-Reader raus und starrte auf den Bildschirm. Okay, okay, schon verstanden.

»Na, ich sehe schon, ihr seid dabei, euch anzufreunden«, sagte eine Stimme munter. André war mit seiner Duty-free-Beute zurück.

Stumm starrten Fred und ich ihn an.

»Los, Jungs, unser Flieger wird bald aufgerufen.« André schwenkte unsere Bordkarten. »Wär toll, wenn ihr eure Hintern hochbekommen würdet.«

Als wir endlich auf der Hawaii-Insel Big Island landeten, wünschte ich mir nur noch eins: möglichst schnell ins Hotel und ins Bett zu dürfen. Aber das dauerte noch, denn erst mussten wir unsere Gepäckberge durch den Zoll bringen und uns einen Mietwagen beschaffen. Ich betrachtete währenddessen stumpfsinnig die Plakate mit *Aloha!*-Willkommensgrüßen und die gekühlten Plastikboxen mit frischen Blumenketten, die man im Souvenirshop kaufen konnte.

Draußen erwartete uns ein grauer Himmel, Regentropfen trafen mein Gesicht. Trotzdem war es warm und in der Luft mischte sich ein dschungeliger Geruch mit Autoabgasen.

In unserem Hotel in Hilo bekamen wir von einer Hawaiianerin mit freundlichem Mondgesicht unseren Schlüssel ausgehändigt. Ich klimperte mit einer Hand auf dem Klavier herum, das in der Lobby stand, und hätte mir um ein Haar die Fingerspitzen amputiert, als der Deckel plötzlich von selbst herunterklappte. Wahrscheinlich fand das Klavier, dass ich zu schlecht spielte.

Schon beim Ausladen begann André, erste Telefongespräche zu führen. Ich hörte ihn lachen und mit jemandem in Englisch scherzen. »... ach, komm, das machst du doch mit links, nein, du bist garantiert keine miese Schauspielerin! Und du bist nicht zu dick, deine Figur ist göttlich, da brauchst du dir wirklich keine Sorgen zu machen! Great, dann also bis morgen Abend.«

André sah wohl meinen fragenden Blick, denn als er seinen Communicator einsteckte, sagte er: »Das war Aolani. Ein tolles Mädchen, du wirst sie mögen. Wir filmen sie bei einer Zeremonie. Aber morgen bist erst mal du dran – du weißt schon, die Szene mit der fließenden Lava. Hier fließt nämlich fast immer welche.«

Beim Gedanken daran schlug mein Herz schon jetzt schneller. Zum ersten Mal echte Lava, und zum ersten Mal vor der Kamera!

Wir fanden ein Restaurant, das auch am Sonntag offen hatte, und aßen riesige Steaks. Hoffnungsvoll checkte ich meine Nachrichten und war enttäuscht – nichts von Giulia da, natürlich nicht. Ich schrieb meiner Mutter, dass wir gut angekommen waren, und fiel ins Bett wie ein Stein.

Am nächsten Morgen wollte ich wieder meine Jeans überstreifen, doch André schüttelte den Kopf, kramte in einer Tasche und zog einen braunen Overall hervor. »Hier, zieh das an. Feuerfester Stoff. Und heute brauchst du deine Wanderstiefel.«

Feuerfest! Es wurde ernst. Meine Finger schafften es kaum, die Schnürsenkel meiner Bergschuhe richtig festzuknoten. Zum ersten Mal rückten die Gedanken an Giulia ein Stück weiter weg.

Nach ein paar pappigen Bagels mit Zuckerguss und lauwarmem Kaffee machten wir uns auf den Weg. Es war noch früh am Morgen, aber schon ziemlich heiß, die Wolken von gestern waren verschwunden. Ich klebte am Autofenster: Sobald wir aus der Stadt raus waren, überwucherte üppiges Grün die Hänge. Palmen, blühende Kletterpflanzen, dichtes Buschwerk überall, doch je höher wir kamen, desto karger wurde die Landschaft. Und schließlich breitete sich raues Schwarz zu beiden Seiten der Straße aus. »Das sind Lavaströme, oder?«, jubelte ich. Kein Vergleich zu diesem überwachsenen, krümeligen Zeug am Vesuv! »Können wir mal anhalten?«

André schüttelte den Kopf. »Lohnt sich nicht – du wirst heute noch genug von dem Zeug sehen. Der Kilauea ist schon seit 1983 fast ohne Pause aktiv, der hat schon eine Menge ausgespuckt.«

Ich nickte und hielt die Klappe. Hätte ihn das wirklich so viel Zeit gekostet, mal kurz anzuhalten? Andererseits: Ich war nur ein Gast bei dieser Filmerei. Maskottchen, Teilzeitschauspieler, Packesel. Wahrscheinlich war der Deal, dass ich mich ganz nach ihm richtete.

Weiter ging es durch die kahle, grauschwarze Landschaft, bis zu einem flachen Gebäude mit einer Art verglastem Flughafen-Tower an einer Seite. »Das Vulkan-Observatorium«, verkündete André und parkte den Wagen.

Im Inneren begrüßte uns ein durchtrainiert wirkender, schlanker Afroamerikaner mit schwarzem T-Shirt und Basecap, herzlich drückte er André die Hand. »Schön, dass du mal wieder vorbeikommst – dein letzter Film war der Hammer, tolle Aufnahmen«, sagte er in Englisch, dann setzte er die Begrüßung bei Fred fort und blickte schließlich mich an. »Neuer Kameraassistent?«

»Das ist Jan, mein Sohn, er begleitet uns bei diesem Dreh«, sagte André und legte kurz den Arm um meine Schultern. Ein warmer Schauer lief durch meinen ganzen Körper. Noch nie hatte er mich so stolz vorgestellt.

»Herzlich willkommen – ich bin Jason Todd, Seismologe hier am Observatory«, sagte der Mann, und zwar auf Deutsch! Konnte das jeder, dem wir begegneten? »Nenn mich Jason.«

»Woher können Sie denn Deutsch?«, fragte ich beeindruckt.

Jason lächelte. »Hab zwei Semester in Hamburg Geologie studiert, dabei habe ich den hier kennengelernt.« Er schlug meinem Vater auf die Schulter und in gespieltem Schmerz knickte André in den Knien ein. »Der da hat schon damals zu viel Zeit in Fitnessstudios zugebracht!«, ächzte er und zeigte auf Jason.

Dann wurden beide wieder ernst. Auf einem großen Bildschirm wurden verschiedene Landkarten eingeblendet, und André, Fred und ich hörten gespannt zu, während Jason skizzierte, wo der aktuelle Ausbruch des Kilauea stattfand, wie man bis dorthin vordringen konnte, wo unterirdische Lavaröhren* bis zum Meer führten und welche Straßen gerade gesperrt waren. Konzentriert verfolgte André seine Ausführungen und nickte hin und wieder. Fast ohne dass ich es merkte, hatte sich eine Frau mit grauen Locken und langer, schmaler Nase hinzugesellt. Sie war sicher schon über sechzig, wirkte aber in ihrem Overall und einem Namensschild, auf dem CAMDEN stand, nicht wirklich wie die Großmutter von nebenan.

* Einige Fachbegriffe der Vulkanologen sind in einem Glossar am Ende des Buches kurz erklärt.

»Samantha, wie sieht's aus, wettest du auf Lavafontänen in den nächsten Tagen?«, meinte Jason Todd zu ihr. Er sprach jetzt wieder Englisch, aber ich verstand ihn ganz gut.

Samantha lächelte, und um ihre Augen erschienen Dutzende von Lachfältchen. »Wenn du da bist, André, dann wird es garantiert welche geben – Pele liebt dich! Und ein bisschen was in die Luft zu schmeißen, ist für eine Vulkangöttin die einfachste Art, dir eine Freude zu machen.«

»Dagegen hätte ich nichts, mein Sohn hier ist auch schon ganz scharf auf die Show«, erwiderte André fröhlich. »Wo könnte das Zeug hochkommen?«

»Darauf haben wir schon einige Wetten laufen – ich tippe auf diese Stelle«, meinte Samantha und berührte mit dem Zeigefinger den Bildschirm. So genau konnte man das feststellen? Samantha sah meinen erstaunten Blick und erklärte: »Die Magmakammer des Kilauea ist ziemlich nah unter der Oberfläche. Wenn das Magma im Vulkan hochsteigt, pumpt es den Boden auf wie einen Ballon, wir kriegen das mit unseren Messinstrumenten natürlich mit.«

Währenddessen hatte Jason einiges ausgedruckt, jetzt reichte er André den Stapel Papier. »So, hier sind eure Genehmigungen und das Formular, das uns von jeder Haftung für eure Gesundheit freistellt. Ihr dürft filmen, wo ihr wollt. Aber seid vorsichtig, ja? Ich habe keine Lust, euch aus irgendeinem Lavatunnel rausziehen zu müssen.«

»Das mit dem Rausziehen mache ich dann schon«, sagte Fred trocken und Jason musste sich ein Lächeln verkneifen.

Dann ging es endlich los.

Feuerfest

»Du hast recht gehabt«, sagte ich und ließ den Blick schweifen. »Es wäre albern gewesen, vorhin wegen ein bisschen Lava anzuhalten.«

André schaute unschuldig drein. »Bist du sicher? Ist hier auch wirklich genug für dich?«

»Ja! Ja! Mehr als genug, vielen Dank.«

»Fein«, sagte André und grinste. »Dann los. Noch ist das Licht gut.« Er rückte den Kamerarucksack auf seinem Rücken zurecht und lud sich das Stativ wieder auf die Schulter.

Das Lavafeld, über das wir zur Ausbruchstelle marschierten, reichte bis zum Horizont. André, Fred und ich balancierten über einen tiefschwarzen Fluss, der mitten in der Bewegung zu festen Strömen, Wirbeln und Kissen versteinert war. »Diese glatte Variante nennen Fachleute Pahoehoe-Lava«, erklärte André, *Pahoihoi* sprach er es aus. »Ein hawaiianisches Wort, es heißt übersetzt Kuchenteig. Die andere, bröckelige Variante wird Aa-Lava genannt.«

Ich musste lachen. »Wirklich?«

»O ja. Kommt angeblich daher, dass die Hawaiianer früher barfuß drübergehen mussten und das so wehtat. A-a!«

»Glaub ich sofort.« Ich bückte mich, hob ein Stück auf und drehte es in der Hand. Die Lava fühlte sich scharfkantig, aber erstaunlich leicht an und war von winzigen Löchern durchzogen.

Eine halbe Stunde später durchquerten wir ein Gebiet, das der Kilauea noch nicht verwüstet hatte – hier wuchsen Büsche und Palmen. Gras und trockene Blätter raschelten unter meinen Schuhen. Die tropische Sonne knallte auf mich herab, und obwohl ein kühler Wind ging, schwitzte ich schon. Mit seinem Schweizer Messer schnitt André von einem abgestorbenen Baum einen Ast herunter. »Wozu brauchst du den?«, fragte ich, aber er lächelte nur und sagte: »Wirst du schon sehen. Fred, machst du ein paar Schwenks?«

Fred nickte, nahm ein bisschen Landschaft auf und filmte uns, wie wir über die Lava wanderten. Ich tat mein Bestes, um ihn zu ignorieren, und besonders gut klappte das, als ich mitten in der Lavamasse ein metergroßes rundes Loch entdeckte. »Das sieht ja komisch aus – wo kommt das denn her?«

»Wirst du bestimmt noch selbst sehen«, sagte mein Vater. Der Spruch nervte allmählich.

Nach einer Stunde Fußmarsch meinte er plötzlich: »Na also, wir sind da.« Mein Puls beschleunigte sich. Dort vorne flimmerte die Luft, es bewegte sich etwas in der schwarzen Wüste. Vier oder fünf andere Leute in bunten Sommerklamotten, mit Kameras in den Händen, standen in der Nähe herum und starrten auf etwas herab. Unwillkürlich ging ich schneller.

Und dann stand ich davor. Ein breiter, dickflüssiger Strom mit flammender Spitze kroch in Zeitlupe durch die Landschaft. Ich vergaß alles andere, wollte nur näher ran, alles ganz genau sehen. Mein Vater lachte. »Mach nur. Wir bauen inzwischen die Kamera auf.«

Als ich mit klopfendem Herzen näher heranging, sah ich, wie eine orangegelbe Masse aus einer Öffnung quoll und heruntertropfte wie warmer Honig. Auf der Oberfläche der Lava schwammen dunkle Inseln wie Eisschollen, bevor das flüssige Gestein nach und nach zu einem dicken schwarzen Schlamm abkühlte. An einer anderen Stelle bewegte sich das geschmolzene Gestein über den Boden vorwärts, schob seine Zungen in die Landschaft. Lautlos war der Strom nicht, er knarzte, pfiff und seufzte.

Ich war noch mehr als zwei Meter von der frischen Lava entfernt, aber sie strahlte eine so große Hitze aus, dass ich nicht näher heranging. Schnell schoss ich mit der kleinen Kamera, die ich mitgenommen hatte, Fotos und schickte sie an ein paar Freunde. Kein Wunder, dass André von Vulkanen fasziniert war, das hier war absolut genial!

Plötzlich stand mein Vater neben mir. Er schälte seelenruhig eine Banane und biss hinein – für ihn war das hier wohl nur ein besserer Picknickausflug! »Nicht übel, was?«, sagte er und deutete mit dem Kinn auf das langsam fließende Gestein. »Willst du mal die Temperatur testen? Ich gehe nie ohne Banane zu einem Flow.« Er riss die Bananenschale in mehrere Stücke und reichte sie mir.

Mit zwei Fingern nahm ich ein Stück Schale und warf. Es landete auf einer glühenden Stelle, zischte auf und verwandelte sich in Asche. Lustig. Beim zweiten Wurf traf ich eine Stelle, die schon abgekühlt aussah, doch die Schale wurde fast genauso schnell schwarz. »Wie viel Grad sind das?«

»Ungefähr achthundert, schätze ich. Das sieht man an der Farbe. Ganz helles Gelb ist am heißesten, Orange ist so mittel.« André lächelte, er schien sich darüber zu freuen, dass mir der Vulkan gefiel. Er wirkte entspannt und doch auf der Hut. Immer wieder blickte er sich um, behielt die Umgebung im Auge. Was befürchtete er? Doch bevor ich ihn fragen konnte, reichte er mir den Ast, den er unterwegs abgeschnitten hatte. »Hier. Magst du mal reinpiken?«

Vorsichtig stieß ich den Ast in die glühende Masse und das Holz fing sofort Feuer. Ich hebelte es hoch und etwas flüssige Lava blieb an der Spitze kleben. »Wow – cool!« Die nächsten Minuten verbrachte ich damit, übermütig Lava aufzuspießen und hochzuschleudern.

»Versuch doch mal, einen Stein daraufzuwerfen«, schlug mein Vater schließlich vor. »Was meinst du – sinkt er ein oder nicht?«

»Ich glaube … er sinkt.«

»Na, dann probier's mal aus.«

Beim ersten Versuch traf ich eine dunkelrote Stelle. Es gab ein klirrendes Geräusch und mein Stein prallte einfach ab. »Das klingt ja, als wäre das Glas!«

»Ist auch genauso spröde. Und bei manchen Ausbrüchen entsteht Obsidian, das ist tatsächlich vulkanisches Glas.«

Verblüfft versuchte ich es mit einem anderen Stein noch mal und erwischte einen gelb glühenden Teil des Stroms. Mein Wurfgeschoss blieb auf der Oberfläche liegen und wurde von der Lava mitgetragen. Unaufhaltsam bewegte der Strom sich weiter, von nichts und niemandem zu stoppen. Wir mussten Schritt für Schritt zurückweichen, um nicht von ihm erfasst zu werden.

»Bist du bereit für ein paar noch bessere Sachen?«, fragte André und ich blickte ihn an. Sein Gesicht war leicht gerötet, und seine Augen glänzten – er sah aus wie ein Freibeuter, der kurz davorsteht, ein feindliches Schiff zu entern.

»Logisch!«, sagte ich.

Wir bewegten uns noch ein Stück weiter von den Touristen weg, zu einem kleineren, schmaleren Teil des Lavastroms. Dann ließ sich mein Vater meinen Rucksack geben, in dem ich für das Team Ausrüstung transportiert hatte. Er brachte daraus ein Paar silbern schimmernde Handschuhe zum Vorschein, dick gepolsterte Fäustlinge. »Erstklassige Qualität.«

»Äh, ja, schön.« Als ich die Handschuhe überstreifte, reichten sie mir bis zu den Ellenbogen. »Und was jetzt?«

»Jetzt greif mal rein.«

»In die Lava?!«

»In die Lava. Bleib einfach ganz ruhig und lass dich nicht ablenken.«

Langsam ging ich auf den glühenden Strom zu und spürte, wie die Hitze auf meinem Gesicht immer intensiver wurde. In der Nähe der Lava war es kaum auszuhalten, deshalb beeilte ich mich und näherte meine Hände der Glut. Näher … näher … und näher. Meine Finger in den silbernen Handschuhen berührten das flüssige Gestein, tauchten ein. Ich spürte einen Widerstand, aber kaum Hitze.

»Wow«, flüsterte ich und formte die Hände zu einer Schale. Einer Schale mit orangegelb glühender Lava darin. Langsam, fast feierlich, hob ich sie hoch, wie ein Priester des Feuers, der ein Opfer darbringt. Schweißtropfen kitzelten auf meinem Gesicht, aber ich beachtete sie nicht, trat nur ein paar Schritte zurück, dorthin, wo es etwas kühler war. Noch nie hatte ich mich so gefühlt … so lebendig, aber völlig ruhig. Ganz da.

Ganz schön schwer war das Zeug. Konnte man das auch kneten? Vorsichtig versuchte ich es und formte einen Ball daraus. Staunendes Gemurmel um mich herum, wahrscheinlich waren die Touristen näher gekommen, um zuzuschauen.

Plötzlich rief eine Frauenstimme: »Sind Sie wahnsinnig? Wie können Sie den Jungen so was machen lassen!«

»Und stopp«, ertönte die Stimme meines Vaters, sie klang etwas gereizt. »Sie stören hier Dreharbeiten, falls Sie es noch nicht gemerkt haben.«

Ich versuchte, das Gefühl von eben wiederzufinden, dieses Staunen. Aber es war weg und stattdessen wurde ich nervös. In meinen Händen glühte noch immer die Lava, allmählich drang etwas von ihrer Hitze durch die gepolsterten Handschuhe. Scheiße, wenn ich etwas davon auf eine ungeschützte Stelle bekam …! Brannte sich das durch bis auf den Knochen?

Als ich versuchte, das Zeug fallen zu lassen, löste es sich nicht gleich von einem der Handschuhe. Verdammt! Ich schüttelte die Hände, schwarze Stücke lösten sich und fielen zu Boden. Gleichzeitig sah ich aus dem Augenwinkel, dass jemand rasch auf mich und meinen Vater zuging, und versuchte mitzubekommen, was dort los war. Keine gute Idee. Um ein Haar hätte eins der frischen Lavastücke – heißer als jede Herdplatte – meinen Fuß getroffen, es verfehlte meinen Wanderschuh nur um Zentimeter.

Ein unangenehmes Kribbeln durchlief mich. Ich hatte mich ablenken lassen und fast wäre es schiefgegangen. Gut, dass mein Vater davon nichts mitbekommen hatte, er blickte der wütenden Touristin entgegen. Nur Fred, der die Kamera auf der Schulter trug, hatte den Beinahe-Unfall bemerkt. Doch er schnauzte mich nicht an, sondern sagte nur: »Komm, wir gehen besser dort vorne hin«, und deutete mit dem Kinn auf eine Stelle etwas abseits der fließenden Lava. Dort warteten wir und Fred behielt den Strom wachsam im Auge.

Die junge Frau hatte kurzes, blond gesträhntes Haar, sie wirkte sportlich und resolut in ihren Sneakers und kakifarbenen Shorts. Irgendwie erinnerte sie mich an meine Grundschullehrerin. Zwei Meter von uns entfernt blieb sie stehen und hob kämpferisch das Kinn. »Ich habe großen Respekt vor Ihren Dreharbeiten, Mister, aber was haben Sie sich dabei gedacht, einen Minderjährigen dafür einzuspannen? Ich habe gesehen, was Sie und der Junge gemacht haben! Das war absolut unverantwortlich!«

»Ach wirklich?« Andrés Stimme war ruhig, doch in seinen Augen glomm ein gefährlicher Funke.

»Ja! Wissen Sie denn nicht, wie riskant das hier ist?«

»Das weiß ich ziemlich gut«, sagte mein Vater gelassen und ein Grinsen breitete sich auf meinem Gesicht aus. Gleich würde er diesen Leuten sagen, dass sie es mit einem Vulkanologen zu tun hatten – dann war Ruhe! »Und außerdem«, fuhr André fort, »ist dieser Junge volljährig, er kann selbst entscheiden, was er tut oder lässt.«

He, Moment mal – volljährig? Wieso log er die Frau an?

Am liebsten hätte ich mich abgewandt, diesen ganzen Streit ausgeblendet und weiter die Lava beobachtet. Stattdessen streifte ich ungeschickt die silbernen Handschuhe ab, und da sie sich schon abgekühlt hatten, faltete ich sie zusammen und brachte sie wieder im Rucksack unter.

»So!« Die Frau wirkte noch nicht besänftigt. »Und wer in aller Welt hat es genehmigt, dass Sie hier solche gefährlichen Experimente machen?«

»Das *Hawaiian Volcano Observatory*«, entgegnete mein Vater mit einem milden Lächeln. »Sie werden sicher Verständnis dafür haben, dass wir jetzt unsere Dreharbeiten fortsetzen.«

»Was ist, wenn ich Sie anzeige?« Mit gerötetem Gesicht funkelte die Frau André an, der ihr mit verschränkten Armen gegenüberstand. Mein Herzschlag stockte. Einen Moment lang sprach niemand.

»Tun Sie das, wenn Sie möchten«, sagte André schließlich und zückte seinen Communicator. »Ich schicke Ihnen meine Daten.«

Na endlich! Ich beobachtete die Frau genau, um nicht zu verpassen, wie sie dreinschauen würde. Sie ließ sich Andrés digitale Visitenkarte auf ihr Gerät schicken, las sie und zog die Augenbrauen hoch. »Ach, so ist das«, sagte sie. »Sie sollten die Risiken eigentlich kennen.«

»Ja, davon können Sie ausgehen«, meinte mein Vater freundlich und lächelte sie an.

Das Gesicht der jungen Frau wurde noch röter, plötzlich wirkte sie verlegen. Hektisch drückte sie auf ihrem Gerät herum und schickte ihre eigenen Daten an meinen Vater. »Rufen Sie an, wenn Sie noch etwas zum Thema zu sagen haben«, sagte sie kühl, dann drehte sie sich um und ging zu ihren Freunden zurück.

Auf Andrés Gesicht stand ein winziges Lächeln. Er steckte seinen Communicator wieder ein und wandte sich Fred zu. »Wie sieht's aus? Taugen die Bilder was?«

»Ja«, sagte er. »Aber wir sollten hier verschwinden. Dort vorne nähert sich eine zweite Zunge.«

Als ich aufblickte, sah auch ich, dass ein paar Hundert Meter weiter ein zweiter Ausläufer des Lavastroms herankroch. Wenn man vor lauter Staunen den zweiten Strom nicht bemerkte, konnte man wahrscheinlich eingeschlossen werden. Und dann sah es übel aus.

»Seien wir mal nett und warnen wir die anderen«, murmelte mein Vater. »Möchte ja nicht dafür verantwortlich sein, dass die gegrillt werden.«

Er ging zu den Touristen hinüber und zeigte auf verschiedene Stellen am Berghang, dann kehrte er zu uns zurück und wir machten uns auf den Rückweg.

»Meinst du, die verklagt dich wirklich?«, fragte ich André.

»Im Leben nicht.« André grinste, und plötzlich wurde mir klar, was da eben abgelaufen war. Hatte diese Frau ihm etwa ihre Nummer gegeben, weil er ihr gefiel? O Mann, wie machte er das nur? Okay, ich hatte es auch irgendwie hingekriegt, dass Giulia sich mit mir traf, aber er hätte dafür garantiert nicht tonnenweise Souvenirs kaufen müssen …

Auf dem Rückweg sahen wir, wie die vorankriechende Lava eine Palme erreichte. Die rotschwarze Masse floss um den Stamm herum, und einen Moment schien es so, als würde das dem Baum nicht viel ausmachen. Einsam ragte er aus dem schwarzen Meer, das ihn nun umgab.

Dann fing die Palme ganz plötzlich Feuer, vom einen auf den anderen Moment loderte sie wie eine Fackel. Mein Vater filmte, Fred und ich beobachteten schweigend. Nach wenigen Minuten war es vorbei. Von der Palme war nichts übrig.

Nur ein rundes Loch in der Lava, wo der Stamm gewesen war.

Ohne Peles Gnade

»Schönes Licht. Aber du hättest noch einen Tick näher rangehen können, Fred.«

Wir saßen im Hotelzimmer, umgeben von staubigen Overalls, silbernen Anzugteilen, Kameraakkus, die an Ladegeräten hingen, und jeder Menge anderer Ausrüstung. Gerade hatten André und Fred die Aufnahmen des Tages auf einen Laptop überspielt, damit wir sie anschauen konnten.

»Warum hast du hier nicht reingezoomt?«, meckerte mein Vater, und Fred sah aus, als hätte er in einen verdorbenen Hamburger gebissen.

»Morgen drehst du, Boss«, knurrte er.

»Immerhin, Jan war große Klasse.« Mein Vater strahlte mich an. »Toll geworden. Das nehmen wir auf jeden Fall in die Endfassung rein.«

Etwas verlegen sah ich mir selbst zu, wie ich das flüssige Gestein mit den Händen schöpfte. Fred hatte mich mit dem Teleobjektiv gefilmt, und man sah, wie das Glühen der Lava einen rötlichen Schimmer auf mein andächtiges Gesicht warf.

»Du hast völlig vergessen, dass du gefilmt wirst, was?«, zog André mich auf. »Wir hätten dir die Kamera direkt neben die Backe halten können und du hättest nichts davon gemerkt.«

»Quatsch, ich bin einfach nur ein verdammt guter Schauspieler«, gab ich gespielt hochnäsig zurück. Jetzt kamen noch ein paar Nahaufnahmen der Lava. Sah aus wie ein schweres Leck in einer Fabrik für Orangenmarmelade. »Eins ist sicher – das ist das Coolste, was ich jemals machen durfte. Mit Abstand!«

»Im Ernst?« Mein Vater sah ein bisschen gerührt aus.

»Im Ernst.«

»Freut mich, dass es dir gefallen hat.« Vergnügt holte er eine Flasche aus dem Kühlschrank der Minibar. Sekt, wie sich herausstellte. »So was habe ich mir fast gedacht. Ich würde sagen, stoßen wir gleich mal an auf deine Lavataufe und dein Kameradebüt!«

Wir hatten zwar keine Sektflöten, aber Zahnputzgläser taten es auch. Sogar Freds Mundwinkel bewegten sich nach oben, als André rief: »Auf den zukünftigen Vulkanbändiger Jan!«

Der Sekt schmeckte mir nicht besonders, aber das machte nichts, ich schwebte noch immer auf einer Glückswelle. Wir waren erst ein paar Tage unterwegs und schon hatte ich ein tolles Mädchen kennengelernt und Lava in der Hand gehalten. Keine Frage, das würden die besten Ferien der Welt werden und sie hatten gerade erst angefangen!

»Wie bändigt man eigentlich einen Vulkan?«, fragte ich André.

»Durch Wasserreingießen jedenfalls nicht«, brummte Fred. »Das gibt nämlich 'ne Dampfexplosion.«

»Der wahre Trick ist: Deckel drauf und zuhalten«, behauptete André und ich musste tatsächlich kichern. Holla, der Sekt ging schnell ins Blut!

Nachdem wir genug herumgealbert hatten, schauten wir uns den Rest unserer Lavaaufnahmen an. »War das jetzt eigentlich gefährlich oder nicht, was wir gemacht haben?«, fragte ich.

»Ach, es kommen nicht viele Leute durch Lava um«, bemerkte mein Vater, den Blick wieder auf den Bildschirm gerichtet. »Weitaus mehr erwischt es durch Steine, die während eines Ausbruchs hochgeschleudert werden, durch vulkanische Schlammlawinen oder Glutwolken. Und ich war mal dabei, als ein russischer Student in Kamtschatka in eine Fumarole gefallen ist.«

Ich wusste schon, was eine Fumarole war – eine Öffnung im Vulkangestein, aus der heiße Gase aus dem Erdinneren hochfauchten. »Hat er es überlebt?«

»Nein. Er war einfach weg. Um die Fumarole herum war nämlich so eine Art Schlamm, in dem ist er verschwunden wie in Treibsand.«

Uäh – der arme Student!

»Aber unser Fred hier«, fuhr André ungerührt fort, »ist schon mal von Lavaströmen eingeschlossen worden.«

Ich starrte Fred an, der neben uns den Bildschirm beobachtete. »Wie bist du da wieder rausgekommen?«

»Bin über einen der Ströme drübergelaufen«, erklärte er. »Hast ja gesehen, dass die Lava ziemlich fest ist. Hat mich getragen.«

»Aber … hast du dich dabei nicht verletzt?«

»*No.* Nur meine Schuhsohlen sind geschmolzen.«

Allmählich wurde mir klar, warum mein Vater mich gebeten hatte, drei Paar Wanderschuhe mitzubringen. Hatte er vor, mich für den Film über frische Lava zu hetzen?

Mein Communicator klingelte und ich blickte auf die Anruferkennung. Meine Mutter! »Hi, Mama«, sagte ich betont munter. »Wie geht's?«

»Das wollte ich eigentlich dich fragen! Alles klar bei euch? Was habt ihr heute gemacht?«

Mein Hirn schaltete kurz in den Panik-Modus. Eins war klar, es gab Dinge, die meine Mutter besser nicht wusste – sonst war's vorbei mit ihrem Seelenfrieden. Aber im Lügen war ich nicht besonders gut. »Wir haben einen Lavastrom gefilmt«, gestand ich.

»Oje! Du hast doch hoffentlich Abstand gehalten?«

»Äh, ja! Klar!«

Mein Vater und Fred grinsten sich an. Ich zog eine Grimasse.

Schon erzählte meine Mutter weiter, von ihrem neuen Auftrag, von einer Kollegin, die unerwartet schwanger geworden war, und dass meine Katze Lucky mich vermisste. »Knuddel sie ordentlich von mir«, sagte ich und war froh, als ich auflegen konnte.

»Ich fürchte, irgendwann kommt es raus, was wir heute wirklich gemacht haben«, meinte mein Vater und deutete auf den Bildschirm. »Und zwar allerspätestens dann, wenn es gesendet wird.«

Verdammt! Daran hatte ich nicht gedacht. Mir wurde ganz heiß. »Wann wird das denn sein?«

»Dauert noch gut ein Jahr, wenn nicht sogar eineinhalb«, beruhigte mich Fred. »Allein der Schnitt des Films dauert locker ein paar Monate.«

Ich atmete auf. »Bis dahin bin ich *wirklich* volljährig und meine Mutter kann mir zumindest keinen Hausarrest erteilen oder so was.«

Mein Vater reagierte überhaupt nicht, schaute einfach weiter auf den Bildschirm. Vielleicht hatte er schon vergessen, was er der Frau gegenüber behauptet hatte. Und wahrscheinlich betrachtete er sich als nicht zuständig für Erziehungsmaßnahmen.

Nachdem wir die Aufnahmen fertig gesichtet hatten, kam ich endlich dazu, meine Nachrichten durchzugehen. Nichts Besonderes. Doch dann setzte mein Herzschlag einen Moment lang aus – ich hatte eine Freundschaftsanfrage von einer Giulia Pasotti! Konnte das sein, war das meine Giulia? O mein Gott, und eine Nachricht hatte sie auch geschickt.

Hi, Jan,
bestimmt bist du jetzt auf Hawaii. Hast du gewusst, dass wir nicht mal gleichzeitig den Mond anschauen können? Wenn er bei mir am Himmel steht, ist er bei euch schon längst vorbeigekommen. Oder umgekehrt. Ist das nicht schade?
Ciao! Giulia Pasotti
PS: Es fühlte sich ein bisschen komisch an, heute im Geschäft zu stehen. Weil ich ja wusste, dass du nicht vorbeikommen würdest.
PPS: Für diese bescheuerte Nachricht habe ich eine Stunde gebraucht! Ich weiß ja nicht mal, wer du wirklich bist!

Meine Finger flogen über die Tasten.

Buon giorno, Giulia,
natürlich kennst du mich nicht wirklich. Ich habe noch ein Dutzend düstere Geheimnisse, die ich dir auf keinen Fall anvertrauen werde. Nicht geheim ist, dass ich heute mit den Händen Lava geknetet habe. Die kam ganz frisch aus dem Kilauea und war noch richtig schön weich.
Ciao,
Jan

PS: Ja, das mit dem Mond nervt, ich hatte schon auf ihn gezählt. Ich denke einfach so an dich, okay?

Dann lag ich mit einem seligen Grinsen auf meinem Hotelbett und war froh, dass mein Vater mal wieder telefonierte und es nicht bemerkte. Wie kam es, dass Giulia mir über Facebook schrieb? Die Serviette hatte sie ja liegen lassen. Aber wahrscheinlich hatte sie darauf meinen Namen gelesen und dann auf FB nach mir gesucht. Ihre Nachricht klang irgendwie romantisch! Hieß das, sie hielt mich nicht mehr für einen Arsch?

Am Abend trafen wir uns in einem Restaurant mit Aolani, die mein Vater schon bei einem seiner letzten Besuche auf den Inseln kennengelernt hatte.

»Und, willst du etwa auch Vulkanologe werden wie André?« Aolani, die neben meinem Vater saß, strahlte mich an und wartete auf meine Antwort. Sie war etwa Mitte zwanzig, hatte ein rundes Gesicht und strahlend weiße Zähne. Die langen schwarzen Haare fielen ihr bis über den Rücken. Man hätte sie sich prima mit einer Ukulele und einem Blumenkranz vorstellen können, aber hier im Restaurant trug sie einfach ein Flower-Top aus Hibiskusblüten und dazu Jeans. Keine Ahnung, warum sie am Telefon wegen ihrer Figur herumgejammert hatte, ich fand sie genau richtig.

Ich warf meinem Vater einen Blick zu. Er nahm gerade einen Schluck von seinem Bier und ließ den Blick durch das Restaurant schweifen, doch ich wusste, dass er zuhörte.

»Nein«, antwortete ich Aolani. »Vulkane sind zwar total interessant, aber … ich weiß nicht. Wahrscheinlich werde ich Biologe. Ich habe schon als Kind im Wald Käfer gefangen.«

Aolani lachte. »Biologe? Das ist ja was *ganz* anderes.« Es klang ein bisschen abfällig.

»Stimmt«, sagte ich knapp. Klar, ich war anders als mein Vater, aber was genau war daran so furchtbar lustig? Hatte sie eine Miniaturausgabe von André erwartet?

»Pflanzen sind dazu da, gegessen zu werden«, sagte mein Vater und pikste ein Stück überbackene Aubergine auf die Gabel. »Vulkane dagegen ... das sind Urgewalten.« Sein Gesicht begann zu leuchten und die Aubergine strandete auf halbem Weg zum Mund, er hatte sein Essen völlig vergessen. »Solche Berge sind nicht einfach totes Gestein, sie leben! Und es gibt nichts auf der Welt, das eine solche unglaubliche Kraft hat wie ein Vulkan.«

»Ja«, sagte Aolani und ein Mona-Lisa-Lächeln schwebte um ihre Lippen. »Deshalb ist es gut, wenn man Ehrfurcht vor ihnen hat. Sonst straft einen Pele. Sie ist keine Göttin, die leicht verzeiht.«

Wieder diese Vulkangöttin, jeder hier schien über sie zu reden. »Glaubst du wirklich an so was?«, entfuhr es mir und Aolanis Lächeln schwand.

»Ja – was ist dabei, wenn ich fragen darf?«

Wenn diese Frau an irgendwelche komischen Götter glauben wollte, dann sollte sie doch! »Blöde Bemerkung. Sorry«, sagte ich und beugte mich über meinen Teller, ohne Aolani oder meinen Vater noch einmal anzusehen. Okay, ich hatte eine taktlose Frage gestellt, aber was mein Vater gesagt hatte, war nicht weniger dämlich. *Pflanzen sind dazu da, gegessen zu werden,* o Mann! Er war doch so viel herumgekommen ... hatte er noch nie im Leben über eine Orchidee gestaunt, die auf einem Ast im Regenwald blühte? Oder einen jahrhundertealten Baum bewundert?

André schien nicht zu bemerken, dass ich mich unwohl fühlte, oder vielleicht interessierte es ihn auch nicht. Stattdessen lächelte er Aolani an und begann mit ihr abzusprechen, was er morgen filmen wollte. Moment mal, was genau würde er aufnehmen – eine Zeremonie, in der wir der Vulkangöttin opferten?

»Ich habe eigentlich keine Lust, irgendwelche Götter zu beschenken«, mischte ich mich ein.

Diesmal war es mein Vater, der lachte. »*Du* musst das auch nicht machen, da hast du nicht richtig zugehört. Aolani macht das schon, dafür braucht sie unsere Hilfe nicht.«

»Gut«, sagte ich, legte mein Besteck hin und beschloss, mit dieser Frau nicht mehr als nötig zu reden. Es passte einfach nicht zwischen uns dreien. Ich hoffte, dass diese dämliche Opferzeremonie ein Fiasko werden würde und sie wirklich eine so schlechte Schauspielerin war, wie sie befürchtete.

Zum Abschied küssten André und Aolani sich auf den Mund. War sie seine Freundin? Gut möglich. Seltsames Gefühl. Wenn er mit ihr Kinder bekam, waren das meine Halbgeschwister. Ich konnte nur hoffen, dass es nichts Ernstes war zwischen den beiden.

Hi, Jan,
du hast Lava geknetet? Pazza idea – völlig verrückt! Wo ist das Beweisfoto?
Mit meinem kleinen Bruder war ich heute angeln. Aber wir haben nicht mal eine winzige Sardine erwischt.
Ich habe leider nicht von dir geträumt, sondern von meinem verstorbenen Opa. Meine Tante Assunta hat mir ganz genau erklärt, für welche Lottozahlen das steht, was

er im Traum getan und gesagt hat. Für alle Fälle gebe ich mal einen Lottoschein ab.
Ciao,
Giulia
PS: Du fehlst mir!

Hi, Giulia,
du fehlst mir auch. Ich würde zu gerne sagen, dass ich bald wiederkomme und dir dann einen zwei Zentner schweren Thunfisch für die Pfanne mitbringe, aber ich glaube, das klappt nicht. Wieso konnten wir uns nicht einfach in Deutschland begegnen (wo ich in ein paar Wochen wieder bin)? In einem Laden mit Souvenirs aus Bayern womöglich?
Ciao, Jan
PS: Meint ihr das ernst mit den Lottozahlen?

Am nächsten Morgen, noch vor Sonnenaufgang, holten wir Aolani mit dem Auto ab. Im Halbdunkel der Innenbeleuchtung sah ich, dass sie diesmal Sandalen, ein bodenlanges rotes Kleid und eine Hibiskusblüte im Haar trug. Der Lederrucksack über ihrer Schulter passte nicht ganz ins Bild, aber auch so sah sie leider fantastisch aus. Als sie mich anlächelte und mit ihrer melodischen Stimme »Hi« sagte, hätte das neunundneunzig Prozent aller Jungs zerfließen lassen. Bei mir funktionierte es nicht, weil ich sowieso nur an Giulia denken konnte, und ich grunzte irgendetwas zurück. Mein Vater küsste Aolani zur Begrüßung, dann kehrten wir ins Reich des Kilauea zurück. Ohne Fred diesmal, er war im Hotel geblieben, um eins seiner Geräte zu reparieren.

Für den Marsch bis zum Kraterrand zog sich Aolani Sneakers an, die sie aus ihrem Rucksack holte. Klaglos wanderte sie in ihren schicken Sachen durch die stille, dunkle Landschaft und der Lichtkegel ihrer Taschenlampe strich über den Boden vor uns.

Als wir am Rand des Kraters angekommen waren, sog ich beeindruckt die Luft ein. Es war zwar noch nicht richtig hell, aber man konnte schon erkennen, dass hier in der tellerflachen Ebene ein riesiges Loch klaffte. Ganz plötzlich, ohne Übergang, ging es steil nach unten. Der andere Rand des Kraters war bestimmt einen Kilometer entfernt.

Mein Vater begann, seine Kamera aufzubauen. »So, jetzt bist du dran. Weißt du noch, wie es geht? Erst das Objektiv anschrauben, dann den Akku anflanschen …«

Ich folgte seinen Anweisungen und beobachtete aus den Augenwinkeln Aolani, die aus ihrem Rucksack eine Tüte mit Murmeln – oder waren das Beeren? – und eine Flasche zum Vorschein brachte. Verdutzt wandte ich mich um und versuchte, das Etikett zu erkennen. »Gin«, erklärte Aolani, als sie meinen Blick bemerkte. »Pele mag Gin. Und Ohelo-Beeren sind ihr heilig, man darf sie nicht essen, ohne ihr die ersten zu schenken.«

Eine versoffene Göttin. Das wurde ja immer besser. Unwillkürlich musste ich grinsen. Leider sah es Aolani und mit unbewegtem Gesicht wandte sie sich ab. Oje. Sofort tat es mir leid. So war ich doch sonst nicht.

»Okay, konzentriert euch jetzt bitte«, mahnte mein Vater. »Gleich ist die High-Speed-Kamera warm und wir können drehen.« Keinen Moment zu früh, schon ging die Sonne auf. Aolani schritt den Krater entlang, bis mein Vater »Stopp« sagte. Dann hieß es: »Okay, Action, bitte!«

Und Aolani verwandelte sich. Im Gegenlicht wurde sie zu einer leuchtenden Gestalt, die ihre Arme dem Himmel entgegenstreckte. Ihre hawaiianischen Beschwörungformeln klangen weich und geheimnisvoll und ihr Körper bewegte sich im Rhythmus einer unhörbaren Melodie. Fasziniert beobachtete ich sie. Kein einziges Mal sah sie zu uns herüber, wir waren nicht mehr wichtig, sie war allein mit ihrer Göttin.

Feierlich warf Aolani eine Handvoll der roten Beeren in den Krater. Ich schaute so gebannt zu, dass ich zusammenzuckte, als die junge Hawaiianerin die Flasche Gin hinterherschleuderte.

Der Communicator meines Vaters gab einen schrillen Sirenenton von sich. »Stopp!«, knurrte André in unsere Richtung, dann zog er das Gerät hervor. »Ja?«, sagte er ungeduldig – doch dann veränderte sich seine Stimme. »Wo? Seit wann? Danke, Jason, bin gleich vor Ort!«

»Was ist?«, fragte ich aufgeregt, aber als ich sein leuchtendes Gesicht sah, ahnte ich schon, was los war.

»Eine Lavafontäne. Etwa acht Kilometer von hier.«

War das Zufall? Glück? Hatte Pele den Gin nicht vertragen oder war das ihr Dankeschön dafür?

Hastig begann mein Vater, die Kamera abzubauen, und schnauzte mir Befehle zu. Ich half, so gut ich konnte, und lud mir das Stativ auf, als wir uns eilig auf den Rückweg machten.

Mein Vater organisierte einen Hubschrauber und bestand darauf, dass der Pilot Gary – ein Typ mit schulterlangen Locken, der ohne Unterlass Kaugummi kaute – eine der Seitentüren aushängte. Kurz darauf flogen wir über die wüste schwarze Landschaft, auf etwas zu, das aussah, als wäre es nicht von dieser Welt. Der Fahrtwind brauste mir um die Ohren, und ich verrenkte mir den Hals, um einen besseren

Blick darauf zu bekommen. Dort vorne war ein langer Riss im Boden, dünnflüssige orangerote Lava sprühte vierzig, fünfzig Meter in die Höhe und stürzte wie in Zeitlupe auf den Boden zurück. Selbst über das Flappen des Helikopters konnte man den Lärm der Fontäne hören, sie röhrte wie ein Düsenjet. Es hätte auch ein verdammt guter Special Effect aus irgendeinem Film sein können, aber das war es nicht, das hier war echt! Der Wahnsinn! Es gab wahrscheinlich nur eine Handvoll von Menschen, die so etwas schon einmal gesehen hatten. Rasch schoss ich ein paar Fotos.

»Großartig«, murmelte mein Vater. Er klinkte ein Seil mit Karabinerhaken an seinen Gürtel, hob sich die Kamera auf die Schulter und begann zu filmen. Ich fand es ziemlich gruselig, dass er sich dabei halb aus der Tür hängte, besonders als der Hubschrauber in die Kurve ging.

»Nicht rausfallen, okay?«, sagte ich schwach, und mein Vater erwiderte gut gelaunt: »Keine Sorge«, ohne die Kamera abzusetzen. »Jetzt weiter nach links«, kommandierte er durch das Mikro an seinem Headset und der Heli zog zur Seite.

Auch Aolani staunte aus der Glaskanzel die Feuerfontäne an und knipste sie mit ihrer kleinen Kamera. Dann schaute sie ganz plötzlich zu mir herüber und rief mir über den Krach zu: »Na, wie findest du es? Schön, was?«

»Na ja, eher ein Springbrunnen aus der Hölle«, gab ich zurück und erwartete halb, dass sie das wieder in den falschen Hals bekommen würde. Doch Aolani lächelte nur und schoss noch ein paar Fotos von der Fontäne – und von André, der auf der Kufe des Hubschraubers balancierte wie Daniel Craig in irgendeiner James-Bond-Szene. Stolz stieg in mir hoch.

Ich hatte Aolani nicht ganz die Wahrheit gesagt. Ja, die Fontäne war auch schön. Ich hatte nicht geahnt, dass Vulkane so schön sein konnten …

Mein Vater schob sich wieder auf seinen Sitz. »Hört mal zu, ihr beiden«, sagte er. »Ich würde gerne noch ein Stück weiter rangehen, aber vielleicht ist es besser, ihr seid dabei nicht an Bord. Mein Vorschlag: Wir setzen euch ein Stück entfernt ab, fliegen weiter und holen euch in einer halben Stunde oder so wieder ab. Okay?«

Aolani sah nicht sehr begeistert aus, doch mein Vater gab ihr einen Kuss, und schließlich nickte sie. Ich wollte fragen, was genau er mit »noch ein Stück weiter ran« meinte, doch André hatte es eilig, ich sah, dass er ganz kribbelig war und endlich loswollte. Also sagte ich einfach: »Okay.«

Mein Vater redete kurz mit Gary, dem Piloten, dann drückte er mir ein Funkgerät in die Hand. Es hatte schon bessere Tage gesehen, an den Ecken war die Farbe abgewetzt und das blanke Metall schimmerte durch. »Hier, damit könnt ihr uns hören und wenn nötig rufen. Wir bleiben in Verbindung.« Ich stopfte das Ding in die Tasche meiner Jeans.

Gary wollte auf dem mit Felsen übersäten Boden nicht landen, daher ließ er den Hubschrauber einen halben Meter über dem Boden schweben. Staub wirbelte auf und kratzte mir in den Augen. Aolani und ich kletterten auf die Kufe und hüpften von dort hinunter. Ich war mit einer schönen Frau aus einem Hubschrauber abgesprungen! Wenn ich das Noah und Finn erzählte!

Als der Hubschrauber mit ohrenbetäubendem Knattern wieder abgedüst war, blickte die schöne Frau an sich hinunter und sagte: »Fuck!«

»Was ist denn?«, fragte ich verwirrt.

»Ich hab den Rucksack mit meinen Sneakers an Bord vergessen«, stöhnte Aolani und strich sich ein paar in die Stirn gewirbelte Haarsträhnen hinters Ohr. »Mit Sandalen auf diesem Boden, das gibt zerschrammte Füße.«

»Wir könnten den Piloten rufen und sagen, dass er den Rucksack bei uns abwerfen soll.«

»Spinnst du? Da ist meine Kamera drin!«

Dann halt nicht. Ich blickte mich um. Wir waren völlig allein in einer schwarzen Wüste. Kein Baum, kein Grashalm, kein Tier war in der Nähe, nicht mal eine Ameise sah ich auf dem rauen Boden. Auch Schatten gab es hier nicht. Mir war heiß, und ich hätte gerne etwas getrunken, aber auch meine Wasserflasche war im Hubschrauber. Wir hatten nicht mal eine Bananenschale.

Schweigend beobachteten wir die Lavafontäne, die ich von hier aus mit der ausgestreckten Hand verdecken konnte, und sahen zu, wie der Hubschrauber sich ihr näherte. Aus dem Funkgerät drang der Soundtrack dazu.

»Jetzt umkreisen, bitte.« Das war mein Vater.

»Roger.« Die knappe Stimme von Gary.

»Mehr nach rechts. Und jetzt näher ran.«

»Ehrlich gesagt sind wir schon ganz schön nah. Die Turbulenzen sind übel …«

»Verdammt, gehen Sie näher! Sie versauen mir sonst die Aufnahme!«

Der Pilot murmelte etwas Unfreundliches, aber er tat wie geheißen.

Aolani seufzte tief. »Typisch André. Macht er das mit dir auch? Dich zu Sachen überreden, die dir gar nicht so recht sind?«

»Bisher ging's noch«, meinte ich, und plötzlich mussten wir beide grinsen. »Meinst du diesen Auftritt am Krater?«

Sie verzog das Gesicht. »Na ja, dafür musste er mich nur ein *bisschen* überzeugen. Ich opfere Pele ja normalerweise auch, weißt du. Nur nicht in so einem Outfit.«

»Du hast es jedenfalls toll gemacht«, sagte ich verlegen, und Aolani strahlte. Ihre Zähne waren unglaublich weiß. »Danke. Ich bin schon in einem anderen seiner Dokumentarfilme. Aber nur zwei Sekunden lang, als Mädchen an der Hotelrezeption. Dort hab ich gearbeitet, als wir uns kennengelernt haben.«

Wir beobachteten wieder den Hubschrauber.

»Und jetzt ein bisschen tiefer.«

»Shit, nein! Wenn Lavastücke uns treffen, dann sehen wir verdammt alt aus!«

»Ach, halb so wild, ich zahle die Reparatur.«

Meine Hände verkrampften sich wie von selbst. Was machten die da? Warum hörte André nicht auf, den Piloten zu drängen? Ich blickte zu Aolani hinüber und konnte sehen, dass ihr das Ganze ähnlich unheimlich war wie mir. Sie hatte die Arme um den Körper geschlungen, als sei ihr kalt, und ließ den Blick nicht von der kleinen, gelb-weiß gestrichenen Maschine, deren Rotor in der Sonne flirrte.

Beunruhigt beobachteten wir, wie der Hubschrauber in den Turbulenzen der heißen, nach oben strömenden Luft schwankte. Von hier aus wirkte es so, als sei die Maschine schon direkt über der Feuerfontäne.

»Es geht mir nicht um die verfickte Reparatur – holy shit, ich will am Leben bleiben!«

»Ach, kommen Sie, da geht noch was. Noch ein bisschen tiefer …«

»Können Sie vergessen!«

Mein Daumen schwebte über der Sendetaste. Ich wollte ihn anschreien, vorsichtig zu sein, mit dem Mist aufzuhören, aber ich wusste, dass es nichts bewirken würde. Er hatte jetzt nur seinen Film im Kopf, bessere und noch bessere Bilder. Eigentlich hätte ich mir denken können, dass Vulkanologe ein verdammt gefährlicher Beruf war, aber so richtig klar wurde es mir jetzt erst.

»Gut, dass sich Gary weigert. Er wird bestimmt gleich umkehren«, sagte Aolani und zwang sich ein Lächeln ab, das mich wohl beruhigen sollte. Immer wieder blickte sie sich um. Was war los? Fühlte sie sich unwohl hier?

»Besser, wir gehen schon mal zu einer Stelle, wo der Heli landen kann«, sagte die junge Hawaiianerin schließlich.

»Gute Idee«, meinte ich grimmig und trat gegen einen der Lavabrocken, die in der Gegend herumlagen. »Welche Richtung?«

Aolani zuckte die Schultern und so setzte ich mich einfach in Bewegung. Eigenartig, diese Lava hier. Sie bestand aus einer dünnen schwarzen Kruste, und wenn ich darauf ging, klang es, als würden unter meinen Füßen Eierschalen zerbrechen …

»Stopp!« Aolanis Stimme klang erschrocken und ich reagierte instinktiv mit einem Schritt zurück.

»Was ist?«

»Das ist Muschelschalen-Lava! Ich kann es gar nicht glauben, Gary hat uns mitten in einem Gebiet mit diesem verdammten Zeug abgesetzt! Dieser Idiot!«

»Was ist daran so schlimm?«, fragte ich besorgt und blickte mich um. Die schwarze Ebene verriet nichts.

»Man kann einbrechen«, sagte Aolani gepresst, während

sie hin und her ging und den Boden erkundete. »In eine Lavaröhre.«

Mein Puls beschleunigte sich. Jetzt fiel mir das Gespräch mit Jason, dem Vulkanologen aus dem Observatorium, wieder ein. Auch er hatte irgendetwas von Lavaröhren gesagt. »Besser, wir geben André Bescheid.« Ich zog das Funkgerät aus meiner Hosentasche und drückte den Sendeknopf. »André, hier ist Jan – hörst du mich?«, fragte ich auf Deutsch. »André, bitte kommen.«

Leises Knistern. Aber keine Antwort. Ich versuchte es noch einmal auf Englisch. *»André and Gary, this is Jan, can you hear me?«*

Nichts. Ein eisiger Gedanke fuhr in mein Herz und ich hob den Kopf, suchte den Horizont nach dem Hubschrauber ab. *Aber wir hätten doch den Krach gehört*, jagte es durch meinen Kopf. *Wir hätten es bestimmt gehört, wenn er …*

Uff. Da war er, noch immer umkreiste er die Lavafontäne, jetzt schwebte er auf der Stelle, ein winziges Insekt vor dem Hintergrund der orangeroten Masse. Aber immerhin, ein fliegendes Insekt.

Noch einmal versuchte ich, meinen Vater zu rufen. Wieder keine Antwort. Es musste am Gerät liegen. »Das Scheißding ist kaputt«, sagte ich zu Aolani. »Warum haben wir es vorhin nicht kurz getestet?« Halb ärgerlich, halb besorgt, schob ich es zurück in meine Jeanstasche. »Sieht so aus, als müssten wir alleine klarkommen.«

Plötzlich war ich sehr, sehr froh, dass Aolani da war. Ohne ihre Warnung wäre ich einfach weitergelatscht, mitten durch diese Muschel-Lava hindurch. Sie kannte sich hier aus, und wenn sie tatsächlich eine Vulkangöttin als Verbündete hatte, dann war mir egal, wie viele blöde Bemerkungen sie machte.

»Also, erst mal – keine Panik«, sagte Aolani und warf ihre Hibiskusblüte weg.

Panik? Sah ich aus, als wäre ich in Panik? Schließlich hatte ich schon den Haien im nächtlichen Golf von Neapel getrotzt. Leicht gekränkt, schlug ich vor: »Vielleicht wäre es besser, wenn wir hierbleiben und uns einfach nicht mehr bewegen. Wir müssen eigentlich nur warten, bis der Hubschrauber uns wieder aufnimmt.«

Aolani wirkte nicht überzeugt. Sie ging in die Knie und legte die Hand auf den Boden. »Ziemlich warm.«

Stimmt. Der Boden fühlte sich an wie eine Herdplatte und das konnte nicht von der Sonne kommen. Mit ihren Sandalenfüßen hatte Aolani das natürlich früher bemerkt als ich mit meinen Wanderschuhen.

Angespannt sah Aolani sich um. »Bei diesem Licht ist es schwer zu sehen … aber schau mal, ob du irgendeinen orangefarbenen Punkt im Boden erkennen kannst. Du checkst diese Seite ab, ich die andere.«

Ich fragte nicht weiter, was das zu bedeuten hätte, stattdessen suchte ich systematisch die Umgebung ab. Ließ den Blick von einer Seite zur anderen schweifen … und entdeckte eine Stelle, über der die Luft flimmerte. Als ich genau hinsah, sah ich an dieser Stelle ein eigenartiges Leuchten. »Aolani«, sagte ich. »Da vorne. Schau mal.«

Aolani schaute in die Richtung, in die mein Finger zeigte, beugte sich näher an den Boden heran und lauschte. Dann atmete sie tief durch. »Wir sollten hier weg«, sagte sie. »Jetzt.«

Gelbe Augen

»Was ist denn los?«, fragte ich gepresst.

»Hör mal genau hin«, erwiderte Aolani und deutete auf den Boden. Ich kniete nieder und lauschte – und jetzt hörte ich es auch. Ein leises Blubbern und Strömen.

»Unter uns fließt frische Lava. Und ich habe keine Ahnung, wie dick die Tunneldecke ist. Vielleicht nur ein paar Zentimeter.« Aolanis Nasenflügel bebten. »Dieser Idiot. Dieser blöde Idiot.«

Meinte sie André oder Gary? Ich fragte nicht nach, ich hatte zu viel Angst. Das hier wurde langsam ernst. Und heute trug ich meinen feuerfesten Overall nicht – eigentlich hatten wir ja nur am Rande eines harmlosen Kraters filmen wollen …

Aolani begann langsam loszuwandern. »Geh nicht zu dicht hinter mir«, sagte sie.

Mit klopfendem Herzen folgte ich ihr und meine Finger tasteten nach dem Lederband mit den Lavaperlen um mein Handgelenk. Hoffentlich brachte es mir wirklich Glück.

Wir bewegten uns im Zeitlupentempo voran: Aolani setzte die Zehen auf und verlagerte erst nach und nach ihr volles Gewicht auf den ganzen Fuß. Dann erst ging sie einen Schritt weiter. Ich trat genau auf die gleichen Stellen und versuchte, so behutsam wie möglich zu gehen. Es klang, als würden wir über zugefrorene Pfützen laufen.

An einer Stelle blieb Aolani stehen, blickte sich um … und dann spuckte sie auf einen schwarzen Lavafelsen, der neben uns aufragte. Der Felsen zischte, nach ein paar Sekunden war die Spucke verdampft. Wir schlugen einen Bogen um die heiße Stelle.

Knack. Lauter diesmal … und dann gab der Boden einfach unter mir nach. Mein linkes Bein verschwand im Untergrund und ich verlor das Gleichgewicht. Verzweifelt breitete ich die Arme aus, um mich abzufangen, und warf mich nach vorne. Unter mir bröckelte und knirschte es noch mehr. Einen Halt! Ich brauchte irgendeinen Halt! Ich versuchte, meine Finger in den Boden zu graben, aber diese verdammte Lava zerschnitt mir nur die Haut … und dann packte eine kleine Hand meine. Aolani stemmte sich nach hinten, damit ich nicht komplett in die Öffnung hineinrutschte. »Wälz dich zur Seite«, keuchte sie und ich tat mein Bestes. »Und jetzt zieh dein Bein raus.«

»Ist nicht so einfach«, stieß ich hervor.

»Los! Streng dich an!« Mit der anderen Hand packte Aolani meinen Ellenbogen. Erstaunlich, wie stark sie war. »Jetzt noch mal versuchen!«

Diesmal klappte es. Schwer atmend hockte ich auf dem Boden und richtete mich dann langsam auf. Mein Bein war noch dran, es schien nicht angesengt zu sein. Nur meine Jeans hatten ein paar Risse bekommen.

Vorsichtig spähte Aolani in das gezackte Loch. »Schon abgekühlt. Aber sieht ziemlich tief aus. Wenn du allein gewesen wärst, hättest du da drin verdursten können.«

Prompt bemerkte ich wieder, wie durstig ich war. »Wieso bin ich da überhaupt durchgebrochen? Ich bin immer in deinen Fußspuren gegangen!«

»Du bist ein bisschen schwerer als ich«, sagte Aolani, klopfte mir auf den Arm und ließ jetzt erst meine Hand los.

Meine Beine fühlten sich wackelig an, als wir weitergingen. Keiner von uns schaute hoch, wir hatten nur noch Augen für unsere Füße. *Du kannst jeden Moment wieder einbrechen,* flüsterte eine Stimme in meinem Kopf. *Du bist zu schwer, du kannst hier nicht gehen, gleich wirst du wieder einbrechen und dann stehst du mitten in der Glut …*

Leise drangen aus dem Funkgerät Garys und Andrés Stimmen, doch das war nicht tröstend, sondern machte mich nur wütend. Die beiden diskutierten gerade, dass der Hubschrauber bald aufgetankt werden musste … Hallo? Und was war mit uns? Wann hatten sie vor, uns wieder abzuholen?

Ich entdeckte zwar den Hubschrauber nicht, doch dafür sah ich auf einer kleinen Anhöhe zwei Gestalten. Mein Herz machte einen Sprung. »Schau mal«, sagte ich zu Aolani.

Aolani kniff die Augen zusammen. »Die sehen nicht aus wie Touristen.«

»Wissenschaftler, wahrscheinlich.« Ich meinte zu erkennen, dass sie Overalls trugen. Vermutlich waren sie gekommen, um die Lavafontäne zu beobachten. Sie waren nicht die Einzigen: Inzwischen hatten sich drei andere Hubschrauber dem meines Vaters angeschlossen, einer davon trug das Logo eines Nachrichtensenders.

Hoffnungsvoll winkten wir den Leuten auf der Anhöhe zu, doch es dauerte eine Weile, bis sich einer der beiden umschaute. Etwas blitzte in der Sonne auf, ein Fernglas. Jemand winkte zurück.

»Dort scheint es sicher zu sein«, sagte ich erleichtert. »Wir müssen es nur bis zu diesem Hügel dort schaffen.«

»Ja«, sagte Aolani knapp.

Sehr, sehr langsam arbeiteten wir uns durch die splittrige Lava vorwärts. Aolanis Füße in den Sandalen waren aufgescheuert und bluteten, doch sie ließ sich nichts anmerken.

»Schau mal da, ein Fenster nach unten«, flüsterte Aolani. Kurz darauf entdeckte ich es auch, es sah aus wie das gelbe Auge eines Raubtiers inmitten der Lavawüste, kaum so groß wie eine Münze. Wie hypnotisiert starrte ich es an.

Dann bemerkte ich einen seltsamen Geruch, der in der Luft lag. Unangenehm. Irgendwie chemisch. Als ob jemand Plastik verbrannte. Als mir aufging, dass das die schmelzenden Sohlen meiner Wanderschuhe waren, setzte ich mich hastig in Bewegung.

»Au, verdammt!« Aolani hatte es mit ihren Sandalen ebenfalls zu spüren bekommen. »Weg hier!«

Sie nahm mich bei der Hand und zog mich weiter. Doch leider in die falsche Richtung, nur Minuten später sah ich ein weiteres glühendes Auge im Boden. »Da lang«, presste Aolani hervor und zeigte in Richtung der hoch stehenden Sonne – nach Süden. »Vielleicht ist es dort vorne besser.«

Doch jetzt bewegten wir uns von der Anhöhe weg. Verzweifelt blickte ich zu den Forschern hinüber, die uns aufgeregt Zeichen machten. Schließlich ging Aolani und mir auf, dass sie uns eine sichere Route zeigen wollten. Nach ihren Hinweisen schlugen wir einen weiten Bogen und nach und nach wurde der Boden wieder kühler.

Als wir uns der Anhöhe näherten, knackte und krachte es nicht mehr unter unseren Füßen, der Boden war wieder fest. Erleichtert gingen wir schneller und Aolani ließ meine Hand los. Die beiden Wissenschaftler blickten uns neugierig entgegen, und ich erkannte den sehnigen Afroamerikaner mit der Basecap und einen zweiten Mann, den ich nicht kannte.

»Was zum Teufel habt ihr da gemacht?«, fragte Jason. »In diesem Gebiet sollte man sich wirklich nicht herumtreiben!«

»Haben wir auch gemerkt«, stöhnte Aolani, setzte sich auf einen Felsbrocken und zog die von ihrem Blut dunkel verfärbten Sandalen aus. Erschrocken kramte der zweite Vulkanologe ein Erste-Hilfe-Set aus seinem Gepäck und begann, sie zu verbinden.

»Wo ist André?«, fragte mich Jason.

Ich öffnete den Mund, um ihm alles zu erzählen … und schloss ihn wieder. Ja, mein Vater hatte Scheiße gebaut, als er uns hier zurückgelassen hatte, aber es war garantiert keine gute Idee, mit diesen Leuten vom Observatorium darüber zu sprechen – von denen hingen die Drehgenehmigungen ab. Also zuckte ich nur die Schultern. »Filmt hier irgendwo. Mit dem Hubschrauber.«

Das zu leugnen war sowieso sinnlos, denn aus dem Funkgerät in meiner Jeanstasche drangen noch immer Andrés und Garys Stimmen.

Jason nickte mit schmalen Lippen. »Ich weiß. Hab ihn gesehen.«

Hatte er gesehen, wie nah André an die Feuerfontäne rangeflogen war? Gut, dass er wenigstens nicht gehört hatte, wie mein Vater den Piloten gedrängt hatte!

»Und er hat euch in der Ebene abgesetzt?«, bohrte Jason weiter nach.

Kein Kommentar. Aus mir bekam er nichts mehr heraus! »Habt ihr Wasser?«, fragte ich stattdessen, weil meine Zunge schon am Gaumen pappte. Jason nickte und reichte mir seine Wasserflasche. Ich gluckerte ein paar ordentliche Schlucke hinunter und zwang mich dann, sie zurückzugeben – ich wollte nicht halb verdurstet wirken.

Ein paar Minuten später hörte ich, dass mein Vater und Gary sich über uns unterhielten, und schon kam das pulsierende Flappen des Hubschraubers näher. »Na also, da kommt er schon, um uns abzuholen«, sagte ich leichthin. Aolani legte den Kopf in den Nacken und schaute zu der Maschine hoch, die keine zwanzig Meter über uns hinweg flog und dann zurückkehrte. Der Wind der Rotoren wehte uns die Haare ins Gesicht.

»Jan, Aolani, bitte melden«, wiederholte mein Vater immer wieder, doch dann schien er zu kapieren, dass wir nicht antworten konnten. Nach einigen Umkreisungen landete der Hubschrauber auf der Anhöhe, Gary und André stiegen aus. *»Good job«,* hörte ich meinen Vater zu dem Piloten sagen.

»Kein Problem, aber suchen Sie sich nächstes Mal besser einen Piloten, der schon in Afghanistan geflogen ist«, gab Gary verkniffen zurück.

Mein Vater begrüßte mich und Aolani, er wirkte betroffen, als er ihre Verbände sah.

»Wir sind in Muschelschalen-Lava geraten und konnten dir nicht Bescheid sagen, weil ihr uns ein kaputtes Funkgerät mitgegeben habt«, informierte sie ihn.

André sah erschrocken aus. »Verdammt, das tut mir wirklich leid!«

Aolani sah schon wieder halb versöhnt aus. Ich öffnete den Mund, um ihm zu erzählen, dass ich in eine Lavahöhle durchgekracht war, doch schon unterbrach uns Jason: »André, wie wär's mit einem gemeinsamen Abendessen heute bei uns? Samantha kommt auch.«

»Klingt gut, wir stoßen dazu, wenn wir die Nachtaufnahmen erledigt haben«, meinte André in sonniger Laune.

Ich schloss den Mund wieder. Später würde noch genug Zeit sein.

Wieso lud Jason uns zum Abendessen ein? Eben hatte er noch gewirkt, als sei er sauer auf André. Aber vielleicht war er schon darüber hinweg und wollte einfach gastfreundlich sein.

Bei Nacht waren die Lavafontänen atemberaubend, das flüssige Feuer leuchtete unirdisch in der Dunkelheit. »Siehst du das? Ist das nicht absolut genial? Die Aufnahmen werden der Hammer!«, schwärmte mein Vater mit dem Auge am Sucher.

»Total genial«, sagte ich gehorsam und Fred steckte sich gleichmütig noch ein Stück Lakritze in den Mund.

Wir drehten die Fontäne vom Boden und vom Hubschrauber aus, doch die Maschine schwankte so unglaublich in der aufgeheizten Luft, dass mir nach ein paar Minuten schlecht wurde. Später, als wir mit dem Mietwagen auf dem Weg zu Jason Todds Haus waren, lag ich halb tot auf dem Rücksitz unseres Mietwagens. »Jan sieht aus wie ein *boneless chicken*«, sagte Aolani und lachte. »Soll ich dir die Stirn kühlen?«

Platsch, schon lag ein angefeuchtetes Taschentuch auf meiner Stirn. Fred und André grinsten sich eins und ich murmelte verlegen ein *Thank you.* Nein, ich konnte Aolani nicht mehr böse sein, nicht nach dem, was wir zusammen erlebt hatten.

Jason Todd lebte in einem Einfamilienhaus mit Doppelgarage und Rasenstück davor, in der Einfahrt hing ein Basketballkorb. Er begrüßte uns herzlich und ein paar Minuten später hatten wir alle einen Teller mit Chili con carne in der Hand.

Eigentlich hätte ich am liebsten bei meinem Vater gesessen, um ihm endlich, ganz beiläufig, zu erzählen, was wir erlebt hatten. Doch Aolani textete ihn gerade von der anderen Seite zu, es ging um einen *Luau* mit ihrer Familie, was auch immer das war, und dann stand André auf und ging in die Küche, um sich ein Bier zu holen. Jason Todd schlenderte ebenfalls davon. Nach fünf Minuten waren sie noch immer nicht zurück. Fred schien das egal zu sein, er hockte friedlich auf dem Sofa, löffelte sein Chili und schaute dem Baseballspiel zu, das mit abgedrehtem Ton im Fernsehen lief.

Ich wollte gerade aufstehen, um zu schauen, wo mein Vater abgeblieben war, da setzte sich auf einmal Samantha Camden neben mich und lächelte mich an. Sie trug eine bunte Bluse und hatte ihr langes graues Haar hochgesteckt. »Na, wie findest du den Kilauea, Jan?«

Nett, dass sie sich meinen Namen gemerkt hatte! »Ich hätte nicht gedacht, dass hier so viele Touristen sein würden«, gestand ich. »Haben die keine Angst, was passieren könnte? Der St. Helens …«

Samantha schüttelte den Kopf. »Der ist eine ganz andere Nummer als der Kilauea. Es gibt verschiedene Arten von Vulkanen, wir nennen sie auch ›rote‹ und ›graue‹. Aus Schildvulkanen, den roten, suppt nur malerisch Lava heraus, die sind relativ harmlos – auch der Kilauea. Aber der St. Helens ist einer von den grauen, ein Stratovulkan. Hochgefährlich.«

»Die Explosion war schon echt heftig«, meinte ich. »Haben irgendwelche Tiere das überlebt?«

»O ja.« Samantha nickte. »Ich war damals dort und habe schon nach zwei Monaten wieder die Spuren von Vögeln, Rehen und sogar einem Bären gesehen. Man sah in der Asche, wie er um ein völlig zerstörtes Auto herumgelaufen ist, um es sich anzuschauen.«

»Krass!« Ich konnte mir denken, was mit den Insassen des Autos passiert war. Nicht viel übrig für den Bären.

»Beim St. Helens war es zum Glück so, dass der Ausbruch im Frühjahr stattfand, als noch Schnee lag … viele Samen waren noch nicht gekeimt und die Asche war ein wunderbarer Dünger, es wurde also ziemlich schnell wieder grün. Viele kleine Tiere schliefen während des Ausbruchs unter dem Schnee verborgen oder in ihren Höhlen. Von denen haben einige überlebt.«

»Meinen Sie, manche haben gespürt, dass ein Ausbruch kommt?«

»Ich bin mir ziemlich sicher. Tiere haben sehr feine Sinne. Auch bei Erdbeben schlagen viele vorher Alarm.«

Ich war fasziniert. »Davon habe ich schon gehört, ich war nur nicht sicher, ob es auch stimmt.«

»Richtig erforscht ist das alles noch nicht. Aber einmal sind ziemlich viele Menschen gerettet worden, weil man auf die Tiere gehört hat.« Samantha nahm sich Zeit, ihr Chili zu löffeln, und ich wartete gespannt auf die Fortsetzung. »Das war 1975 in der chinesischen Stadt Haicheng. Dort lebten damals immerhin schon Millionen von Menschen. Man hat befürchtet, dass ein großes Beben kommt, weil es Anzeichen gegeben hatte, und die Leute sollten eigenartiges Verhalten von Tieren melden. An einem Tag kamen sehr viele Meldungen, zum Beispiel sind Schlangen aus ihrer Winterstarre aufgewacht und die Tiere auf Bauernhöfen waren sehr aufgeregt. Also haben die Behörden zur Evakuierung aufgerufen.«

»Noch rechtzeitig?«

»Gerade so. Ein paar Stunden später hat ein starkes Erdbeben die Stadt zerstört. Da waren die meisten Bewohner schon in Sicherheit.«

Ich war beeindruckt. »Aber wieso macht man das dann nicht immer so? Dass man Meldungen über Tiere sammelt?«

Samantha zuckte die Schultern. »Einen solchen Erfolg gab es seither nicht mehr, und viele Seismologen glauben, es war nur ein glücklicher Zufall damals. Und das Seltsame ist, manchmal melden Tiere ein Erdbeben, aber genauso oft scheinen sie nichts vorher zu spüren.«

»Eigenartig.« Ich schaute mich nach André um, das wollte ich ihm unbedingt erzählen, obwohl er es wahrscheinlich schon wusste. »Wo ist eigentlich mein …«

»Ach, eins ist vielleicht auch noch interessant für dich …«, sagte Samantha und begann irgendetwas über den hawaiianischen Ohia-Baum zu erzählen, der sich an Vulkanausbrüche angepasst hatte. In diesem Moment wurde mir klar, dass es vielleicht kein Zufall war, dass sie sich neben mich gesetzt hatte.

Dass es vielleicht ihre Aufgabe war, mich abzulenken.

Denk an die Kraft

Mit halbem Ohr hörte ich Samantha zu, doch eigentlich hielt ich Ausschau.

»... er hält es sogar aus, wenn Lava ihn umfließt, und reagiert einfach darauf, indem er Luftwurzeln bildet ...«

»Ich gehe kurz mal auf Toilette«, unterbrach ich Samantha schließlich. Sie deutete mit ausgestrecktem Finger die Richtung an. »Dort vorne, die zweite Tür links.«

»Danke.« Ich machte einen Umweg durch die Küche, doch André und Jason waren nirgendwo in Sicht, nur ihre leeren Bierflaschen standen herum.

Gerade hatte ich das Bad gefunden, da hörte ich aus einem anderen Zimmer, dessen Tür nur angelehnt war, eine Stimme. Jasons Stimme, leise und eindringlich. Seltsamerweise sprach er Deutsch.

»... denk an die Kraft!«, sagte er. »Nicht immer geht es gut aus, wenn man ein so verdammt hohes Risiko eingeht. Denkst du, du bist unverwundbar? Und das Schlimmste ist, du gefährdest nicht nur dein eigenes Leben ...«

Mit klopfendem Herzen blieb ich vor der Badezimmertür stehen und lauschte.

»Ich weiß«, erwiderte jetzt Andrés Stimme leicht gereizt. »Aber die Gefahr gehört nun mal dazu. Wenn ich ihr aus dem Weg gehen würde, bekäme ich die Bilder nicht, von denen ich nun mal lebe ...«

»Komm mir nicht mit solchen Argumenten! Es geht ja nicht darum, dass du Gefahren völlig meiden sollst. Du …«

Ich fuhr zusammen, als eine Mädchenstimme hinter mir sagte: »Was ist jetzt, willst du da rein oder nicht? Ich muss da nämlich auch hin.«

Als ich mich herumdrehte, sah ich ein etwa siebenjähriges Mädchen mit einer Menge dunkelbrauner Locken, das mich anstarrte wie jemanden, der dem Irrenhaus entflohen ist. Mir wurde bewusst, dass meine Hand immer noch auf dem Griff der Klotür lag. »Oh, entschuldige. Da ist jetzt frei. Ich … ich bin fertig.«

»Gut!«, sagte das Mädchen, marschierte ins Bad und knallte die Tür hinter sich zu.

Die Stimmen im anderen Zimmer waren verstummt.

Rasch ging ich ins Wohnzimmer zurück. Samantha Camden stand inzwischen in einer anderen Ecke des Raumes und plauderte mit Fred, stattdessen setzte ich mich neben Aolani. »Hi«, sagte sie zu mir und legte einen Arm um meine Schulter. »Wusstest du eigentlich schon, dass eure Namen in Hawaiianisch Analu und Kana lauten würden?«

»Äh, nein«, sagte ich, noch immer völlig durcheinander von dem, was ich belauscht hatte. Ich hatte irgendwie gedacht, dass alle Vulkanologen so gefährlich lebten wie mein Vater, aber so war es anscheinend nicht – seine Kollegen sahen es kritisch, dass er so hohe Risiken einging.

Und das Schlimmste war: Wahrscheinlich glaubte mein Vater, dass *ich* ihn an die Leute vom Observatorium verpetzt hatte. Er hatte ja gesehen, dass ich mich auf der Anhöhe mit Jason Todd unterhalten hatte. Ich hatte mit Jason gesprochen … und der hatte ihm umgehend die Meinung gegeigt. Shit. Das sah einfach nicht nach einem Zufall aus.

Vermutlich war André jetzt sauer und enttäuscht, weil er dachte, dass ich ihn verraten hatte! Der Gedanke brannte durch mich hindurch, als hätte ich Säure getrunken und nicht Mangosaft.

»Was ist denn los? Hast du das Chili nicht vertragen?« Aolani zog die Brauen zusammen und blickte mir aus zehn Zentimeter Entfernung ins Gesicht wie eine Ärztin, die versucht, eine Diagnose zu stellen.

»Nee. Doch. Das ist es nicht«, brachte ich hervor. *Denkst du, du bist unverwundbar?* »Bin nur nicht so fit, weißt du. War alles ein bisschen viel heute.«

»Ja, klar«, sagte Aolani und seufzte. »Für mich auch. Meine Füße fühlen sich an, als hätte ich eine ganze Nacht in zu engen High Heels durchgetanzt …«

»Dabei hättest du wahrscheinlich mehr Spaß gehabt.« *Und das Schlimmste ist, du gefährdest nicht nur dein eigenes Leben …* Wo blieb André nur? Ich musste mit ihm reden, jetzt! Jetzt gleich! Sollte ich noch mal im Haus auf Erkundung gehen? Nein, besser nicht, garantiert würden er und Jason sowieso gleich wieder auftauchen. Ein Mal beim Lauschen ertappt zu werden, war schlimm genug.

Was hatte Jason eigentlich damit gemeint: *Denk an die Kraft?* Das klang wie etwas aus einem *Star Wars*-Film. Meinte er die Kraft von Vulkanen? Oder Andrés eigene Kraft? Oder irgendeine geheimnisvolle …

»Na, alles klar?«

Ich zuckte zusammen. Wo war André so plötzlich hergekommen? Er stand neben dem Sofa und blickte mich an – was war das für ein Blick? Ärgerlich sah er nicht aus, nur ein bisschen abwesend. »Wollen wir so langsam aufbrechen?«, fragte er.

»Äh, ja, okay«, sagte ich erleichtert und stand auf. Besser so. Im Hotelzimmer hatten wir Zeit zum Reden, da konnten wir alles klären, ohne dass zwei oder mehr Leute um uns herumstanden. Gerade hatte sich auch Fred wieder zu uns gesellt, als hätte er ein unsichtbares Signal zum Aufbruch empfangen.

Mein Vater legte den Arm um Aolani, und sie sah aus, als gefiele ihr das ziemlich gut. Doch ich war derjenige, den André anblickte. »Es macht dir doch nichts aus, mit Fred zum Hotel zurückzufahren, oder? Wir treffen uns dort morgen früh.«

So war das also. Er würde bei Aolani übernachten. War das seine Art, mich zu bestrafen? Sich zurückzuziehen und seine Zeit lieber mit anderen zu verbringen?

»Es macht mir nichts aus«, log ich und ärgerte mich gleichzeitig über meine blöden Gedanken. Warum bezog ich alles auf mich?

»Prima. Morgen filmen wir weiter. Wenn wir Glück haben, ist die Fontäne noch da und wir können in ihrer Nähe einige der Wissenschaftler bei der Arbeit drehen.«

Sein Gesichtsausdruck verriet nichts.

Ich duschte mir den Lavastaub und Schweiß ab, zappte kurz durch die Fernsehkanäle und kroch dann unter die Bettdecke. Mein linkes Bein, mit dem ich in den Lavatunnel eingebrochen war, schmerzte. Nur Giulias Antwort auf meine letzte Nachricht heiterte mich etwas auf.

Hi, Jan,
du glaubst doch nicht wirklich, dass ich in einen Laden mit Bayern-Souvenirs reingehen würde! Und natürlich

meinen wir das ernst mit den Lottozahlen. Aber es ist wichtig, wann man es geträumt hat. Vor Mitternacht hat der Traum nichts zu bedeuten, nach Mitternacht ist er ein Omen. Oder war es umgekehrt? Werde meine Tante fragen.
Ciao,
Giulia

Ich schlug ihr vor, mal zu chatten oder zu skypen, doch sie antwortete, dass sie das Skypen nicht besonders mochte. Mist. Immerhin, zu einem Chat konnte ich sie überreden, ich freute mich jetzt schon darauf.

Augen schließen. Entspannen. Wegdämmern … oder es jedenfalls versuchen. *Denkt er wirklich, ich hätte mit Jason über ihn geredet? Heute Abend hat er mich kaum beachtet. Absicht? Zufall?*

Es wäre leichter gewesen, einzuschlafen, wenn im Hotelzimmer ein Basketballturnier stattgefunden hätte. Ziemlich fies war auch, dass jedes Mal, wenn ich an André und Aolani dachte, in meinem Kopf ein Pornofilm startete. Gerade in diesem Moment küsste er wahrscheinlich ihren cremefarbenen Hals, strich über ihre Schenkel, legte die Hand auf ihre … *stopp, verdammt!* Angewidert stopfte ich die Fantasien dahin zurück, woher sie hergekommen waren.

Zum Glück wanderten noch andere, ungefährlichere Gedanken in meinem Kopf herum. Konnten Tiere wirklich Naturkatastrophen spüren, bevor sie geschahen? Brachten sie sich in Sicherheit, bevor ein Vulkan loslegte? Ich kletterte aus dem Bett, schaltete meinen Laptop an, klinkte mich ins Netz des Hotels ein und begann zu surfen. Zum Thema *Tiere und Vulkane* gab es nicht sonderlich viel, dafür über *Tiere und Erdbeben* umso mehr.

1783 erschütterte ein Erdbeben Messina und vor jedem der heftigen Nachbeben begannen sämtliche Hunde der Stadt zu jaulen.

Pfleger im chinesischen Zoo Tientsin beobachteten ihre Tiere in den 1960ern gezielt und konnten so tatsächlich Erdbeben vorhersagen.

Vor einem heftigen Erdbeben in San Leopoldo 1976 wurden plötzlich Schweine aggressiv und Stiere apathisch.

Es gab jede Menge solcher Berichte. Bis zu zwanzig Stunden vor dem Erdbeben schienen sich Tiere ungewöhnlich zu verhalten. Aber eine wirkliche Erklärung dafür hatte keiner, es war nie richtig erforscht worden. Elektrisch geladene Partikel in der Luft, so wie vor einem Gewitter? Veränderungen bei der Temperatur von Boden und Grundwasser? Ungewöhnliche Vibrationen, die sie durch Pfoten oder Hufe spürten?

Eines war sicher: Wenn sie das schafften, dann konnten sie auch einen drohenden Vulkanausbruch erahnen. Mein Vater hatte mir mal erzählt, dass es vor einer Eruption praktisch immer Erdbeben gab. Während Magma im Boden nach oben drängte, rüttelte das am Berg, oft sogar ein paar Hundert Mal am Tag. Meist so schwach, dass Menschen es nicht merkten. Doch Elefanten, die sich ja über sehr tiefe Schallwellen im Boden miteinander verständigten, würden es garantiert mitbekommen – so wie beim Tsunami von 2004, vor dem sich sämtliche Dickhäuter rechtzeitig in Sicherheit gebracht hatten. Wenn also Elefanten im Zoo durchdrehten, war das ein ziemlich klarer Fall … es musste nur jemand melden!

Rasch tippte ich eine Nachricht.

Hi, Noah,
alles klar bei dir? Ich hab hier ziemlich viel mit Lava zu tun, das hat mich auf 'ne Idee gebracht: Was hältst du davon, wenn wir ein Netzwerk aufbauen, über das man aus aller Welt ungewöhnliches Verhalten von Tieren melden kann – zum Vorhersagen von Erdbeben und Ausbrüchen?
Viele Grüße an Pia!
Jan

Wenn jemand so ein Netzwerk aufbauen konnte, dann war das Noah. Er hatte mal eine Phase gehabt, in der er jeden Tag in *World of Warcraft* abgetaucht war, doch seit er und Pia sich verknallt hatten, verbrachten die beiden ihre Zeit hauptsächlich damit, gemeinsam lustige Sachen zu programmieren. Der Nachteil war, dass Noah jetzt öfter Sätze mit »Pia hat gesagt …« oder »Aber Pia will, dass wir …« begann.

Pling, schon war eine Antwort von Noah da. Der hatte wohl mal wieder heimlich den Communicator mit in die Schule genommen – bei ihm war es gerade Vormittag.

Hi, Janno,
coole Sache! So eine Website habe ich noch nie designt, ich glaube, das könnte Spaß machen. Ich bin dabei, wenn Pia mitmacht – frage sie morgen, OK? Vielleicht könnte sie bei den Übersetzungen helfen, denn so 'ne Website sollte man in verschiedenen Sprachen machen, oder?
CU, Noah
PS: Viele Grüße an deinen Vater! Wie ist es so mit ihm?

Ich griff mir an den Kopf. Er war dabei, wenn Pia mitmachte?! Was für eine Art von Gehirnwäsche hatte sie ihm verpasst? Oder war Liebe etwa immer so? Im Moment hatte ich noch nicht das Gefühl, dass ich Giulia fragen musste, bevor ich irgendetwas tat. Aber war das überhaupt Liebe, so richtig? Schließlich kannten wir uns erst seit ein paar Tagen, und ob wir uns überhaupt je wiedersehen konnten, stand in den Sternen.

Ist ganz okay mit meinem Vater, bisschen anstrengend manchmal, schrieb ich schnell zurück, ich war irgendwie noch nicht bereit, darüber zu reden, was geschehen war.

Wir entschieden uns, die Website in drei Sprachen zu starten: Englisch konnten wir beide, mein Outdoor- und Sport-Kumpel Finn sprach Italienisch, und wir hatten genug Leute in der Klasse, die uns das in Türkisch übersetzen konnten. Die Türkei war schließlich ein Erdbebenland.

Schließlich schaltete ich den Laptop aus und versuchte, wieder einzuschlafen.

Es klappte immer noch nicht.

Frischluft. Angeblich machte Frischluft total müde. Ich zog mich wieder an, steckte den elektronischen Zimmerschlüssel ein und ging leise die Treppe zur Lobby hinunter. Inzwischen war es Mitternacht, aber irgendein Depp hatte immer noch sein Radio aufgedreht. Ausgerechnet ein Klassik-Sender.

Eigentlich wollte ich die Lobby durchqueren und durch die Glastüren nach draußen schlendern, doch auf halbem Weg blieb ich stehen. Es war kein Radio, das da lief. Jemand spielte auf dem schwarz lackierten Klavier, das an einer Seite der Lobby stand, halb hinter einer Topfpalme versteckt. Ich erkannte den breiten Rücken und das helle Hemd sofort. Das war Fred.

Still, um ihn nicht zu stören, setzte ich mich in einen der

Sessel in der Lobby und hörte zu. Fremd klang es … normalerweise hörte ich Shinnya, die Red Hot Chili Peppers und gelegentlich den Asia-Pop und Koran-Rap, den sich in der Klasse gerade alle runterluden. Nicht so was. Aber jetzt umfingen mich die Klänge, rauschten durch mich hindurch, brachten mich an einen anderen Ort.

Irgendwann kam eine junge Hotelangestellte heran und berührte Fred verlegen am Arm. »Sir … Sir? Sie müssen leider aufhören. Bei uns ist jetzt Nachtruhe … es tut mir leid.«

»Ja, natürlich«, sagte Fred höflich. »Ich verstehe.«

Als er sich umwandte und mich sah, zeigte er keine Überraschung. Er hatte gewusst, dass ich da war. Natürlich. Schweigend gingen wir nach draußen. Die warme Nachtluft roch nach Blüten und überreifen Früchten.

»Was war das für ein Stück?«, fragte ich.

»Chopin – die *Mazurka opus 30.*«

»Sie spielen schon lange, was?«

Ein Lächeln huschte über sein Gesicht. »Yep. Ich wollte früher Pianist werden. War so eine Art Wunderkind. Meine Eltern waren begeistert.«

Aber er war kein Pianist geworden. Oder war er einer gewesen und hatte irgendwann die Schnauze voll gehabt? »Was ist passiert?«

»Wir haben in Amerika gelebt damals, in North Carolina. Dort hatte natürlich jedes Kind ein Fahrrad. Ich habe mir von einem anderen Kind eins geliehen, selbst durfte ich keins haben. Meine Eltern hatten Angst, ich könnte meinen wertvollen Körper beschädigen. Habe ich dann auch. Zwei Finger gebrochen, sie sind nie wieder so stark geworden wie früher.«

»Oh«, sagte ich.

»Für mich war es nicht so schlimm. Das Üben ging mir sowieso auf die Nerven. Oft sechs Stunden pro Tag, mit Freunden spielen war nicht drin.« Mit den Händen in den Taschen schlenderte er über den Bürgersteig.

»Würden Sie gerne noch mal ein Konzert spielen? Irgendwann?«

»Manchmal träume ich davon«, sagte Fred. »Aber nur manchmal.«

Wir schwiegen wieder eine Weile, gingen einfach nur nebeneinanderher. Nach und nach lösten sich in mir die Aufregung und Anspannung des Tages. Doch die Gedanken an meinen Vater waren immer noch da. »War er eigentlich immer schon so?«, fragte ich. »So ... besessen?«

Fred begriff sofort, wen ich meinte. »André? Ja. Das Wort passt gut. Meine Theorie ist, dass er sich mit Toxoplasmose infiziert hat.«

»Mit was?!«

»Mit Toxoplasmose. Das ist eigentlich ein Katzenvirus, der bei Nagetieren bewirkt, dass sie die Angst vor Katzen verlieren. Er kann aber auch auf den Menschen übergehen. Menschen, die infiziert sind, gehen oft mehr Risiken ein als andere.«

»Ist ja seltsam«, meinte ich skeptisch.

»Gar nicht so sehr.« Tief sog Fred die Nachtluft ein. »Früher in Afrika war der Hauptfressfeind des Menschen der Leopard. Über den Raubkatzenkot kamen Sporen der Toxoplasmose in die Luft, Menschen steckten sich damit an, benahmen sich unvernünftig ... und konnten dadurch leichter von Leoparden erwischt werden. Bingo.«

»Krass«, sagte ich. Das leuchtete mir irgendwie ein. Immerhin gab es ja auch Erreger, die Insekten zum Selbstmord bewegten, damit sie andere Tiere ansteckten.

Fred war noch nicht fertig. »In einer Studie ist mal rausgekommen, dass viele sehr risikobewusste Menschen – Basejumper und Co. – Toxoplasmose-Erreger im Blut haben.«

»Hat sich André mal testen lassen?«

»Nee, er will nicht. Deshalb bleibt es vorerst meine Theorie, dass er so was in der Art hat.«

Ohne dass wir uns abgesprochen hätten, schlugen wir wieder den Weg zum Hotel ein.

Schließlich traute ich mich zu fragen: »Und Sie? Haben Sie sich untersuchen lassen?«

»Ja. Ich hab's nicht.« Er lachte leise. »Das heißt, ich bin ganz normal verrückt.«

Ich musste lächeln – und gleich darauf gähnen. Endlich war ich müde … meine Gedanken rasten nicht mehr, sondern krochen nur noch träge voran. Kaum war ich im Hotelbett angekommen, sackten meine Augenlider unaufhaltsam nach unten.

Eine Katzenkrankheit! Wie schräg war das denn?

Egal. Alles würde gut werden.

Mädchen

Am nächsten Morgen sah mein Vater blass aus, er rührte abwesend in seinem Kaffee und starrte auf den halben Donut auf seinem Teller, als wüsste er nicht, was er damit anfangen sollte. Anscheinend war die Nacht nicht sonderlich toll gewesen – hatte er sich etwa mit Aolani gestritten? Sah nicht so aus, Aolani machte sich fröhlich über den Speck und die Pfannkuchen mit Ahornsirup her, die sie am Frühstücksbuffet erbeutet hatte.

»Alles klar?«, wagte ich André schließlich zu fragen, und er schüttelte den Kopf.

»Heute um vier Uhr früh ist die Lavafontäne in sich zusammengefallen. Das ist so eine Scheiße. Ich wollte heute noch mal im *Nomex*-Anzug an das Ding ran.«

Aolani gab ihm einen leichten Schlag auf die Hand. »Sei froh, dass du überhaupt mit der Kamera da warst, als sie entstanden ist!«

Mein Vater seufzte und schaffte ein Lächeln. »Schon recht. Schenk Pele noch ein paar Beeren von mir.« Dann richtete sich sein Blick auf mich. »Und, wie hast *du* geschlafen?«

Ich hatte keine Lust zu lügen. »Mies«, sagte ich.

»Warum?«, fragte Aolani mitfühlend. »Zu viele Eindrücke und so?«

Ich holte tief Luft. Es musste raus, sonst quälte es mich

noch ewig. Also schaute ich André an und sagte: »Nein … ich war mir nicht sicher, ob du vielleicht sauer auf mich bist.«

Mein Vater starrte mich an. »Sauer? Ich auf dich?«

»Falls du es genau wissen willst, ich habe nicht mit Jason gesprochen«, sagte ich und schaffte es, ihm dabei in die Augen zu blicken. »Über die Sache mit dem Hubschrauber und diese brüchige Lava und so weiter.«

»Natürlich nicht«, meinte mein Vater, als sei es das Selbstverständlichste der Welt. Dann grinste er. »Hab ich auch gar nicht vermutet. Jason kennt mich auch so gut genug.«

Na toll! Ich hatte mir die ganze Zeit umsonst den Kopf zergrübelt. Dafür fühlte ich mich jetzt umso besser … leicht wie Pappelsamen, der vom Wind davongetragen wird. Und darüber, dass die Lavafontäne weg war, konnte ich mich nicht wirklich ärgern, schließlich hatte ich das Ding gestern stundenlang angeglotzt.

»Tut mir wirklich leid, dass du dir über so was Gedanken machen musstest – ich habe dir ganz schön was zugemutet in den letzten Tagen«, sagte mein Vater mit einem schiefen Lächeln, und auf einmal war es leicht, ihm zu verzeihen.

Ich winkte ab. »War halt ein Abenteuer. Wird ein tolles Posting bei Facebook.« Oder besser doch nicht, sonst sah meine Mutter es – sie hatte leider darauf bestanden, auf FB mit mir befreundet zu sein. Außerdem waren viele meiner Freunde sowieso nicht mehr bei Facebook, sondern bei dem angesagteren Meethania, das viel mehr Funktionen bot.

André lachte, er wirkte schon wieder viel munterer und in seinen Augen leuchtete wieder die alte Energie.

Als wir für die nächste Runde zum Frühstücksbuffet schlenderten und außer Hörweite der anderen waren, berührte er mich kurz am Arm. »Und ich dachte schon, du wärst neidisch. Aolani ist nun mal eine tolle Frau.« Das kam der Wahrheit gefährlich nah, und ich hatte keine Ahnung, was ich jetzt sagen sollte – hoffentlich lief ich jetzt nicht knallrot an. Doch zum Glück sprach mein Vater gleich weiter. »Was ist, hast du eine Freundin zurzeit?«

»Nicht wirklich«, gab ich zu. Zählte das überhaupt, dass ich so viel an Giulia dachte, dass wir angefangen hatten, uns zu schreiben? Nein, meine Freundin war sie nicht, das konnte ich beim besten Willen nicht behaupten. »Das ist alles nicht so einfach.«

»Ja, ist nicht einfach«, bestätigte mein Vater, wahrscheinlich dachte er gerade daran, wie schwer mir der Abschied von Giulia gefallen war. »Aber du bist schließlich nicht hässlich. Und manches kann man lernen, wie man Kontakt aufnimmt, zum Beispiel. Paar Tipps und Tricks gefällig?«

Keine Frage, von ihm konnte ich was lernen. Einen Versuch war es wert. Anscheinend wollte mein Vater was gutmachen, und vielleicht erfuhr ich etwas, was mir bei Giulia helfen würde. Also sagte ich: »Kann wahrscheinlich nichts schaden.«

Verschmitzt blickte sich André im Raum um und hielt dann inne. Ich folgte seinem Blick und sah zwei Mädchen oder junge Frauen, die allein an einem Tisch saßen. »Wie gefallen dir die?«, fragte André leise.

Ich schaute unauffällig hin. Eine der beiden war gebräunt, sehr blond mit sonnenhellen Strähnchen – Typ Cheerleader. Gerade erzählte sie irgendeine Geschichte und die andere mit den braunen Locken amüsierte sich darüber. Die Dunkelhaarige hatte ein strahlendes, aber etwas schüchternes Lächeln. Süß irgendwie. Die war eher mein Fall als die

Blonde. Ein kleines bisschen erinnerte sie mich an Giulia, nur dass die nicht gerade schüchtern wirkte. Also sagte ich: »Gut eigentlich, vor allem die mit den Locken.«

»Trifft sich gut«, meinte mein Vater bestens gelaunt. »Die ist nämlich neugierig, sie hat schon ein paarmal zu unserem Tisch rübergeschaut. Und wenn ich mich nicht irre, hat sie versucht, dich anzulächeln.«

»Echt?«

»Aber ich glaube, du hast es nicht gemerkt.«

»Mist.«

»Macht nichts. Es heißt einfach nur, dass du bei ihr versuchen könntest, was geht.«

Tatsächlich. Jetzt schaute die Dunkelhaarige wieder herüber, ganz kurz nur, aber unsere Augen trafen sich einen Moment lang. Mein Herz legte einen Sprint ein. War das wirklich eine gute Idee? Betrog ich Giulia, wenn ich mit einem anderen Mädchen flirtete?

»Jetzt machst du Folgendes«, flüsterte André. »Wenn sie aufsteht, um zur Obstbar zu gehen, dann stehst du ebenfalls auf und holst dir auch was von dem Zeug.«

»Aber was ist, wenn sie kein Obst isst?« Ich war noch nicht sicher, ob das alles wirklich eine gute Idee war – im Moment fühlte es sich noch an, wie vom Zehnmeterbrett zu springen.

»Keine Sorge. Diese Art Mädchen ernährt sich hauptsächlich von halben Grapefruits. Und wenn sie was anderes isst, dann nimmst du dir davon halt auch was. Hier gibt's schließlich keine gerösteten Wasserkäfer.«

»Und wie geht's dann weiter? Was soll ich zu ihr sagen?«

»Erst mal machst du eine Bemerkung über das Essen. Dann könntest du sagen, wie du heißt und wo du herkommst. Gerade Amerikanerinnen sind bei so was sehr locker, mit denen kommt man leicht ins Gespräch.« Mein Vater dachte kurz nach. »Am besten lässt du möglichst bald einfließen, dass du mit einer Filmcrew hier bist.«

»Du meinst, auf so was stehen Mädchen?« Ich begann mich zu fragen, ob erfolgreiche Filmemacher auch so was wie Groupies hatten. War Aolani ein Groupie?

In diesem Moment stand das Mädchen mit den Locken auf, sie hielt einen Teller in der Hand. O Gott, es war so weit. Zum Glück setzten sich meine Füße wie ferngesteuert in Bewegung. Am Buffet stand ich keine zwanzig Zentimeter neben dem Mädchen ... und irgendwie kam es, dass wir beide gleichzeitig nach der Zange griffen, um uns ein Stück Melone zu nehmen. Spontan lachte das Mädchen auf und auch ich musste lächeln. »Oh, sorry«, meinte ich. »Gut, dass es nicht das letzte Stück ist, sonst müssten wir jetzt darum kämpfen.«

»Ach, ich fechte richtig gut mit zwei Gabeln«, gab sie vergnügt zurück.

Das lief ja besser, als ich gedacht hatte! Ich war sogar halbwegs witzig gewesen. Unglaublich. Wie hatte ich das geschafft? Jetzt musste ich nur noch meinen Namen sagen, dann war das Eis gebrochen. Wenn je welches da gewesen war. »Hi, ich heiße Jan, und du?«

»Avery. Aus Michigan. Und du, wo kommst du her?«

»Deutschland.«

»Oh, wie interessant, das ist doch das Land, aus dem Hitler kam, oder?«

Spielerisch riss sie den Arm hoch. »Das hab ich neulich im Fernsehen gesehen.«

Mir fiel nichts mehr ein. Aber auch gar nichts. Ich war

also der Typ aus Hitler-Land. Gleich würden wir über Massenmord und Gasduschen reden. Sollte ich ihr sagen, dass sie für diesen Gruß eben in Deutschland angezeigt worden wäre?

Jetzt kam ihre blonde Freundin hinzu und lächelte mich frech an. »Hey, Avery, was hast du mit dem armen Kerl gemacht?«

»Nichts eigentlich«, sagte Avery, sie wirkte ein bisschen verwirrt. »Na ja, noch einen schönen Tag, Jan.«

»Lass dir die Melone schmecken«, schob ihre Freundin nach, dann gingen beide zu ihrem Tisch zurück. Und steckten die Köpfe zusammen. Und kicherten. Garantiert über diesen deutschen Deppen, der eben dagestanden hatte, als hätte ihn jemand aus Holz geschnitzt.

Wie ein Schlafwandler ging ich zu Fred, Aolani und André zurück. Mein Vater fragte nicht, was passiert war, er hatte es vermutlich selbst gesehen. »Es kommt öfter mal vor, dass man im Ausland auf Hitler angesprochen wird«, versuchte er mich zu trösten. »Das war einfach Pech. Aber du hast alles richtig gemacht, das ist jetzt einfach Übungssache und bald werden dir die Mädchen der hawaiianischen Inseln zu Füßen …«

»Nein, danke«, murmelte ich. Ich wollte gar nicht, dass mir jemand zu Füßen lag. Ich wollte unsichtbar sein. Mich in eine kleine Wolke Schwefeldioxid auflösen. Oder etwas in der Art. »Das mache ich garantiert nicht noch mal.« Ich würde weiterhin mit Giulia mailen und mich damit zufriedengeben, dass ich mich in ein Mädchen verguckt hatte, das ich vermutlich nie wiedersehen würde.

Aolani sah André vorwurfsvoll an, als wäre er dafür verantwortlich, dass ich ein schweres Trauma davongetragen habe. Er verdrehte die Augen. Dachte er, ich hätte das nicht gesehen?

Ich schob meinen Stuhl zurück. »Können wir jetzt bitte gehen?« Die Mädchen am anderen Tisch tuschelten immer noch.

»Okay«, sagte André, seufzte und stand ebenfalls auf.

Warum nur hatte ich so vieles von meiner Mutter geerbt und – bis auf die Haarfarbe – so wenig von ihm?

Das Schicksal war manchmal verdammt unfair.

JanB: *Ich habe heute zwei nette Girls aus Amerika kennengelernt, war lustig, mit denen zu reden – ist spät geworden. Aber sie waren längst nicht so hübsch wie du.*
GiuliaP: *Soso, was hast du ihnen dann gesagt? Etwa auch, dass sie genau richtig sind, so, wie sie sind?*
JanB: *Nein, natürlich nicht. Eigentlich waren sie totale Zicken. Und dumm außerdem.*
GiuliaP: *Das sagst du nur so! Hast du eine von ihnen geküsst?*
JanB: *Würde es dir denn was ausmachen, wenn ich hätte? Wir sehen uns doch wahrscheinlich nie wieder.*
GiuliaP: *Stimmt. Vielleicht erst in zehn Jahren, dann bist du schon Biologe und besuchst mich auf meiner staubigen Ausgrabungsstätte.*
JanB: *Genau. Und wahrscheinlich latsche ich dann über eine entscheidende, superwertvolle Tonscherbe einfach drüber: Ups! Zehn Jahre Arbeit für die Katz.*
GiuliaP: *Genau, schließlich hast du unglaublich große Füße …*
JanB: *Du auch!*
GiuliaP: *Spinnst du? Ich habe Größe 36!*

JanB: *Wollte das Kompliment nur erwidern :-)*
GiuliaP: *Sì, sì, capisco! Ich werfe jetzt gerade einen meiner Schuhe nach dir, spürst du, wie er dich am Kopf trifft?*
JanB: *Aua! :-))*
GiuliaP: *Also, was ist jetzt mit den düsteren Geheimnissen? Das geht doch gar nicht, mich erst neugierig zu machen und dann mit mir nur über meine Schuhgröße zu plaudern!*
JanB: *Vielleicht nächstes Mal. Muss jetzt noch ein bisschen schlafen, ciao!*
GiuliaP: *Bastardo!*

Erbarmungslos, unaufhaltsam rückte die Lava vor. Sie kroch auf eine Straße zu, berührte den Asphalt und wälzte sich darüber hinweg. Es roch beißend nach Teer.

»Jetzt versuch mal einen langsamen Schwenk«, sagte André zu mir. »Ja, so ist's gut. Nicht zu schnell, sonst flimmert es den Leuten später vor Augen, wenn sie sich das anschauen.«

Ich bewegte die Kamera langsam auf ihrem Stativ und blickte dabei durch den Sucher, um das Bild zu kontrollieren. Das Drehen lenkte gut von den peinlichen Erinnerungen ab. Schade nur, dass ständig Touristen durchs Bild liefen. Ich musste mich ein paarmal daran erinnern, dass ich vor zwei Tagen ganz genauso dagestanden und gegafft hatte. Schließlich übernahm Fred die Kamera und filmte, was für eine Meute sich hier versammelt hatte. Menschen und Vulkane. Auch das gehörte dazu.

Die Touristen zuckten zusammen wie verschreckte Kaninchen, als eine Explosion am Rand des Stroms Lavafetzen meterhoch schleuderte. Erschrocken schaute ich mich um. Doch mein Vater grinste nur. »Da ist der Flow auf eine unterirdische Methantasche gestoßen. Vielleicht hat da mal jemand sein Haustier begraben – dadurch bilden sich solche brennbaren Gase.«

»Hab alles draufgekriegt«, verkündete Fred.

»Super«, sagte mein Vater zufrieden. »Gute Show.«

Die Show wurde langsam zu einem Zirkus. Kurz darauf begannen Einheimische, mit metallenen Stempelformen aus der zähflüssigen Lava Aschenbecher herzustellen. Wir filmten auch das, dann packten wir unsere Sachen.

»Wie Pele das wohl findet?«, dachte ich laut. »Das mit den Aschenbechern?«

»Wahrscheinlich gut, sie qualmt angeblich gerne.« Mein Vater zuckte amüsiert die Schultern. »Wenn du es genau wissen willst, dann frag Aolani. Aber das musst du heute machen – letzte Chance.«

»Wieso?«, fragte ich betroffen.

»Das ist unser letzter Drehtag hier. Wir sind fertig mit Hawaii.«

Schade irgendwie. Gerade hatte ich mich an alles hier gewöhnt. »Wohin geht es als Nächstes?«

»In die gelbe Hölle«, mischte sich Fred ein. »Und es gibt nur einen, der sich da drin wohlfühlt.«

Ich zog die Augenbrauen hoch. »Luzifer?«

»Dein Vater.«

»Ja klar, ich liebe es, wenn es ordentlich nach Schwefel duftet«, behauptete André. »Und ab und zu zwicke ich arme Sünder mit Zangen.«

Ich verdrehte gespielt verzweifelt die Augen. »Wieso hat mir das niemand vorher gesagt?« Mir fiel ein, dass André etwas von einem Dreh in Schwefelminen erzählt hatte, das war wohl unser nächstes Ziel.

Der Abschied am nächsten Tag fiel mir nicht leicht. Aolani umarmte mich lange und ich drückte sie zurück. »Pass auf dich auf«, flüsterte Aolani mir ins Ohr. »... und auf André auch, okay?«

»Ich glaube nicht, dass er einen Babysitter so gut findet«, wandte ich ein.

Aolani seufzte. »Ihr beide seid wie Feuer und Wasser. Wie lange sind deine Ferien noch?«

»Vier Wochen.«

»Wenn ihr es fertigbringt, diese Zeit zusammen durchzustehen ... dann kann euch nichts mehr trennen. Ich wünsche euch alles Glück der Welt!«

Am Flughafen winkte sie uns hinterher, und ich wusste, dass ich auch sie wahrscheinlich nie wiedersehen würde.

Niedergedrückt schlurfte ich an Bord des Jets. Mein Vater sichtete unser gedrehtes Material und machte sich Notizen dazu, also ging ich hinüber zu Fred, der ein paar Reihen weiter saß. Weil der Flug nicht ausgebucht war, setzte ich mich einfach neben ihn. Noch immer ging mir der rätselhafte Satz durch den Kopf, den Jason Todd zu meinem Vater gesagt hatte. *Denk an die Kraft!* Noch immer hatte ich keinen Schimmer, was er bedeuten könnte.

»Sagen Sie mal, Fred ... braucht man besonders viel Kraft, um so einen Film zu drehen? Gibt es irgendeine besondere Kraft, die dabei eine Rolle spielt?«

»Die innere Kraft, Langeweile zu ertragen und andere Leute nicht abzunerven«, knurrte Fred, rückte ein Kissen unter seinem Kopf zurecht und schloss die Augen.

Ich seufzte und ließ ihn in Ruhe. Als ich mich umwandte, bemerkte ich, dass André sein Tablet weggepackt hatte und mich nachdenklich beobachtete. »So hat mein Vater früher oft reagiert, wenn wir irgendetwas von ihm wissen wollten«, sagte er, als ich mich neben ihn setzte. Und mir fiel plötzlich auf, wie wenig ich eigentlich über André wusste – nur, dass er in Nordrhein-Westfalen aufgewachsen war. Heftige Neugier packte mich. »Wie warst du eigentlich als Kind?«, fragte ich ihn.

»Brav und unglücklich«, antwortete André. »Mein Vater war ja Heizungsinstallateur, das wusstest du, oder? Er hat einfach nicht begriffen, dass sein Sohn keinerlei handwerkliches Talent von ihm geerbt hat und sich stattdessen für so etwas wie *Steine* interessiert. Nutzlose, herumliegende Steine.«

»Du warst brav?« Ich konnte es kaum fassen.

»O ja. Hab ziemlich lange versucht, es ihm recht zu machen. Bin sogar in einen Verein eingetreten. Du musst dir vorstellen, in so einem kleinen Ort musst du entweder beim Schützenverein, beim Gesangsverein oder wenigstens bei der Freiwilligen Feuerwehr sein, sonst bist du der komplette Außenseiter. Weil ich nicht singen konnte und nicht schießen mochte, hab ich mir die Feuerwehr ausgesucht. Leider war es ziemlich schrecklich da.«

Beinahe hätte ich gelacht. »Aber du magst doch Feuer, oder? Wieso hat es dir da nicht gefallen?«

»Grauenhafte Vereinsmeierei. Und der Kerl, der für die Ausbildung zuständig war, hat uns ständig angebrüllt, der hat uns mit Rekruten bei der Bundeswehr verwechselt.«

»Hast du ihm nicht mal die Meinung gesagt?«

»Doch.« André grinste mich an. »Und danach, so ab vierzehn, habe ich dann gemacht, was ich wollte, und so ziemlich jeden Mist gebaut, den es gibt.«

Ich war fasziniert. »Mädchen, Drogen, schnelle Autos?«

»Genau. Bis auf die Autos. Ich war schon immer mehr der Typ, der im Wald Sprungschanzen für sein Mountainbike baut.« Ein Lächeln schlich sich auf sein Gesicht. »Meine Eltern waren nicht begeistert, und mein Onkel erst recht nicht, der war nämlich Gemeindepfarrer.«

»Aber jetzt, wo du berühmt bist, sind dein Eltern doch sicher stolz auf dich, oder?«, frate ich André.

»Geht so. Sie schauen keine Dokus im Fernsehen, nur Krimis. Uns sogar über die meckert mein Vater ständig.«

»Oje.« Ich verzog das Gesicht. »Was war eigentlich mit deiner Mutter, hat die dich unterstützt?«

»Nicht wirklich.« Von einem Moment auf den anderen war seine Stimme ausdruckslos geworden. »Sie hat sich meinem Vater untergeordnet. Scheiden lassen konnte oder wollte sie sich nicht, wahrscheinlich hatte sie Angst davor. Sie hatte keine richtige Ausbildung und nur stundenweise im Lebensmittellädchen um die Ecke gearbeitet.«

»Na, da ist Mama zum Glück anders«, sagte ich nachdenklich. Meine Mutter hatte Wirtschaftsinformatik studiert und es nie nötig gehabt, sich von einem Mann ernähren zu lassen. »Sie hält zu mir. Ich hatte mal Ärger mit meinem Mathelehrer, da hat sie mit Zähnen und Klauen für mich gekämpft. Sie gibt einfach nie auf, wenn ihr etwas wichtig ist.«

André lachte. »Ganz die Britta, die ich kenne. Bist du auch so?«

»Weiß ich noch nicht«, musste ich zugeben. Ich hatte es noch nie nötig gehabt, wirklich um etwas zu kämpfen.

André gähnte und sah auf die Uhr. »Komm, wir schlafen eine Runde. Es wird ein langer Tag morgen.«

Ich nickte, aber während er schlief, checkte ich über das

WLAN an Bord meine Nachrichten. Nichts Neues von Giulia.

Liebe Giulia,
bist du sauer auf mich? Ich sage nichts mehr über deine Füße, versprochen!
Jan

Keine Antwort, auch Stunden später war noch nichts da. Vielleicht war es ein Fehler gewesen, sie mit meiner Schwindelei über die anderen Mädchen eifersüchtig zu machen?

Was war ich manchmal doch für ein Depp!

Schwefelsklaven

Nach unserer Ankunft in Indonesien war ich von dem langen Flug so müde, dass ich fast sofort den Kopf an die Innenverkleidung des Mietwagens lehnte und wegdöste. Als ich aufwachte, sah ich draußen ordentliche Reihen von froschgrünen Büschen.

»Kaffeeplantage«, brummte Fred, als er meinen Blick bemerkte.

Na, bisher sah mir das hier nicht wie eine Hölle aus ...

Irgendwann endeten die Kaffeeplantagen und wir fuhren bergauf durch dichten Dschungel, unser Land Cruiser holperte über eine steinige Piste. Hin und wieder überholten uns Einheimische in T-Shirt, Shorts und Flip-Flops, sie winkten uns grüßend zu und knatterten mit ihren schlammbespritzten Motorrädern weiter bergauf. Schließlich kamen wir an einen kleinen Parkplatz, neben dem eine Bretterhütte stand.

Wir begannen den Marsch zum Kraterrand. Es ging steil bergauf auf einer mit losen Steinchen übersäten Strecke und ich kam ins Schwitzen. Mein Vater dagegen war nicht mal außer Puste. Wieder einmal war ich nicht sicher, ob ich ihn bewundern oder beneiden sollte.

Auf dem Weg kamen uns hagere Männer entgegen, die Stangen mit zwei Körben auf der Schulter trugen. In den Körben stapelten sich hellgelbe Platten und Blöcke – Schwefel! Mit kleinen, raschen Schritten, fast tänzerisch bewegten sich die Männer und ihre Körbe wippten im Takt. »Das sind sie – die Schwefelsklaven vom Kawah Ijen«, sagte mein Vater leise zu mir. »Jetzt brauchen wir noch einen, den wir mit der Kamera begleiten können.« Er nickte den Männern freundlich zu. Manche warfen uns kurze, scheue Blicke zu und gingen gleich weiter, einer aber lachte uns an, rief einen Scherz und blieb stehen, als er merkte, dass wir ihm Fragen stellen wollten. Fred zog eine Packung indonesischer Zigaretten aus der Tasche, die er am Flughafen gekauft hatte, gab dem Träger eine und plauderte einen Moment mit ihm. Ich verstand kein Wort.

»He, Moment mal, was für eine Sprache ist das?«, fragte ich André.

»Na, Indonesisch natürlich.«

»Fred kann …?« Ich war verblüfft.

»Yep«, sagte mein Vater. »Und Kisuaheli und Pashto. Total praktisch auf Drehreisen.«

Ich zog die Augenbrauen hoch. Ein Sprachgenie? Ausgerechnet Fred, der Worte meist so sparsam austeilte, als würde jedes zehn Cent kosten?

»So etwa sechzig Kilo hat er dabei«, übersetzte Fred für uns. »Er ist gerade auf dem Weg zur Wiegestation, um sich seinen Lohn dafür auszahlen zu lassen.«

»Sechzig Kilo!« Das war doppelt so viel wie unsere Rucksäcke mit den Kameras darin. »Wie viel Geld kriegen sie dafür?«

»Sieben bis acht Euro am Tag«, meinte mein Vater. »Das ist eine Menge Geld hier.«

Wir stapften weiter bergauf. Mein linker Fuß schmerzte, es war keine gute Idee gewesen, mit neuen, nicht richtig eingelaufenen Bergschuhen hier hochzusteigen. Sollte ich André sagen, dass ich gerade dabei war, mir eine Blase zu laufen? Nein, ich wollte nicht das Weichei vom Dienst sein.

Zum Glück waren wir schon bald oben, auf einem schmalen Pfad, der auf dem Kraterrand verlief. Schlagartig vergaß ich meine Schmerzen. Vor uns lag ein gigantischer Schlund aus schroffem grauen Gestein, Wolken von stechend riechenden, ätzenden Dämpfen wehten zu uns herauf und brannten in meinen Augen. Keine einzige Pflanze wuchs weit und breit. Es war der bedrohlichste Ort, den ich jemals gesehen hatte … und das Unglaubliche war, dass ständig mit Schwefel beladene Träger von dort unten heraufstiegen und an uns vorbeigingen.

Schön war nur der türkisfarbene See, der tief unter uns im Krater leuchtete. Mein Vater deutete mit dem Kinn darauf. »Das da ist kein Wasser, sondern konzentrierte Säure. Kommt von den vulkanischen Gasen, die sich darin gelöst haben.«

Säure? Uff! »Wenn man da reinfällt … bleibt also nur das Skelett übrig?«

»Keine Ahnung. Hab's noch nicht ausprobiert.« Mein Vater packte die Kamera in eine durchsichtige Schutzhülle, wahrscheinlich damit sie nicht von den ätzenden Gasen beschädigt wurde. Da André jetzt eine Gasmaske aus seinem Gepäck holte und überstreifte, kramte ich auch meine hervor. Nach einer Minute hatte ich auch raus, wie man das Ding mit den beiden zur Seite ragenden Filtern anzog. Nun roch die Luft nicht mehr nach Schwefel, sondern nach Gummi. Ich sagte: »Und jetzt … gehen wir zusammen durch die Hölle, oder?«

Mein Vater lachte, ein dumpfes Geräusch. »Yep«, erwiderte er, und ohne einen weiteren Blick zurück ging er den schmalen Pfad hinunter, der in den Krater führte. Mit klopfendem Herzen folgte ich ihm.

Immer wieder mussten wir Schwefelträgern Platz machen, die sich auf dem schmalen Pfad bergauf quälten – ohne Bergschuhe, nur mit Flip-Flops. Einige waren auch mit leeren Körben auf dem Weg zurück nach unten. Einer von ihnen, mit einem tief zerfurchten Gesicht, aber fröhlichen Augen, sagte lächelnd *»Hello«*, und mein Vater begann ein Gespräch mit ihm. »Na, schon der zweite Trip heute?«

Der Träger nickte, trank aus einer zerdellten Plastikflasche einen Schluck Wasser und sagte: *»Yes, second trip, very lucky today!«*

Nach einer Minute wusste mein Vater, dass er Panji hieß, und nach fünf Minuten hatte er ihn überredet, sich filmen zu lassen. Stolz zeigte uns Panji die dicke, braune Schwiele dort, wo der Stab der Tragekörbe immer auf seine Schulter drückte. Erschrocken betrachtete ich die Schwiele – wie furchtbar weh musste es tun, diese Lasten aus dem Vulkankrater zu schleppen! Wieso ächzte ich eigentlich über unsere Rucksäcke mit den Kameras darin und die lächerliche Blase an meinem Zeh? Selten war ich mir so verwöhnt vorgekommen.

Mit der Kamera auf der Schulter folgte André Panji in die Tiefe, Fred und ich trugen ihm Ersatzakkus und Stativ hinterher. Ein schmaler Trampelpfad führte in den Krater hinein. Je tiefer wir kamen, desto dichter wurden die ätzenden Dampfwolken um uns herum. Panji zog sich ein Stofftuch aus der Tasche, feuchtete es aus seiner Wasserflasche an und knotete es an seinem Kopf fest, sodass es Mund und Nase bedeckte.

Und dann waren wir am Kraterboden angekommen. Um uns herum waren die Felsen knallgelb und orange, als hätte der Sonnenuntergang auf sie abgefärbt. Aus einem halben Dutzend Röhren strömte dichter, gelblich weißer Schwefeldunst, und eine Flüssigkeit, die auf den ersten Blick wie Blut aussah, tropfte daraus hervor.

»Flüssiger Schwefel ist rot«, erklärte mein Vater, als er die Aufnahme im Kasten hatte. »Die Röhren dienen dazu, dass sich das Zeug abkühlt und besser ablagert, sonst geht es nutzlos in die Luft.«

Inzwischen war auch Fred angekommen, er zeigte uns den erhobenen Daumen und blickte sich interessiert um. Entsetzt beobachtete ich, wie mitten in den dichtesten Gasschwaden mehrere sehnige Indonesier den Schwefel, der sich am Boden abgesetzt hatte, in Brocken hackten. Sie waren durch den wirbelnden gelb-weißen Dampf kaum zu sehen und atmeten dieses Zeug die ganze Zeit über ein, ich konnte mir nicht vorstellen, wie sie das aushielten! Immer wieder wichen sie kurz zurück und mussten dann wieder an die Arbeit. Selbst die Träger, die sich die Tragekörbe vollluden, mussten husten. *»Better go, no good place here«*, drängte Panji.

»Just a moment«, antwortete mein Vater. »Ist das nicht der Wahnsinn hier, Jan? Diese Farben – der Hammer!«

Der Hammer? Konnte mein Vater sich jetzt ernsthaft mit Farben beschäftigen, während diese Leute mitten im Gift schufteten? Dieser Vulkan war nicht cool wie der in Hawaii, er war einfach nur grauenhaft!

Einer der Arbeiter, ein junger Indonesier von vielleicht Anfang zwanzig, richtete sich kurz auf, als hätte er meine Gedanken gespürt. Unsere Blicke trafen sich, einen Moment lang nur, und ich schämte mich. Schämte mich entsetzlich dafür, dass ich hier stand mit meiner tollen Gasmaske und er dort schuftete mit einem schmuddeligen Tuch vor dem Mund.

In diesem Moment konnte ich nicht anders – ich riss mir die Maske vom Kopf und reichte sie ihm. Völlig verblüfft blickte mich der Mann an. Dann streckte er zögernd die Hand aus, nahm die Gasmaske und bedankte sich mit einem Nicken. Inzwischen hatten alle Arbeiter mitbekommen, was geschehen war, sie hatten innegehalten und beobachteten uns gespannt. Lachend und achselzuckend drehte der junge Indonesier die Maske in der Hand, dann streifte er sie über. Die anderen tauschten Bemerkungen, machten sich offensichtlich über ihn lustig und warfen neugierige Blicke in meine Richtung, aber nach ein paar Sekunden arbeiteten sie weiter, als sei nichts geschehen.

Die nach Schwefel stinkende Luft traf mich wie ein Schlag, sie stach in meinen Augen und drang in meine Nasenlöcher. Instinktiv hielt ich den Atem an, ging ein paar Schritte weg von den übelsten Schwaden … aber dann musste ich doch einatmen. Es war widerlich. Fast sofort wurde mir schlecht von dem Gestank nach faulen Eiern. Ich versuchte, flach zu atmen, aber es half nicht viel.

Mein Vater hatte gerade mit aufgebautem Stativ Panji gefilmt, der seinen Korb mit Schwefelbrocken belud, doch Fred hatte gesehen, was ich getan hatte. Er tippte André auf die Schulter, dieser drehte sich um und kapierte sofort, was geschehen war. »Sag mal, bist du irre oder was?«, rief er, und mein Magen verknotete sich noch ein bisschen mehr.

Ja, wahrscheinlich war ich irre. Und jetzt wollte ich nur noch eins: hier weg. Diese Schwefeldämpfe ätzten sich durch meine Lungen und langsam wurde mir schwindelig. »Du haust jetzt hier ab, ist das klar?«, herrschte mich André an und ich nickte.

Mein Vater filmte weiter, während Fred und ich ein Stück den Kraterpfad hochstiegen. Nach einer Weile bekam ich wieder besser Luft. Erleichtert nahm ich einen Schluck aus meiner Wasserflasche. Das Wasser schmeckte bitter. Ich packte einen Müsliriegel aus, biss ab … auch der Riegel schmeckte bitter. Es musste der Geschmack des Schwefels in meinem Mund sein. Als ich husten musste, betrachtete mich Fred besorgt. »Diese Schwefeldämpfe enthalten winzige Säuretröpfchen. Könnte ein paar Tage dauern, bis sich deine Lunge wieder davon erholt hat.«

Ich erschrak und das Brennen in meiner Lunge fühlte sich gleich ein bisschen schlimmer an als vorher. »Aber diese Leute dort unten …«

»Die werden alle nicht alt. Vierzig, fünfzig Jahre.« Nachdenklich blickte Fred in den Krater hinab. »Aber das Erstaunliche ist, in Wirklichkeit sind sie keine Sklaven, sie machen das freiwillig. Hier verdienen sie dreimal so viel wie in einer Fabrik oder bei der Arbeit auf den Feldern.«

»Interessiert sie gar nicht, dass der Vulkan sie umbringt?«

»Ein Leben in Armut kann schlimmer sein als der Tod«, sagte Fred, und ich musste daran denken, dass er als Kriegsberichterstatter wahrscheinlich schon jede Menge schreckliche Dinge gesehen hatte.

Nach etwa einer Stunde kam André mit Panji zu uns zurück. »Allmählich wird das Licht zu schlecht, wir drehen jetzt nur noch, wie der Schwefel abgewogen wird und er seinen Lohn bekommt.« Der Blick, mit dem er mich musterte, war scharf. »Wir reden drüber, wenn wir oben sind.«

Es war ein harter Weg nach oben. Nicht nur die ätzende Luft setzte mir zu, auch mein Fuß tat fürchterlich weh. Jeder Schritt war eine Qual.

Als wir wieder auf dem Kraterweg standen und Panji kurz verschnaufte, zog mich André beiseite und legte los. »Was fällt dir eigentlich ein, Stücke unserer Ausrüstung zu verschenken, ohne mich vorher zu fragen? Glaubst du nicht, dass wir die Masken bei diesem Dreh noch dringend brauchen? Und der Typ, dem du sie geschenkt hast … spätestens morgen wird er sich damit lächerlich vorkommen, weil kein anderer eine hat, und sie nicht mehr tragen! Oder der Neid der anderen macht ihm das Leben noch mehr zur Hölle.«

»Das weißt du nicht«, sagte ich trotzig; mir tat das mit der Maske kein bisschen leid. »Vielleicht ist ihm seine Lunge dann doch wichtiger als das, was die anderen meinen!«

Doch mein Vater ging nicht darauf ein, er war noch nicht fertig. »Nur einem von vielen hast du so ein Ding geben können! Und was, glaubst du, denkt Panji jetzt von uns? Er ist derjenige, der uns geholfen hat, und du gibst diese wertvolle Maske einfach irgendjemand anderem …«

Zu meiner Überraschung mischte sich plötzlich Fred ein. »Jetzt mach den Jungen doch nicht fertig, André. Sei froh, dass er ein gutes Herz hat.«

Stumm wartete ich darauf, wie mein Vater reagieren würde.

Freds Kommentar wirkte, mein Vater schien sich wieder etwas abzuregen. »Stimmt schon«, sagte er etwas milder. »Und schau mich nicht so an, Jan. Siehst du irgendwo meine Wasserflasche? Hab ich verschenkt. Ich bin kein Unmensch, mich nimmt das genauso mit wie dich.«

»Okay«, sagte ich knapp. Den Eindruck, dass ihn das

ebenso mitnahm, hatte ich nicht gehabt. Vielleicht härtete man nach einer Weile ab und ließ solche Dinge nicht mehr so nah an sich heran. Am meisten schien ihn zu ärgern, dass ich ihn vor dem Verschenken der Maske nicht gefragt hatte. Aber wenn ich brav gefragt hätte … hätte er dann Ja gesagt? Wahrscheinlich nicht!

Während wir dem schwer beladenen Panji folgten, fiel meinem Vater auf, dass ich Mühe hatte, Schritt zu halten. »Warum hinkst du?«, fragte er.

»Blase am Fuß«, meinte ich verlegen.

André runzelte die Stirn. »Verdammt. Dann ist es wahrscheinlich besser, wenn du morgen nicht mitkommst und einen Ruhetag einlegst. Ich schau mir deinen Fuß mal an, wenn wir bei der Wiegestation sind.«

»Was filmen wir denn morgen?«, fragte ich mit gemischten Gefühlen.

»Den Säuresee – wir fahren mit einem kleinen Gummiboot darauf herum, machen Experimente und nehmen ein paar Proben, ein Kollege hat mich darum gebeten.«

Das wollte ich auf keinen Fall verpassen. »Ich werde mir den Fuß verpflastern, dann geht es schon.«

Doch mein Vater schüttelte den Kopf. »Es wird ein harter Marsch, und wir müssen ganz früh im Krater sein, damit wir gutes Licht haben. Du machst morgen Pause, damit du bald wieder fit bist. Außerdem haben wir, wie du wahrscheinlich weißt, eine Maske zu wenig. Hat keinen Sinn, dass du dir die Lunge verätzt.«

Ach so. Das war seine Art, mich für die Sache mit der Gasmaske zu bestrafen. Enttäuscht und schweigend hinkte ich hinter Fred, Panji und André her bis zur Wiegestation. Dort hängte Panji die Körbe mit der gelben Last an einen

Haken und nickte zufrieden, als die Waage 70 Kilo anzeigte. In einer Bretterbude mit Fenster bekam er seinen Lohn für den Schwefel ausgezahlt, einige abgegriffene, schmuddelige Scheine, dann schüttete er den Inhalt seiner Körbe in eine Lagerhalle. Mein Vater begleitete jeden Schritt mit der Kamera und Fred hielt ein Mikrofon mit einer Art Angel über seinen Kopf. Über Kopfhörer checkte er, ob der Sound gut in der Kamera ankam. Ich stand schweigend am Rand, beobachtete alles wie ein Zuschauer und fühlte mich zum ersten Mal auf dieser Reise komplett überflüssig. Als der Dreh beendet war, fragte ich: »Und was fangen die jetzt mit dem ganzen Schwefel an?«

»Man braucht ihn für die Herstellung von Reifengummi und feinem Zucker«, erklärte Fred, während er seine Ausrüstung wegpackte.

André kramte aus dem Erste-Hilfe-Pack Salbe und Pflaster hervor, während ich den Stiefel auszog. Verdutzt sah ich, dass die metallenen Ösen meiner Wanderschuhe seltsam aussahen, total korrodiert. Krass!

»Kommt durch die ätzenden Dämpfe im Krater«, erklärte André und schaute sich meinen Fuß an. »Die Blase hast du schon länger, was? Wieso hast du nichts gesagt?«

Ich zuckte die Schultern. »Wenn man sieht, was die Träger aushalten müssen …«

André blickte mich nachdenklich an, dann nickte er. »Es ist eine harte Welt. Fressen oder gefressen werden. Davon bekommt man in Deutschland nicht so viel mit. Anderswo schon.«

»Zum Glück nur im übertragenen Sinne«, sagte ich, strich vorsichtig Salbe auf die Wunde und klebte dann gleich mehrere Pflaster darüber. »Sonst würde ich jetzt als schwächstes

Tier der Herde dem nächstbesten Raubtier zum Opfer fallen.«

André lachte. »Ich würde die Raubtiere schon fernhalten. Einmal das Stativ gegen die Schnauze geknallt, zack und Ende.«

Ich lachte mit, und weil es sich wieder so gut anfühlte zwischen uns, fragte ich noch einmal: »Darf ich morgen mit?«

»Nein«, sagte er.

Und dabei blieb es.

Ausgestoßen

Am nächsten Tag zogen André und Fred ganz früh los, ich konnte ausschlafen. Und fühlte mich einfach nur elend. Kraftlos lag ich auf dem Bett und starrte durch das Moskitonetz zur Decke. Sie waren wirklich ohne mich zum Dreh gefahren.

Huhu, Giulia, bist du noch da? Come stai? Ich würde so gerne etwas von dir hören! Hatte heute einen fiesen Streit mit meinem Vater. Dabei habe ich nur getan, was ich richtig fand, und jemandem geholfen. Aber jetzt bin ich in Ungnade gefallen, wie's aussieht.
Mit geknickten Grüßen, dein Jan

Keine Antwort.
Mein Frühstück bestand aus einer halben Mango und einem Müsliriegel. Ich duschte lange, wusch mir noch zweimal die Haare, damit sie endlich nicht mehr nach Schwefel stanken, und spülte mein T-Shirt aus, das nach der Schwitzerei steif vor Salz war. Danach benutzte ich das Plumpsklo in unserer Hütte und setzte mich auf die Veranda. Eine Viertelstunde lang beobachtete ich eine handtellergroße Spinne dabei, wie sie auf ein Insekt wartete. Doch sie hatte kein Glück. Es passierte rein gar nichts. Nur in meinem Kopf war jede Menge los. *Mama hätte es verstanden, dass ich die Maske*

verschenken musste – sie engagiert sich ja selber für alles Mögliche. Das habe ich wahrscheinlich von ihr. So was wie ein soziales Gewissen. Hat André vermutlich nicht. Fressen oder gefressen werden! Soll ich ihm anbieten, ihm das Geld für die verdammte Gasmaske zurückzugeben? Wie teuer ist eigentlich so ein Ding?

Fast wäre ich zusammengezuckt, als ein olivgrüner Vogel mit roter Brust direkt neben mir einen blühenden Busch anflog und sich auf einem Zweig niederließ. Wahrscheinlich hatte er mich nicht bemerkt, weil ich so still dagesessen hatte. Fasziniert beobachtete ich, wie er den langen, dünnen Schnabel in eine Blüte steckte und den Nektar aufsog wie ein Kolibri. Wie schön er war. Und mein Vater hätte ihm garantiert keinen zweiten Blick geschenkt. Aber ich war nicht André. Ich war ich!

Auf einen Schlag war mein Lebensmut zurück. Wenn mein Vater dachte, er könnte mich durch diesen Tag in der Hütte bestrafen, dann lag er falsch. Ich würde den Tag genießen und meine eigenen Projekte weiterverfolgen! Mit Laptop und Satellitentelefon klinkte ich mich ins Internet ein, postete meine Erlebnisse mit den Schwefelsklaven und las die neuesten Nachrichten von Noah. *Hab schon eine Website für uns angemeldet und einen Multiple-Choice-Fragebogen entwickelt, der online automatisch ausgewertet werden kann,* schrieb er.

Ohrstöpsel rein, Player an, dann flogen meine Finger über die Tastatur. Den ganzen Tag arbeitete ich an unserer Seite. Wenn unsere Website online ging … dann konnte ich André eines Tages vielleicht ganz beiläufig sagen: »Du, ich glaube, in diesem und jenem Gebiet wird's bald knallen.« Und geheimnisvoll lächeln, wenn es tatsächlich so geschah.

Oder sollte ich ihm sagen, woran ich arbeitete? Vielleicht hatte er noch ein paar Tipps.

Es wurde später und später. André und Fred waren noch immer nicht zurück. Draußen war es mittlerweile so dunkel, als hätte jemand eine Decke über unsere Hütte geworfen. Ich saß auf der Veranda, tippte auf meinem Laptop herum und konnte mich nicht mehr konzentrieren. War etwas passiert? Warum riefen André und Fred nicht an?

Dann endlich, endlich, endlich eine Nachricht von Giulia!

Lieber Jan,
scusi für die späte Antwort, wir waren zu einem Kurzurlaub auf Ischia und hatten kein Internet, dafür jede Menge Meer. Ärger dich nicht darüber, dass ihr gestritten habt. Ich finde, es ist wichtig, zu dem zu stehen, was man glaubt und wer man ist. Und ich finde es magnifico, dass du jemandem geholfen hast! Das war bestimmt nicht leicht, wenn dein Vater dagegen war. Ich schaffe das leider nicht immer. Bin stolz auf dich! CU im Chat?
Giulia
PS: Ungnade musste ich mit dem Übersetzungstool nachschauen :-)

Ein paar Minuten später waren wir im Netz und in Kontakt. Wie gut sich das anfühlte.

JanB: *Lieb, was du geschrieben hast. Ich würde dich jetzt so gerne umarmen.*
GiuliaP: *Dann mach doch.*
JanB: *Meine Arme strecken sich nach dir aus, schließen sich um deinen warmen Körper, ich ziehe dich an mich. Wir*

drücken uns ganz fest. Ich streichle dein Haar und küsse die kleine Kuhle an deinem Hals …
GiuliaP: *Moment mal, so weit wollte ich eigentlich nicht gehen!*
JanB: *Wieso nicht? Hast du einen virtuellen guten Ruf zu verlieren?*
GiuliaP: *Na gut. Ich gebe dir einen heißen Zungenkuss, nur mit Mühe lösen wir uns voneinander und jetzt muss ich leider noch Englisch lernen.*
JanB: *Darf ich dein Vokabelheft abschlecken?*
GiuliaP: *:-))))*
JanB: *Ciao, carissima!*
GiuliaP: *Ciao, Casanova! :-)*

Es ging mir schon ein bisschen besser.

Kurz darauf schwenkten die Scheinwerfer eines Wagens in die Auffahrt ein. Müde und nach Schwefel müffelnd, schleppten André und Fred die Kamera in die Hütte.

»Na, wie war's?«, fragte ich.

»Richtig gut«, berichtete André. »Ich habe vom Boot aus ein Stück Kalk in den See geworfen … das gab ein Riesengeblubber und eine Minute später hatte es sich aufgelöst.«

»Aber warum hast du zwischendurch die Handschuhe abgenommen? Das war dämlich«, mischte sich Fred ein, und André zeigte mir Stellen an seinen Händen, wo sich die Haut weißlich verfärbt hatte – außerdem waren sämtliche Härchen auf seinen Handrücken verschwunden. »Ach, nicht viel passiert.«

»O Mann«, sagte ich, schüttelte den Kopf und sagte einfach, was mir schon seit Beginn der Reise durch den Kopf ging: »Du bist manchmal echt ein Spinner.«

»Findest du?«, fragte André vergnügt. Er war überhaupt nicht gekränkt.

»Aber das Beste war, was wir nachts im Krater gesehen haben«, berichtete er. »Warte, ich zeig dir die Aufnahmen.« André zog das gedrehte Material auf seinen Laptop und startete den Film. Ungläubig sah ich blaue Lichter in der Dunkelheit tanzen. Es sah unirdisch aus ... und wunderschön.

»Was ist das?«, fragte ich, und Fred meinte: »Brennender Schwefel, der ganze Hang steht in Flammen. Die Minenarbeiter sehen das nicht gerne, weil ihre Ernte dann futsch ist.«

André nickte. »Morgen filmen wir noch, wie die Schwefelarbeiter solche Brände bekämpfen, das gibt tolle Bilder.«

Etwas veränderte sich in Freds Gesicht. Er stand auf und blickte in die Dunkelheit. »Tolle Bilder, klar«, sagte er schließlich. »Wir brauchen diese Bilder, wir leben davon ... und trotzdem, irgendwie beuten auch wir diese Leute aus.«

Das stimmte. »Vielleicht könnten wir einen Teil der Einnahmen aus diesem Film spenden?«, schlug ich vor. »Für die Schwefelarbeiter?«

»Okay, okay, machen wir. Ihr habt ja recht.« André seufzte tief, dann packte er aus, was er und Fred auf dem Rückweg aus einer Garküche mitgebracht hatten. Wir schlugen uns den Bauch mit Saté-Spießchen voll, und sie schmeckten tausendmal besser als die, die ich mal daheim für Freunde gekocht hatte.

»Und, was hast *du* heute gemacht?«, fragte André.

»Ach, nur eine Website entwickelt«, meinte ich beiläufig.

»Was für eine Website?« Jetzt war er wohl doch neugierig geworden.

Also überlegte ich mir das mit der Geheimhaltung noch mal und sagte ihm die Wahrheit. »Sie sammelt Berichte über Tiere in Erdbebengebieten, die sich seltsam verhalten, und macht daraus eine Statistik. Für die Vorhersage, du weißt schon.«

»Ah«, sagte mein Vater, tunkte noch eine Portion Hähnchen in Erdnusssoße und verzog das Gesicht: »Hm, nächstes Mal sollte ich wirklich was anderes essen. Zu fettig.«

»Irgendwann, wenn wir alt und grau sind, bestellen wir in Lokalen nur noch weißen Reis und ein lauwarmes Wasser dazu«, brummte Fred.

André seufzte und legte einen Satéspieß auf seinen Teller. »Na ja, vielleicht geht noch ein lauwarmes Bier, das ist besser als Wasser.«

»Kommt drauf an, in welchem Land man ist, mit Bier holt man sich wenigstens keine Amöbenruhr.« Fred trank ein paar lange Schlucke aus der Flasche und wischte sich den Mund mit dem Ärmel ab. »Ich hatte mal eine in Mexiko … o Mann, die war grauenhaft …«

Ging's noch? Was quatschten die da über ihre Wehwehchen? Ich wollte jetzt endlich wissen, was mein Vater zu meinem Projekt sagte! Schließlich hielt ich es nicht mehr aus. »André? Und, was meinst du jetzt dazu? Zu der Sache mit der Website und der Statistik?«

»Na ja«, meinte mein Vater. »Ich fürchte, das fällt eher in die Rubrik Zeitverschwendung.«

»Warum?«, presste ich hervor.

André zuckte die Schultern, während er kaute. »Gibt einfach keine wissenschaftlich bewiesenen Zusammenhänge. Das in China hat wahrscheinlich nur funktioniert, weil es eine Menge Vorbeben gab. Aber bei dermaßen klaren Anzeichen war es wirklich keine Kunst, den großen Knall vorherzusagen.«

»Ach so«, sagte ich und beschloss auf der Stelle, mit der Website genau so weiterzumachen wie geplant. Jetzt erst recht! Schließlich war es meine Zeit, und wenn ich sie »verschwenden« wollte, war das meine Entscheidung. Ich atmete tief durch und spürte dabei, dass meine Lunge sich schon wieder besser anfühlte.

»Ach ja.« Mein Vater stand auf und begann, in einer Ausrüstungstasche zu wühlen. »Jetzt hätte ich's fast vergessen. Ich soll dir was geben. Hier.« In seiner Hand schimmerte ein großer, schön geformter Schwefelkristall. »Der ist von dem Kerl, dem du die Maske geschenkt hast.«

Vorsichtig nahm ich den Kristall und spürte, wie mein Herz ganz warm und leicht wurde. »Hat er die Maske getragen?«

»Hat er«, sagte mein Vater – kein Wort mehr als das. Aber ich sah, dass ein Lächeln um seine Mundwinkel schwebte.

In dieser Nacht lag ich noch lange wach. *Denk an die Kraft,* ging es mir immer wieder durch den Kopf. Welche Kraft? Die Kraft des Magmas? Die Kraft der Natur? Keine Ahnung. Vielleicht konnte ich mir einfach eine aussuchen. Wenn ja, wusste ich schon eine. *Die Kraft, anders zu sein.*

Um fünf Uhr früh schreckte ich hoch. Ein Sirenenton schnitt durch die Hütte, es klang ein bisschen wie ein Feueralarm. Sofort war ich hellwach. Erst als mein Vater sich aufrappelte und in seinen Sachen kramte, ging mir auf, dass das wieder mal sein Communicator war. »Ja?«, murmelte er. Ich saß auf dem zweiten Bett und lauschte.

»Verstehe«, sagte mein Vater. »Ich bin spätestens morgen bei euch.«

»Was ist los?«, fragte ich aufgeregt.

Seine Augen glänzten. »Der Merapi, ein Berg ein paar Hundert Kilometer von hier. Sieht aus, als würde er mal wieder aufwachen. Sie haben schon die ganze Umgebung abgesperrt, aber mit etwas Glück bekommen wir eine Ausnahmegenehmigung.« André grinste breit. »Los, wir packen! Ich schmeiße Fred aus dem Bett.«

Ganz wach war ich noch nicht, meine Gedanken flossen so langsam wie Sirup. »Aber ihr wolltet doch noch weiter hier filmen, oder habe ich da …«

»Egal! Vergiss es!« Das Jagdfieber leuchtete aus Andrés Augen. »Da muss ich hin. Wenn wir den Merapi in Aktion drehen können, wird das ein Highlight unseres Films, Jan!«

Unseres Films. Es tat gut, dass er das sagte. Noch war ich ein Teil des Teams.

Hektisch und ziemlich planlos machte ich mich daran, Klamotten, Laptop und alles, was sonst noch so herumlag, in meine Reisetasche zu stopfen. Das alles war irgendwie lustig. Fast so, als wären wir Feuerwehrleute. Wenn irgendwo auf der Welt Alarm geschlagen wurde, düsten wir los. »Was für ein Vulkan ist der Merapi?«, fragte ich. »Ein roter oder ein grauer?«

»Ein Stratovulkan«, gab mein Vater zurück. »Das heißt, diesmal ist es ein grauer.«

Ein Kribbeln durchlief mich. Ein grauer Vulkan, so wie der St. Helens. Eine Bombe von der Größe eines Berges.

Respekt

Fred wirkte nicht so begeistert von den Neuigkeiten wie André, und er sah grimmig aus, als wir unsere Sachen packten. War er sauer, dass wir unseren Dreh hier abbrachen? Oder ging ihm einfach dieser feuerwehrartige Aufbruch auf die Nerven? Wahrscheinlich Letzteres.

Doch als André gerade draußen war, um mit irgendjemandem vom Vulkanobservatorium des Merapi zu telefonieren, blickte mich Fred plötzlich auf seltsame Weise an. »Jan, es tut mir wirklich leid, aber ich glaube, du solltest heimfliegen.«

»Was?« Ich war geschockt. Fred war doch derjenige gewesen, der mich bei der Sache mit der Maske verteidigt hatte; seit der Nacht, in der ich ihn beim Klavierspielen ertappt hatte, mochte ich ihn. Und jetzt das! »Aber … die Ferien sind noch lange nicht um!«

»Ich weiß. Aber ich bin mir nicht sicher, ob diese Reise gut für dich ist.«

»Wieso?«, fragte ich trotzig und rätselte, was ihn so gegen mich eingenommen hatte. Die Sache mit der Gasmaske? Meine ramponierten Füße? »Glaubst du, ich schaffe das hier nicht?«

Fred schüttelte den Kopf. »Ich glaube, du weißt den Grund auch selbst.«

»Denkst du, ich …«, begann ich, doch dann kam André

telefonierend wieder in die Hütte. Fred verstummte und konzentrierte sich darauf, das Kamera-Equipment sorgsam in den gepolsterten Taschen zu verstauen. Kurz darauf düsten wir zum Flughafen.

In meinem Kopf wirbelten die Gedanken. *Ich glaube, du weißt den Grund auch selbst.* Wusste ich ihn? Ja, okay, mein Vater hatte irgendwie ein Rad ab, aber in Hawaii war es nicht wirklich seine Schuld gewesen, dass der Hubschrauber uns versehentlich in eine gefährliche Gegend gebracht hatte. Er passte auf, dass mir bei seinen Aktionen nichts geschah – sonst hätte er Aolani und mich ja nicht zuvor abgesetzt, bevor er nahe an die Feuerfontäne heranflog. Und sonst hätte er mir bestimmt nicht verboten, ohne Gasmaske in den Krater des Kawah Ijen hinunterzusteigen.

Er würde mich nicht im Stich lassen, und ich ihn auch nicht!

Noch am gleichen Tag landeten wir in der Stadt Yogyakarta am Fuß des Merapi und ein Taxi spuckte uns in den wirbelnden Verkehr der Innenstadt. Minibusse drängelten hupend Fahrrad-Rikschas aus dem Weg, und der Mopedfahrer, der uns gerade überholte, transportierte einen Käfig voller Hühner auf dem Gepäckträger. Die bunten Häuserfronten wurden durch zahllose Reklameschilder noch bunter. Die schwere, feuchte Luft roch nach Abgasen und gebratenem Gemüse.

Mein Vater telefonierte mal wieder und irgendwann hielt mit quietschenden Reifen ein Geländewagen mit einer von grünen Planen eingefassten Ladefläche neben uns. »*Salam!* Springt rein!«, sagte der Indonesier am Steuer und wir stapelten unser ganzes Gepäck hinein. Die Fahrt war kurz und endete vor einem etwa fünfstöckigen, mit Solarpanels bedeckten Haus in einem modernen Stadtviertel. Hier stellte sich heraus, dass der Fahrer ein Vulkanologe der Universität Yogyakarta war und Nadim hieß. Er war feingliedrig und schlank, hatte schwarze Haare im Seitenscheitel und einen sorgfältig gestutzten Schnurrbart. Anerkennend musterte er mich von oben bis unten, dann lachte er herzlich und haute meinem Vater auf die Schulter. »Wie ich sehe, bist du endlich erwachsen geworden! Ein *bapak*!«

»Ja, kann sein«, antwortete André und blickte verlegen drein.

Hä? Ich kam gerade nicht mehr mit. Fred flüsterte mir ins Ohr: »In Indonesien gilt man erst als erwachsen, wenn man Kinder hat …«

»Es gibt mich immerhin seit sechzehn Jahren«, wisperte ich zurück.

»Zählt nicht. Er hat sich ja nicht um dich gekümmert.«

Nadim hatte André den Arm um die Schulter gelegt. »Trotzdem, mein Freund, du tust mir leid – nur ein Kind, ah, das ist so traurig! Meine drei sind die Sonne meines Lebens! Kommt rein, esst was, ruht euch einen Moment aus. Ihr habt noch nicht gegessen, oder?«

»Äh, nein.« Natürlich war es etwas anderes, das meinen Vater interessierte: »Gibt es etwas Neues vom Vulkan?«

»Ach, keine Sorge, der Merapi hat sich gerade wieder etwas beruhigt, der kann bis morgen warten, mein Freund!«

Etwas beengt saßen wir im Wohnzimmer der Familie und eine lächelnde, aber zurückhaltende Frau mit Kopftuch trug Essen auf. Nadim wünschte allen: *»Selamat makan!«*, was wohl »Guten Appetit!« heißen sollte. Wir wünschten das Gleiche und schaufelten uns Fischcurry mit Reis auf die Teller.

Nadim, sein Sohn und seine beiden Töchter schwatzten lautstark durcheinander – obwohl sie sich bemühten, Englisch zu sprechen, verstand ich kaum ein Wort. Neugierig blickte ich mich um. An den Wänden hingen ein Dutzend offiziell aussehende Diplome, und in einer Vitrine standen Pokale – wie wir erfuhren, alles Trophäen der Kinder, die sie in Rhetorik- und Sportwettbewerben gewonnen hatten.

»Wusstest du eigentlich schon, dass meine Belinda letzten Monat geheiratet hat?«, dröhnte Nadim.

Fred sagte ein paar höfliche Sätze in Indonesisch, wahrscheinlich Glückwünsche, und mein Vater nickte lächelnd dazu. »Nein, das wusste ich noch nicht, aber der Merapi ...«

»... wir haben ein ganz wunderbares Video drehen lassen«, unterbrach ihn Nadim einfach. »Moment, ich zeige es euch ...«

»Vielleicht später, ich würde ...«, versuchte mein Vater zu sagen, doch er hatte keine Chance, schon hatte Nadim den Film gestartet. Fred und ich grinsten in uns hinein – unglaublich, ausnahmsweise hatte es mal jemand geschafft, André unterzubuttern!

Während der Film lief, hing ich meinen Gedanken nach und schaute erst wirklich zu, als ich sah, wie das Hochzeitspaar vor Nadim und seiner Frau niederkniete. »Warum machen sie das?«, fragte ich unseren Gastgeber, und er sagte: »Da bekommen die Kinder gerade unseren elterlichen Segen.« Er hatte Tränen der Rührung in den Augen.

Ich versuchte mir vorzustellen, wie meine Mutter oder mein Vater mir den Segen gaben, und schaffte es nicht.

Als Nächstes kam Nadim auf »alte Zeiten« zu sprechen und Fotoalben wurden herausgekramt. Sie waren dermaßen alt, dass sie noch aus eingeklebten Ausdrucken bestanden ...

gleich würde ich vor Langeweile versteinern! Es war reiner Zufall, dass ich doch einmal kurz hinschaute, als Nadim uns ein in rotes Leder gebundenes Album zeigte. Als mein Blick über die Bilder glitt, stutzte ich. He, Moment mal ... dort oben in der Ecke ... konnte das sein? Nein! Das auf dem Bild konnte nicht meine junge, schwangere Mutter gewesen sein, denn soweit ich wusste, war sie nie hier gewesen. Ich versuchte, ein Wort in Nadims Maschinengewehr-Englisch einzuwerfen, damit er noch mal zurückblätterte und ich mir das seltsame Bild richtig ansehen konnte. Aber er hatte sich meinem Vater zugewandt und bemerkte mich nicht einmal.

»Magst du mitkommen in mein Zimmer?« Das war der Sohn, Sudewo. Er war etwa in meinem Alter, hatte viel Gel im Haar und trug Klamotten mit integrierten Schaltkreisen, die silbern durch den Stoff leuchteten. Solche Pseudo-Coolness konnte ich eigentlich nicht ausstehen, aber vielleicht war Sudewo netter, als er auf den ersten Blick wirkte. Ich gab meinen Versuch auf, das Foto noch einmal sehen zu wollen, und folgte ihm.

In seinem Zimmer sah es ähnlich aus wie bei mir und meinen Freunden in Deutschland – Schreibtisch mit Pad, 3-D-Screen an der Wand, auf den Möbeln verstreute Klamotten.

»Was hörst du so für Musik?«, fragte Sudewo und warf sich auf die Couch in seinem Zimmer. Die Bands, die ich nannte, sagten ihm was, und wir stellten fest, dass wir beide Koran-Rap mochten. Er spielte mir ein paar seiner Lieblingssongs vor, aber sehr leise. »Klingt superplus«, sagte ich und streckte die Hand aus, um den Sound noch ein bisschen aufzudrehen, doch Sudewo sagte schnell: »*No, no,* das wollen meine Eltern nicht.«

Ich wusste erst nicht, was ich sagen sollte, aber dann meinte ich höflich: »Mit meiner Mutter habe ich da wirklich Glück, wir haben uns noch nie über zu laute Musik gestritten.«

»Aber über andere Dinge?« Sudewo wirkte halb entsetzt, halb fasziniert.

»Na ja, ganz verschieden«, sagte ich erstaunt. »Wir haben uns mal gezofft, weil ich die ganze Wäsche erledigt habe und sie es nicht mal bemerkt hat. Und sie erlaubt mir nicht, bei Freunden zu übernachten, das finde ich komplett bescheuert ...«

»Und ... du widersprichst ihr? Und deinem Vater auch?« Sudewo starrte mich an.

»Äh, ja«, sagte ich. »Mit meinem Vater habe ich mich gerade vorgestern gestritten ...«

»Masak!« Sudewo schüttelte fassungslos den Kopf, und ich hielt es jetzt doch für besser, das Thema zu wechseln. »Was für Fächer habt ihr so in der Schule?«

Wir quatschten eine Weile, doch immer wieder stockte das Gespräch, so richtig warm wurden wir nicht miteinander. Vielleicht hielt mich Sudewo für einen gefährlichen Rebell und wollte nicht, dass mein mangelnder Respekt auf ihn abfärbte. Ich war froh, als mein Vater den Kopf ins Zimmer steckte und sagte: »Nadim hat ein Hotel für uns gefunden, wir machen uns jetzt auf den Weg, kommst du?«

»Klar«, sagte ich erleichtert und verabschiedete mich von Sudewo. Was war eigentlich mit mir, respektierte ich meinen Vater? Ja. Absolut. Aber deswegen nicht mit ihm streiten, ihm in allem gehorchen? Ich glaubte nicht mal, dass ihm das lieber gewesen wäre.

Als ich ins Wohnzimmer zurückkehrte, suchte mein

Blick nach dem roten, ledergebundenen Album – vielleicht war das meine letzte Chance, noch einmal einen Blick auf das Foto zu werfen. Doch ich konnte es nicht entdecken, stattdessen fielen mir jede Menge Vulkanbücher in den Regalen auf. Zwei davon sahen besonders interessant aus, und ich fragte Nadim: »Darf ich mir die mal ausleihen?«

»Natürlich, gerne, gerne!«, rief Nadim und strahlte mich an. *»Andak pandai!«* Fred flüsterte mir zu, dass das hieß, ich sei sehr klug. Verlegen suchte ich nach einer Antwort, aber es war keine nötig, zu meinem Vater gewandt sagte Nadim: »Die Gegend ist evakuiert, aber ihr könntet zu einem der Observatorien und von dort …«

»Ich dachte eher an die Südflanke«, wandte mein Vater ein. Nadim sah nicht begeistert aus. »Ich weiß noch nicht, ob das möglich ist, mein Freund. Nur ein paar meiner Leute werden morgen dort sein, wir tauschen ein paar defekte Messgeräte aus.«

»Wir schließen uns einfach an.«

Nadim knetete die Hände gegeneinander. Wahrscheinlich suchte er nach irgendeiner Möglichkeit, Nein zu sagen, ohne unhöflich zu wirken. »Sie werden nur sehr kurz dort sein, so kurz wie möglich. Der Kraterrand ist am schwächsten auf der südlichen Seite, es kann also sein, dass die pyroklastischen Ströme dort runterkommen.«

»Gut«, gab André gelassen zurück.

Nadim sah verdutzt aus. »Gut?«

»Ja. Gut.« André beugte sich vor und senkte die Stimme. »Es gibt bisher nur eine Handvoll brauchbarer Aufnahmen solcher Ströme. Wenn wir es schaffen, sie mit unserer neuen XHD-Kamera zu filmen … verstehst du?«

»Verstehe! *Tidak ada masalah*, kein Problem!« Nadims

Lächeln kehrte langsam zurück. »Wenn es Allahs Wille ist, dann wird euch nichts geschehen und ihr bekommt eure Aufnahmen.« Er kramte aus einer Aktentasche ein Funkgerät heraus und drückte es André in die Hand. »Bleibt in Kontakt mit dem Observatorium, während ihr auf dem Vulkan seid. Immer. Wenn du das versprichst, gebe ich dir eine Genehmigung fürs Sperrgebiet.«

»Versprochen«, sagte André und legte mir beiläufig den Arm über die Schulter. Ich hatte so viele Fragen – zum Beispiel, was diese seltsamen Ströme eigentlich waren –, kam aber nicht dazu, sie zu stellen. Kaum waren wir im Hotel, telefonierte mein Vater schon wieder. Mit jemandem namens Kelly. »Ich bin ein paar Stündchen weg«, kündigte er gut gelaunt an, und schon machte er sich wieder auf den Weg. »Ciao, ihr beiden!«

Verblüfft blickte ich ihm nach, dann schaute ich Fred an. »Kelly? Weißt du, wer das ist?«

»Australierin«, brummte Fred. »Sehr blond. Arbeitet hier bei einer Kinderhilfsorganisation.«

»Aha«, sagte ich mit gemischten Gefühlen. Anscheinend war mein Vater der »Ein Mädchen in jedem Hafen«-Typ. Das war ja nicht mein Problem. Warum machte es mir dann trotzdem etwas aus? Vielleicht wegen Aolani. Aolani, die mir vermutlich das Leben gerettet hatte in Hawaii. Wäre sie traurig, wenn sie von dieser Kelly wüsste? Ahnte sie, dass er noch andere Freundinnen hatte? Von mir würde sie es jedenfalls nicht erfahren, es ging mich nichts an.

Ich schob die Gedanken fort. Fred verabschiedete sich mit etwas mürrischer Miene ins Bett, und ich hatte es eilig, ins Internet zu kommen – der einzige Ort, an dem ich mit Giulia zusammen sein konnte. Irgendwie hatten wir es geschafft, uns für einen Chat zu verabreden. Bei ihr war es gerade Nachmittag.

GiuliaP: *Weißt du, was ich total gerne mal ausprobieren würde? Von einer hohen Klippe ins Meer springen, so mit ausgebreiteten Armen. Einen Moment lang sich wie eine Möwe fühlen …*
JanB: *Das klingt cool – ich mach mit!*
GiuliaP: *Gut. Wir springen nebeneinander. Vielleicht halten wir uns an der Hand dabei.*
JanB: *Absolut. Und vorher geben wir uns einen Abschiedskuss, weil wir ja nicht wissen, wer von uns beiden sich dabei den Hals bricht.*
GiuliaP: *Es bricht sich gar keiner den Hals, wenn das Wasser an dieser Stelle tief genug ist. Bist du noch nie vom Zehnmeterbrett gesprungen?*
JanB: *Na klar. Aber das Wasser ist doch total hart, wenn man auftrifft …*
GiuliaP: *Geht schon, man muss nur im richtigen Winkel eintauchen. Hat mir mein Cousin Luca erzählt. Sobald du mal wieder in der Gegend bist, machen wir das mit der Klippe, okay?*
JanB: *Logisch!*

Nach dem Chat mit ihr war ich so aufgedreht, dass ich nicht schlafen konnte. Eine Ewigkeit lang lag ich einfach nur da und dachte an sie, an die Lichtreflexe auf ihrem nachtdunklen Haar, den verschmitzten Funken in ihren Augen. Aber irgendwann kehrte ich wieder in die Gegenwart zurück und versenkte mich in die geliehenen Vulkanbücher. Eigentlich wollte ich gleich die Ströme nachschlagen, über die André und Nadim gesprochen hatten, doch schon im zweiten Kapitel las ich mich fest und erfuhr, dass die Gefährlichkeit eines Vulkans davon abhängt, was für eine Art von geschmolzenem Gestein – also Magma – in ihm hochsteigt … ist es dünnflüssig und enthält es wenig Gase so wie bei den »roten« Schildvulkanen, dann fließt die Lava zahm und ungefährlich ab. In den hoch aufragenden »grauen« Stratovulkanen dagegen ist das Magma dickflüssig und voller Gase, die es mit Gewalt nach oben drücken und den Berg explodieren lassen. Ein bisschen erinnerte mich das an eine Mineralwasserflasche, die jemand vor dem Öffnen heftig geschüttelt hatte. Nur nicht so harmlos.

Manchmal kommt es bei solchen Eruptionen auch zum Ausstoß von pyroklastischen Strömen, die auch Glutwolken genannt werden, las ich. *Solche Ströme wurden beispielsweise den französischen Vulkanologen Maurice und Katia Krafft zum Verhängnis …*

Ich stutzte – und auf einen Schlag begriff ich. Nicht »Denk an die Kraft« hatte Jason Todd zu meinem Vater gesagt, sondern »Denk an die Kraffts«!

Fieberhaft las ich weiter. Maurice und Katia Krafft, beide Geologen, hatten Vulkane geliebt und waren um die ganze Welt gereist, um sie zu fotografieren und zu filmen. Sie hatten mehr gewagt als andere Forscher, ihnen waren spektakuläre Aufnahmen gelungen … und eines Tages hatte der japanische Vulkan Unzen sie getötet. Maurice war nur fünfundvierzig Jahre alt geworden, Katia neunundvierzig.

Ich ging ins Netz und suchte nach Bildern und Videos der beiden. Wenigstens sah Maurice meinem Vater nicht auch noch ähnlich, er war ein großer, kraftstrotzender Mann mit kurzen, rötlich braunen Locken, den Pranken eines Bären und einem dröhnenden Lachen. Seine Frau war äußerlich das genaue Gegenteil von ihm – klein, zierlich, mit sehr kurzen dunklen Haaren und einem Elfenlächeln.

Ein kurzer Filmausschnitt krallte sich in mein Gedächtnis. Maurice stand auf der Flanke irgendeines Vulkans, der kurz vor dem Ausbruch stand, und er sagte zu dem Journalisten, der ihn filmte: *»If I die tomorrow, I don't care ...«* Dieser Blick, als er es sagte. Dieser wilde Stolz, diese Entschlossenheit. Sie kamen mir so furchtbar bekannt vor. Maurice Krafft war ebenso besessen gewesen, wie es mein Vater war.

Plötzlich war mir auch klar, warum Fred mir geraten hatte, heimzufliegen. Nach so vielen Jahren als Kriegsberichterstatter hatte er vielleicht keine Angst mehr um sich selbst – aber dafür um andere.

Meine Finger fühlten sich taub an, als ich weiter in diesem Buch blätterte, um jetzt endlich nachzulesen, was genau pyroklastische Ströme waren. Wie sich herausstellte, sind das Wolken aus bis zu 800 Grad heißen Gasen und Asche, die schnell wie ein Rennwagen die Flanken eines Vulkans hinabrasen und alles auf ihrem Weg vernichten. Sie entstehen zum Beispiel, wenn die heiße Aschesäule, die ein Vulkan in den Himmel speit, nicht mehr aufsteigt, sondern in sich zusammenfällt. Oder wenn eine Aufwölbung im Krater, ein Lava-Dom, in sich zusammenfällt.

Die kleinen Härchen in meinem Nacken stellten sich auf, als ich las, was 1902 auf der Insel Martinique geschehen war. Eines Tages hatte dort der Vulkan Montagne Pelée einen pyroklastischen Strom ausgestoßen ... und die komplette Stadt St. Pierre zerstört. Innerhalb weniger Minuten waren 29 000 Menschen gestorben, nur ein Gefangener in einem unterirdischen Verlies hatte mit schweren Verbrennungen überlebt.

Ich klappte das Buch zu. Nein, das wollte ich alles nicht hören. Mein Vater war entschlossen, diese Ströme zu filmen ... aber was war, wenn er hineingeriet? Wenn eben nicht alles so klappte, wie er sich das vorstellte?

Und wollte ich ihn wirklich zum Dreh auf dem Merapi begleiten?

Am besten, ich blieb einfach hier im Hotel. Genau hier. Außerhalb der Gefahrenzone.

Ich musste nur Nein sagen.

Angst

Als der Weckton des Communicators erklang, schlug ich die Augen auf. Im zweiten Bett reckte sich mein Vater, ich hatte nichts davon gemerkt, dass er zurückgekommen war.

»Na, gute Nacht gehabt?«, fragte ich ihn.

»Ziemlich gut«, sagte er munter. »So, ich dusche gleich mal, wir haben heute noch viel vor.«

Ich setzte mich auf die Kante des Bettes, lauschte auf das Rauschen des Wassers im Bad und wusste nicht, was ich sagen sollte. Sollte ich mitgehen? Oder nicht? Wie würde mein Vater reagieren, wenn ich ihm sagte, dass mir das alles zu riskant wurde? Würde er enttäuscht sein von mir? Und das so bald nach unserem Streit auf den Schwefelfeldern … vielleicht war es dann gar nicht mehr nötig, dass ich um einen Heimflug bat, er würde mir das Ticket schon von sich aus in die Hand drücken!

Ist doch egal, wenn er dich für feige hält – Hauptsache, du bist dann noch am Leben, flüsterte eine Stimme in mir. Doch der Gedanke prallte an meinem Herzen ab. Meine Finger berührten das Lederband mit den Lavaperlen, das er mir geschenkt hatte. Aufgeben? Sollte ich wirklich aufgeben?

Pass auf ihn auf, wisperte eine andere Stimme in mir, Aolanis Stimme. Eigentlich komplett lächerlich, seit wann müssen denn Kinder auf ihre Eltern achtgeben statt umgekehrt? Klar, mein Vater brauchte sicher jemanden, der mal Stopp sagte, aber wenn ich diese Rolle übernahm, stand ich als Spielverderber da ... und die Chancen, dass er auf mich hörte, standen ziemlich schlecht!

Mein Vater kam aus der Dusche, das graublonde Haar noch feucht, der Körper sehnig wie der eines Langstreckenläufers. »So, du bist dran«, meinte er. »Zieh heute deinen Overall an, okay?«

»Okay«, brachte ich heraus. *Sag es ihm jetzt. Sag es ihm einfach. Ist doch nicht so schwer, dann hast du es hinter dir,* flüsterte die eine Stimme in mir. Die andere wisperte: *Wenn ihr das zusammen durchsteht, wird nichts euch mehr trennen ...*

Gleich würde mein Vater merken, dass etwas nicht in Ordnung war. Gleich. Er würde mich fragen, ob ich mitkam, und dann konnte ich Nein sagen. Erklären, was ich gestern gelesen hatte. Ihm sagen, dass ich die Geschichte von Maurice und Katia kannte.

Aber mein Vater merkte nichts, fragte nichts. Schon hatte er sich seinen feuerfesten Overall übergestreift – war der gegen eine Glutwolke zu irgendetwas nütze?! – und machte sich daran, die Kameras zu überprüfen und mit frischen Akkus zu laden; dabei pfiff er irgendeinen Song, den ich nicht erkannte. Nach einem kurzen Seitenblick auf mich sagte er: »Ab unter die Dusche, wir müssen bald los.«

»Ich ...«, begann ich, doch dann klopfte Fred an die Tür, brummte ein »Guten Morgen« und verkündete: »Hab ein Auto für uns aufgetrieben. Ganz brauchbarer Geländewagen.«

»Sehr gut«, erwiderte mein Vater.

Ich verzog mich in die Dusche. Wenn ich jetzt sagte, dass

ich nicht mitwollte, dann wäre das für meinen Vater nur noch ein Ärgernis, etwas, das ihn aufhielt auf seinem Weg zum Merapi. Ein Ärgernis wollte ich noch weniger sein als ein Feigling. Aber im Grunde war ich genau das – feige! Ich traute mich nicht mal, meinem Vater zu sagen, was mir durch den Kopf ging.

Jetzt mach dich nicht fertig, mahnte die erste Stimme. *Irgendwie hast du doch schon entschieden, dass du mitgehst. Du stellst dich der Gefahr. Das muss man sich auch erst mal trauen!* Schwacher Trost. Na ja, wenigstens kannte André sich verdammt gut mit Vulkanen aus, sein Gefahreninstinkt hielt uns hoffentlich aus dem größten Ärger raus. Mit etwas Glück erfuhr mein Vater nie, was für ein Hasenherz ich in Wirklichkeit war.

Beim Frühstück bereiteten wir uns Proviant für die Fahrt zu, dann schaufelte ich mir einen Teller nach dem anderen voll. Ich konnte einfach nicht aufhören zu essen, so schlimm war es lange nicht mehr gewesen. Daran hätte meine Mutter gemerkt, wie nervös ich war – sie kannte mich.

Doch meinem Vater schien es auch nicht entgangen zu sein. Als wir das Hotel verließen und in den Geländewagen kletterten, den Fred gemietet hatte, blickte mich André lächelnd von der Seite an. »Na … Schiss?«

»Ja«, gab ich zu.

»Gut. Das gehört dazu.«

Ich starrte ihn an. »Du hast also auch Angst?«

»Na klar«, sagte mein Vater und grinste. »Aber ist es nicht irgendwie Sinn der Sache, dass man die überwindet?«

»Äh, ja, stimmt«, sagte ich, und damit war diese Sache endgültig klar. Was auch immer uns dort oben erwartete, ich war dabei.

Der Geländewagen war ein brandneues Modell und biometrisch gegen Diebstahl gesichert, Fred musste vor dem Anlassen erst seinen Finger über einen schlitzförmigen Scanner ziehen. *»Willkommen, Federico Marconi, Avis wünscht Ihnen eine gute Fahrt«*, flötete eine Frauenstimme, und Fred knurrte irgendetwas, als er losfuhr. In die Frontscheibe wurden in bunten, halb durchsichtigen Ziffern unsere Geschwindigkeit und andere Daten eingeblendet.

André ließ das Fenster heruntersurren und die feuchtwarme Luft wirbelte meine Haare durcheinander. Am Straßenrand sah ich immer weniger Gebäude, wir kamen an Palmen, Bananenstauden und überfluteten Feldern vorbei, in denen Frauen mit breiten, kegelförmigen Hüten und Wickelröcken Reispflanzen hegten. »Wieso wohnen so viele Leute hier?«, fragte ich verdutzt. »Ist das denen nicht zu gefährlich?«

»Drei Reisernten im Jahr – Vulkanasche ist ein toller Dünger«, sagte Fred, und das Auto empfahl ihm: *»Schalten Sie jetzt bitte höher, um Sprit zu sparen. Vielen Dank!«*

Und dann sah ich aus dem Autofenster heraus zum ersten Mal den Merapi. Steil und wuchtig ragte der Berg aus dem Dschungel hervor, weißer Dampf strömte aus seinem Gipfel. Wie hypnotisiert starrte ich ihn an. Dieser Berg machte mir Angst und gleichzeitig wollte ich hin. Ich glaube, in diesem Moment war ich näher dran, meinen Vater zu verstehen, als jemals zuvor – hatte es sich nicht allein dafür gelohnt, herzukommen?

Wir mussten an einer Straßensperre anhalten, die von Männern in Uniform bewacht wurde. Doch Fred zeigte lächelnd die Visitenkarte, die wir gestern von Nadim bekommen hatten, und wir durften passieren. Jetzt waren wir in der evakuierten Zone. Ein seltsames Gefühl. Doch dann richtete ich mich auf meinem Sitz auf, um besser sehen zu können. »He – dort ist jemand!«

Ein Indonesier in einfacher Kleidung ging mit gesenktem Kopf die Straße entlang in Richtung Berg. Wir hielten neben ihm an, Fred begrüßte ihn freundlich und fragte, was er hier im Sperrgebiet mache. »Seine Familie ist zu Verwandten geflohen, aber er kommt jeden Tag zurück, um seine Wasserbüffel zu füttern«, übersetzte Fred die Antwort. »Die Gegend ist vielleicht noch wochenlang gesperrt.«

»Wünsch ihm von uns viel Glück«, sagte ich, Fred tat es und der Bauer winkte freundlich zum Abschied. Ich sah ihm nach und fragte mich, ob er es mit dem Leben bezahlen würde, dass er seine Tiere nicht verhungern lassen wollte. Ich hätte ihm zu gerne geholfen, aber ich wusste nicht, wie. Diesmal war es mit dem Verschenken einer Gasmaske nicht getan.

Wir waren noch ein paar Kilometer vom Vulkan entfernt und überquerten gerade eine Hügelkuppe, als wir einen anderen Landrover sahen, der am Straßenrand geparkt war. Fred bremste. »Das sind die Leute vom Observatorium«, sagte André und stieg aus. Ein paar Meter weiter entdeckte ich zwei indonesische Wissenschaftler, die dabei waren, ein Metallgestell mit einer tellergroßen weißen Scheibe darauf zu errichten. »Eine GPS-Station«, erklärte mein Vater. »Damit kann man messen, wie der Berg sich vor einem Ausbruch verformt.«

Fred wendete unseren Wagen, stellte ihn so, dass die Motorhaube bergab zeigte, und ließ, als er ausstieg, den Zündschlüssel stecken. »Kann sein, dass wir schnell abhauen müssen«, sagte er, als er merkte, dass ich ihn beobachtete.

»Aber wir sind ja zum Glück ziemlich weit weg«, meinte ich.

André und Fred starrten mich an. »Es sind von hier aus nur fünf Kilometer bis zum Gipfel«, sagte André. »Und bei einem heftigen Ausbruch kann dich ein Stratovulkan umbringen, wenn du *fünfzig* Kilometer entfernt bist!«

»Oh«, sagte ich und dachte an den St. Helens. Ja, klar, wie hatte ich diese Bilder vergessen können?

Mein Vater stellte das Stativ der Kamera auf und vergewisserte sich, dass es fest im Boden verankert war. Ich half ihm, die schwere Zeitlupenkamera darauf zu befestigen. Ein Hubschrauber knatterte über uns hinweg und flog weiter, zum kahlen Gipfel des Vulkans.

Fred redete über Funk mit den Leuten im Observatorium, er sprach Englisch. »Wie sieht's aus? Wie viele Beben?«

Die aufgeregte Antwort, die aus dem Funkgerät quäkte, verstand ich nicht, doch ich merkte, dass die Vögel verstummten, und ahnte, dass die Wissenschaftler gerade eine Warnung durchgegeben hatten. Einen Moment lang lag eine drückende Stille über der ganzen Gegend. Dann erzitterte der Boden unter unseren Füßen, sodass ich Mühe hatte, das Gleichgewicht zu halten. Es sah aus, als wehe eine scharfe Böe durch die Bäume, die Kronen schwankten. Wow, das war ein Erdbeben gewesen! Ich hatte ein Erdbeben miterlebt! Hier unter freiem Himmel hatte es mir nicht einmal Angst eingejagt, es konnte uns ja nichts auf den Kopf fallen.

»Was passiert da?«, fragte ich meinen Vater aufgeregt. »Was macht der Vulkan?«

»Frisches Magma steigt im Berg hoch … dadurch die Erschütterungen«, erklärte André, der mit einem Fernglas den Gipfel des Vulkans beobachtete. »Wenn's ernst wird, bringen es manche Vulkane auf ein paar Hundert winzige Beben pro Tag, und natürlich auch ein paar größere.«

Kein Wunder, dass Tiere einen Ausbruch vorausahnten – die bemerkten sicher auch die kleinsten Beben!

Mein Vater gab mir das Fernglas, übernahm dafür das Funkgerät und fragte: »Was macht der Lava-Dom?«

Quäkende Antwort.

»Alles klar, klingt gut«, erwiderte Andre, und als er meinen fragenden Blick sah, meinte er: »Von hier aus sieht man nicht viel davon, aber in der Mitte des Kraters wächst schon seit einigen Wochen eine Art Hügel. Nennt man Lava-Dom.«

»Und was, äh, macht der?«

Mein Vater spähte wieder nach oben, er ließ den Berg kaum einen Moment lang aus den Augen. »Nicht viel außer wachsen. Aber es bedeutet, dass der Druck im Inneren des Berges so gewaltig ist, dass Lava und älteres Gestein nach oben gedrückt werden wie Zahnpasta aus einer Tube. Wenn der Dom in sich zusammenbricht, kann das Gas entweichen, und es geht rund.«

Die Mitarbeiter des Observatoriums versuchten gerade, irgendein Gerät zu reparieren, das in einen Betonsockel im Boden eingelassen war. »Seismometer«, erklärte Fred. »Misst Erschütterungen und funkt die Daten an die Observatorien.« Schließlich gaben die Indonesier auf, verabschiedeten sich und fuhren eilig wieder ab.

Ich blickte ihnen hinterher und beobachtete dann wieder den Berg. Schweigend warteten wir und in meinem Magen kribbelte es. Hier zu sein fühlte sich an, wie in den Lauf eines entsicherten Revolvers zu blicken. Aber es beruhigte mich ein bisschen, dass Fred und André hier waren – die beiden würden ja wohl nicht ihr Leben riskieren, oder? Bestimmt hatten sie einen guten Standort für uns ausgewählt.

Langsam stieg die Sonne höher, es wurde heiß wie in einer Sauna und mein T-Shirt unter dem Overall war schon durchgeschwitzt. Mein Vater wischte sich Stirn und Nacken mit einem Stofftaschentuch, blickte dann wieder durchs Objektiv. Seine Bewegungen waren ruckartig, und mir wurde klar, dass er nervös war. Auf meinen Armen bildete sich eine Gänsehaut. Mein Vater nervös?

Als hätte er meine Gedanken gespürt, blickte André mich an und schenkte mir ein Freibeutergrinsen. »Kann sein, dass wir noch ein Weilchen hier sind«, sagte er. »In Südamerika habe ich mal zweieinhalb Wochen darauf gewartet, dass der Vulkan loslegt. Ich saß schon am Flughafen, als der Anruf endlich kam.«

Schweigend nickte ich und fragte mich, ob ich so etwas aushalten konnte. Zwei Wochen lang hier im Dschungel herumzusitzen und mit fadendünnen Nerven darauf zu warten, dass die Hölle losbrach.

Gegen Mittag aßen wir die Brotzeiten, die wir uns vorbereitet hatten, und gluckerten unsere Wasserflaschen leer. Im Kofferraum hatte Fred einen Kanister deponiert, aus dem wir sie nachfüllen konnten. Dann ging das Warten weiter. Am liebsten hätte ich die Gegend erkundet, aber das war vermutlich zu gefährlich, und außerdem tat die Blase an meinem Fuß immer noch weh. Musik hören ging auch nicht, mein Player war im Hotel geblieben. Also setzte ich mich in den Schatten und begann, mir aus einem Ast einen Speer zu schnitzen, wie ich das schon zahllose Male im Wald getan hatte. André besprach mit Fred, was sie gegen eine Überhitzung der Kamera tun sollten, und hielt den Kontakt mit dem Observatorium.

Um genau 16.08 Uhr Ortszeit hörten wir ein Grollen – es klang wie Donner, oder Kanonenschüsse. André und Fred rannten zu ihrer Kamera, ich sprang auf und starrte hoch zum Gipfel des Merapi. Aus dem Funkgerät erklang aufgeregtes Geplapper, aber ich hörte es kaum, weil mir mein Herzschlag in den Ohren dröhnte.

Es war so weit.

Brennende Wolken

Vom Gipfel des Merapi löste sich eine dunkelgraue Wolke, aber sie stieg nicht nach oben, sondern schien die Hänge des Vulkans hinabzufließen wie eine Lawine aus Asche. Ihre Spitze schoss am schnellsten voran, immer weiter, immer schneller bergab. Nichts war zu hören, gar nichts. Völlig lautlos raste der pyroklastische Strom zu Tal. Dort, wo auf dem Hang noch ein Fleck von Grün gewesen war, blieb nur verkohltes Grau zurück, und ein paar Steine kollerten hinab.

Atemlos beobachtete ich den Weg der grauen Lawine – wo floss sie entlang, wie weit würde sie kommen? Immer größer und größer schien sie zu werden, und jetzt erkannte ich, dass in ihr unablässig Blitze zuckten. Scharfe, helle Lichtpfeile jagten durch das wallende Grau, als hätte ein wütender Gott dieses Ding geschickt. Kam der Strom auf uns zu? Es sah tatsächlich so aus, als würde er in unsere Nähe kommen! Ich wollte wegrennen, wollte nichts als fliehen, doch meine Füße bewegten sich nicht.

»Seht ihr das? Ist das nicht fantastisch?«, jubelte mein Vater. »Ich hab ihn drauf!«

»Er fließt das Tal entlang«, sagte Fred, er klang erleichtert.

»Natürlich fließt er das Tal entlang.« André hob das Auge nicht vom Sucher. »Machen die Dinger doch fast immer.«

Etwa fünfhundert Meter entfernt und links von uns stoppte die Glutwolke schließlich. Sie hielt einfach an und wallte auf der Stelle noch ein wenig nach oben, ohne weiter nach vorne zu drängen.

Ein Schweißtropfen löste sich von meiner Nase und tropfte nach unten. »Wow«, sagte ich schwach. »Das war ja was.« Meine Knie fühlten sich schwach und zittrig an. Ich hoffte, dass der Bauer und seine Wasserbüffel in Sicherheit waren, aber vermutlich würde ich es nie erfahren, falls der Strom sie erwischt hatte.

»Schaut mal«, sagte André und startete die Wiedergabe. Auf dem Monitor der Kamera sahen wir noch einmal, wie der tödliche Strom den Berg hinunterschoss, sich uns näherte … noch im Nachhinein bekam ich eine Gänsehaut davon. Doch dann wackelte das Bild, einen Moment lang war die Aufnahme unscharf. Was war denn da passiert?

»Scheiße!«, brüllte André. »Anscheinend habe ich gegen das Stativ getreten, ohne es zu merken.«

Fred seufzte. »Warten wir einfach den nächsten Pyro ab. Dann klappt's bestimmt.«

»Na, zum Glück spuckt der Merapi meist mehrere aus.« Mein Vater und Fred überprüften die Kamera noch einmal genau und checkten, ob alles richtig festgeschraubt war und in den Akkus noch genug Saft steckte.

Dann begann das Warten wieder.

»Wieso hat es so oft geblitzt in diesem Strom?«, fragte ich meinen Vater.

»Die Ascheteilchen reiben aneinander und bekommen dadurch eine starke elektrische Ladung, so wie die Eis- und Wasserteilchen in einer Gewitterwolke. Komm, ich zeig dir was.« Mein Vater nahm das Funkgerät, ließ die Kamera in der Obhut von Fred und setzte sich in Bewegung, den Hügel hinunter. Zögernd folgte ich ihm.

Nach und nach wurde mir klar, wo er hinwollte. André ging genau auf die Fläche zu, über die der pyroklastische Strom geflossen war. Meine Schritte wurden noch langsamer. »Was ist, wenn noch einer kommt?«

»Dann werden wir vom Observatorium rechtzeitig gewarnt.«

»Okay«, sagte ich und beschleunigte meine Schritte. Nach ein paar Minuten waren wir dort. Es sah aus wie die Oberfläche des Mondes. Der Boden war von einer grauen, unnatürlich glatten Ascheschicht bedeckt, in der unsere Füße einsanken.

»Achtung, da drunter glüht es noch!«, warnte mich André, als ich etwas Asche aufheben wollte. Erschrocken riss ich die Hand wieder zurück.

André und ich schlurften durch das Grau, wirbelten Asche auf ... und um unsere Füße tanzten Blitze! Es tat nicht weh, sah nur toll aus. Fasziniert wühlte ich die Asche mit meinem Stock auf und auch um dessen Spitze und meine Finger sprühte glitzerndes St. Elms-Feuer. So als wäre ich ein Halbgott. Sohn von Thor oder so was.

»Heiß, oder?«, sagte mein Vater grinsend, und ich grinste zurück.

»Total heiß!«

Doch nach ein paar Minuten wurde ich nervös und spähte immer öfter zum Gipfel hoch. »Besser, wir gehen zurück, oder?«, fragte ich. Wenn Fred recht hatte, würden die nächsten Ströme wahrscheinlich die gleiche Bahn nehmen und genau hier vorbeikommen.

»Ja, gut«, sagte André, anscheinend zufrieden, dass ihm seine Überraschung gelungen war.

Zehn Minuten später rauschte der nächste pyroklastische

Strom an uns vorbei und eine halbe Stunde später noch ein dritter. Diesmal klappte der Dreh, mein Vater war begeistert. Ich dagegen wurde immer unruhiger. Die Ströme nahmen jedes Mal eine etwas andere Richtung und einer von ihnen war noch näher an uns herangekommen als der erste. Wir strapazierten unser Glück.

»Jetzt hast du genug Material, oder? Dann können wir doch zurückfahren«, drängte ich, und auch Fred sah aus, als wäre ihm das am liebsten.

Nur mein Vater war anderer Meinung. »Macht ihr Witze? Die Show hat gerade erst angefangen! Ein oder zwei Ströme möchte ich auf jeden Fall noch drehen.«

»Verdammt – André!«, knurrte Fred, aber mein Vater ignorierte ihn und presste das Auge an den Sucher. Was war jetzt mit seiner Angst, verdrängte er sie? Oder spürte er keine?

»Wir könnten noch ein paar Luftaufnahmen drehen, von oben sieht es bestimmt toll aus, wenn so ein pyroklastischer Strom abgeht«, versuchte ich es noch einmal. »In Yogyakarta kann man sicher Hubschrauber mieten ... noch ist das Licht gut ...« Inzwischen hatte ich die richtigen Argumente drauf.

»Wenn nicht alle ausgebucht sind, schon«, meinte Fred. »Los, André, lass uns zusammenpacken.«

»Noch nicht!«, gab mein Vater gereizt zurück.

Ich fühlte mich furchtbar hilflos. Okay, ich hatte die Mutprobe bestanden, ich war mitgekommen, ich hatte sogar meine Füße in die heiße Asche gehalten. Aber das hier war keine Mutprobe mehr, das war einfach nur noch saudumm! Und ohne André konnten wir hier nicht weg. Fred und ich tauschten einen Blick.

Um 17:24 Uhr schoss die nächste Glutwolke aus dem Krater heraus. Ich sah auf einen Blick, dass sie größer und heftiger war als die anderen zuvor. Mein Magen rutschte in die Gegend meiner Kniekehlen.

»Weg hier!«, schrie André, er und Fred packten die Kamera und rannten damit zum Wagen. Ich sprintete voran, riss die Heckklappe auf, damit sie die Kamera hineinwerfen konnten, und kroch dann auf den Rücksitz. André sprang auf den Fahrersitz, dann war auch Fred drinnen. Mein Vater drehte den Zündschlüssel …

… und eine melodische Frauenstimme flötete: *»Bitte identifizieren Sie sich jetzt mit Ihrem Fingerabdruck.«*

Schnell zog Fred vom Beifahrersitz aus den Finger über den Scanner, doch ein rotes Licht leuchtete auf, es hatte nicht geklappt. Noch mal. Wieder rotes Licht.

André schlug mit der Faust auf das Armaturenbrett. »Scheißkarre! Das darf ja wohl nicht wahr sein!«

»Vielleicht muss man auf der Fahrerseite sitzen, damit es funktioniert«, stieß ich hervor, und fluchend rannten die beiden um das Fahrzeug herum und tauschten die Sitze. Tatsächlich, diesmal leuchtete es grün auf. Gott sei Dank! Fred wollte den Wagen starteten, doch es gab nur ein melodisches Pling. *»Bitte schnallen Sie sich zu Ihrer eigenen Sicherheit an. Vielen Dank!«*

»Fuck!«, brüllte mein Vater und riss an dem Gurt, worauf der natürlich blockierte.

Ein paar Sekunden später hatten wir alle geschafft, uns anzuschnallen, und endlich ließ sich der Geländewagen starten. Fred trat das Gaspedal durch und der Wagen jagte über den holprigen Waldweg.

Mein Vater drehte sich wortlos um und starrte aus den

Heckfenstern. Aber ich blickte mich nicht um, ich wollte nicht sehen, wie diese tödliche Wolke auf uns zuraste. Ich klammerte mich krampfhaft an meinem Sitz fest. Hatten wir noch eine Chance, waren wir schnell genug? Jeder Meter zählte! Wenn wir weit genug entfernt waren, verlor der Strom vielleicht seine Kraft, bevor er uns erreichte …

Wir schleuderten um eine Biegung und hätten beinahe eine kleine Gruppe von graupelzigen Affen überfahren, die kreischend über die Straße floh. Weiter, weiter, nur weg hier!

André hatte das Fenster geöffnet und hing mit dem Oberkörper halb im Freien, um nach hinten schauen zu können. »Es ist einer von der Sorte, die auch Hügel überqueren«, rief er. Fred nickte verbissen und knallte einen niedrigeren Gang rein, sodass der Wagen aufröhrte und das Auto ihn ermahnte, doch bitte spritsparend zu fahren. Der Landrover schoss über einen Hubbel in der Straße und einen Moment war ich fast schwerelos, ohne Anschnallgurt wäre ich gegen das Wagendach geknallt. Dann krachte die Karre wieder auf die Straße.

Ich weiß nicht, wie lange wir so fuhren, doch irgendwann meldete André: »Ist zusammengefallen!«, und Fred ging vom Gas. Wir hielten am Straßenrand an, stiegen aus und blickten in Richtung des Merapi. Von hier aus wirkte es, als sei der gesamte Hang in graue Schleier gehüllt – die Hügelkuppe, auf der wir eben noch gestanden hatten, war nicht mehr zu sehen.

Fred und André untersuchten die Kamera, stellten erleichtert fest, dass sie unbeschädigt war, und verpackten sie in ihre gepolsterte Rucksacktasche. Dann fuhren wir ziemlich langsam zurück nach Yogyakarta. Keiner von uns sagte etwas.

Die Wut wühlte in meinem Magen, brannte mir durch jede Ader. Wieso hatte André nicht auf mich und Fred gehört? Es ging mir einfach nicht in den Kopf, dass er uns auf dem Merapi dieser Gefahr ausgesetzt hatte! Es war vorbei, ich gab auf. Morgen würde ich mir das Flugticket nach Deutschland besorgen, Fred würde mir sicher dabei helfen. Allzu lange dauerte es nicht mehr, bis meine Mutter aus Dubai zurückkam, den Rest der Zeit würde ich eben zu Hause verbringen. Wie hatte Aolani von mir verlangen können, dass ich auf André aufpasste? Niemand konnte das!

Als wir beim Hotel angekommen waren, half ich Fred beim Abladen der Ausrüstung, dann sagte er: »Gehe besser mal duschen. Bis morgen dann.«

»Denk dran, ganz früh um sieben haben wir das Interview mit dem Katastrophenschutzbeauftragten. Und für danach habe ich einen Hubschrauber gebucht«, meinte André. Er hatte mich die ganze Fahrt über kein einziges Mal angeblickt, wollte er mir nicht in die Augen sehen? Wahrscheinlich war ihm klar, dass er zu weit gegangen war!

Als wir endlich allein waren, wollte ich ihm all das entgegenschleudern, was schon seit einer Stunde in mir brodelte, doch André unterbrach mich. »Komm, gehen wir in die Hotelbar. Ich brauche jetzt einen Schluck, glaube ich.«

Die mit dunklem Holz getäfelte, etwas plüschige Bar war fast völlig leer; wir setzten uns an ein Seitentischchen. Bei einem indonesischen Kellner mit ins Gesicht betoniertem Lächeln orderte ich eine Cola, André einen Whisky. Dann war es so weit, endlich konnten wir reden. »Ist es dir eigentlich egal, dass wir um ein Haar alle tot gewesen wären?«, presste ich hervor.

»Nein, natürlich nicht.« Mein Vater nahm einen großen

Schluck von seinem Whisky. »Es tut mir leid. Wirklich. Ist nicht so toll gelaufen.«

Das reichte. Jetzt reichte es wirklich! »Ist nicht so toll gelaufen? Wir haben auf dich eingeredet wie auf ein krankes Pferd, aber du warst einfach nicht von diesem Berg runterzubringen! Herrgott noch mal, dein verdammter Film war dir wichtiger als dein Sohn!«

»Sag doch so was nicht«, meinte mein Vater, jetzt wirkte er ein wenig erschrocken.

»Wieso? Anscheinend ist es doch so!«, schoss ich zurück, und ich glaube, in diesem Augenblick hasste ich ihn. Weil er vielleicht nicht nur ein Draufgänger, sondern auch ein Heuchler war. »Sagen kann man ja viel, aber es sind doch die Taten, die zeigen, was wirklich los ist! Ich habe zwar schon auf Hawaii mitgekriegt, dass du dich und andere in Gefahr bringst, aber das heute war noch mal ein anderes Kaliber ... es war richtig, richtig knapp!«

»Ich habe mich schon entschuldigt«, sagte André und seine Züge verhärteten sich. Wollte er jetzt alles Weitere an sich abprallen lassen?

»Tja, Pech, diese Entschuldigung nehme ich nicht an!« Jetzt war ich in Fahrt, und es war mir egal, ob der Kellner oder andere Hotelgäste zuhörten – die konnten ja sicher kein Deutsch. »Kann ja sein, dass es dir leidtut, aber nur jetzt und hier! Beim nächsten Dreh ist schon wieder alles wie gehabt. Hast du eigentlich einen Todeswunsch oder so was? Wieso gehst du diese verrückten Risiken ein?«

Der Whisky war leer. André bestellte einen zweiten, seine Hände umfassten das Glas, als wollte er sich daran festhalten. Dann hob er den Blick, und es war, als hätte er alle äußeren Schalen seines Ichs abgestreift, als sähe ich erst jetzt den inneren Kern. »Weißt du, dort oben, auf einem Vulkan … dort fühle ich mich so lebendig wie sonst nirgendwo. Ich bin mit allen Sinnen *da.* Bisher habe ich nichts gefunden, das sich damit vergleichen ließe.«

Stumm nickte ich. Er wünschte sich nicht den Tod, sondern ein Leben voll am Anschlag. Brauchte er das Adrenalin? Wie traurig. Wieso war ich dann gleichzeitig neidisch? Weil ich dieses Gefühl so noch nicht kannte?

»Was ist das Leben denn wert, wenn man keine Risiken eingeht?«, fuhr mein Vater fort. »Maurice Krafft hat mal gesagt: *Wenn Sie keine Risiken eingehen, sind Sie eigentlich tot oder haben sich an den Rand Ihres eigenen Lebens bewegt.*«

»Du kennst die Geschichte der Kraffts?«

»Natürlich.« Mein Vater nahm einen schnellen Schluck von seinem Whisky. Fast trotzig blickte er mich an. »Sie haben so gelebt, wie sie wollten, und das getan, was sie liebten. Mehr will ich gar nicht, das ist der richtige Weg für mich. Wieso soll ich für die Rente sparen? Allein der Gedanke, in irgendeinem Altersheim langsam zu verlöschen, kotzt mich an. Kannst du das verstehen?«

Grimmig wartete er auf meine Antwort.

»Ja, irgendwie kann ich das verstehen«, sagte ich. Doch während ich über den Dreh heute nachdachte, flammte die Wut in mir wieder auf, so stark wie zuvor. »Aber woher nimmst du das Recht, auch für mich zu entscheiden? Ich glaube nicht, dass es ein besonders toller Tod gewesen wäre, lebendig zu verbrennen und an heißer Asche in den Lungen zu ersticken! Wolltest du mich nicht irgendwie … beschützen oder so was?«

Diesmal hatte ich ihn getroffen. André atmete tief. Dann sagte er noch einmal: »Es tut mir leid.« Schwer und mutlos klang es diesmal, und ich wusste, dass es diesmal nicht einfach so dahergesagt war wie beim ersten Mal. »In dem Moment … habe ich irgendwie nicht daran gedacht. Erst danach. Wahrscheinlich eigne ich mich nicht besonders als Vater.«

Nein. Er war kein Heuchler. Wenigstens das nicht. Hier und jetzt war er ehrlich zu sich selbst und zu mir.

André winkte den Kellner heran, damit der ihm erneut das Glas auffüllte. »Eigentlich habe ich mich für die Rolle auch nicht beworben. Aber wir waren so glücklich damals … ich hätte nie gedacht, dass wir uns überhaupt … weißt du, das war ein harter Schlag, als sie …« André brach ab. Und mir fiel plötzlich auf, dass ich nicht einmal genau wusste, weswegen sich meine Eltern damals noch vor meiner Geburt getrennt hatten – war es das, worüber er gerade redete? Ich wartete darauf, dass er weitersprechen würde, aber er tat es nicht.

Nicht für diese Rolle beworben. Das war deutlich und es tat weh. Aber zumindest meine Mutter hatte mich gewollt, das wusste ich.

»Wenn du dich für die Rolle nicht beworben hast … warum bin ich dann hier, bei deinem Dreh?«, platzte ich heraus. »*Das* wolltest du doch, oder nicht?«

Mein Vater nickte langsam und räusperte sich. In Gedanken versunken schenkte er mir Cola nach … so lange, bis sie über den Rand lief. »Stopp!«, sagte ich etwas verspätet. Wir waren wohl beide etwas neben der Spur. Der Kellner eilte herbei, um die braune Pfütze aufzuwischen. Als er wieder verschwunden war, begann André schließlich zu sprechen. »Der Gedanke kam mir genau hier, in Yogyakarta … es ist schon ein Jahr her … ich war zum ersten Mal bei Nadim daheim, obwohl ich ihn schon seit einer Ewigkeit von verschiedenen Konferenzen her kannte …«

Ich nickte, ohne ihn zu unterbrechen, und plötzlich fiel mir das eigenartige Foto wieder ein, das ich in Nadims Album gesehen hatte. Doch bevor ich danach fragen konnte, fuhr André fort: »In Indonesien ist Familie alles, das hast du ja schon mitbekommen. Nadim stellte mir seine Kinder vor, er war so stolz auf sie und so froh, dass es sie gab … das hat irgendetwas in mir ausgelöst. So eine Sehnsucht. Sehnsucht danach, dich besser kennenzulernen.« Er trank sein Glas aus und starrte an meinem linken Ohr vorbei.

»Und, ist die jetzt wieder weg? Die Sehnsucht?« Ich sagte es hart, damit mir nicht die Tränen in die Augen stiegen. »Hier bin ich. Vielleicht bin ich nicht ganz so, wie du dir das vorgestellt hast …«

»Ich bin froh, dass du hier bist«, sagte André leise. »Ich werde mich kein drittes Mal entschuldigen, aber ich verspreche dir, dass sich so etwas wie heute nicht wiederholen wird. Weißt du, ich habe dich ganz ordentlich lieb, auch wenn's manchmal nicht so wirkt.«

Jetzt hatten wir beide Tränen in den Augen. Ich versuchte zu lächeln, aber es sah wahrscheinlich verzerrt aus.

»Wirst du bleiben?«, fragte mein Vater und blickte mich an. Jedenfalls versuchte er es, er schielte ein wenig. »Oder nimmst du meinen Flug … äh, einen Flug … morgen?«

»Ich weiß noch nicht«, sagte ich ausweichend.

Er war also neidisch gewesen auf die Familienidylle von Nadim … hatte auch einen Sohn haben wollen, auf den er stolz sein konnte … ich war nicht sicher, ob mir das reichte. Oder ob ich ihm wirklich abnehmen sollte, dass er mich liebte. Letztlich waren das nur Worte. Warum hatte er sich dann nur so selten gemeldet, wenn ich ihm so viel bedeutete? Und warum hatte er mich, sein Kind, am Merapi in Lebensgefahr gebracht?

Mein Vater wirkte mittlerweile sehr müde, er hatte den Kopf an die Holztäfelung der Rückwand gelehnt und die Augen geschlossen, seine Hand hielt noch das Glas … das wievielte Glas war das eigentlich? Erst als ich ihn am Arm berührte und sein Kopf nach vorne kippte, wurde mir klar – der war nicht nur ein bisschen angetrunken, sondern hackedicht! Bis jetzt hatte man ihm kaum etwas angemerkt, bis zum Schluss hatte er klar und deutlich gesprochen.

Was jetzt? Sollte ich ihn hier sitzen oder liegen lassen? Einfach aufstehen und gehen? Aber das brachte ich nicht übers Herz. Ich sagte dem Kellner, dass er die Getränke auf die Zimmerrechnung schreiben sollte, und zog André von seinem Stuhl. Wenn ich ihn stützte, konnte er einigermaßen gehen, trotzdem musste ich ihn ein Stück voranschleifen. Sein schlaffer Körper war viel schwerer, als ich gedacht hatte.

Ich legte mir seinen Arm über die Schultern, während ich unser Hotelzimmer aufschloss, und ließ ihn dann aufs Bett fallen. Mein Vater schlief einfach weiter. Ich zog ihm nur die Schuhe aus und deckte ihn zu. Wahrscheinlich würde es ihm morgen peinlich sein, dass er in seinen Klamotten gepennt hatte.

Während ich mir die Zähne putzte, fiel mir ein, dass er für morgen um sieben ein wichtiges Interview vereinbart hatte. Tja, wenn er das nicht schaffte, war das ganz klar sein Problem!

Liebe Giulia,
hast du schon mal über den Tod nachgedacht? Ich manchmal, wenn eins meiner Tiere eingegangen ist. Und manchmal ist ein Mensch gestorben, den ich kannte. Da denkt man irgendwie, das mit dem Tod, das betrifft einen nicht. Man reißt sogar Witze darüber. Jetzt kommt es mir komisch vor, dass ich früher manchmal über den Darwin Award gegrinst habe. Das ist so ein Preis, den man nachträglich verliehen bekommt, wenn man sich durch Dummheit aus dem Genpool entfernt hat. Zum Beispiel, wenn man mit einem Streichholz in der Hand in den Benzintank geleuchtet hat, um zu schauen, wie viel noch drin ist.
Und jetzt hätte es mich und meinen Vater am Merapi beinahe auch erwischt. Es war ziemlich dämlich, sich dorthin zu stellen, wo wahrscheinlich Glutlawinen runterkommen werden. Ob jemand gelacht hätte, wenn er später von unserem Tod gelesen hätte?
Jan

Lieber Jan,
porco dio, was genau ist passiert und was ist eine Glutlawine??!! Den Darwin Award hättet ihr sicher bekommen, wenn ihr als Mutprobe in den Krater reingepinkelt und dadurch einen tödlichen Ausbruch verursacht hättet. Oder so. Ich glaube, die Familien würden trotzdem jedem eine reinhauen, der über so eine Todesart grinst. Traurig ist man ja schließlich trotzdem, auch wenn man gleichzeitig wütend ist über die stupidità.
Als ich zwölf oder so war, habe ich mich mal furchtbar mit meinem Vater gestritten und ihn dabei angebrüllt, ich wünschte, er wäre tot. Das gab eine Woche Eingeschlossen-

sein im Zimmer – ohne telefonino und Computer natürlich –, ich durfte nicht mal zur Schule. Danach wünschte ich ihn erst recht zur Hölle (damals wusste ich noch nicht, dass die manchmal nebenan liegt).
Pass auf dich auf, ja?
Giulia

Born this way

Am nächsten Morgen weckten mich seltsame Geräusche. Verschlafen blickte ich mich um und sah, dass das zweite Bett im Zimmer leer war. Ich schlurfte ins Bad. Dort war mein Vater gerade hellwach und gut gelaunt in Boxershorts dabei, sich zu rasieren. Nach ein paar Sekunden erkannte ich, dass er *Born this way* von Lady Gaga vor sich hin pfiff.

»Morgen«, sagte ich ungläubig.

»Na, gut geschlafen?«, fragte er und schabte sich noch ein paar Stoppeln von den Wangen.

»Mhm.« Das Leben war so unfair. Als ich zuletzt zu viel Bier getrunken hatte, hatte ich mit hämmernden Kopfschmerzen bis Mittag im Bett gelegen. Vielleicht hatte mein Vater einen Pakt mit dem Teufel geschlossen und schnell noch im Kleingedruckten untergebracht, dass er nie wieder einen Kater bekommen wollte.

»Und?« André drehte sich mir zu, sein Blick war durchdringend. »Was ist, bist du weiterhin dabei? Oder willst du nach Hause?«

Nach Hause. Wie das klang. Als würde ich zu Mamas Rockschößen flüchten.

»Ich weiß noch nicht«, sagte ich.

Schweigend gingen wir zum Frühstück hinunter; Fred begrüßte uns beiläufig und las Zeitung auf seinem E-Reader. Die Fischgerichte waren in einem kleinen hölzernen Boot angerichtet, und aus irgendeinem Grund musste ich an das Kanu denken, das daheim auf mich wartete. Andrés Kanu. Als wir uns gegenübersaßen, merkte ich, dass mein Vater mich beobachtete. Und plötzlich wollte ich ihm das sagen, was ich im Flugzeug nach Hawaii nicht geschafft hatte. »Weißt du, dieses Kanu, das du dagelassen hast ...«

»Ja?«, fragte André ruhig und beobachtete mich.

»Ich hab das Ding behalten, weil es dir gehört hat. Eigentlich nur deshalb.« Unsere Blicke trafen sich.

»Wirklich?«, fragte er und den Ausdruck auf seinem Gesicht hatte ich nie zuvor gesehen. »Das ist ... total schön.«

Verlegen konzentrierte ich mich auf meinen Teller. Fred widmete sich immer noch seinem E-Reader und tat, als würde er nichts hören.

»Ich weiß gar nicht, weshalb wir keine Tour zusammen gemacht haben«, fuhr André fort. »Damals, als du acht warst und ich eine Zeit lang bei euch gewohnt habe.«

»Immerhin haben wir ein paar Fahrradausflüge hinbekommen«, meinte ich.

»Das weißt du noch?«

»Ja, klar«, meinte ich. »Es gibt Fotos davon, die habe ich hin und wieder angeschaut.«

»Vielleicht ...«, sagte André nachdenklich. »Vielleicht wäre ich damals geblieben. Ich hätte mir das schon vorstellen können. Aber deine Mutter wollte es nicht.«

Das stimmte. Damals hatte sie sich gerade in einen Typen aus ihrer Consultingfirma verliebt, wie hatte der noch mal geheißen? Ach ja, Lukas. Immerhin ein Jahr lang war der aktuell gewesen.

Schweigend frühstückten wir weiter und ich war einfach nur traurig. So viele verpasste Chancen. Und jetzt? Diesmal lag es an mir, ob es weiterging. Und mir wurde klar, dass ich meinen Vater nicht aufgeben wollte, trotz allem.

Ich holte tief Luft. »Also jetzt mal zu unserem Dreh. Ich glaube, ich mag weiterhin mitreisen. Falls du noch weißt, was du mir gestern versprochen hast.«

»Versprochen?« André kratzte sich am Kopf und rollte die Augen zur Decke. »Tut mir furchtbar leid, ich kann mich an nichts erinnern. Der viele Whisky, weißt du …«

Doch ich grinste nur, das Theater nahm ich ihm ab. Und tatsächlich, eine Sekunde später grinste André zurück. »Klar. Ich habe gesagt, dass so was wie gestern Nachmittag nicht mehr vorkommt.«

»Was darf ich mit dir machen, wenn du das Versprechen brichst? Dir eine reinhauen?«

André musste lachen. »Yep«, sagte er. »Aber ich darf die Körperstelle aussuchen.«

»Okay.« Es fühlte sich gut an, noch am Leben zu sein. Und wieder mit André herumfrotzeln zu können. Vielleicht würde doch noch alles gut werden.

»Und weißt du was?« Sein Gesicht leuchtete auf. »Als Wiedergutmachung organisiere ich eine Überraschung für dich.«

»Eine Überraschung? Was für eine?«, fragte ich. Wahrscheinlich klang ich ein bisschen misstrauisch, denn André lachte schon wieder. »Tja … lass dich überraschen, das ist ja der Sinn der Sache.«

Jetzt schaute auch Fred von seinem Reader auf, ich merkte, dass er ein Lächeln unterdrücken musste.

André blickte auf seinen Communicator. »Halb sieben. Okay, Jungs, los geht's.« Gemeinsam machten wir uns auf den Weg zum Interview.

Wieder einmal konnte ich das, was ich erlebt hatte, nicht auf Facebook oder Meethania posten. Zu heftig. Nach dem Dreh schrieb ich eine Nachricht an meine Mutter. Prallvoll mit Lügen. Ob sie das spüren konnte?

Bei uns alles prima. Sind gerade am Merapi und ich habe ein paar nette indonesische Jugendliche kennengelernt. Viele Grüße! Jan

Eben diese indonesischen Jugendlichen schauten mich an diesem Nachmittag an, als sei ich eine dreiköpfige Katze. Dabei hatte ich sie nur gefragt, ob sie mir bei der Übersetzung meiner Vorwarn-Homepage ins Indonesische helfen könnten. Yaya kicherte, ich hatte keine Ahnung, warum, und Sudewo fummelte mit seinem hypermodernen Communicator herum, ohne mich anzusehen. »*Masak!* Du willst dir von *Tieren* gute Tipps geben lassen?«, meinte er schließlich.

»Nee, von den Besitzern«, stellte ich klar. »Gibt doch Haustiere hier, oder?«

Yaya, die siebzehnjährige Schwester von Sudewo, nickte. »Nicht sooo viele. Aber ein paar niedliche Hunde, *kecil*, ganz klein.«

»Die gehen wahrscheinlich in ihrer Handtasche in Deckung, wenn sie Angst bekommen«, meinte ich und Sudewo lachte.

»Tja, nach denen wirst du dich wohl richten müssen. Von den Bauern mit ihren Wasserbüffeln, Hühnern und Schweinen bekommst du keine Tipps, die wissen nicht mal, wie sich Internet schreibt.«

»Schade«, sagte ich. Bei dem Erdbeben in Haicheng war

es ja so gewesen, dass die Menschen vom Land wichtige Hinweise gegeben hatten. »Meinst du, es macht trotzdem Sinn, die Website in eure Sprache zu übersetzen?«

»Immerhin, wir haben viele Vulkane«, sagte Yaya und kicherte schon wieder. »Wenn du willst, helfe ich dir, Jan!«

»*Termina kasih* – danke!«, sagte ich erleichtert zu Yaya – das hatte mir Fred gestern beigebracht – und mailte ihr gleich die englischen Textentwürfe. Sudewo sagte nichts und tippte weiter. Wahrscheinlich fand er die Idee vollkommen bescheuert und mich sowieso. Doch als er aufblickte, lächelte er plötzlich. »Ich habe gerade allen meinen Freunden eine Nachricht geschickt und Bescheid gesagt, dass sie mitmachen und Berichte einschicken sollen. Und sie leiten das bestimmt auch an ihre Freunde weiter.«

Erleichtert bedankte ich mich. »Wie viele Kontakte hast du denn?«

»Sechshundertfünfzigunddrei«, sagte Sudewo.

Holla. Dagegen war ich ein Einsiedler im Wald. Selbst Giulia, die anscheinend kommunikativer war als ich, hatte nur dreihundert.

»Ich erzähl gleich mal meinem Vater davon«, meinte Sudewo und zückte seinen Communicator. Ich erschrak. Nadim würde todsicher mit André über das ganze Projekt reden und das wollte ich nicht. Mein Vater sollte ruhig annehmen, ich hätte meinen Plan fallen lassen. Er fand ihn ja sowieso bescheuert.

Schnell hob ich die Hand und rief »Stopp!« Irritiert blickte Sudewo mich an. Mit einem extrafreundlichen Lächeln sagte ich: »Vielleicht lieber noch nicht. Ich will erst abwarten, ob es funktioniert.«

Sudewo kämpfte einen Moment mit sich, doch dann setzte

er sich wieder zu uns auf den Boden seines Zimmers. »Gut«, meinte er, und wir machten uns an die Übersetzungsarbeit, während unsere Väter von einem Vulkanobservatorium aus das Monster namens Merapi beobachteten.

Ping. Mein Laptop meldete sich. Eine Nachricht meiner Mutter war eingetroffen, die mit dem Satz *Ihr seid in Indonesien???* begann. Wieso war das so seltsam? Gab doch Hunderte von Vulkanen hier. Es war der letzte Satz, der mir den Magen umdrehte. *Deine Nachricht klang irgendwie komisch*, schrieb sie. *Wir skypen morgen, wenn ich mit der Arbeit fertig bin! 21 Uhr deine Zeit.*

Kein Vorschlag. Es war ein Befehl.

Ich konnte ihr nicht die Wahrheit sagen, aber ich war auch ein ziemlich schlechter Lügner. Vielleicht war es bald nicht mehr meine Entscheidung, ob ich zurückkehrte oder nicht.

Liebe Giulia,
was meinst du mit »der Hölle nebenan«? Den Vesuv (der ja irgendwann wieder ausbrechen kann)? Und was hast du in der Woche Arrest gemacht?
Ich drück dich!
Dein Jan

Lieber Jan,
den Vesuv? Wieso? Nein, ach, vergiss das mit der Hölle. Blöde Bemerkung. In meinem Zimmer habe ich ganz viel gelesen. Zum Beispiel ein dickes Buch über gefälschte Antiquitäten. Das hat mir mein Onkel Enzo mal geschenkt, er ist selbst in der Branche und lebt ziemlich gut davon.
Ich drück dich zurück!
Deine Giulia

Liebe Giulia,
äh, was genau meinst du mit »in der Branche«?
Jan

Keine Antwort. Entweder war sie offline oder nicht bereit, über solche Dinge zu reden.

Mein Vater hatte Pech – am nächsten Tag hatte sich der Merapi wieder beruhigt, es jagten keine Glutlawinen mehr die Hänge hinab. Ich merkte es an seiner Laune, noch bevor er es mir erzählte. Brütend verschanzte er sich hinter seinem Pad, auf dem er die Nachrichten abrief.

»Ist er immer so, wenn gerade kein Vulkan ausbricht?«, fragte ich Fred.

Fred blickte düster drein. »Noch schlimmer. In Alaska habe ich sogar mal gesehen, wie er Blutopfer gebracht hat, um die Götter zu einem Ausbruch zu bewegen.«

»Gar nicht wahr«, drang es hinter dem Pad hervor. »Ich habe einfach beim Salamischneiden im Zelt meinen Finger erwischt. Und frag Fred mal, was er gemacht hat, als wir in Island gefilmt haben!«

»Und, was hast du gemacht?«, fragte ich Fred neugierig.

»Nichts, wieso?« Fred setzte sein Pokergesicht auf und steckte sich ein Stück Lakritze in den Mund.

»Ich kann deinem Gedächtnis gerne auf die Sprünge helfen«, kündigte André verschmitzt an und legte das Pad weg.

»Wehe«, knurrte Fred.

»Also es war so, ein berühmter Geysir war damals schon seit einigen Jahren inaktiv, und Fred hat gesagt, er isst seinen Hut, wenn dieser Geysir jemals wieder springt …«

»Es war einfach Pech, dass dieser verdammte Geysir sich ausgerechnet in dieser Zeit erholt hat«, brummte Fred.

Ich musste lachen und blickte meinen Vater an. »Und, hat er ihn gegessen? Seinen Hut?«

»Immerhin ein kleines Stück.« Mein Vater grinste breit.

Fred verzog das Gesicht und strich sich durch die grauen Stoppelhaare. »Hat nicht so schlimm geschmeckt. Ich hab es in Butter angebraten.« Er trank in großen Schlucken seinen Kaffee aus und steckte sich die nächste Lakritzschnecke in den Mund, vielleicht, um die Erinnerung an den Hutgeschmack loszuwerden.

Etwas war anders geworden. Wir fühlten uns wohler miteinander. Passierte so etwas immer, wenn man gemeinsam eine Gefahr überwunden hatte? War es das, was Aolani gemeint hatte? Vielleicht lag es auch einfach daran, dass wir jetzt schon ein paar Wochen miteinander reisten, noch nie hatten André und ich so viel Zeit miteinander verbracht. Er war kein Held mehr für mich, den ich aus der Ferne bewundern konnte. Stattdessen … ein Mensch. Inklusive Fehler und Schwächen. Ich liebte ihn umso mehr dafür.

Den Rest des Tages half ich meinem Vater, das Material, das wir bisher gedreht hatten, zu katalogisieren. Jede Szene bekam eine Nummer und wurde mit der Länge der Aufnahme und einer Beschreibung, was sie zeigte, in einer Liste notiert. »Macht es leichter, das ganze Zeug später zusammenzuschneiden«, erklärte er, schaute mir eine Weile zu und ließ mich dann allein weitermachen. »Muss noch deine Überraschung organisieren. Ist nicht ganz so einfach, wie ich dachte.«

Ich zog die Augenbrauen hoch. »Musst du dafür jemanden bestechen?«

»Vielleicht.« Mein Vater grinste. »Mal schauen.«

»Wird es gefährlich?«, bohrte ich nach.

»Ich hatte ganz vergessen, wie neugierig du bist. Sagen wir es mal so – was dich nicht umbringt, macht dich härter.«

»Ach, ich bin dir nicht tough genug, was?«, schoss ich zurück und hoffte, dass er nicht »Ja« sagen würde. Bloß nicht »Ja«.

André verdrehte die Augen. »Schnauze jetzt. Ich bin ziemlich sicher, dass es dir gefallen wird, okay?«

Hoffentlich hatte er nicht wieder den Plan, mir mehr Erfahrung mit Mädchen zu verschaffen. Oder womöglich sogar mein »erstes Mal« zu organisieren. Was sollte ich tun, wenn er mich in ein indonesisches Bordell mitnahm? Eine heiße Welle stieg in meinem Körper hoch, und erst nach ein paar Minuten schaffte ich es wieder, mich auf die Katalogisierung zu konzentrieren. Das lenkte mich auch von dem ab, was mich an diesem Abend erwartete – das Gespräch mit meiner Mutter.

Meine Mutter sah braun gebrannt und gut erholt aus, und die 3-D-Verbindung war so gut, dass es fast so wirkte, als könnte ich durch den Bildschirm hindurchfassen und sie umarmen. Als Hintergrund hatte sie eine arabische Dünenlandschaft gewählt. Mit einem liebevollen Lächeln blickte sie mich an. »Mein Schatz, es ist so schön, dich zu sehen!«

Dieses Lächeln machte mich fertig, am liebsten hätte ich mich wie ein Kind in ihre Arme geworfen und mich bei ihr ausgeheult. *Shit, reiß dich zusammen!* »Na, hat dir schon ein Scheich einen Antrag gemacht?«, frotzelte ich.

Der Witz kam nicht gut an, meine Mutter hob die Augenbrauen. Okay, sie hatte keine Lust auf Albernheiten. »Die Scheichs hier haben alle genug Frauen. Also, was ist, kannst du gerade offen reden?«

»Ich bin allein, wenn du das meinst.« André und Fred waren in die Bar gegangen, wo sie sich mit Kollegen verabredet hatten.

»Okay, dann schieß mal los. Ihr seid wirklich in Indonesien?« Ihr Gesichtsausdruck wirkte verkniffen.

»Ja, seit ein paar Tagen – wieso?«, fragte ich, und plötzlich fiel mir das Foto ein, das ich in Nadims Album gesehen hatte. »Warst du eigentlich schon mal hier?«

Sie zögerte kurz, schüttelte dann den Kopf. Na, dann musste das auf dem Foto eine andere Frau sein, ich hatte mich einfach getäuscht. Meine Mutter räusperte sich. »Wie kommst du mit André klar?«

Die Wahrheit wurde zu einem Kloß in meiner Kehle, an dem ich fast erstickte. Nein, ich konnte ihr nicht sagen, was wirklich passiert war, ich wollte nicht, dass sie sich aufregte. »Es ist toll, so viel Zeit mit ihm zu verbringen«, sagte ich schließlich. »Ich habe schon eine Menge von ihm gelernt, und ... äh ... es macht total Spaß, mit ihm zu drehen.«

Sie sah erleichtert aus, doch ihr Lächeln war etwas verblasst. War sie misstrauisch geworden? Schnell nachlegen!

»Er ist eine wirklich spannende Persönlichkeit, finde ich. Eigentlich schade, dass wir uns nicht früher besser kennengelernt haben.«

Jetzt war ihr Lächeln ganz weg. Shit. Was hatte ich falsch gemacht? »Ich habe dich nicht von ihm ferngehalten, wenn du das meinst«, sagte sie spitz, und mir wurde klar, dass ich ganz einfach übertrieben hatte. Wahrscheinlich wurde sie gerade eifersüchtig und bekam Angst, mich an André zu verlieren.

»Aber es ist nicht so, dass ich gerne bei ihm wohnen würde, das wäre mir zu chaotisch«, schob ich schnell nach und meine Mutter wirkte wieder beruhigt. Wir redeten noch über dies und das, dann verabschiedeten wir uns und schalteten ab. Trotz der kalten Luft aus der Klimaanlage hatte mein T-Shirt Schweißflecken.

GiuliaP: *Die Branche, die ich erwähnt habe – na ja, weißt du, manche Touristen, die sich's leisten können, wollen gerne irgendein antikes Souvenir mitnehmen, einen römischen Fries oder eine Statuette und so was. Aber so viele echte Sachen gibt's gar nicht. Also stellt mein Onkel ein bisschen was her. Sieht aus wie zweitausend Jahre alt, alle sind glücklich, tutto a posto – alles in Ordnung!*
JanB: *Alles in Ordnung? Ist das nicht Betrug?*
GiuliaP: *Hey, du kennst meinen Onkel Enzo doch gar nicht, wieso verurteilst du ihn?*
JanB: *Wenn dein Onkel Touristen übers Ohr haut, dann finde ich das halt nicht gut!*
GiuliaP: *Wäre es dir lieber, wenn irgendwelche Händler Pompeji und Herculaneum plündern und die reichen cretino lauter echte Sachen aufkaufen, um mit ihnen daheim anzugeben? Dann ist bald nichts mehr da!*
JanB: *Warum rechtfertigst du deinen Onkel überhaupt? Du hast doch sowieso nichts mit seinem Geschäft zu tun, oder?*
GiuliaP: *Geht dich das was an?*
JanB: *Nee. Mich geht nicht mal an, was du heute zu Mittag gegessen hast. Was hast du heute zu Mittag gegessen?*
GiuliaP: *Gnocchi Scampi, Pesce spada alla piastra, tiramisu …*
JanB: *Was, das hast du alles in dich reingestopft?! Hast du keine Angst um deine Figur?*

GiuliaP: *No.*
JanP: *Du, Giulia?*
GiuliaP: *Sì?*
JanP: *Hast du auch schon mal was gefälscht?*
GiuliaP: *No. Handwerklich bin ich eine Null, außerdem finde ich Dinge und Menschen, die echt sind, viel cooler. So wie, äh, dich zum Beispiel.*
JanB: *Oh, wow. Danke. Ich umarme dich ganz fest und gebe dir einen ganz langen Kuss – zehn, zwanzig, dreißig Sekunden …*
GiuliaP: *HILFE, ich kriege keine Luft mehr! Wie lange geht der Kuss noch?*
JanB: *… vierzig Sekunden, fünfzig Sekunden, eine Minute, eine Minute und zehn … zwei Minuten … atme halt durch die Nase …*
GiuliaP *Kann ich nicht, bin erkältet. Und jetzt außerdem leider ohnmächtig. Deine Schuld!*

Am nächsten Tag war es am Merapi immer noch ruhig, zu filmen gab es nichts. »Zeit für deine Überraschung«, sagte mein Vater mit einem breiten Lächeln und hielt ein schwarzes Stück Stoff hoch.

»Was ist das?«, fragte ich und nahm das Ding mit spitzen Fingern.

»Das bindest du dir jetzt über die Augen«, kommandierte mein Vater. Nach kurzem Zögern tat ich es, weich lag der Stoff auf meinem Gesicht, er roch ein wenig nach frittierten Frühlingsrollen. Eine Hand berührte mich am Ellenbogen. »So. Jetzt rein in die Karre. Keine Widerrede.«

Blind kroch ich auf den Rücksitz und tastete herum, bis ich den Anschnallgurt gefunden hatte. Durch den Geruch der Lakritze wusste ich, dass auch Fred mit von der Partie war, doch er hatte noch kein Wort gesagt.

Ich hatte keine Ahnung, wo wir hinfuhren. Mir blieb nichts anderes übrig, als André zu vertrauen.

Schönheit und Furcht

Noch waren wir in Yogyakarta, ich hörte Hupen, Rufe und das Geräusch vieler Motoren, dann waren wir anscheinend außerhalb der Stadt und der Geländewagen rollte über eine ungeteerte Piste. Nach etwa einer Stunde bog André schließlich ab und parkte. »Darf ich das Tuch abnehmen?«, fragte ich, doch André sagte sofort: »Nein, noch nicht.«

Ich stieg aus. Jemand nahm meine Hand und platzierte sie auf seiner Schulter. »Einfach mitgehen«, sagte Fred. Mein Vater war anscheinend vorausgegangen, ich hörte ihn mit einer Frau reden, konnte aber nichts davon verstehen. Ich drehte den Kopf, hob das Gesicht und sog die schwere Tropenluft ein. Der nächste Windhauch trug einen scharfen Geruch heran. Aber nicht nach Schwefel und wir waren auch nicht bergauf gefahren. Wir waren nicht am Merapi. Na, Gott sei Dank.

Schuhe knirschten auf der sandigen Erde, als ich Fred folgte. Eine Kette rasselte, dann hörte ich ein Knarren, es klang, als sei ein Tor aufgeschoben worden. »So, jetzt ganz langsam, keine raschen Bewegungen, *all right*?«, sagte jemand in Englisch mit britischem Akzent.

Ein Schauer überlief mich, vor Aufregung und vor Erwartung. Jetzt wusste ich wieder, woran mich dieser scharfe Geruch erinnerte … an den Zoo!

»Kannst das Tuch jetzt abnehmen«, sagte mein Vater,

seine Stimme klang leise und amüsiert. Ich zog mir den schwarzen Stoff herunter ... und mir blieb die Luft weg. Zwei ausgewachsene Tiger standen nur wenige Meter von uns entfernt zwischen Büschen und hohem Gras, kein Gitter war zwischen uns. Ihr orangefarbenes Fell, auf dem die Streifen wie schwarze Flammen wirkten, leuchtete in der Morgensonne. Auf weichen Pfoten, die so groß waren wie mein Kopf, tappten sie anmutig auf uns zu und musterten uns. Seltsamerweise spürte ich keine Furcht, nur Staunen. Ja, sie konnten uns in Sekunden töten, wenn ihnen danach zumute war ... aber wie schön sie waren!

»Hi girls!«, rief ihnen jemand zu, eine zierliche Frau in mittleren Jahren, die ihre blonden Haare in einem Pferdeschwanz trug. »Na, kommt her, meine Süßen.«

Und die beiden riesigen Katzen gingen auf die Frau zu. Sie schmiegten sich an sie, eine der Tigerinnen rieb zärtlich den Kopf an ihrer Hose, die andere warf sich auf die Seite und umarmte ihr Bein mit den Pfoten, ließ die Krallen aber eingezogen. Lächelnd kraulte die Frau ihre Schützlinge am Kopf, rieb ihnen das Fell und knuffte sie scherzhaft. Eine der Tigerinnen begann, rau und tief zu schnurren, mit kleinen Unterbrechungen, wenn sie atmen musste. Ich war hin und weg. Tiger konnten schnurren?

»Das hier ist Sirin, die andere heißt Shena – ich hab sie mit der Flasche aufgezogen, nachdem ein Wilderer ihre Mutter getötet hatte«, berichtete die Frau und blickte zu uns hoch. »Na, wer von euch mag sie streicheln?«

»Nein, danke, Miss Rita«, brummte Fred und verschränkte die Arme. Etwa gleichzeitig kam von mir ein lautes »Ich!«.

Ganz langsam und vorsichtig ging ich auf die beiden Tiger

zu, kniete mich neben sie und ließ die Hand über Shenas gewaltigen Kopf gleiten. Ihr Fell war glatt wie Seide. Die Tigerin zuckte mit dem Ohr und wandte mir den Kopf zu, um mich mit halb geschlossenen Augen zu betrachten. Miss Rita lächelte. »Die mögen dich, du hast ein gutes Händchen mit Tieren«, sagte sie und zeigte mir, wie sie die beiden früher am Nackenfell gepackt hatte, wenn sie zu übermütig wurden. Ich probierte es auch einmal und Shena ließ es gutmütig mit sich geschehen.

Sirin schien das alles nicht sonderlich spannend zu finden, sie gähnte und zeigte dabei Eckzähne, die so lang waren wie mein Mittelfinger.

»Puh«, sagte ich, als ihr Mundgeruch bei mir ankam.

Vor lauter Begeisterung hatte ich alles andere glatt vergessen … doch jetzt wandte ich mich um und schaute zurück zu meinem Vater. »Und, was ist mit dir? Auch mal kraulen?«

André stand neben Fred und schaute gerade etwas skeptisch drein. Doch dann lächelte er schief. »Okay. Ich versuch's mal und hoffe, dass ich nachher noch alle Finger habe.«

Zögernd ging er auf Sirin zu und kraulte sie hinter den Ohren. Sie schnaufte und André zuckte zurück. »Ups, habe ich etwas falsch gemacht?«

»Nein, nein, alles in Ordnung«, sagte Miss Rita und ich musste mir ein Lächeln verkneifen. Irgendwie schön, dass mein Vater auch mal Schiss hatte! Ob es ihn beeindruckte, dass die Raubkatzen mir keine Angst einjagten?

Wir blieben eine halbe Stunde bei den Tigern, und als wir zu unserem Geländewagen zurückgingen, strahlte ich noch immer über das ganze Gesicht. Vergnügt betrachtete mich mein Vater. »Na, habe ich deinen Geschmack getroffen?«, fragte er und ich konnte einfach nur nicken. Spontan umarmte ich ihn und einen Moment lang drückten wir uns ganz fest. Ich sog seinen Geruch nach Duschgel und Vulkanasche ein.

»Ich hätte dir auch verraten können, dass wir ein Treffen mit zwei scharfen Miezen haben, aber das hättest du vielleicht falsch verstanden«, sagte mein Vater und wir grinsten uns an.

Während der Rückfahrt plapperte ich wie einer dieser japanischen Miniroboter, ich musste all diese Eindrücke einfach verarbeiten. Doch irgendwann fiel mir auf, dass mein Vater ziemlich still war und mir zwar geduldig nickend zuhörte, aber auch unauffällig auf seinem Communicator herumtippte, während Fred den Geländewagen steuerte. Ich ahnte schon, dass irgendetwas im Busch war, aber ich wollte es nicht wahrhaben.

Als wir uns bei einer Garküche am Straßenrand unser Mittagessen holten, ließ er dann die Bombe platzen. »Ich habe gerade die Website des *U.S. Geological Survey* gecheckt«, berichtete er. »Sie schreiben, dass gerade der Pinatubo auf den Philippinen ausgebrochen ist. Nicht sonderlich weit weg von hier. Nachdem der Merapi uns im Stich lässt, sollten wir den Standort wechseln.«

Gerade hatte ich mich hier in Indonesien eingelebt, da ging es schon wieder weiter! Doch ich sagte kein Wort, nickte nur. Nein, ich würde mich nicht beschweren, nicht nach dem Geschenk, das mir mein Vater heute gemacht hatte.

»Jan, ich komme übrigens nicht mit«, sagte Fred plötzlich.

»Was?«, stieß ich geschockt hervor. Wieso das, hatten er

und André sich gestritten? Hatte ihm die Sache mit dem pyroklastischen Strom den Rest gegeben? Aber Fred war doch der Mann mit den eisernen Nerven!

Fred blickte mich an und zuckte bedauernd die Schultern, dann wandte er sich André zu. »Hab dir ja schon im Frühjahr gesagt, dass ich noch einen anderen Auftrag habe. Einen Film über die Wasserkriege zwischen Pakistan und Indien.« Er wandte sich wieder mir zu. »Mein Flug geht heute Nacht.«

Mein Vater nickte. »Ich weiß. Total schade.« Er suchte meinen Blick. »Jetzt heißt's, wir zwei gegen die Welt.«

Ich versuchte zu lächeln, doch so richtig gelang es mir nicht. Schon jetzt wusste ich, dass ich Fred vermissen würde. Seine ruhige, sichere Art, seinen stillen Beistand, wenn es zwischen mir und André knallte. Doch auf dem Merapi hatte selbst er nicht viel helfen können. Ich musste mich auf Andrés Versprechen verlassen, es war mein unsichtbares Schutzschild.

Wir zwei gegen die Welt. Klang irgendwie schön. Doch dann schob André nach: »Hab gerade die Verbindungen rausgesucht – es gibt heute nur noch einen freien Sitzplatz auf dem Flug zu den Philippinen. Aber du könntest gleich morgen nachkommen, Jan. Ist das okay für dich? Bleiben kannst du bis dahin bei Nadim und seiner Familie.«

»Geht schon«, sagte ich, wahrscheinlich klang meine Stimme belegt. Es würde ziemlich ungewohnt sein, alleine zu reisen. Doch immerhin konnte ich dann sicher das seltsame Bild in dem roten Album noch einmal anschauen. Zwar hatte meine Mutter gesagt, dass sie noch nie hier gewesen war, doch sie hatte auch irgendwie durcheinander gewirkt bei diesem Telefonat …

Der Abschied von Fred fiel mir nicht leicht. »Hast dich gut gehalten bisher, Kleiner«, meinte er leise, als wir uns umarmten. »Meld dich ab und zu mal.«

»Werde ich machen«, sagte ich. »Darf ich dich was fragen? Etwas Persönliches?«

Fred hob die Augenbrauen und schob sich mal wieder ein Stück Lakritze in den Mund. »Leg los.«

»Was hindert dich daran, wieder ein Konzert zu spielen, wenn du es dir doch eigentlich wünschst?«

Er stutzte. »Tja. Was genau? Ich müsste einen Veranstalter dafür interessieren und eine Menge üben, um mich wieder in Form zu bringen. Aber das ginge im Grunde schon …«

»Und warum machst du es dann nicht? Hast du Angst, es vielleicht nicht zu schaffen?«

Unsere Blicke trafen sich, und ich sah, dass ich richtiglag.

»Blöd bist du nicht, Kleiner«, sagte Fred und lächelte schief.

»Versuch's doch einfach mal«, drängte ich ihn und Fred blickte nachdenklich drein. »Mal schauen. Vielleicht.«

Er schickte mir noch seine Visitenkarte aufs Handy, dann war es so weit, er musste los.

Als mein Vater ebenfalls zum Flughafen fuhr, verabschiedeten wir uns beiläufig – schließlich würden wir uns schon einen Tag später wiedersehen. André drückte mir eine Handvoll Rupia sowie einen Stapel Dollars in die Hand und boxte mich liebevoll gegen die Schulter. Aua. Er hatte ganz schön Kraft. Ich boxte zurück. »Bis bald«, sagte André. »Wenn irgendwas ist … ruf mich an, klar?«

»Klar, Chef«, sagte ich und tat so, als würde ich salutieren.

Als er mich bei Nadim absetzte, war Yaya gerade nicht

da, doch Sudewo schien sich zu freuen, dass ich noch einmal vorbeikam. »*Salam!* Na, was macht deine Website?«

Ich checkte sie gleich mal (nachdem ich rasch geschaut hatte, ob Nachrichten von Giulia da waren) und war überrascht. »Immerhin tausend Hits in den letzten Tagen und ein paar Meldungen aus der Gegend um Yogyakarta«, erzählte ich, ging schnell die Berichte durch und verzog den Mund. »Es hat wahrscheinlich nichts mit dem Merapi zu tun, dass in der Nähe ein Papagei ohnmächtig von seiner Stange gefallen ist, oder?«

Neugierig spähte Sudewo mir über die Schulter. »Aber das hier ist doch ganz interessant …«

Hi guys, yesterday my brothers dog do bite him, i was in much terror, that no ever happened before! Love, surai

»Geht so«, sagte ich und verdrehte die Augen. Gut, dass ich meinem Vater nichts von diesem Projekt erzählt hatte! Immerhin, auf die Pressemitteilungen, die wir verschickt hatten, hatten einige Medien reagiert, manche schickten Interviewfragen. Irgendwie cool. Ich hatte noch nie ein Interview gegeben.

Am Abend aß ich mit der Familie gebratenen Reis mit Huhn, dann hielt ich unauffällig Ausschau nach dem roten Album. Schließlich entdeckte ich es in einem Schrank mit Glastür, der in einem Flur zwischen Wohnzimmer und Küche stand. Damit ich nicht noch mal die komplette Fotoshow und womöglich noch sämtliche Videos verabreicht bekam, beschloss ich, Nadim nicht danach zu fragen, sondern einfach selbst kurz hineinzublättern, wenn die Gelegenheit günstig war.

Am Abend kamen ein paar Verwandte und Freunde vorbei, es wurde viel gelacht und Gitarre gespielt. Die Männer rauchten *Kreteks,* Nelkenzigaretten; der schwere, süße Rauch zog durch die ganze Wohnung. Ich wartete auf eine Gelegenheit, an das Album heranzukommen, doch leider interessierten sich alle wahnsinnig für mich, ich musste mindestens dreihundert Fragen beantworten.

Als ausnahmsweise mal niemand auf mich achtete, schaffte ich es, aus dem Wohnzimmer zu schlüpfen. Lautlos holte ich das Album aus dem Schrank und blätterte im Halbdunkel darin, suchte die Seite mit dem Foto. Ja, da war sie und da war das Bild. Wegen des schlechten Lichts musste ich so nah herangehen, dass meine Nase fast das Papier berührte. Die Frau, die meiner Mutter so ähnlich sah, stand mit ein paar anderen Leuten vor dem Vulkan-Observatorium, Nadim war auch im Bild und schien der Gruppe irgendetwas zu erklären. Hölle und Teufel, das *war* meine Mutter! Natürlich hatte sie sich verändert, auf dem Bild sah sie unglaublich jung aus, doch sie trug den Anhänger aus Mammut-Elfenbein, den sie heute noch hatte. Wieso hatte sie behauptet, nie hier gewesen zu sein? Ihr Bauch wölbte sich deutlich, anscheinend war sie damals mit mir schwanger gewesen. Mein Vater war auf dem Foto nirgends in Sicht.

Ich fotografierte das Bild mit dem Handy, dann suchte ich nach irgendeiner Bildunterschrift oder einem Datum. Fündig wurde ich erst auf der Titelseite des Albums, dort stand die Jahreszahl 2002. Moment mal!

Jemand sagte etwas auf Indonesisch, gleichzeitig ging – *zong!* – ein blendend grelles Licht direkt über mir an. Ich erschrak so sehr, dass das Album mit flappenden Seiten zu Boden polterte. Eine alte Frau, die, soweit ich es verstanden hatte, eine der Großtanten war, redete auf mich ein und kniete nieder, um das Ding aufzuheben. Weil ich mich gerade ebenfalls danach bückte, stießen unsere Köpfe zusammen. Auch das noch! »Entschuldigen Sie, ich …« Hastig stopfte ich das Album in den Schrank zurück.

Die alte Frau lachte keckernd, packte mich am Ärmel, und zog mich zurück in den Wohnraum, wo Nadim mit seiner Gitarre gerade voller Begeisterung eine Asia-Pop-Version von *Wonderwall* zum Besten gab. Shit, vermutlich wurde ich jetzt dem Patriarchen vorgeführt und bekam die Quittung dafür, dass ich heimlich in den Erinnerungsstücken der Familie gestöbert hatte! Doch die Großtante marschierte mit mir gleich weiter in die Küche und kramte dort einen Teller Frühlingsröllchen hervor. Für mich? Ich schüttelte verlegen lächelnd den Kopf, mein voller Magen sagte ganz klar Nein.

Mit den Fingern hielt die Großtante mir eine Frühlingsrolle vor die Nase. *»Too thin, too thin!«*, krächzte sie und pikte mir den Finger in die Rippen. Ich hatte keine Chance. Zufrieden beobachtete die alte Frau – die mich auf einmal furchtbar an die Hexe aus *Hänsel und Gretel* erinnerte –, wie ich sämtliche Frühlingsröllchen verputzte.

Zum Glück machte sich niemand darüber lustig und die Großtante hatte das mit dem Album anscheinend nicht weitererzählt. Glück gehabt. Ich feierte noch eine Weile mit, trank literweise unglaublich süßen Jasmintee und wankte irgendwann ins Bett. Ein Verwandter der Familie brachte mich am nächsten Tag zum Flughafen und verabschiedete sich mit einem breiten Lächeln und *»Selamat tinggal!«* von mir.

Auf einmal war ich allein. Wie falsch sich das anfühlte. Ich stand mit meiner blau-schwarzen Sporttasche in der riesigen Empfangshalle, Passagiere zogen ihre Köfferchen an mir vorbei über den hochglanzpolierten Steinboden und die kalte Klimaanlagenluft ließ mich in meinem T-Shirt frösteln. Jetzt erst kam ich dazu, darüber nachzudenken, was ich in diesem Album gesehen hatte, ich hatte mich so lange es ging davor gedrückt. Tatsache war: Das Foto zeigte meine Mutter, offensichtlich schwanger. Aber auf dem Album hatte die Jahreszahl »2002« gestanden. Da ich im Oktober 2004 geboren worden war, hieß das entweder, dass Nadim noch einige Bilder aus dem Jahr 2003 eingeklebt hatte … oder dass sie auf diesem Bild nicht mit mir schwanger war. Hatte ich womöglich Geschwister, von denen ich nichts wusste? Was für ein komplett außerirdischer Gedanke! Wahrscheinlich gab es eine andere, völlig banale Erklärung …

An einer der Maschinen checkte ich ein und gab mein Gepäck auf. Dann saß ich im Wartebereich am Gate herum und berichtete Giulia, was in letzter Zeit alles passiert war (nämlich mal wieder jede Menge). *Kannst du dir das vorstellen, dass ich einen Tiger gestreichelt habe, einen echten Tiger? Wie das wohl wäre, einen als Haustier*

Ich kam nicht dazu, die Nachricht fertig zu schreiben – gerade meldete sich mein Communicator. Wahrscheinlich war das André, der fragen wollte, ob bisher alles klargegangen war. Bald waren wir wieder zusammen! Doch als ich auf das Display schaute, sah ich dort Freds Nummer, die ich mir eingeprägt hatte, weil die Zahlenkombination so einfach war. »Hi, Fred«, sagte ich und versuchte, mir nicht anmerken zu lassen, dass ich enttäuscht war. »Wo bist du gerade?«

Er ging nicht auf meine Frage ein. »Ich fürchte, es gibt schlechte Nachrichten, Jan«, sagte er.

Entscheidung

Freds Stimme klang so ernst, dass es mir Angst machte.

»Wieso? Was ist los?«, quetschte ich hervor.

»Gerade habe ich einen Anruf bekommen. Dein Vater hatte auf den Philippinen einen Unfall.«

Unfall. Das Wort drängte sich in meinen Kopf und explodierte dort. »Was ist passiert? Lebt er?«, schrie ich ins Gerät.

»Er ist einem Lahar in die Quere gekommen, sie haben ihn ins Krankenhaus gebracht. Ich gebe dir die Adresse durch.«

»Moment. Ich hab nichts zum Schreiben.« Hektisch kramte ich in meinen Taschen, kritzelte mir die Adresse schließlich mit einem Kuli auf die Hand und stammelte: »Ich fliege hin. Der Flug geht gleich …«

Inzwischen wusste ich, was Lahars waren – gefährliche Schlammströme, die von den Flanken eines Vulkans herunterdonnerten, wenn der Schnee auf dem Gipfel schlagartig schmolz. André hatte wieder einmal zu viel riskiert, unter Garantie! Würde er sterben? Verkrüppelt sein? Und alles nur wegen dieses blöden Films, wegen seiner Vulkane! Ich hasste diese verdammten Berge!

»Ruf mich gleich an, wenn du mehr weißt.« Fred klang grimmig. »Vermutlich ist auch die XHD-Kamera hinüber, aber dafür wird die Versicherung …«

»Wen interessiert diese beschissene Kamera?« Ich bekam

die Worte kaum noch heraus, meine Kehle war zu eng. »Wer hat dir eigentlich Bescheid gesagt, hat André dich selber angerufen?«

»Nein, das ging nicht, er war bewusstlos, als sie ihn eingeliefert haben. In seiner Brieftasche war anscheinend ein Zettel mit meinem Namen und meiner Nummer. Weil *next of kin* dabeistand, haben sie mir Bescheid gegeben.«

Next of kin. Nächster Verwandter. Fred, sein Kameramann.

Die Zeit dehnte sich endlos, während ich dort in der klimatisierten Abflughalle saß, den Kopf in den Händen, die Ellenbogen auf die Knie gestützt. Hunderte von Beinen wanderten an mir vorbei, aber ich bemerkte es kaum. *Unfall. André. Lahar. Krankenhaus. Lahar. Pinatubo.* Meine Finger drehten das Lederarmband an meinem Handgelenk. Das Armband, das er mir geschenkt hatte, das *ihn* hätte beschützen sollen.

Warten. Warten. Darauf, endlich an Bord zu dürfen. Dass das Flugzeug startete. Dass mein Gepäck kam. Keinen Moment länger hielt ich diese Warterei aus, jede Sekunde war unerträglich! Dann hatte ich endlich ein Taxi gefunden und konnte dem Fahrer die Adresse des Krankenhauses vorlesen. Wir schossen durch die Nacht.

Vor dem Gebäude des Krankenhauses stauten sich die Ambulanzen, rote und blaue Lichter blitzten überall. Ich bezahlte dem Taxifahrer einen Wucherpreis – wahrscheinlich hätte ich vorher etwas aushandeln sollen –, krallte mir meine Reisetasche und drängte mich ins Innere des Gebäudes durch. Im Krankenhaus roch es nach Desinfektionsmittel und Asche, in den Gängen lagen überall mit dunkelgrauem Schlamm verkrustete Menschen auf Betten oder einfach auf einer Decke. Ärzte, Krankenschwestern und uniformierte Helfer hasteten vorbei. Irgendwo hier musste mein Vater sein, aber wo? Ich blickte in jedes Gesicht, doch keines davon kannte ich. Schließlich stellte ich mich einer Frau, die einen verdreckten Arztkittel trug, in den Weg. *»Sorry … I'm looking for André Bendert … my father …«*

Mit gerunzelter Stirn schoss die Frau eine Salve von Wörtern auf mich ab und rauschte an mir vorbei. Einen Flur weiter fand ich einen Pfleger, doch er zuckte nur die Schultern. Jemand stieß mich aus dem Weg, zwei Helfer mit einer Trage hasteten an mir vorbei. Verzweifelt blickte ich mich um. Wo war mein Vater? Ich musste doch zu ihm … was war, wenn er starb, bevor ich bei ihm war?

Ganz ruhig, flüsterte eine Stimme in meinem Kopf, Aolanis Stimme. *Such ihn selbst, er muss noch hier sein …*

Zumindest, wenn er noch lebte! Ich atmete einmal tief durch, dann begann ich, alle Türen zu öffnen, in jedes einzelne Krankenzimmer zu blicken. Die Räume waren alle mit Betten vollgestellt, ich musterte die Menschen darin kurz … hier nicht, hier auch nicht, und hier? Auch hier war mein Vater nicht … oder … Moment mal, dieser alte Mann dort, irgendwie kam er mir bekannt vor!

Es war André. Eine Sauerstoffmaske lag über seinem Gesicht, das hohl und eingefallen wirkte. Bartstoppeln bedeckten seine Wangen. Seine Augen waren geschlossen, sein Haar noch immer grau verkrustet, deshalb hatte ich ihn für älter gehalten, als er war. Geschockt tastete ich nach seiner Hand, die schlaff auf der Decke lag, und ganz plötzlich schlug mein Vater die Augen auf. Sein Blick war matt und seine Pupillen riesengroß. Kam das von den Medikamenten? Oder von einer Gehirnerschütterung?

»Du bist da«, sagte er, und seine Hand schloss sich ganz fest um meine. Erst jetzt merkte ich, dass ich zitterte. »Was ist mit dir los, was haben die Ärzte gesagt?«, fragte ich, und am liebsten hätte ich ihn an mich gedrückt, aber wahrscheinlich war das gerade zu viel für ihn.

Er schaffte ein Lächeln. »Ach, nichts Schlimmes. Es war kein allzu großer Lahar, es hat halt heftig geregnet, und all das Wasser zusammen mit der Asche … wie flüssiger Beton. Bin mitgerissen worden … und es waren ziemlich viele Trümmer und ausgerissene Bäume mit von der Partie.«

Mir wurde ganz anders bei dem Gedanken. Er hätte auch tot sein können. Nie hätte ich gedacht, dass Vulkane einen nicht nur durch Feuer, sondern auch durch Wasser umbringen konnten.

»Zwei Rippen gebrochen, Prellungen, Quetschungen und eine Gehirnerschütterung«, fuhr André fort, verzog das Gesicht und legte die Finger an die Schläfen. »Wahrscheinlich kann ich in ein bis zwei Tagen raus.«

Als ich merkte, dass er versuchte, sich aufzurichten, half ich ihm dabei. Mein Vater setzte sich auf und nahm sich die Sauerstoffmaske ab. Gott sei Dank, er schien wirklich nicht allzu schwer verletzt zu sein. Erst war ich erleichtert … doch dann kam die Wut in mir hoch. Die Wut darauf, dass er sich und mir das angetan hatte. Wie zerknirscht er gewesen war in dieser Hotelbar in Yogyakarta – und schon nach ein paar Tagen alles wieder wie sonst! *Danger as usual!*

»Du warst zu nah dran, stimmt's? Darf ich raten – du hast gewusst, wie gefährlich es war, aber was du mir versprochen hast, war dir in diesem Moment scheißegal?«

Seine Augen verengten sich. »Ich habe versprochen, *dich* nicht mehr in Gefahr zu bringen.«

Vielleicht hatte er das versprochen und mehr nicht. Aber das war es nicht, was in meinem Herzen brannte. Und jetzt brach die angestaute Bitterkeit aus mir hervor. »Du bist dabei, dich selbst zu zerstören, und ich soll dir dabei zusehen? Sorry, aber das wird mir zu viel, das halte ich nicht aus!«

Seine Finger verkrampften sich um das Betttuch. »Ach, es ist also dein Problem, wie ich lebe?«

»Es ist zu meinem verdammten Problem geworden, als du mich mitgenommen hast. Wenn das mit dir so weitergeht …« – ich sammelte all meine Kraft, um weitersprechen zu können –, »… dann fliege ich nach Hause, und es ist vielleicht besser, wenn wir uns danach nicht mehr sehen.« Ganz spontan hatte ich das gesagt, wo waren diese Worte hergekommen? Aber ich bereute sie nicht.

»Was soll das heißen?« Jetzt sah mein Vater erschrocken aus. »Willst du den Kontakt zu mir abbrechen?«

»Ist vielleicht besser«, wiederholte ich und spürte, wie sich Tränen in meinen Augen sammelten. Ich fühlte mich wie ein Schuft, weil ich ihm das sagte, während er schwach und mit Schmerzen hier im Krankenhaus lag … aber es war die Wahrheit. Meine Wahrheit zumindest.

Mein Vater ließ sich im Bett zurücksinken und starrte an die Zimmerdecke, sein Atem ging rau und stockend. »Du möchtest wirklich … dass ich mich entscheide zwischen dir … und dem, was mein Leben ausmacht?«

Im ersten Moment wollte ich protestieren, argumentieren, aber dann ließ ich es und nickte einfach wortlos. Im Grunde ging es genau darum. Aber es klang so grausam. Grausam gegen ihn und mich selbst. Wollte ich das wirklich, meinen leiblichen Vater nicht mehr sehen, nichts mehr von ihm hören, alles vergessen, was wir zusammen geteilt hatten? Es würde schwer werden, aber eins war klar: So wie jetzt ging es einfach nicht weiter! Und vorher ... was war das schon für eine Beziehung gewesen? Hin und wieder ein Anruf, eine Nachricht, dann wieder das lange Warten und Hoffen auf das nächste Zeichen. So oft vergeblich.

Ein Abgrund von Traurigkeit erstreckte sich vor meinen Füßen und meine Zehen ragten schon über die Bruchkante. Es fiel mir schwer zu atmen, während ich auf seine Antwort wartete. Schon einmal, bei meiner Geburt, hatte er sich gegen mich entschieden. Inzwischen wusste er, was für ein Mensch ich war, wir waren uns näher als jemals zuvor, und wieder musste er entscheiden, ob ich ein Teil seines Lebens sein sollte. Anders war diesmal nur, dass ich dabei mitreden konnte – diesmal war ich es, der die Bedingungen stellte.

»Und wenn ich Kriegsberichterstatter wäre? Oder bei den *Navy Seals*?« Er ließ noch nicht locker. »Würdest du mich dann auch zwingen, mich zu entscheiden? Obwohl es mein eigenes Leben ist, das auf dem Spiel steht?«

Ich kam mir noch mieser vor als sowieso schon. »Wenn du ein Alkoholiker wärst ... würdest du dann die Flasche wählen oder mich?«

Müde lachte er auf. »Süchtig. Krank. So siehst du mich also.«

»Kann sein. Ist doch jetzt egal, oder?« Ich hatte nicht mehr die Kraft zu diskutieren. Wahrscheinlich konnte er mich mit Argumenten zermürben, wenn er es darauf anlegte. Aber das änderte nichts daran, dass wir uns beide entscheiden mussten.

Das Schweigen zog sich in die Länge. Bisher hatte ich alles ausgeblendet, was um mich herum geschah. Jetzt erst nahm ich die anderen Menschen im Raum wieder wahr. Am Fenster hockten um ein Krankenbett herum gut sieben Besucher, vom Kind bis zum gebeugten Alten – man konnte nicht mal erkennen, wer eigentlich der Kranke war. Im zweiten Bett lag ein mit schlammiger Asche verschmierter junger Filipino, der kein Lebenszeichen erkennen ließ. Eine Frau, deren Kopf und Schultern von einem bunt gemusterten Tuch bedeckt waren, beugte sich tief über ihn und flüsterte etwas, vielleicht Gebete. Ich hoffte für sie, dass er überhaupt noch lebte. Ob irgendwann mal ein Arzt vorbeikam, um das festzustellen?

Es roch nicht nach Krankheit in diesem Zimmer, sondern nach Curry: Die Großfamilie bereitete auf einem kleinen tragbaren Tonofen gerade eine Mahlzeit zu, und auch ein anderer Patient hatte Besuch, der ihm Essen mitgebracht hatte. Mein Vater hatte nichts, und es war zweifelhaft, ob er in diesem Chaos noch etwas bekommen würde.

Plötzlich merkte ich, dass ich rasenden Hunger hatte – kein Wunder, ich hatte schon eine ganze Weile nichts in den Magen bekommen und meinem Vater ging es vermutlich auch so.

»Ich besorge uns was zu essen«, sagte ich und stand vom Rand seines Betts auf. »Kann ich die Reisetasche hierlassen?«

»Wird vermutlich nicht geklaut, die Leute hier haben gerade andere Probleme«, sagte mein Vater und schloss erschöpft die Augen.

Auf dem Weg nach draußen schrieb ich an Fred und gab Entwarnung, damit er sich nicht allzu viele Sorgen machte. Von Giulia waren mehrere beunruhigte Nachrichten da. Ich las nur die erste: *Deine letzte Nachricht brach mitten im Satz ab, alles in Ordnung bei dir???*

Anscheinend hatte ich die Nachricht versehentlich abgeschickt, als mich Freds Anruf erreicht hatte. *Leider nicht alles in Ordnung*, tippte ich schnell. *Mein Vater ist verletzt. Melde mich später!*

Fast sofort kam die Antwort. *Porca miseria! Ich denke an euch und drücke die Daumen, dass es nicht so schlimm ist! Giulia*

Es dauerte eine Stunde, bis ich eine Garküche aufgetrieben hatte und mit meiner Beute zurückgekehrt war. Mein Vater war inzwischen wieder wach. Wir aßen schweigend, dann schob André seine Schale beiseite und lächelte mich mühsam an. »Danke, das hat gutgetan.«

Unsere Blicke trafen sich und durch die unnatürlich geweiteten Pupillen wirkten seine Augen wie bodenlose Teiche. Mein Herz krampfte sich zusammen. Ich ahnte, dass er sich entschieden hatte – und dass ich jetzt erfahren würde, wofür.

»Also, Jan«, begann André. »Ich glaube, ich weiß so ungefähr, wie du dich fühlst. War nicht fair von mir, dir bei diesem Dreh so viel zuzumuten.«

Schweigend nickte ich und wartete auf das ABER, das am Ende des Satzes zu schweben schien. Es kam nicht.

»Deshalb biete ich dir an, dass wir für den Rest unserer Reise nur noch ruhende Vulkane filmen werden.«

Ein Tonnengewicht hob sich von meinem Herzen. »Und das wäre okay für dich? Nicht zu langweilig oder so was?«

André lächelte schief. »Es gibt viele Geschichten über Menschen und Vulkane, die ich im Film erzählen kann … und nicht jedes Mal muss es dafür knallen. Auch schlafende Monster können interessant sein.«

Erleichtert lächelte ich zurück. Nein, sein Leben würde

er nicht ändern, wahrscheinlich konnte er das nicht … und trotzdem hatte er sich für mich entschieden. Bei diesem Gedanken floss ein warmer Strom durch meinen ganzen Körper.

Und ein ganz bestimmter ruhender Vulkan fiel mir auch sofort ein. Mein Puls machte ganz merkwürdige Sachen, wenn ich nur an diese Gegend der Welt dachte. »Wie wäre es mit dem Vesuv?«, schlug ich vor, und dann hielt ich den Atem an. Weil ich so sehr hoffte, dass er Ja sagen würde. Weil ich Angst hatte, er würde einfach den Kopf schütteln und mir die Hoffnung wieder nehmen.

André seufzte ein wenig – ich ahnte, dass er an den viel aktiveren Pinatubo dachte, der quasi um die Ecke lag und gerade die Gegend erschütterte. »Wieso überrascht mich das nicht?«, brummte er und schloss einen Moment lang die Augen. »Na gut. Sobald ich hier raus bin, fliegen wir nach Neapel.«

Ich atmete tief durch. »Danke.«

Wir gaben uns die Hand darauf.

Ganz und gar Giulia

»Langsam!«

»Ist auf deiner Seite genug Platz?«

»Ja, ganz knapp. Pass auf, da kommt ein Laternenpfahl.«

»Diese verdammte Gasse wird immer enger!«

»Ich glaube, da kommen wir nicht durch. Aber rückwärts rausfahren wird auch schwierig, oder?«

»Rückwärts? Vergiss es, das schaffe ich nie im Leben! Wir kommen schon irgendwie weiter. Klapp mal den Seitenspiegel ein.« Hoch konzentriert ließ mein Vater den Fiat vorankriechen. »Wieso zum Teufel habe ich hier in Neapel überhaupt ein Auto gemietet?«

»Weil wir sonst die Ausrüstung nicht transportieren können?«

»Wie wahr, wie wahr. *Shit!*« Unser vorderer Blinker hatte Kontakt mit einer Mauer aufgenommen.

Ich konnte mir kaum vorstellen, dass hier irgendwo ein Hotel sein sollte. Das Navi hatte uns in dieses Viertel geführt, in dem die Hauswände mit Graffiti bedeckt waren und sich an den Straßenecken volle Müllsäcke türmten. Wahrscheinlich war es rein rechnerisch der kürzeste Weg – toll!

Woran das mit dem Müll lag, hatten wir aus den Nachrichten erfahren – mehrere Firmen stritten gerade um die Recyclingrechte für diese Wertstoffe, und bis sie sich einigten, blieb das Zeug liegen.

Zwei junge Männer in ärmellosen T-Shirts und speckigen Jeans beobachteten mit ausdruckslosen Gesichtern, wie wir vorankamen. Ich versuchte, sie zu ignorieren.

Mein Vater rangierte den Fiat vor und zurück, damit wir etwas weiter von der Mauer wegkamen. Das dauerte und dauerte. Die beiden Typen hielten uns bestimmt längst für Volldeppen. Aus den Augenwinkeln sah ich, dass sie begonnen hatten, sich zu unterhalten, doch sie ließen uns dabei nicht aus den Augen. Ich wollte nur noch hier weg. »Kommen wir jetzt durch?«

»Ich glaube, wir schaffen es!« André wischte sich den Schweiß von der Stirn.

Nach ein paar Minuten war unser Blinker wieder frei. Dafür stand jetzt auf der anderen Seite ein übervoller Müllcontainer im Weg. »Kannst du den mal wegschieben?«, bat mein Vater, und nach kurzem Zögern stieg ich aus und stemmte mich gegen den Container. Die beiden jungen Männer schlenderten jetzt in unsere Richtung und riefen uns etwas zu. Ich verstand kein Wort, und das, obwohl ich Italienisch in der Schule gewählt hatte und mit meiner Mutter schon oft in Italien gewesen war. Vielleicht war es *ihr* Müllcontainer, und sie sagten mir gerade auf Neapolitanisch, ich solle meine dreckigen Touristenfinger davon lassen.

Ein Sack Müll fiel mit einem *Wump!* vom Container, dann noch einer. Na toll. Ich versuchte, sie zurückzuschleudern, doch der eine rollte immer wieder herunter. »Lass doch!«, rief mein Vater, er klang jetzt auch ein wenig nervös. Wahrscheinlich musste auch er gerade an das denken, was sie uns bei der Autovermietung gesagt hatten: In Neapel bloß keine Wertgegenstände dabeihaben! Vermutlich galt das auch für ein Auto, das mit Filmausrüstung vollgestopft war!

Ich schlenderte wieder auf den Fiat zu. Bloß nicht unsicher wirken. »Los geht's«, drängte André und ich sprang auf den Beifahrersitz. »Da vorne wird die Gasse ein bisschen breiter.«

Einer der beiden jungen Männer tauchte vor unserem Autofenster auf. Wahrscheinlich wollte er nur fragen, ob wir uns verfahren hatten, und uns ein paar gute Tipps geben. Aber darauf wollte es mein Vater anscheinend nicht ankommen lassen. Er trat aufs Gas, und der Fiat schoss in die enge Gasse hinein, wundersamerweise, ohne dass die Türen Schrammen abbekamen. »Uff«, sagte ich.

»Komisch, das wollte ich auch gerade sagen«, meinte mein Vater und wir mussten lachen.

Nach ein paar Minuten bogen wir endlich auf eine größere Straße ein, doch hier kamen wir auch nicht so recht voran, denn hier gab es Restaurants und Geschäfte, die Menschen bummelten mitten auf der Straße oder entschieden sich spontan, dass sie schnell mal auf die andere Seite wollten. Mit einem Geräusch, das nach wütenden Hummeln klang, überholten uns rechts und links Motorroller. Mein Vater umklammerte das Lenkrad mit beiden Händen.

Unser Hotel fanden wir hinter einem der großen hölzernen Tore, die die Straße säumten. Über eine Sprechanlage meldeten wir uns an und durften unseren Wagen im schattigen Innenhof parken. Ein massiger Mann mit Schnauzbart, der mich an ein Walross erinnerte, watschelte auf uns zu und strahlte uns an. »*Benvenuto!* Ich bin Umberto, der Chef hier. Habt ihr ein Problem, ich helf euch.«

Das Zimmer hatte hohe, mit Stuck verzierte Decken und zum Glück auch einen Ventilator. Wir brachten unsere Ausrüstung hoch, dann stöhnte André: »Jetzt erst mal duschen.« Auf den ersten Blick merkte man ihm die Nachwirkungen des Unfalls vor einer Woche kaum noch an. Allerdings zuckte er manchmal vor Schmerz zusammen, wenn er tief einatmete, und seine blauen Flecken – mittlerweile auch nicht mehr blau, sondern gelb – waren sehenswert. Natürlich jammerte er nie, das war nicht seine Art.

Während im Bad das Wasser rauschte, schrieb ich schnell an Giulia:

Liebste Giulia,
ob du es glaubst oder nicht, ich bin jetzt ganz in deiner Nähe, es sind wahrscheinlich nur zwei oder drei Kilometer Luftlinie. Wann treffen wir uns???
Jan

Bald würden wir uns wiedersehen! Noch hatte ich mich nicht ganz an den Gedanken gewöhnt. Einerseits hätte ich sie am liebsten sofort getroffen. Jetzt. Sofort! Ich konnte noch gar nicht fassen, dass wir bald wieder zusammen sein würden, so lange hatte ich mich schon nach ihr gesehnt. Andererseits kam ich ins Schwitzen, wenn ich daran dachte, was wir uns alles gemailt hatten. Warum hatte ich nur so schrecklich herumgeprahlt? Und diese heißen virtuellen Küsse, o Gott. Andererseits hatten ihr die offenbar gefallen. Vielleicht hatte sie schon halb vergessen, dass der nicht virtuelle Jan ein ganz normaler Junge und weder ein Casanova noch ein Draufgänger war. Was, wenn ich sie enttäuschte? Wenn sie feststellte, dass ich doch nicht so ihr Typ war?

Ich setzte mich aufs Bett und stützte den Kopf in die Hände. Es war pure Angst, die in meinem Magen wühlte.

Ihre Antwort auf meine Nachricht kam rasch.

Lieber Jan,
das ist toll! Kann dich schon fast spüren von hier aus! Sieben Uhr heute Abend, am Castel dell'Ovo (diesmal ohne Schwimmzeug)?
Giulia

Ich werde da sein, freue mich schon total, schrieb ich zurück und stellte fest, dass meine Finger die Tasten deutlich öfter verfehlten als sonst. In zwei Stunden schon!

Nur mit Mühe schaffte ich es, die Gedanken auf meine restlichen Nachrichten zu lenken. Mit Noah war ich gerade dabei, letzte Bugs aus unserer Website zu holen – im Moment funktionierte es noch nicht richtig, dass jeder Ort, von dem eine Meldung kam, auf einer Weltkarte angezeigt wurde. Außerdem schienen einige Leute es total witzig zu finden, uns alberne Falschmitteilungen à la »Irgendwas stimmt nicht – mein Elefant tanzt Tango!« zu schicken. Das nervte, wir mussten jede einzelne überprüfen. Finn kümmerte sich gerade um die italienische Übersetzung, dafür sollte ich es übernehmen, die Website bekannt zu machen, schließlich war ich vor Ort. Mein Vater kam aus der Dusche, sagte »Du bist dran« und rieb sich die Haare mit einem Handtuch trocken. »Ach, übrigens, weil wir ja jetzt am Wasser sind – wie wär's, wenn wir mal zusammen Kanu fahren gehen? Das ist doch irgendwie fällig, oder?«

Ein heißer Schwall der Freude durchspülte mich. »Klar! Aber kann man das überhaupt hier am Meer?«

»Keine Ahnung«, gab André fröhlich zu. »Wenn's hier keine Kanus gibt, dann mieten wir erst mal ein normales Boot und suchen uns, wenn wir zurück in Deutschland sind, einen schönen Fluss.«

Ich nickte und war froh, dass wir in Indonesien über sein altes Kanu gesprochen hatten, sonst wäre er vielleicht gar nicht auf diese Idee gekommen.

»Morgen geht's mit den Vorgesprächen und Schauplatzerkundungen los, vielleicht können wir übermorgen schon drehen«, kündigte André an. »Ich hätte zum Beispiel gerne ein Interview mit einem Bewohner von Pompeji.«

»Äh, wie? Mit einer dieser verkrümmten Gipsgestalten?«

Mein Vater verdrehte die Augen. »Pompeji ist eine moderne italienische Stadt. Es leben längst wieder jede Menge Leute da. Lebendige Leute!«

»Aha, gut«, sagte ich, und mein Vater seufzte, weil er merkte, dass ich mit den Gedanken woanders war. »Heute hast du aber den Rest des Tages frei«, meinte er. Wahrscheinlich konnte er sich denken, was ich vorhatte.

Ich schnappte meinen Rucksack. »Bis später!«

Es war warm, aber windig an diesem Tag, das Meer trug weiße Schaumkronen. Unruhig und aufgekratzt wanderte ich durch die Stadt, in der gerade mehrere Kreuzfahrtschiffe ihre menschliche Fracht abgeladen hatten, die Gassen wimmelten von Touristen. Eigentlich nervig. Nur war ich ja leider selbst ein Tourist.

Eine Viertelstunde zu früh war ich am Castel dell'Ovo und lehnte mich an die Ziegelmauer, vor der wir uns damals umgezogen hatten. Giulia war noch nicht da, natürlich nicht. Ob sie mich überhaupt erkennen würde? Inzwischen war ich braun gebrannt und ein Friseur auf den Philippinen hatte mir einen deutlich kürzeren Haarschnitt verpasst. Meine Klamotten hatten gelitten auf dieser Reise und rochen immer noch ein kleines bisschen nach Schwefel, den Gestank bekam man schwer aus dem Stoff raus.

Ich schaute hinüber zum Doppelgipfel des Vesuv, der jenseits der Bucht aufragte. Wieso hatte ich eigentlich vorher gedacht, dass der Berg harmlos wirkte? Er war verdammt nah dran an der Stadt, noch viel näher als der Merapi an Yogyakarta!

Meine Augen glitten weiter zu dem Sims, über den wir damals an der Burg herumgeklettert waren. Warum hatte ich eigentlich so viel Angst gehabt in dieser Nacht? War doch ziemlich harmlos gewesen, was wir gemacht hatten. Oder kam mir das nur so vor nach dem, was ich am Kilauea und Merapi erlebt hatte?

Aus dem Augenwinkel sah ich eine Bewegung, jemand kam auf mich zu. Ich wandte mich um, mein Puls begann zu rasen. War das Giulia? Im ersten Moment war ich nicht sicher, erst nach ein paar Sekunden erkannte ich sie. O nein, sie hatte ihre herrlichen langen Haare abgeschnitten! Jetzt trug sie sie glatt und kurz, die Spitzen schmiegten sich um ihr Kinn. Und was war mit ihrem Gesicht los? Über die eine Wange zogen sich dunkle Spuren …

Wir standen uns gegenüber und lächelten uns zögernd an. Mir fiel nichts ein, was ich sagen konnte, sie wirkte so fremd. Mein Kopf und mein Herz versuchten, sich an das Mädchen im Souvenirladen zu erinnern, das mich angezogen hatte wie das Licht die Motte, aber so ganz klappte es nicht. Bis der verschmitzte Funke in Giulias Augen zurückkehrte. »*Va bene,* Großfuß?«, sagte sie und lächelte mich ein bisschen trotzig an.

Und plötzlich passte alles. Nein, sie war nicht mehr das hübsche Mädchen aus dem Souvenirladen. Sie war die Gefährtin, die mich per Internet durch die halbe Welt begleitet hatte. Mit der ich geflirtet und gestritten hatte, die mich getröstet, aufgeheitert und bei Bedarf zur Sau gemacht hatte.

»Wie schön, dich zu sehen«, sagte ich und lächelte zurück. Giulias Lächeln wurde breiter und dann strahlten wir auf einmal beide. Aber ich traute mich trotzdem nicht, sie einfach zu umarmen.

Wir schlenderten ein Stück weiter die Promenade entlang und setzten uns auf einen der breiten Steinpfosten zwischen Straße und Meer. Ich zog die Beine an und legte die Arme um die Knie, Giulia machte es sich im Schneidersitz gemütlich und betrachtete einen Moment lang die Wellen, die gegen die Uferfelsen donnerten und hin und wieder einen Tropfen Gischt in unsere Richtung schleuderten. Jetzt konnte ich auch sehen, was mit ihrer Wange los was – sie hatte da fiese blaue Flecke. »Wie ist denn das passiert?«, fragte ich sie betroffen. Hatte sie jemand geschlagen, und wenn ja, welcher Arsch war das gewesen?

»Ach, das ist nichts«, meinte Giulia mit blitzenden Augen und berührte kurz mit den Fingerspitzen ihre Wange. »Ein Fehler, den ich schon vor ein paar Monaten gemacht habe und der zu mir zurückgekommen ist.«

So wie sie dreinschaute, wettete ich, dass ihr Gegner – wer auch immer er war – ganz direkt die Quittung bekommen hatte.

Beunruhigt nickte ich, fragte aber nicht weiter. Wenn sie es mir erzählen wollte, würde sie es tun. Ein bisschen enttäuscht war ich allerdings schon. Ich hatte ihr gemailt, wenn es mir schlecht ging ... aber sie mir nicht. Offenbar vertraute sie mir noch nicht ganz. »Und was ist mit deinen Haaren? Hattest du es satt, dass sie dir ins Gesicht wehen?«

»No«, sagte sie und verzog das Gesicht. »Mein kleiner

Bruder Marco hat Läuse aus der Schule heimgebracht. Scheußlich! Kurze Haare lassen sich leichter ... wie sagt man? Auskämmen.«

Wahrscheinlich sah sie meinen Gesichtsausdruck, denn plötzlich musste sie lachen. Das übermütige, unbeschwerte Lachen, das ich so an ihr mochte. »Ganz schön romantisch, was? Jetzt sitzen wir hier und reden über Fehler und Läuse ...«

»Ach, das ist nur der Anfang«, sagte ich mit großmütiger Miene. »Wir können uns auch noch über Umweltverschmutzung, den Klimawandel und Korruption in der Regierung unterhalten.«

Sie musste wieder lachen. Am liebsten hätte ich sie den ganzen Tag lang zum Lachen gebracht. »Hm, vielleicht fällt uns doch noch ein anderes Thema ein.«

»Bestimmt«, meinte ich und zog aus der Tasche, was ich ihr mitgebracht hatte, eine Kette aus geschnitzter grüner Jade, die ich auf den Philippinen gekauft hatte. Sie war nicht ganz so teuer gewesen, wie sie aussah.

»Oh, ist die schön!« Fasziniert drehte Giulia sie in den Händen und bewunderte die Kette, dann steckte sie sie vorsichtig zurück in den Samtbeutel und brachte sie in ihrer Hosentasche unter. »Danke, Jan. Ich sehe schon, du hast auch in anderen Ländern die Souvenirläden unsicher gemacht ...«

»Willst du sie nicht mal anprobieren?«, fragte ich, schon zum zweiten Mal enttäuscht.

Giulias Hand fuhr zu der Korallenkette, die sie immer trug, es war eine fast unbewusste Geste. »Vielleicht später, *sì*? Ich trage meistens Korallen, die schützen vor dem *maloccio,* dem bösen Blick.«

Wie vor den Kopf gestoßen sah ich sie an. Glaubte sie tatsächlich an so was? Wo waren wir, im Mittelalter? Doch im selben Moment bremste ich mich. Schließlich hatte ich auch akzeptiert, dass Aolani an ihre Vulkangöttin Pele glaubte, das war noch viel schräger als ein neapolitanischer Aberglaube, der Giulia wahrscheinlich half, sich besser zu fühlen. Mist, warum hatte ich ihr nicht irgendetwas anderes mitgebracht?

Giulia hatte bemerkt, dass mich etwas beschäftigte. Nachdenklich beobachtete sie mich. »Es war leichter per Internet, was?«, sagte sie schließlich.

»Wir haben ganz schön viel Mist geschrieben«, gab ich verlegen zu. »Ich jedenfalls.«

»Ich auch, aber war doch lustig, oder?« Ihr Lächeln war zurück.

Als ich sie anblickte, überspülte eine warme Welle mein Herz. Noch immer war sie das Mädchen, das ich wollte. Sie und keine andere. »Es war so schön, dass du mir geschrieben hast. Ich habe mich immer schon auf deine Nachrichten gefreut …«

»Ging mir auch so.« Giulia klaubte ein Steinchen aus der Mauer, warf es ins Meer und blickte ihm einen Moment lang hinterher. »Mein Opa und meine Oma haben sich noch Postkarten geschickt, als Opa zum Arbeiten nach Deutschland gegangen ist. Besondere Postkarten, selbst bemalte. Es hat immer eine Woche gedauert, bis sie angekommen sind.«

»Du hast ganz schön viele Künstler in deiner Verwandtschaft«, neckte ich sie und dachte an ihren Onkel, den Antiquitätenfälscher.

»Na, du aber auch, ich finde Filmemacher ziemlich cool«, meinte Giulia, und ich beschloss, möglichst schnell das Thema zu wechseln. Sie sollte nicht etwa André cool finden, sondern mich! Doch Giulia war noch nicht fertig. »Was habt ihr überhaupt vor hier in Napoli, was wollt ihr drehen?«

»Wie ihr mit eurem Vulkan lebt.«

»Ach ja, unser Vesuv«, sagte Giulia und klang fast stolz dabei. »Jedes Jahr zu Ostern fahren wir mit der ganzen Familie dorthin und machen ein Picknick, das ist hier Tradition.«

Wie bitte? Sie picknickten auf einem Berg, der in regelmäßigen Abständen die ganze Gegend in Schutt und Asche legte? Klar, er machte das nicht allzu oft. Trotzdem war es besser, wenn jemand sie warnte, wenn es mal wieder so weit war! Zehn Minuten später hatte ich ihr Versprechen, dass sie mir helfen würde, meine und Noahs *Tiere warnen vor Katastrophen*-Website bekannt zu machen. »Aber du weißt ja, es gibt auch ein großes Observatorium, das den Vulkan Tag und Nacht überwacht«, erklärte mir Giulia. »Die haben Massen von Messgeräten, denen entgeht garantiert nichts!«

»Weiß ich«, meinte ich. »Mein Vater versucht gerade, dort einen Drehtermin zu bekommen. Aber das ist nicht so einfach, die haben ihm gesagt, er soll einen Antrag an irgendein Ministerium in Rom stellen.«

»Vielleicht …«, sagte sie und sah mich zögernd an.

»Vielleicht was?«, hakte ich nach, als sie nicht weitersprach. Kannte sie etwa irgendjemanden, der ihm mit der Genehmigung helfen konnte?

»Vielleicht hast du ja nach diesen anstrengenden Dreharbeiten Lust, dich ein bisschen zu erholen?«

»Das ist gut möglich«, erklärte ich ernsthaft.

»Und ist es auch möglich, dass wir uns zusammen meine Lieblingsstatuen im *Museo Archeologico Nazionale* anschauen?«

»Ja, klar, gerne!«, sagte ich überrascht.

»Bist du sicher? Du magst doch alles, was lebt. Und Statuen sind nicht lebendig.«

»Macht nichts.«

Giulia blickte erfreut drein. »Du findest sie nicht langweilig? Bisher wollte keiner meiner Freunde oder Freundinnen mitgehen ...«

»Ob ich sie langweilig finde, weiß ich doch erst, wenn ich sie gesehen habe«, erwiderte ich, und auf Giulias Gesicht ging endgültig die Sonne auf. »Du bist so ehrlich«, sagte sie. »Ich glaube, daran könnte ich mich gewöhnen.«

»Cheese!« sagte ich und knipste sie mit meinem Communicator. Übermütig lachte Giulia in die Kamera, sprang auf und balancierte am Rand der Mauer entlang. Ich folgte ihr, und bevor ich ganz kapiert hatte, was los war, hatte Giulia mir schon mein Gerät aus der Hand gerissen und machte Bilder von *mir.* »Jan in Napoli! Schau her, Deutschland, Jan ist endlich wieder in Napoli!«

Wir alberten noch eine Weile herum, dann sprangen wir von der Mauer, und ich begleitete sie bis zu ihrem Motorroller, den sie ein paar Hundert Meter weiter geparkt hatte. *Mach schon, nimm ihre Hand!*, drängte meine innere Stimme. Also tat ich es einfach. Klein und schmal und warm lag ihre Hand in meiner. Wir blickten uns nicht an, gingen einfach weiter, als sei nichts geschehen, während sich unsere Finger verschränkten.

Da wusste ich, dass unsere Geschichte weitergehen würde.

Später im Hotel klickte ich auf meinem Communicator

herum, schaute mir noch einmal die Fotos an, die ich heute von Giulia gemacht hatte … wie lebendig sie wirkte, was für ein umwerfendes Lachen sie hatte, wie ihr dunkles Haar in der Sonne glänzte! Ich war hin und weg. Durchtränkt von Glück. Dieses tolle Mädchen und ich, konnte das wirklich sein?

Wahrscheinlich hätte ich nicht weiterklicken sollen. Dabei stieß ich auf das alte Bild meiner Mutter, das ich aus Nadims Album abfotografiert hatte. Meine Mutter, schwanger … aber nicht mit mir. Auf meinen Armen bildete sich eine Gänsehaut.

Ich musste sie endlich danach fragen.

Toter Stein

»Okay, los jetzt!«, sagte mein Vater. »Um elf haben wir das Interview, und aus dem Stau in der Innenstadt rauszukommen, wird uns ein Weilchen kosten.«

André hatte recht, die Innenstadt von Neapel bestand mal wieder aus einem einzigen Verkehrschaos. Während mein Vater fluchend versuchte, niemanden zu rammen oder gerammt zu werden, träumte ich vor mich hin und war überrascht, als wir in Pompeji angekommen waren. Es sah tatsächlich aus wie eine ganz gewöhnliche Stadt, nur mit etwas mehr Touristen, die zu den römischen Ruinen pilgerten. Aus dem Autofenster sah ich Straßen mit mehrstöckigen Mietshäusern, Snackläden, Wegweiser zu Hotels und den mit Werbeschildern zugepflasterten Eingang von *Camping Pompeji.* Davor hielt ein Bus mit deutschem Nummernschild, aus dem gerade Jugendliche ausstiegen. Ein Mädchen fiel mir auf, es war hochgewachsen, ein bisschen schlacksig und die blonden Haare fielen ihm in einem Pferdeschwanz über den Rücken. Die da könnte meine Schwester sein, ging es mir durch den Kopf, und ich fühlte mich ganz eigenartig dabei.

Francesco, der Mann, den wir interviewen wollten, war ein gemütlicher Typ mit Stirnglatze und nikotingelben Zähnen, Besitzer eines kleinen *Tabacci-Lotto*-Ladens. Ich schätzte ihn auf Mitte siebzig. Er schüttelte uns die Hand und schaute neugierig zu, wie wir die Kamera und Tonausrüstung aufbauten. Es fühlte sich seltsam an, ohne Fred zu drehen – er war in Pakistan und wir in »seiner« Stadt …

»Erzählen Sie mal, wie das ist, hier zu leben«, fragte André unseren Interviewpartner. »Denken Sie manchmal an die Gefahr? Immerhin gilt der Vesuv als einer der gefährlichsten Vulkane der Welt …«

Der Vesuv – einer der gefährlichsten Vulkane der Welt? Ich war entsetzt. Doch bei meinem Vater nachfragen konnte ich nicht, die Aufnahme lief, und mein Job war es, Francesco die Tonangel über den Kopf zu halten.

Francesco winkte ab. »Ich mache mir keine Sorgen. Der Berg ist ein Geschenk des Himmels, er bringt Touristen hierher. Gefährlich? Wissen Sie, was ich glaube? Ich glaube, dass die Regierung die Gefahr übertreibt, um uns billig unsere Grundstücke abzukaufen!«

»Erinnern Sie sich noch an den letzten Ausbruch des Vesuv im Jahr 1944?«, hakte mein Vater nach.

»Da war ich noch ein Kind, gerade in die Schule gekommen«, sagte Francesco lächelnd und steckte sich eine Zigarette an. »Es ist nicht viel passiert, nur jede Menge Asche regnete vom Himmel und hin und wieder ein Stein, wissen Sie? Meine Mutter hat uns Kochtöpfe aufgesetzt und mit Schnüren festgebunden, damit wir nicht verletzt werden, sie und Papa hatten ordentlich zu tun, die Asche vom Dach zu schaufeln, damit es nicht zusammenbricht.«

Früher hatte Francesco Gruppen durch Pompeji geführt, aber das war ihm jetzt zu anstrengend. Wir hörten uns noch ein paar Geschichten über Ruinen, Touristen und die bösen Behörden an, dann setzten wir die Filmaufnahmen im alten Pompeji fort. Dessen Bewohner waren damals ganz plötzlich aus dem Leben gerissen worden. Fasziniert betastete ich die Spuren, die Fuhrwerke auf den Pflastersteinen der Straßen hinterlassen hatten, überquerte auf einem antiken »Zebrastreifen« – breiten Trittsteinen – eine Gasse und warf einen Blick in eine zweitausend Jahre alte Taverne. In ihre Bedientheke waren steinerne Suppenbehälter eingelassen, sieben verschiedene Sorten hatte man hier bestellen können.

Ich simste an Giulia: *Sind gerade in Pompeji – sieht aus, als würde hier gleich ein Römer um die Ecke kommen …* Sekunden später war ihre Antwort da: *… oder eine Römerin! Baci, G.*

Baci, das hieß Kuss. Wann wir uns wohl küssen würden? Als ich Giulia gestern im Souvenirshop besucht hatte, hatten wir uns beide nicht getraut – falls sie überhaupt wollte. Erst morgen hatte sie wieder Zeit für ein Treffen.

Mit etwas Mühe schaffte ich es, mich wieder auf die tote Stadt zu konzentrieren. Mein Vater strich gerade mit der Hand über eine der Mauern, die aus porösen dunklen Steinen bestand. »Alles aus Vulkangestein erbaut, die ganze Stadt. Aber das war ihnen wohl nicht klar. Es hatte damals jahrhundertelang keinen Ausbruch gegeben, die Menschen hatten längst vergessen, dass es hier gefährlich sein konnte.«

Jenseits der Stadt ragte der Vesuv auf, eine bläuliche Silhouette im Dunst. Auf den ersten Blick ein ganz normaler Berg …

»Sind alle gestorben, die hier gelebt haben?«, fragte ich.

André schüttelte den Kopf. »Als die Erde anfing zu beben und der Berg Asche und Bimsstein spuckte, sind viele geflohen und davongekommen. Erst am zweiten Tag wurde es richtig schlimm, die Dächer sind unter der Last eingestürzt, dann sind mehrere pyroklastische Ströme hier durchgefegt.

Die hat keiner überlebt.« Er trank einen Schluck aus seiner Wasserflasche.

Manche dieser Toten waren hier, als Abbild aus Gips. Ich hatte davon gelesen, wie diese Abbilder entstanden waren – die Körper waren von dicker Asche bedeckt worden und hatten sich im Laufe der Jahrhunderte aufgelöst. Doch die Hohlräume in der verfestigten Asche, wo sie gewesen waren, blieben erhalten. Als die Archäologen diese Hohlräume entdeckt und mit Gips ausgegossen hatten, wurden die Körperumrisse wieder sichtbar. Eine Gänsehaut überzog meine Arme, als ich diese verkrümmten Gestalten betrachtete, erstarrt im Moment ihres Todeskampfes.

Beklommen wandte ich mich an meinen Vater. »Aber wieso ist der Vesuv so gefährlich? Besonders groß sieht er ja nicht aus.«

André atmete tief durch und wandte sich von den Gipsgestalten ab. »Stimmt, er ist nicht besonders groß, aber die Ausbrüche sind unterschiedlich stark. Der von 1944 war ziemlich schwach, nur ein bisschen Lava … aber der Vesuv kann auch anders, siehst du ja.« André wies auf unsere Umgebung. »Damals sind nur ein paar Tausend Menschen umgekommen, doch inzwischen leben viel mehr Leute hier als damals, dreieinhalb Millionen zurzeit – das bedeutet im schlimmsten Fall Hunderttausende Tote.«

»Wieso ziehen die Leute nicht weg?«

André zuckte die Schultern. »Ist halt eine hübsche Gegend. Offiziell erlaubt ist das Bauen in der Roten Zone rund um den Vesuv ja auch gar nicht, viele Gebäude, die du zwischen hier und Neapel siehst, sind ungenehmigt hochgezogen worden. Da hat sicher auch die Camorra, die neapolitanische Mafia, ihre Hand im Spiel.«

Ich verzog das Gesicht. Mit der Mafia wollte ich noch weniger zu tun haben als mit dem gefährlichsten Vulkan der Welt.

Wir drehten noch ein paar Schwenks über das große Forum und machten Innenaufnahmen römischer Villen, dann ging es über die Autobahn an der Küste entlang zurück nach Neapel. Von der Straße aus sah der Krater unglaublich nah aus, wie ein aufgesperrtes Maul aus Stein. Ein Trichter, der von einem Tag auf den anderen wieder beginnen konnte, flüssiges Feuer zu speien. Ich konnte die Augen nicht davon lösen. »Ich glaube, hier könnte ich nicht leben.«

»Alles Gewohnheit«, meinte André. »Nach spätestens ein paar Monaten wäre der Berg auch für dich nur noch Dekoration. Außerdem sind die Einheimischen hart im Nehmen – manche Orte hier sind schon öfter durch Lavaströme zerstört worden, aber die Bewohner bauen sie einfach an der gleichen Stelle wieder auf.«

»Würde so ein Ausbruch Neapel erreichen?«

»Nur, wenn die Eruption sehr stark wäre, so wie damals, als der Vesuv in der Bronzezeit Siedlungen in der Nähe von Nola vernichtet hat.«

Bronzezeit. Das war verdammt lang her. »Na, dann sind wir und Giulia ja halbwegs sicher in der Stadt.«

André lachte auf. »Zumindest ist die Wahrscheinlichkeit höher, überfahren zu werden oder bei einem Raubüberfall draufzugehen.«

Na, das war ja richtig beruhigend!

Als wir zurück im Hotel waren – Umberto, der im Innenhof auf einem Klappstuhl hockte, winkte uns fröhlich zu –, wirkte André seltsam unruhig. Er tigerte im Zimmer umher, überprüfte hier die Akku-Ladegeräte, aß dort eine

Handvoll getrocknete Aprikosen, startete ein E-Book auf seinem Tablet und legte es dann doch nach ein paar gelesenen Seiten wieder weg. Was war mit ihm los? Schließlich räusperte er sich. »Hör mal zu, Jan … ich sage es ja nicht gern, aber mach nichts Unüberlegtes, okay?«

»Wie meinst du das?«, fragte ich verblüfft.

»Na ja, denk einfach daran, dass wir Fremde in diesem Land und in dieser Stadt sind, und verhalte dich so, dass man dir daraus keinen Strick drehen kann …«

Woah, das klang nach ganz altmodischer Moralpredigt. So nach dem Motto: Versuche zu vermeiden, irgendwelche Mädchen zu schwängern und Duelle zu fechten! »Du meinst, ich soll vorsichtig sein«, fasste ich zusammen.

André sah aus dem Fenster, wandte sich dann wieder mir zu. »Ja, genau. Und es ist vielleicht besser, du bleibst nachts nicht so lange weg. Neapel hat ein paar ziemlich gefährliche Stadtviertel, selbst Einheimische müssen auf sich aufpassen … es gibt eine Menge Armut hier und die Hälfte aller jungen Leute ist arbeitslos …«

Das war natürlich nicht schön. Aber das, was mich deutlich mehr irritierte, hatte er vorher gesagt. »Du meinst also, ich soll Punkt zwölf daheim sein oder so was?«

»Yep, so was in der Art«, gab André zu.

Ich griff mir demonstrativ an die Stirn. Jetzt fing er an, den Erziehungsberechtigten rauszukehren, das hatte mir gerade noch gefehlt. »Also, daheim ist so was eigentlich kein Thema, Mama weiß, dass ich keinen Scheiß mache.«

André fuhr sich mit beiden Händen durch die kurzen, graublonden Haare. »Sorry … ich merke gerade, dass ich keine Ahnung habe, wie man eigentlich mit Kindern umgeht.«

»Das macht nichts«, erwiderte ich trocken. »Ich bin sowieso kein Kind mehr.«

»Ähm, ja, natürlich.« André stützte sich an der Wand ab, er wirkte leicht erschöpft. »Sagen wir einfach mal – denk dran, dass deine Giulia womöglich eine strenge katholische Erziehung genossen hat und wahrscheinlich ganz anders drauf ist als die Mädchen, die du kennst …«

»Ich hatte nicht vor, ihr ohne ihre Erlaubnis unter den Rock zu fassen«, gab ich zurück.

»Gut«, sagte mein Vater. »Aber auch mit ihrer Erlaubnis wäre es nicht ratsam.« Er seufzte und wandte sich wieder seinem Buch zu.

Verblüfft erfuhr ich, dass der Vesuv nicht der einzige Feuerberg der Gegend war. Ein anderes, ebenfalls gefährliches Vulkangebiet, Phlegräische Felder genannt, bedrohte Neapel von der anderen Seite. Am nächsten Vormittag drehten wir dort, in Pozzuoli, einem Ort, der mitten im riesigen, flachen Krater lag. »Hier hat sich in den Achtzigerjahren mal der Boden um mehr als zwei Meter gehoben, außerdem gab es Hunderte Beben – alle dachten, jetzt knallt's«, erzählte mein Vater. »Aber das Ding brach nicht aus, und heute wissen wir, dass es normal ist, wenn sich der Boden in solchen riesigen Kratergebieten immer wieder hebt und senkt.«

»Warum?«

»Wir sagen immer, der Vulkan atmet«, erklärte mein Vater. »Diese Berge sind kein totes Gestein, sie sind lebendig und das darf man keine Sekunde lang vergessen.«

Später an diesem Tag traf ich mich wieder mit Giulia. Das war also das *Museo Archeologico,* an dem sie so hing. Wir gingen an einer überlebensgroßen Statue in Heldenpose nach der anderen vorbei, Giulia erklärte mir etwas dazu, und ich hatte das scheußliche Gefühl, dass der Funke gerade überhaupt nicht übersprang. Weißer Marmor überall, ein paar Menschen wanderten so wie wir durch die stillen Hallen, in denen unsterbliche Kunst verteilt war. Vor keinem dieser Kunstwerke wäre ich freiwillig mehr als ein paar Sekunden stehen geblieben, und wenn Giulia nicht gewesen wäre, hätte ich dieses Museum jederzeit gegen einen Wald, einen See, ein Tigergehege – das ganz besonders! – eingetauscht.

Schon wieder blieb Giulia stehen und musterte mit bewunderndem Blick eine Figurengruppe, die selbst ich beeindruckend fand – zwei Männer, eine sich windende Frau und ein sich aufbäumender Stier in voller Bewegung erstarrt.

»Das hier ist der *Farnesische Stier*, der ist einfach der Hammer«, erklärte Giulia »Die Frau dort ist die böse Königin Dirke, sie soll für ihre Untaten an einen Stier gebunden und zu Tode geschleift werden …«

Raue Sitten. Der Stier tat mir leid, es war deutlich zu sehen, dass er sich wehrte und alles andere im Sinn hatte, als irgendjemanden hinter sich herzuschleifen.

Giulia ging weiter neben mir durch die großen, hohen Hallen des *Museo Archeologico*, unsere Sandalen machten kaum ein Geräusch auf dem glatten Steinboden. »Und, wie gefällt es dir?«, fragte sie mit leuchtenden Augen.

Shit. Ich wusste, dass ich ehrlich antworten musste, denn schließlich war es die Ehrlichkeit, die sie an mir mochte. Doch es fühlte sich an, als wären in meiner Zunge fünf oder sechs Knoten.

Es rettete mich, dass wir in einen anderen Gang abbogen, in dem Marmorbüsten standen, lauter Porträts, die auf Brusthöhe endeten. Fasziniert musterte ich die steinernen Gesichter von Herrschern, Philosophen und Dichtern. Wie lebendig, wie ausdrucksvoll sie wirkten, jedes unverwechselbare Detail hatten die Bildhauer herausgearbeitet. Das waren keine schönen, unnahbaren Götter, das hier waren wirkliche Menschen, die vor mehr als zweitausend Jahren gelebt hatten.

Fünf Minuten später wiederholte Giulia ihre Frage, wie es mir hier gefalle. »Gut«, sagte ich und lächelte sie an.

Und ein Stockwerk höher wurde es sogar noch besser, weil hier viele Funde aus den römischen Städten gezeigt wurden, die der Vesuv zerstört hatte. Lange blieb ich vor dem Porträt einer ernsten, dunkelhaarigen Frau mit Perlenkette stehen, die damals in Pompeji gewohnt hatte. War auch sie beim Ausbruch damals gestorben?

»Hast du das hier schon gesehen?«, fragte Giulia und zog mich vor ein Mosaik, das einen Hund zeigte. *Cave Canem,* stand darunter – schon damals hatte es Schilder gegeben, die an den Haustüren vor bissigen Hunden warnten! Ich grinste und wollte weiterschlendern, doch Giulia hielt mich am T-Shirt fest. »Und jetzt kommt etwas ganz speziell für dich, Casanova«, sagte sie mit einem unschuldigen Lächeln, das ein kleines bisschen *zu* unschuldig aussah.

Natürlich folgte ich ihr trotzdem, ist ja klar.

Rivalen

Giulia ging voran zu einem Saal, vor dessen Eingang ein Wächter saß. *Gabinetto Segreto* war es ausgeschildert, was wohl so was wie »Geheimkabinett« bedeutete. Der Wächter musterte mich kritisch, beachtete mich dann aber nicht weiter. Weil Giulia hinter mir zurückblieb, fragte ich etwas verwirrt: »Kommst du nicht mit rein?«

»*No, grazie,* ich hab das alles schon gesehen«, sagte sie mit einem verschmitzten Funkeln in den Augen.

Nach einem Schritt in den Raum wusste ich Bescheid. Hier wurde erotische Kunst gezeigt, die bei den Ausgrabungen in Pompeji und Herculaneum zum Vorschein gekommen war! Und wow, diese Darstellungen waren ziemlich direkt. Statuetten mit gewaltigen Schwänzen, Wandgemälde von Paaren, die es in den verschiedensten Stellungen trieben, und ein Faun, der fiese Dinge mit einer Ziege anstellte. Ich spürte, wie meine Ohren heiß wurden. Wenn ich mit Noah und Finn oder ein paar anderen Jungs hier gewesen wäre, dann wäre es bestimmt lustig gewesen, wir hätten Witze gerissen und uns die heißesten Szenen gezeigt. Aber alleine … nee, das war peinlich. Zum Glück waren nicht viele Leute hier, so dass meine Gesichtsfarbe niemandem auffiel.

Natürlich schaute ich mir trotzdem alles an. Auf den Erklärungstafeln las ich, dass der Großteil der Pornokunst aus den Bordellen Pompejis stammte, dort hatten sich die

Kunden von den Bildern anregen lassen. Diese Bordelle zu finden war nicht schwer gewesen, denn an jeder Straßenecke hatte ein bronzener Phallus Kunden den Weg gewiesen. Und die fanden sich jetzt alle hier im Geheimkabinett.

Nichts wie raus hier. Leider keine kalte Dusche verfügbar. Also erst mal an Mathearbeiten und kenternde Kanus denken.

Draußen wartete Giulia schon auf mich. Grinsend, weil wir jetzt eindeutig quitt waren für meine dreisten Sprüche im Netz. »Na?«

»Cool«, sagte ich lässiger, als ich mich fühlte. »Das volle Programm. Wieso nehmen die keinen Eintritt dafür?«

»Das gab's bis vor ein paar Jahrzehnten in Pompeji«, erzählte Giulia, während wir weiterschlenderten. »Um die Bilder herum war ein Holzkasten aufgebaut und gegen ein Trinkgeld hat der Führer den aufgeschlossen. Reingucken durften natürlich nur Herren. Übrigens war die Tür zu dieser Ausstellung eine ganze Zeit lang zugemauert, die Behörden fanden es einfach zu skandalös, was es da zu sehen gab.«

Im Glas eines Schaukastens stellte ich erleichtert fest, dass meine Ohren wieder ihre normale Farbe hatten. Auf den zweiten Blick sah ich, dass in diesen Schaukästen Alltagsgegenstände ausgestellt waren, die unter der Vulkanasche zum Vorschein gekommen waren. Bratpfannen, in denen sicher so manches Mittagessen gebrutzelt hatte. Gläserne Parfümfläschchen und Spielsteine. Eine Zange, mit der in einer der zwanzig Arztpraxen, die man in Pompeji gefunden hatte, Zähne gezogen worden waren.

»Stell dir mal vor, was das für ein Gefühl sein muss … man gräbt und gräbt und plötzlich findet man so was«, sagte Giulia verträumt.

»Ja, das ist bestimmt toll«, meinte ich zögernd. »Aber diese Sachen haben alle mal jemandem gehört … vielleicht war das da die Lieblings-Öllampe von jemandem, dieser Bronzeschmuck hat vielleicht einem Mädchen gehört, das so alt war wie du … berührt dich das nicht?«

Giulia zuckte die Schultern. »Sie brauchen es nicht mehr.«

»Stimmt auch wieder.« Was mich beschäftigte, war nun sowieso etwas anderes. Wir standen sehr eng beieinander, so nah, dass ich den Duft ihrer Haut riechen konnte. So nah, dass sich unsere Hände streiften.

Und das Schöne war – während sich durch Pompeji die Touristen schoben, war in diesen Ausstellungsräumen außer uns fast niemand. In Deutschland wären solch wertvolle Stücke mit misstrauisch blickendem Wachpersonal und einem halben Dutzend Kameras gesichert worden. Hier saß nur vor dem Geheimkabinett jemand und das hatten wir schon hinter uns gelassen.

Ganz absichtlich zufällig standen wir noch näher beieinander. Ich musste mich ein Stück zu ihr herabbeugen und sie sich strecken, doch dann berührten sich ganz vorsichtig unsere Lippen. Wie wunderbar sich das anfühlte. Sie roch nach Honig und Orangen, ein warmer, seltsam vertrauter Duft. Giulias Arme lagen um meinen Nacken, zogen mich noch näher an sie heran und ich legte die Arme um ihre schmale Taille. Drückte sie an mich. Glück durchströmte mich wie Lava, heiß und ein bisschen schmerzhaft, es war fast zu heftig, um es zu ertragen. Wie konnte das sein, dass ich bekam, was ich mir so sehr wünschte? Ausgerechnet ich? Keiner von uns wollte, dass dieser Kuss endete. Giulia hatte ihren Mund geöffnet, und ich ließ meine Zunge sich vortasten. Kleine Schauer liefen meinen Rücken hinunter.

Noch nie hatte ich ein Mädchen so geküsst, wieso wusste mein Körper, wie es ging? Tausend Sorgen hatte ich mir früher gemacht deswegen – und jetzt passierte es einfach. Ich war überhaupt nicht mehr unsicher. Vielleicht, weil Giulia genauso glücklich wirkte wie ich, weil wir zusammenpassten wie zwei Hälften einer Muschel.

Hand in Hand wanderten wir weiter durch die Ausstellung, Giulia zeigte mir hier einen Bronze-Hermes mit schicken Flügelsandalen, dort ein Mosaik mit Alexander dem Großen. Ich nickte, staunte brav alles an und wirkte wahrscheinlich wie jemand, der gerade mehrere Joints hintereinander geraucht hat.

Erst als wir durch die großen Flügeltüren wieder nach draußen traten in den Sonnenschein, ließ sie meine Hand los. Fast ein wenig zu schnell. Ich blinzelte ins Licht wie eine Eule, kramte meine Sonnenbrille aus der Tasche und fragte mich, was los war. Gehörte es sich hier nicht, auf offener Straße zärtlich zu sein? Oder wollte Giulia nicht, dass uns jemand sah? Zum ersten Mal kam mir der Gedanke, dass sie vielleicht niemandem von mir erzählt hatte.

»Weißt du, was wir als Nächstes machen könnten?« Giulia blickte mich ernsthaft an.

»Nein, was denn?«

»Wir hatten doch diesen Plan mit der Klippe, weißt du noch? Wir beide springen Hand in Hand … ich kenn einen Platz, der sich prima dafür eignet …«

Mein Magen sackte in die Nähe meiner Kniekehlen. O Gott, da hatte ich mir ja was eingebrockt mit meinem blöden Geschwätz! Und dabei wusste sie noch nicht mal, dass das mit dem Zehnmeterbrett geschwindelt gewesen war … mehr als drei Meter hatte ich bisher nicht geschafft.

Giulia sah meinen Gesichtsausdruck und kringelte sich vor Lachen. »Das war nur Spaß! Keine Sorge, ich mag auch nicht wirklich von einer Klippe springen. Komm, wir gehen noch ein Eis essen.«

Wir schwangen uns auf ihr *motorini* und brausten los. Doch als wir an einer Kreuzung auf Grün warteten, neben uns eine ganze Meute anderer Motorroller, wirkte Giulia plötzlich erschrocken. Sie starrte zu einem der anderen Fahrer hinüber, der den Blick auf die Ampel gerichtet hatte, und murmelte »*Dio mio!*«.

»Was ist?«, fragte ich alarmiert.

»Er darf uns nicht sehen«, flüsterte Giulia und wandte das Gesicht ab, doch es war schon zu spät. Der andere Fahrer, ein junger Mann mit rotem Helm, hatte sich gerade umgeschaut, und ich sah, wie er stutzte, den Mund öffnete, als wolle er etwas sagen …

Die Ampel schaltete auf Grün und Giulia raste los. Sie drehte dermaßen auf, dass ich diesmal keine Wahl hatte, ich musste mich an sie klammern. Wir schossen über die Kreuzung, und Giulia kurvte rasant um fahrende Autos herum, um ein paar Meter zu gewinnen. Die Fliehkraft warf mich hin und her, mir wurde schwindelig dabei und zum ersten Mal hier in Neapel hatte ich wirklich Angst um mein Leben.

»Sag mal, spinnst du?«, wollte ich rufen, aber dann wandte ich mich halb um und sah, dass der Mann mit dem roten Helm uns auf den Fersen war. Giulia konnte nicht langsamer fahren – wir waren auf der Flucht!

Giulia schnitt eine Kurve und hätte um ein Haar eine Frau gerammt, die gerade ihren Minihund Gassi führte. Hysterisches Kläffen und neapolitanische Flüche schallten uns hinterher, dann hörte ich einen dumpfen Aufprall und noch wütendere Schreie, als unser Verfolger entweder Hund oder Frau auf die Windschutzscheibe bekam. Besorgt schaute ich mich um, uff, zum Glück hatte er nur eine Einkaufstasche abbekommen, niemand schien verletzt zu sein.

Hatten wir den Typen abgehängt? Ich sah ihn nicht mehr, aber das sagte nicht viel aus, weil wir gerade wieder in eine andere Straße eingebogen waren und quer über eine Piazza bretterten.

Giulia drehte sich nicht um, verbissen raste sie weiter, und ich konnte nichts tun, als mich weiter festzuhalten und zu hoffen, dass sie die Kontrolle über ihr *motorini* behielt. Jetzt waren wir in einer Gegend, in der die Gassen so eng waren, dass höchstens ein Fiat 500 durchgepasst hätte und man nur einen winzigen Fleck blauen Himmels zwischen den Dächern erkennen konnte. Giulia wich einem alten Mann im weißen Unterhemd aus und kam der Auslage eines Gemüseladens gefährlich nahe, ich hätte mir mit der Hand eine Orange schnappen können.

»Ist er noch hinter uns?«, rief sie mir zu, und ich wandte mich noch einmal um, auf die Gefahr hin, dass ich dabei das Gleichgewicht verlor. *Shit,* ja, da war er wieder, und selbst aus der Entfernung konnte ich an seiner starren, geduckten Haltung sehen, wie wütend er war.

Giulia bremste kurz, um eine Kurve zu nehmen, und gab wieder Gas. Müllcontainer, am Straßenrand aufgestellte Topfpflanzen, Menschen und geparkte Motorroller wurden zu einem irren Wirbel aus Farben. Ich wollte die Augen schließen und tat es dann doch nicht.

Der Typ holte auf. Ich konnte das aggressive Surren seiner Maschine hören, das hinter uns immer lauter wurde, und erwartete jeden Moment, dass er an uns vorbeischießen und uns zur Seite abdrängen würde. Oder dass er mich an der Schulter packte und einfach rücklings herunterriss. Wer war der Kerl, was wollte er von Giulia? Und was würde passieren, wenn er uns schnappte?

Vor uns rannte ein kleines Mädchen aus einer Toreinfahrt, ohne nach rechts und links zu schauen. »Pass auf!«, brüllte ich.

»*Cazzo!*«, keuchte Giulia und riss den Lenker herum. Kurz kamen wir ins Schlingern, aber Giulia schaffte es, ihre Maschine abzufangen. Ich erhaschte einen Blick auf neugierige Augen, dann waren wir an dem Mädchen vorbei. Ich kam nicht dazu, aufzuatmen, denn jetzt gelangten wir auf eine größere Straße, und Giulia konnte wieder richtig Vollgas geben. Es ging leicht aufwärts, einen Hügel hoch. Vor uns stauten sich die Autos, zwangen uns, langsamer zu fahren. Und dann sprang auch noch die Ampel auf Rot. Wir kamen näher, näher und näher ... die Autos aus der Querstraße fuhren los ... würde Giulia halten? Sie musste doch halten, sonst waren wir in zehn Sekunden Matsch!

Jetzt hatten wir die Ampel fast erreicht und Giulia bremste nicht. Ich schloss die Augen, schrilles Hupen gellte mir in den Ohren, dann wurde es wieder leiser. Puh, wir waren drüber und lebten noch.

Aber der andere Typ hatte auch nicht angehalten, er war keine dreißig Meter hinter uns.

Verzweifelt blickte ich mich um, hielt Ausschau. War denn hier nirgendwo Polizei? Wenn ein Carabinieri uns zum Anhalten zwang, dann sah es zwar schlecht aus für Giulias Führerschein, aber zumindest lebten wir noch ... und der Typ auf dem anderen *motorini* konnte uns nichts tun!

Wir waren jetzt ziemlich weit oben, wahrscheinlich lagen die Dächer von Neapel unter uns, aber ich schaute nicht hin. Giulia schrie: »Festhalten! Hier schütteln wir den ab!«, und dann bog sie auf eine gewaltige steinerne Treppe ein, die in Bögen nach unten führte. Der Motorroller rumpelte schwerfällig über Stufen, zwischen denen Unkraut wuchs … wie hielt die Maschine das aus? Jeden Moment würde sie zusammenbrechen! Jetzt ging es geradeaus nach unten, mit terrassenartigen, ebenen Abschnitten dazwischen. Die Treppe war unfassbar breit, aber kein Mensch war zu sehen. Schräg neben uns verliefen die Gleise der *Funiculare*, der Standseilbahn – konnten wir den Motorroller stehen lassen und irgendwie mit der Bahn flüchten? Nein, das würde nie im Leben hinhauen.

Auch der Typ im roten Helm hatte sich auf die Treppe gewagt, hinter uns konnte ich die zweite Maschine heranholpern hören … und ganz plötzlich tauchte sie neben uns auf. Giulia erschrak, riss instinktiv den Lenker zur Seite – und wir stürzten. Ich wurde zur Seite geschleudert und prallte hart auf den Boden. Metall kreischte auf, die Maschine rutschte auf der Seite über den Stein, dann blieb sie liegen. Giulias Bein war eingeklemmt, ich hastete zu ihr und hob den Motorroller von ihr herunter.

»Bist du verletzt?«, fragte ich sie. Sie schüttelte stumm den Kopf, und dann blickten wir beide Seite an Seite dem Typen entgegen, der keine drei Meter entfernt von uns auf seiner Maschine saß und uns mit zusammengekniffenen Augen musterte.

Auch ich kam jetzt zum ersten Mal dazu, ihn richtig anzusehen, zumal er jetzt seinen Helm abgenommen hatte. Er sah aus wie ein amerikanischer Collegestudent oder ein Nachwuchsschauspieler; offenes weißes Hemd, frisch frisiertes dunkles Haar, in das er gerade seine Sonnenbrille hochschob. Seine Augen waren kühl und arrogant.

Er bellte einen Befehl, aber ich verstand kein Wort, wahrscheinlich war das Neapolitanisch.

»Er sagt, du sollst den Helm abnehmen«, dolmetschte Giulia und schüttelte mit blitzenden Augen den Kopf. Also verschränkte ich nur die Arme und tat nichts.

Der junge Mann wiederholte seinen Befehl, diesmal lauter. Meine Knie fühlten sich wie Gummi an und mein Bein schmerzte höllisch, die Steinstufen hatten mir wahrscheinlich durch die Jeans hindurch die Haut weggeschürft. Kein Mensch außer uns dreien war in Sicht – um Himmels willen, warum kam denn niemand?

Jetzt hatte der Typ genug. Mit wenigen Schritten war er bei mir, und noch bevor ich reagieren konnte, hatte er mir schon den Helm vom Kopf gerissen. Ganz genau musterte er mein Gesicht, dann fuhr er mir mit einem eigenartigen Grinsen durch die blonden Haare. *»Americano? Tedesco? Francese?«*

Die Berührung war mir unangenehm, aber ich wich nicht zurück.

»Tedesco«, sagte ich trotzig. »Deutscher.«

»Nimm deine verdammten Finger von ihm, Nino«, brüllte Giulia ihn an, doch Nino schenkte ihr nur ein gelassenes Lächeln. »Hast Angst, was?«, fragte er sie und sprach jetzt ein sehr langsames, deutliches Italienisch, vielleicht damit ich es ganz sicher verstand. »Wovor hast du mehr Angst? Dass ich ihn fertigmache oder dass ich es weitererzähle? Na?«

Giulia wich keinen Schritt von meiner Seite. »Verpiss dich!«

»Wie heißt du, *tedesco*?«, forderte Nino mich heraus.

Ich schüttelte stumm den Kopf, ahnte, dass er das auf keinen Fall erfahren durfte.

Neben uns kollerte eine herumliegende leere Bierflasche weg, fiel eine Stufe tiefer und zersprang. Fast im gleichen Moment spürte ich den Boden unter meinen Füßen vibrieren, ganz leicht nur. Es war eher ein Zucken, schon einen Moment später wieder vorbei. So ähnlich, als sei gerade ein schwerer Lastwagen an mir vorbeigedonnert ... aber hier auf der Treppe gab es keine Laster! War es die einfahrende *Funiculare* auf dem Gleis nebenan gewesen? Oder ein Erdbeben?!

Weder Giulia noch der Fremde schienen etwas bemerkt zu haben. Und wenn, dann beachteten sie es nicht. Sie ließen sich nicht aus den Augen.

»Ein Tourist«, sagte der Typ und schüttelte den Kopf. »Das ist doch wirklich unter deiner Würde, *carissima.* Und du, *tedesco* ...«

Er griff in die Tasche seiner Weste, wollte etwas hervorziehen ... verdammt, hoffentlich hatte er kein Messer! Doch dann zögerte er. Zwei Frauen mit Einkaufstüten in den Händen, umgeben von einem kleinen Rudel Kinder, kamen langsam, aber stetig die Treppe herauf. Der Kerl mit dem Helm warf mir noch einen letzten, harten Blick zu, dann startete er seine Piaggio und zwang sie die restlichen Stufen hinunter. Schweigend beobachteten wir, wie er in der Straße ganz unten ankam und davonknatterte.

»Wer war das?«, fragte ich Giulia erschüttert, während ich ihr half, ihren Motorroller wieder aufzurichten. »Der Fehler von damals?«

»Ja ... wir waren mal zusammen, aber nicht sehr lange.«

Bedrückt strich sie sich eine Haarsträhne aus der Stirn. »Ich muss los. Eis essen gehen wir ein anderes Mal, *d'accordo*?«

»Sí«, sagte ich, aber ich war enttäuscht und beunruhigt. »Was hat er damit gemeint – wem könnte er das weitererzählen?«

»Meiner Familie.« Giulia startete den Motor und gab mir ein Zeichen, aufzusteigen. Vorsichtig fuhr sie die restlichen Stufen hinunter bis zur Straße. Als sie mich beim Hotel absetzte, hoffte ich auf einen Kuss, bekam aber nur ein etwas verkrampftes Lächeln. »Sorry, Jan ... ich wollte dich da nicht mit reinziehen.«

»Ist ja nichts passiert«, sagte ich und versuchte, beruhigend zu klingen. »Wann sehen wir uns wieder?«

»Ich melde mich«, meinte Giulia, ohne mich noch einmal anzusehen, und gab Gas. Einen Moment später war sie außer Sicht.

Undercover

Als ich unser Zimmer aufschloss, hatte es sich mein Vater gerade vor dem 3-D-Screen gemütlich gemacht und zappte zwischen diversen Nachrichtensendern hin und her, doch als er mich sah, sprang er auf. »Jan, was ist passiert?«

»Bin mit einem Motorroller gestürzt«, murmelte ich und warf mich völlig erschöpft aufs Bett.

Zehn Minuten später hatte André die Abschürfung an meinem Bein mit Salbe und einer sterilen Bandage verarztet und setzte sich mit besorgtem Blick neben mich. »Zu viel riskiert?«

»Anscheinend«, sagte ich und rechnete es ihm hoch an, dass er nicht weiterfragte. Es gab schon so viel, was ich mich selbst fragte: War es irgendwie meine Schuld, was passiert war? Machte ich Giulias Leben so kompliziert, dass sie von nun an lieber auf Abstand ging? Wozu genau war dieser Nino fähig? Was bedeutete es, dass er nun mein Gesicht kannte, konnte er herausbekommen, wer ich war? So viele Fragen und keine einzige Antwort, ihren Communicator hatte sie ausgeschaltet. Stattdessen meinte ich: »So gegen sieben Uhr … war das ein Erdbeben? Hast du das auch bemerkt?«

Er nickte grimmig. »Stärke 3, schätze ich. Und gegen halb sieben gab es auch eins.«

Das hatte ich nicht bemerkt, wahrscheinlich hatten wir

uns da gerade geküsst. »Was hat das zu bedeuten?«, fragte ich beunruhigt.

»Zwei kleine Erdbeben besagen noch nicht viel. Aber du weißt ja, viele Erdbeben können bedeuten, dass Magma im Berg hochsteigt.«

Mir fiel ein, was Giulia mir bei unserem ersten Treffen am Castel dell'Ovo erzählt hatte. »Vor etwa fünf Jahren gab es ein größeres Beben hier …«

»Stimmt.« Mein Vater runzelte die Stirn. »Das könnte im Untergrund einiges verschoben und dem Magma den Weg nach oben frei gemacht haben. So war es damals in Pompeji, vermutet man, auch dort hat's ein paar Jahre vor dem Ausbruch gebebt.« Als André seinen Laptop zu sich zog, war sein Gesicht nüchtern und konzentriert. »Es gibt eine Website, auf der man sich sämtliche seismischen Daten des Vesuv in Echtzeit ansehen kann … hab's vorhin schon mal versucht, da ging nichts … mal schauen, wie es jetzt aussieht …«

Doch er bekam nur eine Fehlermeldung. Mein Vater runzelte die Stirn. »Mist, ich dachte, die hätten das inzwischen gefixt. Ich muss mir die Daten von anderswo her besorgen. Aber lass uns vorher mal auf deiner Website nachsehen.«

»Meiner …« Mir fiel die Kinnlade runter. Meinte er etwa …?

Ja, er meinte. Schon hatte er die Adresse eingetippt und das von Pia entworfene rot-grüne Logo unserer *Tiere warnen vor Katastrophen*-Website erschien auf dem Bildschirm.

»Äh, woher …«, stammelte ich, doch mein Vater warf mir nur einen schnellen Seitenblick zu und grinste. »Woher ich das weiß? Na ja, Nadim hat natürlich mitbekommen, dass es euer Projekt gibt, war in Indonesien ja in den Medien. Als er deinen Namen im Impressum gefunden hat, hat er mir zu meinem Sohn gratuliert.«

Ich scrollte schnell durch die neuesten Daten. Es hätte gerade noch gefehlt, wenn mich mein Projekt jetzt blamierte! Doch Giulia hatte anscheinend Wort gehalten und für mein Projekt getrommelt, außerdem zeigten meine Pressemitteilungen Wirkung. Es gab ein paar Tausend neue Hits, allerdings gab es nur ein paar Dutzend Meldungen aus Italien.

»Nicht sonderlich viele beunruhigte Tiere«, meinte mein Vater.

Ich nickte und fügte hinzu: »Außerdem kommen die Meldungen aus dem ganzen Land, es gibt keinen Schwerpunkt. Hast du inzwischen eine Drehgenehmigung für das Vulkan-Observatorium?«

Nachdenklich schüttelte er den Kopf. »Weißt du was, wir könnten morgen ganz spontan versuchen, reinzukommen. Einfach mal anklopfen und schauen, was passiert. Wahrscheinlich werden sie nicht begeistert davon sein, aber das macht nichts. Warte, ich erkläre dir meinen Plan …«

Nachdem wir seinen Vorschlag durchgesprochen hatten, nickte ich. »Machen wir«, sagte ich fest.

»Bist du sicher, dass du dir das morgen schon wieder zutraust nach deinem *Motorini*-Stunt?« Besorgt blickte mir mein Vater ins Gesicht.

In diesem Moment klingelte es an der Tür. Fragend blickten André und ich uns an – nein, wir erwarteten niemanden. Vielleicht war es unser Vermieter, der noch irgendetwas mit uns klären wollte? Oder – mein Magen verkrampfte sich – war es Nino, der herausgefunden hatte, wo ich wohnte?

André schlenderte zur Tür, öffnete – und erstarrte.

Im Gang stand Aolani, im roten Kleid, mit schicken Ledersandalen und einer lässig in ihre nachtschwarzen Haare geschobenen Sonnenbrille. Neben ihr stand ein alter, zerschrammter *Samsonite*-Koffer. *»Aloha«*, sagte sie und lächelte strahlend.

»Heilige Scheiße«, sagte mein Vater. »Was machst du hier?«

»Na, die Begrüßung hätte ich mir aber anders vorgestellt«, sagte Aolani fröhlich. »Himmel, André, du siehst ja verwirrt aus. Soll ich dich in die Nase zwicken, damit du es glaubst?«

Wenigstens ich freute mich darüber, Aolani zu sehen, und wollte nicht, dass mein dämlicher Vater sie völlig vor den Kopf stieß. Schnell rollte ich mich vom Bett und hinkte zur Tür. Begeistert streckte Aolani die Arme aus, als sie mich sah, und wir drückten uns. Wahrscheinlich hatte sie für den Flug all ihre Ersparnisse zusammengekratzt, André bedeutete ihr wirklich eine Menge!

»Schön, dass du da bist«, sagte ich und sie gab mir einen dicken Schmatz auf die Wange.

»Woher wusstest du, wo wir wohnen?«, fragte André und ließ mit skeptischem Blick zu, dass Aolani ihren Koffer an ihm vorbei ins Zimmer rollte.

»Federico hat gepetzt«, sagte sie leichthin.

Andrés Gesichtsausdruck nach würde er Fred umgehend telefonisch zusammenscheißen. Wobei den das bestimmt nicht beeindrucken würde, schließlich hielt er sich gerade in einem Kriegsgebiet auf.

Nach diesem rauen Empfang taute mein Vater doch noch auf, vor allem, als Aolani ihm mitteilte, dass sie ein eigenes Zimmer im Hotel gebucht hatte und nicht bei uns wohnen würde. Wir tranken eine Runde Whisky aus Zahnputzgläsern, Aolani erzählte eine witzige Geschichte über den superdicken Passagier, neben dem sie im Flugzeug gesessen hatte, und wir lachten uns kaputt über die Tricks, mit denen sie sich erst Platz und dann einen anderen Sitz organisiert hatte. Wir quatschten, bis ich so gegen zwölf die Augen nicht mehr offen halten konnte und André und Aolani ins andere Zimmer rübergingen.

In dieser Nacht erwachte ich von einem Knall, einem dumpfen, heftigen Knall. Mein Puls begann zu jagen. Das hatte ganz ähnlich geklungen wie die Eruptionen des Merapi! O Gott – war das der Vesuv? Ich sprang aus dem Bett. Mein Vater war nicht in seinem Bett, deshalb hämmerte ich an Aolanis Tür ein Stockwerk tiefer. André öffnete. »Was ist?«, fragte er verschlafen, aber gleich darauf ertönte das Donnern noch einmal, und jetzt waren auch mein Vater und Aolani richtig wach.

Durchs Fenster erkannten wir nichts, es ging zum Innenhof raus. Auf bloßen Füßen – mein Vater und ich in Boxershorts, Aolani im knallbunten Negligé – tappten wir die Treppe hoch, die zum Dach führte. Das Hotel hatte ein gekacheltes, von einem verrosteten Geländer umgebenes Flachdach, das man betreten konnte, wenn einem nach einem Blick über die Dächer zumute war. Besonders hübsch war es nicht hier oben. Als wir die Tür aufstemmten, fanden wir uns zwischen Wäscheständern mit feuchten Hotelhandtüchern und einem halb vertrockneten Oleanderstrauch wieder.

Wir blickten hinüber zum Vesuv, der vom Mondlicht beschienen wurde, und mit klopfendem Herzen suchte ich nach der verräterischen Aschewolke über dem Krater. Nichts. Stattdessen wieder ein Knall … und ein bunter Schauer von Funken breitete sich über den Nachthimmel aus.

»Immerhin haben wir dadurch das Feuerwerk nicht verpasst«, brummte mein Vater.

»Hurra«, sagte Aolani und gähnte.

Ein paar Minuten sahen wir noch zu, dann gingen wir wieder ins Bett.

Als ich am nächsten Morgen in den Frühstücksraum kam, waren die anderen schon da. André hatte Aolani den Arm um die Hüfte gelegt, sie schmiegte sich an ihn und las ihm auf dem Reader etwas aus den News vor. So ausgeglichen hatte ich meinen Vater lange nicht mehr gesehen.

Aolani winkte mir fröhlich zu, als sie mich sah, und schob sich ein riesiges Sandwich in den Mund. »Jan!«, sagte sie kauend. »Ich hab gehört, du hast hier ein Mädchen – das ist großartig! Hast du schon herausgefunden, ob sie gut küssen kann?«

Wir alberten herum und waren ziemlich gut drauf – bis Aolani fragte: »Und, was habt ihr heute vor?«

»Dies und das«, sagte André, aber ich hatte keine Lust, sie zu belügen, und erzählte, dass wir versuchen wollten, ins *Osservatorio Vesuviano* reinzukommen.

»Da könnte ich doch mit«, schlug Aolani vor.

André schüttelte den Kopf. »Keine gute Idee – je mehr Leute, desto schwieriger.«

»Aber vielleicht könnte ich euch nützlich sein, schließlich bin ich sozusagen Spezialistin für Vulkane«, wandte Aolani ein.

»Ist Pele auch für den Vesuv zuständig?«, fragte ich neugierig.

Aolani hob eine Augenbraue. »Wahrscheinlich nicht, aber vielleicht mögen die Vulkangötter, die hier leben, auch Ohelo-Beeren …«

»Nein heißt Nein«, sagte mein Vater, schob seinen Teller von sich und ging. Ich warf Aolani, die wütend die Arme verschränkt hatte, einen entschuldigenden Blick zu und folgte ihm.

Mein Communicator teilte mir mit, dass eine neue Nachricht eingetroffen war – von Giulia! Ich überflog sie hastig.

Lieber Jan,
vielleicht ist es besser, wenn wir uns eine Weile nicht sehen. Ich möchte nicht, dass dir etwas passiert. Es ist nicht das erste Mal, dass dieser coglione Nino mir folgt … und er hat so viel Hass in sich …
Es tut mir leid!
Giulia

Es fühlte sich an wie ein Schlag in den Magen. Meinte sie das ernst? Wollte sie mich tatsächlich aufgeben? Nein, das durfte nicht wahr sein!

Sofort sprach ich Giulia auf die Mailbox, aber sie rief nicht zurück. Verdammt, ich vermisste sie. Ihre Nachrichten, ihre Nähe. Verzweifelt lief ich, obwohl dafür eigentlich keine Zeit war, am Souvenirshop vorbei – doch eine Frau, die ich nicht kannte, stand an der Kasse.

Heute fand ich die Gassen von Neapel nicht mehr malerisch, sondern nur noch eng und düster. Und irgendwie hatte ich das Gefühl, beobachtet zu werden. Meine Schulterblätter kribbelten. Rasch wandte ich mich um – nichts. Ich blickte hoch, musterte ein Fenster nach dem anderen.

Kein Gesicht, das mir zugewandt war. Niemand beachtete mich. Wahrscheinlich bildete ich es mir nur ein.

Bedrückt saß ich auf dem Beifahrersitz, als wir zum *Osservatorio Vesuviano* in Ercolano fuhren. Ercolano, das einstige Herculaneum. Es hatte damals das gleiche Schicksal erlitten wie Pompeji.

Das Observatorium war ein modernes Stahl-und-Glas-Bürogebäude, die spiegelnde Fassade wirkte kühl und abweisend. Und genau so sah uns auch die grauhaarige Frau an, die über den Eingang wachte. »Wen wollen Sie sprechen?«, fragte sie und musterte uns misstrauisch.

Mein Vater setzte ein Lächeln auf, das mich an Harrison Ford in den ersten drei *Star Wars*-Filmen erinnerte. So ein kleines bisschen schief. Rauer Charme und so. »Mein Name ist André Bendert … wissen Sie, ich bin mit meinem Sohn gerade zufällig in der Stadt, und ich würde unheimlich gerne kurz einem alten Kumpel von mir *Buongiorno* sagen, nämlich eurem Chef.«

Die Frau sah ihn an und schmolz dahin. Es war geradezu unheimlich. »Der ist gerade weg. Oder meinen Sie Riccardo Di Marzo, den Vize? Er führt gerade die Geschäfte …«

»Ja, genau, den meine ich.« André legte noch ein Lächeln nach. »Nur fünf Minuten. Wir sind auch gleich wieder weg.«

Die Frau zögerte, dann griff sie zum Telefon. »Ich rufe ihn an und frage, ob es gerade geht.«

Wir hatten so gut wie gewonnen. Dachte ich jedenfalls. Doch als die Frau nach einem kurzen Gespräch wieder aufblickte, sah sie verwirrt drein. »Er sagt, er kennt Sie nicht.«

»Das kann gar nicht sein.« Mein Vater blickte halb entrüstet, halb enttäuscht drein. »Wir haben uns auf der Konferenz in Chile mindestens eine Stunde lang unterhalten. Sagen Sie ihm, ich bin derjenige, der *Flammende Gipfel* gedreht hat. Dann erinnert er sich bestimmt.«

Noch ein ausgedehntes Palaver am Telefon, die Frau legte sich richtig ins Zeug für uns. Dann reichte sie uns mit einem triumphierenden Lächeln Besucherausweise. »Fünf Minuten, hat er gesagt.«

»Tausend Dank«, sagte André charmant.

Mir wurde langsam klar, warum er nicht gewollt hatte, dass Aolani mitkam.

Wir gingen einen langen Flur hinunter, meine Schuhe quietschten auf dem Bodenbelag. Neben jeder Tür stand ein Namensschild, es hätte ein Gang in einer x-beliebigen Behörde sein können.

Riccardo di Marzo war ein breiter Mann mit Wampe und gepflegtem dunklem Bart. Mit fragendem Blick schüttelte er meinem Vater die Hand. »Wir haben uns auf der Konferenz in Chile getroffen, war das …?«

Mein Vater ließ ihn gar nicht erst ausreden. »Tja, ich weiß, das ist nun schon drei Jahre her, aber ich kann mich an unser Gespräch noch gut erinnern, ich fand es sehr erfrischend. Und da ich gerade zufällig in der Gegend war, dachte ich, ich schaue kurz vorbei.«

Mir wurde klar, dass mein Vater den Typen noch nie gesehen hatte. Ich war sicher, dass er vor drei Jahren in Alaska und Japan gewesen war, aber nicht in Chile. Schließlich hatte ich jede seiner Nachrichten gespeichert und den Ort, an dem sie abgeschickt worden war, auf einer Landkarte eingezeichnet.

»Leider habe ich nicht viel Zeit, es gibt viel zu tun«, sagte Di Marzo, und jetzt fiel mir auf, dass er müde und nervös wirkte. Er knetete sich mit der Hand die Stirn und schloss ganz kurz die Augen. »Ich muss noch einen Bericht vorbereiten und ich …«

Zwei Vulkanologinnen, die in eine erbitterte Diskussion vertieft waren, kamen im Flur auf uns zu. Sie gingen rasch und eine von ihnen klammerte sich an einen Computerausdruck. Nach einem kurzen Blick auf uns schwiegen sie, bis sie außer Hörweite waren, erst dann sprachen sie weiter.

»Ich verstehe, wir wollen Sie nicht aufhalten.« Mein Vater lächelte noch immer. »Dürfen wir einen kurzen Blick ins Überwachungszentrum werfen, bevor wir gehen?«

»Nein, das geht leider nicht«, sagte Di Marzo sofort. »Wir … lassen grundsätzlich keine Gäste dort hinein. Es würde unsere Mitarbeiter bei der Arbeit stören.«

Hier ist was faul. Es war nur so ein Gefühl, aber es wurde mit jeder Sekunde stärker. Und ich war sicher, dass mein Vater es ebenfalls spürte.

Im Gang näherte sich jetzt ein junger Mann in T-Shirt und Jeans. Ich musste zweimal hinsehen, bevor ich glauben konnte, dass er tatsächlich barfuß ging – war das seine normale Arbeitskleidung? Bei diesem zweiten Blick bemerkte ich auch seinen Schlangenledergürtel – krass, das sah nach Klapperschlange aus.

Neugierig musterte uns der Typ und stieß dann eine Art entzücktes Schnauben aus. »Wowwww. Sie sind doch dieser Regisseur, oder? Ich hab Ihren Film *Flammende Gipfel* gesehen, Mann, der war der Hammer! Wie gefällt es Ihnen in Napoli?«

»Nette Gegend«, sagte André.

Der junge Mann seufzte genussvoll. »Ich liebe es hier! Dieser Vulkan ist einfach bildschön, er hat was, anders kann man das nicht ausdrücken.«

Di Marzo klappte den Mund auf und zu, doch obwohl er zwei Mal zum Sprechen ansetzte, hörte ihm keiner zu. Überschwänglich schüttelte der junge Mann meinem Vater die Hand. »Wussten Sie eigentlich, dass mich Ihr Film zu einem eigenen Drehbuch inspiriert hat? Ist allerdings keine Doku, sondern ein Thriller. Vielleicht könnten Sie ja mal …« Er klopfte seine Taschen ab, hatte er sein Drehbuch etwa auf einem Datenstick dabei?

»Das reicht jetzt wirklich, Joe«, sagte Di Marzo ungehalten, ließ den jungen Mann stehen und marschierte mit uns in sein Büro. Dort klingelte in den nächsten drei Minuten zweimal das Telefon, doch Di Marzo nahm nicht ab. Kurz fachsimpelte er mit meinem Vater über Vulkanfilme, dann sagte er: »Tut mir leid, die Pflicht ruft, Sie verstehen …«

»Ja, natürlich, wir machen uns wieder auf den Weg«, sagte mein Vater höflich. Ich war enttäuscht. Nichts hatten wir herausgefunden – außer dass manche Mitarbeiter des Observatoriums etwas nervös waren und andere auf Kleidung aus toten Reptilien standen.

Doch einen Trumpf hatten wir noch im Ärmel. Als wir hinter Di Marzo hergingen, warf André mir einen Blick zu – aha, er wollte loslegen. Wir hatten alles genau durchgesprochen, jetzt kam es nur noch darauf an, dass alles klappte.

»Dürfte ich wohl kurz Ihre Toilette benutzen?«, fragte André.

Di Marzo nickte widerwillig und deutete einen Flur hinunter. »Dort vorne links.« Damit er nicht auf die Idee kam, André persönlich den Weg zu zeigen, legte ich mit meiner Ablenkung los: »Signor Di Marzo, wie wird man eigentlich Vulkanologe? Ich finde, das ist ein richtig spannender Beruf …«

»Nun ja, schon«, sagte er mit einem milden Lächeln. »Aber viele Vulkanologen arbeiten hauptsächlich im Labor, um Asche- und Lavaproben zu analysieren und so weiter, nur wenige sind auf aktiven Vulkanen unterwegs, das wäre viel zu gefährlich, verstehst du?« Ja, das verstand ich. Die meisten waren anscheinend vernünftigere Leute als mein Vater. Während Di Marzo erklärte, dass ich zuerst Geologie studieren und mich dann spezialisieren müsse, hörte ich brav zu, obwohl ich all das natürlich längst wusste. »Ich würde so gerne mal bei Ihnen ein Praktikum machen …«

»*Non è possibile,* das geht leider nicht«, sagte Di Marzo. Das schien sein Lieblingsspruch zu sein. Er blickte mit gerunzelter Stirn in Richtung Toilette, vielleicht fragte er sich, warum mein Vater so lange brauchte. Unauffällig schob ich mich in seine Sichtlinie, verdammt, was konnte ich jetzt noch erzählen, um ihn abzulenken?

Di Marzo murmelte etwas und schickte sich an, den Flur hinunterzugehen. Verzweifelt begann ich: »Wissen Sie eigentlich schon, dass wir vor zwei Wochen einen Ausbruch des Merapi gefilmt haben? Wir waren nur ein paar Hundert Meter von den pyroklastischen Strömen entfernt.«

Jetzt hatte ich Di Marzos volle Aufmerksamkeit, ich konnte förmlich sehen, wie sich ihm die Nackenhaare sträubten. »Das ist nicht dein Ernst!«

»Doch«, sagte ich.

»Tut mir leid, aber das ist lächerlich. Du solltest dich nicht so aufspielen.«

Aufspielen? Das brannte. Zum Glück hatte ich meine kleine Kamera eingesteckt. Ich scrollte zurück zu den Merapi-Fotos, auf denen der tödliche graue Strom ganz aus der Nähe zu sehen war, und hielt sie ihm unter die Nase. Di

Marzo fiel die Kinnlade runter, stumm klickte er sich durch ein Bild nach dem anderen.

»Na, alles im grünen Bereich?«, sagte die Stimme meines Vaters hinter uns, ich hatte ihn nicht kommen hören. Ich nickte und steckte erleichtert die Kamera wieder ein. Di Marzo geleitete uns zum Ausgang und blickte uns nach, als wäre er gerade Außerirdischen begegnet.

Mein Vater schwieg, als wir zum Auto zurückgingen, und schließlich fragte ich ungeduldig: »Und, was hast du herausgefunden? Konntest du in den Überwachungsraum schauen?«

»Ja, wenn auch nur ganz kurz«, sagte André. »Immerhin konnte ich dabei einen Blick auf die Bildschirme mit den seismischen Daten werfen.«

»Und?« Ich hätte ihn am liebsten gepackt und geschüttelt.

»Auf dem Diagramm war ein Zacken nach dem anderen – lauter kleine Erdbeben«, sagte er verbittert. »Unter dem Vesuv tut sich was.«

Ein Schauer überlief mich. Also doch. Der Vesuv. Einer der gefährlichsten Vulkane der Welt. Wieso musste er ausgerechnet jetzt aufwachen? Dachte die Vulkangöttin Pele, sie würde meinem Vater damit einen Gefallen tun?

Verhör

»Aber sie reden nicht drüber, oder? Die Leute vom Observatorium?«

»Sieht so aus«, sagte André und schüttelte den Kopf. »Verdammt, eigentlich müsste ich zurückgehen und Di Marzo ins Gesicht sagen, was ich gesehen habe! Ist er wahnsinnig, dass er so etwas verschweigt? Was hat er davon?«

In diesem Moment hatte ich einen Geistesblitz. »Vielleicht könnten wir diesen Typen mit dem Schlangenledergürtel fragen. Sag ihm, du willst dich mit ihm treffen, um mehr über sein Drehbuch zu erfahren. Wetten, er beißt an?«

»Nur blöd, dass wir nicht wissen, wie er heißt.« Mein Vater runzelte die Stirn. »Schauen wir mal auf der Homepage des Observatoriums nach.«

Dort war kein Joe oder Joseph verzeichnet. Zum Glück fiel André ein, dass der Kerl sich vielleicht nur Joe nannte und womöglich Giovanni hieß, die italienische Variante von Joseph. Laut Homepage gab es zwei Giovannis im Institut und einer davon war ein Professor Doktor, dafür war der Typ zu jung. Es kostete André weitere fünf Minuten, die Mobilnummer des zweiten Giovanni – der mit Nachnamen Braccone hieß – herauszufinden und ihm eine Nachricht zu schreiben. Die Antwort ließ nicht lange auf sich warten: *Gerne, gerne, aber ich kann nicht lange weg!*

D'accordo, simste André zurück. *Pizzeria Da Enzo,*

12 Uhr? Das *Da Enzo* hatte ich gerade eben im Internet herausgesucht, es war ein gutes Stück vom Observatorium entfernt. Dort waren wir hoffentlich unbeobachtet.

Eine Minute später kam die Bestätigung. Vielleicht wussten wir in ein paar Stunden die Wahrheit. Hoffentlich!

André sah auf die Uhr. »Erst zehn. Reichlich Zeit, dass wir uns die Bescherung vor Ort ansehen können.«

»Welche Bescherung?«, fragte ich alarmiert.

»Den Krater des Vesuv natürlich.« Mein Vater lächelte müde, als er meinen Blick sah. »Schau nicht so. Ich glaube nicht, dass er jetzt gleich in die Luft fliegt.«

Diesmal fielen mir ganz andere Dinge auf als bei unserem letzten Besuch. Zum Beispiel, dass sogar auf den Flanken des Vulkans Siedlungen waren, aus der Ferne sahen die Häuser aus wie verstreute Zuckerwürfel auf den grünen Hängen. Im Westen breitete sich ganz Neapel vor uns aus, und es gab mir einen Stich, als ich an Giulia denken musste. Wo war sie jetzt, dachte sie vielleicht gerade an mich? Vermisste sie mich? Ich wollte nicht glauben, dass sie sich von diesem Nino einschüchtern ließ …

Als wir unser Auto auf dem Parkplatz in tausend Meter Höhe abstellten, zögerte ich, bevor ich ausstieg. »Glaubst du nicht, dass Aolani sich das Ganze auch mal ansehen sollte? Vielleicht spürt sie etwas mit ihrer weiblichen und hawaiianischen Intuition?«, schlug ich vor.

»Weibliche Intution? Was genau verstehst du von weiblicher Intuition?«, zog André mich auf. Doch sein Gesicht hatte sich bei meinem Vorschlag aufgehellt, und nach kaum zwei Sekunden schob er nach: »Na gut. Sie versteht tatsächlich eine Menge von Vulkanen. Ich rufe sie mal an, vielleicht hat sie Lust, herzukommen.«

Ja, sie hatte Lust, und so fuhren wir wieder zurück in den Ort und holten sie dort von der Station der *Circumvesuviana* ab, einer Art Vorortbahn, die entlang der Küste fuhr. Aolani wirkte ruhig und konzentriert, wir redeten wenig. Zu dritt wanderten wir an den Souvenirständen vorbei, denen mein Vater nur einen kurzen Blick zuwarf. »Immerhin werden die Verkäufer nicht viel spüren, wenn's einen Ausbruch gibt«, meinte Aolani zu mir. »Die werden schon in den ersten Sekunden pulverisiert!«

Als wir am Kraterrand angekommen waren, starrten wir schweigend in die Tiefe. Trotz allem war ich nervös, ich wollte weg hier. Doch mein Vater beobachtete aufmerksam die Fumarole im Krater, aus der Gasschwaden strömten. Wie ein weißes Fähnchen kräuselte sich der Dampf aufwärts. »Schwer zu sagen, ob die größer geworden ist, dafür kenne ich den Vesuv nicht gut genug … verdammt, ich bräuchte einfach die Messwerte!«

Aolani hatte die Augen geschlossen, sie hatte die Handflächen auf das vulkanische Gestein des Kraterrands gelegt. »Er fühlt sich an wie eine eingerollte Schlange. Wach. Angespannt.«

Wir warteten darauf, was sie noch sagen würde. Aolani beachtete uns nicht mehr, sie begann eine leise Beschwörung zu singen. Neugierig schauten einige vorbeigehende Touristen ihr zu, als sie ihre roten Ohelo-Beeren in den Krater warf. Schweigend und respektvoll warteten wir, bis sie die Zeremonie beendet hatte. Schließlich wandte sich Aolani zu uns um. »Ich hatte nicht das Gefühl, einen Kontakt oder eine Antwort zu bekommen. Es ist anders als daheim.«

André nickte. »Habe ich schon erwartet – jeder Vulkan ist anders. Trotzdem danke.« Er zog sie kurz an sich.

»Lasst uns gehen«, drängte ich. Zum Glück hatte ich ein gutes Argument, es ging auf zwölf Uhr zu und wir waren ja verabredet.

Auf dem Rückweg sah ich überrascht, dass André und Aolani sich an den Händen hielten. Mein Vater sah so aus, als sei das für ihn ziemlich ungewohnt, er wirkte ein bisschen steif dabei.

Pünktlich um zwölf waren wir in der Pizzeria *Da Enzo.*

Wer fehlte, war Joe.

Unruhig sah mein Vater auf die Uhr. »Vielleicht hat jemand mitbekommen, dass er mit uns reden wollte.«

»Vielleicht hat er schon Zement an den Füßen«, unkte ich. »Und steht kurz davor, in die Bucht geschubst zu werden.«

André verzog das Gesicht. »Du schaust zu viele Mafia-Filme.«

»Ich habe noch nie einen Mafia-Film geschaut!«

»Egal. Du redest, als hättest du.«

Braccone traf zwanzig Minuten zu spät ein und entschuldigte sich nicht dafür. André überging es und orderte eine Flasche Wein und Essen für alle. Der junge Vulkanologe machte sich über seine Linguine *frutti di mare* her, als wäre er seit einer Woche in einem Keller eingesperrt gewesen. Abwechselnd warf er Aolani, die extra noch ihren Kajal nachgezogen hatte, und meinem Vater bewundernde Blicke zu. »Ich kann's noch gar nicht glauben, dass ich mit *Ihnen* zu Mittag esse«, sagte er zu meinem Vater, wischte sich mit der Hand Soße vom Mund und strahlte André an. »Das ist so großartig!«

»Sie haben mich eben neugierig gemacht«, sagte André höflich. »Worum geht's denn in Ihrem Drehbuch?«

Braccone ließ sich nicht lange bitten. »Die Story spielt in

Texas, Hauptfigur ist der Sheriff eines kleinen Städtchens, in dem gerade Öl gefunden worden ist. Er muss sich mit allen möglichen Finsterlingen herumschlagen, die die neue Quelle ausbeuten wollen …«

»Klingt gut«, sagte ich und der junge Vulkanologe sah hocherfreut aus.

»Ich arbeite schon seit ein paar Monaten daran«, erklärte er.

»Dafür haben Sie Zeit?« André zog die Augenbrauen hoch. »Ich dachte, bei euch geht's gerade heftig zur Sache.«

Braccone sah unsicher drein. »Hat Ihnen das Di Marzo erzählt?«

Wie praktisch, dass er gesehen hatte, wie wir uns mit dem Chef unterhalten hatten. »Er hat's angedeutet«, nuschelte mein Vater und wickelte ein paar Spaghetti auf seine Gabel. Eifrig nickte ich und Braccone wirkte etwas beruhigt.

»Tja, stimmt schon, zurzeit beschäftigt mich eher, was hier abgeht … hochspannend, das muss ich schon sagen. Es wird der erste Ausbruch sein, den ich miterlebe.« Giovanni Braccone wischte sich den Mund ab und schob seinen Teller seufzend von sich. »Jede Menge Arbeit, wir kommen gerade nicht so oft zum Essen, wissen Sie.«

Also stimmte es. Die Pizza lag mir wie ein Stein im Magen. Auch Aolani, die sich während des Gesprächs still im Hintergrund gehalten hatte, sah beunruhigt aus.

»Verformt sich der Berg?« André beugte sich ein Stück über den Tisch. »Und seit wann zeichnet ihr diese kleinen Beben schon auf, ist es ein klassischer vulkanischer Tremor? In welcher Tiefe habt ihr ihn gemessen?«

Jetzt wirkte Braccone etwas irritiert, er blickte sich um. »Moment mal – ihr habt hier doch nicht etwa eine versteckte Kamera laufen, oder? Ich sag gar nichts mehr, wenn ihr mich filmt!«

»Keine Kameras«, sagte André ruhig. »Aber die Wahrheit.«

Der junge Vulkanologe war nicht dämlich. Er kniff die Augen zusammen und ließ den Blick von André zu mir und Aolani gleiten. »Di Marzo hat euch gar nichts gesagt, stimmt's? Und jetzt versucht ihr mich auszuquetschen?«

»Warum hält Di Marzo es geheim?«, bohrte mein Vater weiter. »Ist ihm nicht klar, dass man die Leute warnen muss?«

Braccone machte Miene, aufzustehen, aber dann überlegte er es sich doch anders und ließ sich wieder auf seinen Stuhl zurücksinken. Er seufzte tief. »Natürlich ist es ihm klar. Aber wisst ihr, der Vulkan macht so was ja nicht zum ersten Mal. Die verdammten Dinger können einen ohne Ende an der Nase herumführen. Mal gibt's jede Menge Alarmzeichen, so wie damals in Pozzuoli, aber dann beruhigt sich der Berg doch wieder, und derjenige, der eine Evakuierung empfohlen hat, steht blöd da und ist Sündenbock Nummer eins.«

»Weiß denn der Bürgermeister Bescheid?«, fragte ich.

»Ja, natürlich. Der hat ja angeordnet, dass wir den Mund halten sollen.«

»Lassen Sie mich raten«, sagte mein Vater hart. »Er weiß, dass die Evakuierung der Stadt sowieso nicht funktionieren würde, und hofft, dass der Vulkan doch noch ein bisschen weiter schläft.«

»Wieso?« Erschrocken blickte Aolani André an. »Aber es gibt doch Pläne, wie eine Evakuierung ablaufen soll, oder? In Hawaii gibt es so was!«

André und Giovanni Braccone tauschten einen Blick. »Hier gibt es sie auch, aber diese Pläne sind für die Mülltonne«, sagte Braccone. »Jedem Experten ist klar, dass es nicht funktionieren wird. Theoretisch sollen die Bewohner der *Zona rossa* und der *Zona gialla,* also der Zonen mit der höchsten Gefahr, mit Zügen aus der Stadt geschafft werden. Stadtviertel für Stadtviertel, schön geordnet. Und zwar innerhalb einer Woche.«

»Ja, und?«, fragte ich mit letzter Hoffnung.

»Ist dir aufgefallen, was für ein Verkehrschaos in Neapel auch an normalen Tagen herrscht? Dass man durch diese Gassen schon jetzt kaum durchkommt?« Mein Vater warf einen Blick auf die Bedienung hinter der Theke und senkte die Stimme. »Wenn Panik aufkommt und die Leute ihre Haut retten wollen, ist das Chaos perfekt. Innerhalb kürzester Zeit geht dann gar nichts mehr. Am allerwenigsten, wenn die Lava oder pyroklastische Ströme schon ein paar wichtige Straßen und Bahnschienen zerstört haben.«

Noch einmal seufzte Giovanni Bracconi. »*Sí.* Das Problem ist auch, dass unser eigentlicher Chef noch bis Montag in Urlaub ist. Di Marzo ist ja nur sein Stellvertreter. Ich glaube, er hat eine Höllenangst vor der Presse und wartet lieber ab, bis jemand anders übernimmt und die harten Entscheidungen treffen muss.«

André nickte. »Ich hab mal seinen Werdegang nachgeschaut. Er ist ein Theoretiker. Kennt den Vesuv seit Jahrzehnten, hat aber sonst keine Erfahrung mit explosiven Vulkanen.«

»Schöne Scheiße«, murmelte ich, und die anderen nickten. Verdammt, ich musste Giulia warnen! Sie und ihre Familie! Aber wie um alles in der Welt sollte ich das anstellen?

Zeit der Wahrheit

Auf der Fahrt zurück über die Autobahn nach Neapel waren wir alle drei bedrückt.

»Was sollen wir denn jetzt tun? Die Presse informieren?«, fragte ich hilflos, und mein Vater zuckte die Schultern.

»Braccone hat schon recht. Es kann sein, dass der Vesuv sich wieder beruhigt, vielleicht ist es wirklich noch zu früh, Krach zu schlagen. Wir werden sehen.«

Er hatte einen ziemlich schrägen Deal gemacht: André würde Giovannis Drehbuch lesen, und dafür versorgte uns der junge Vulkanologe heimlich mit allen wichtigen Daten – mit dem Puls des Berges sozusagen, seinem Atemrhythmus und seiner Temperatur.

Als ich vor unserem Hotel aus dem Auto sprang, um die großen Holztore für uns zu öffnen, hatte ich wieder dieses seltsame Gefühl – als würde mich jemand beobachten. Rasch ging ich hinter unserem Auto her in den Innenhof und zog das Tor wieder zu, schloss Neapel aus. Und simste fünf Minuten später an Giulia: *Muss dir dringend was sagen. Es ist wichtig. Wann sehen wir uns?*

Keine Antwort.

Aolani legte sich in ihrem Hotelzimmer aufs Ohr, sie litt noch unter Jetlag. Und ich? Ich aß. Killte ein ganzes Paket Cracker, schnitt mir drei Stück Käse ab, futterte abwesend einen Keks nach dem anderen.

Mein Vater merkte nicht, wie durcheinander ich war. Er hatte sich über seinen Laptop gebeugt, sichtete Daten, forschte nach, in seinem Universum gab es nur noch den Vesuv. »Ich schreibe eine Nachricht an Fred«, murmelte er, ohne mich anzusehen. »Vielleicht kann er herkommen – das hier ist eine einmalige Chance …«

Einmalige Chance? War ihm nicht klar, dass diese Stadt vielleicht dem Untergang geweiht war? Und war ihm das egal? Ich schüttelte den Kopf. Plötzlich war mir nach frischer Luft zumute … und danach, meine Mutter anzurufen. Vielleicht, weil sie so ganz anders war als mein Vater. Vielleicht, weil ich ein so komisches Gefühl im Bauch hatte, wenn ich an den Vesuv dachte und das, was er anrichten konnte.

Zum Telefonieren zog ich mich aufs Flachdach zurück und achtete darauf, nicht in Taubenkot zu treten. Schon nach dem ersten Klingeln hob meine Mutter ab. »Jan? Kannst du bitte später anrufen? Ich arbeite noch, im Moment passt es mir nicht so gut, und …«

»Nein«, sagte ich.

»Nein was?«

»Ich will jetzt mit dir reden.«

»Ist etwas passiert?« Meine Mutter klang alarmiert.

»Wieso wolltest du mir nicht sagen, dass du in Indonesien gewesen bist?«

Ein langes Schweigen. »Moment«, sagte sie, undeutlich hörte ich, dass sie in Englisch mit jemandem sprach, sich entschuldigte, dann war sie wieder dran. »Hat dir André das erzählt?« Sie klang feindselig.

»Nein.« Also war auch er zu diesem Zeitpunkt dort gewesen. »Du warst am Merapi mit ihm, richtig?«

Wieder ein Schweigen. Würde sie versuchen, sich rauszureden? Und warum war das alles überhaupt so geheim?

»Ja«, sagte sie und seufzte tief. »Wir waren dort.«

»Du … warst schwanger damals. Habe ich Geschwister?« Ich musste es einfach wissen. Jetzt oder nie.

»Ich glaube, ich fange besser am Anfang an.« Meine Mutter holte tief Luft. »Damals waren wir noch verliebt, und ja, ich war schwanger, es war ein Mädchen, das wussten wir schon. Trotzdem bin ich mitgefahren zum Vulkan-Observatorium. Damals habe ich noch Geologie studiert, natürlich wollte ich den Berg sehen, klar, und André war so begeistert.«

»Du hast Geologie studiert?!« Das hatte ich nicht gewusst.

»Ja, dabei haben wir uns auch kennengelernt. Später habe ich mein Studienfach gewechselt.«

Ich unterbrach sie nicht mehr.

»Ich hätte das nicht tun sollen, ich hätte nicht mit ihm gehen dürfen. Es war schlimm, Jan. Nach ein paar Tagen bin ich krank geworden, es ging mir schlecht … und André war nicht da für mich, er war beim Vulkan, wir haben ihn telefonisch nicht erreicht. Ich musste alleine mit dem Taxi ins Krankenhaus fahren, es war furchtbar dort, voll, nicht sehr sauber, keine der Krankenschwestern konnte Englisch, und ich wusste nicht, was mit meinem Kind los war, ich hatte solche Angst …«

Ich nickte, obwohl ich wusste, dass sie mich nicht sehen konnte. Was für ein Albtraum.

»Vielleicht war die Aufregung zu viel oder es war die Krankheit, jedenfalls habe ich das Kind verloren. Deine Schwester. Als André schließlich aufkreuzte, wollte ich ihn nicht ansehen und nicht mit ihm reden. Noch vor unserer Rückkehr habe ich mich von ihm getrennt.«

»Aber später habt ihr mich bekommen!« Ich blickte nicht mehr durch.

»Wir haben uns etwa ein Jahr später noch mal getroffen. Wir waren einsam und irgendwie immer noch verliebt ... In dieser Nacht bist du entstanden. Aber du verstehst, warum ich nicht mehr mit ihm zusammenleben wollte?«

»Ja«, sagte ich. »Das verstehe ich.« Hätte sie auch nur ein Mal gefragt ... ich hätte ihr erzählt, was *ich* mit André am Merapi erlebt hatte. Doch sie fragte nicht und ich erzählte nichts.

Ein Vulkan. Eine tote Schwester. Eine Trennung. Als wir an diesem Abend in einer kleinen Trattoria mit kitschigen Bucht-von-Neapel-Deckenfresken essen gingen, war ich wortkarg, und nicht mal Aolani schaffte es, mich aufzuheitern. Forschend blickte André mich an und beim Dessert nahm er mich beiseite. »Du hast Angst. Ich auch, ob du's glaubst oder nicht. Willst du abreisen? Mein Versprechen halte ich, ich werde dich nicht mehr in Gefahr bringen. Also – weg hier?«

»Nein«, sagte ich, denn einfach so zu fliehen ging nicht. »Hast du Aolani schon gefragt?«

Mein Vater schüttelte den Kopf und seufzte. »Sie hat gesagt, sie bleibt, solange ich hier bin. Verrücktes Weib!«

»Sie liebt dich wirklich«, sagte ich.

»Ja«, sagte André und diesen Ausdruck auf seinem Gesicht hatte ich noch nie zuvor gesehen.

Auf dem Rückweg machte ich einen Umweg und ging noch am Souvenirshop vorbei, der allerdings schon geschlossen war. Mit dem Kopf voller Sorgen lehnte ich mich ein paar Meter weiter gegen eine Hauswand … und sah ganz zufällig, dass jemand schnell wegschaute, als ich mich umblickte. Ein junger Mann mit kurz geschorenen Haaren, eng anliegendem T-Shirt und einem kleinen goldenen Kreuz um den Hals. Moment mal, verfolgte der mich? Aber was wollte er von mir? Nino, dieser Exfreund, war es jedenfalls nicht, den hätte ich wiedererkannt. Aber vielleicht ein Verbündeter von ihm.

Erst wollte ich schnellstens zurückgehen zum Hotel, doch dann fiel mir ein, dass es nicht sonderlich schlau war, diesem Kerl meine Adresse zu verraten. Also warf ich einen schnellen Blick auf den Stadtplan in meinem Communicator und schlug ein paar Haken, um zu sehen, ob der Kerl mir wirklich auf den Fersen war. Nach zwanzig Minuten war er noch immer hinter mir. Er hielt sich die meiste Zeit in einer Entfernung von etwa fünfzig Metern, doch jetzt hatte ich das Gefühl, dass er näher kam. Und es wurde langsam dunkel. Ich überlegte, ob ich irgendwen anrufen sollte, nur so zur Sicherheit. Nein, ich konnte den Typ bestimmt abhängen, wenn ich es darauf anlegte!

Kaum war ich um die nächste Straßenecke gebogen, begann ich zu rennen. Ich tauchte in eine andere Seitenstraße, hetzte eine öffentliche Treppe hinauf, die zu einer anderen Straße führte … und erschrak fürchterlich, als der Kerl auf den Treppenstufen über mir auftauchte! Ich taumelte zurück, stolperte, verlor das Gleichgewicht und krachte die verdammte Treppe hinunter. Jetzt hatte er mich, ich war ihm voll in die Falle gelaufen und fliehen konnte ich nun auch nicht mehr!

Stöhnend blieb ich einen Moment liegen, bevor ich versuchte, mich aufzuraffen. Jemand berührte mich am Ellenbogen, ich blickte hoch und sah meinem Verfolger, dem jungen Mann, genau ins Gesicht. Wenn er mich ausrauben wollte, dann hatte er jetzt beste Chancen. Er beugte sich zu mir herunter, *shit,* hatte er ein Messer?

Doch er klopfte nur mit wenig Erfolg mein T-Shirt ab, mit dem ich mitten in die Taubenkacke gefallen war. *»Scusa«*, sagte er zerknirscht und fuhr dann auf Deutsch fort: »Ich wollte dich nicht erschrecken, Jan, das war total *stùpido* von mir. Hast du dir was gebrochen?«

»Woher kennst du mich?«, fragte ich misstrauisch, während ich versuchte, wieder auf die Füße zu kommen. Meine Rippen spürten noch immer jede Steinstufe einzeln, aber gebrochen war anscheinend nichts. Nur war mein T-Shirt völlig verdreckt und mein Hinterkopf tat weh.

Der junge Typ zog mich hoch, seine Hände waren sehnig, aber gepflegt. »Ich bin Giulias Cousin Luca«, erklärte er. »Sie hat mir von dir erzählt. Keine Sorge, nur mir. Ich soll ein Auge auf dich halten, damit Nino dich nicht in Schwierigkeiten bringt – der baut manchmal ziemlich große Scheiße.«

»Na, das hat ja prima geklappt«, sagte ich, betastete meinen Hinterkopf und fand dunkelrotes Blut an meinen Fingern. Erschrocken wischte ich es an meinem T-Shirt ab und kam mir dämlich vor. Es war nicht mal nötig, dass jemand mich hier in Neapel angriff ... ich verletzte mich schon ohne Hilfe!

Luca entschuldigte sich noch einmal, doch dann wurde sein Blick forschend und etwas kühler. »Ich muss was von dir wissen. Wie ernst ist es dir mit ihr?«

»Ziemlich ernst«, sagte ich mit klopfendem Herzen.

»Hast du sie geküsst?«

»Ja.«

»Und mit ihr geschlafen?«

»Nein!«

»Gut. Trotzdem solltest du schauen, dass du baldmöglichst aus Neapel verschwindest, *capito*?«

»Sí«, sagte ich und plötzlich war all die Sorge, all die Angst wieder da. »Hör zu, ich muss Giulia etwas sagen, es ist dringend … auch sie muss raus aus dieser Stadt, ihr alle müsst weg hier!«

Luca sah mich an wie einen Wahnsinnigen. »Warum?«

»Es kann sein, dass der Vesuv bald ausbricht. Bitte, kannst du mich zu ihr bringen?«

Besonders beeindruckt wirkte Luca nicht. Er zog die Augenbrauen hoch und betrachtete mich nachdenklich, inklusive der Blutspuren auf meinem T-Shirt. Dann zuckte er die Schultern. »Na gut. Du musst dich sowieso umziehen, das kannst du bei uns machen.«

Erleichtert nickte ich, aber ich war noch nicht fertig. »Versprich mir, dass du mir in Zukunft nicht mehr folgst. Das nervt nämlich.« Ich deutete auf meine Abschürfungen. Mit einem schiefen Grinsen nickte Luca. »Na gut, versprochen. Aber das wird Giulia nicht recht sein.«

Ich zuckte die Schultern.

Luca führte mich durch kleine Gassen, doch dann wurden die Straßen wieder größer, und plötzlich standen wir vor der schneeweißen Fassade einer Kirche, die im Mondlicht schimmerte. Staunend blickte ich hoch und wollte stehen bleiben, war das unser Ziel? Sollte ich hier Buße tun oder so was? Aber Luca zog mich weiter und klingelte zwei Häuser von der Kirche entfernt, neben einer Teestube, an einer Tür. »Wir wohnen fast direkt neben dem Dom«, sagte er knapp. »Meine Eltern und ich im ersten Stock, alle anderen im zweiten. Weil meine Mutter gerade krank ist, gehen wir gleich hoch.«

Der Dom. Mir wurde klar, dass das nur ein paar Minuten zu Fuß von der Via dei Tribunali und unserem Hotel entfernt war. Lebte hier etwa …?

»Rein mit dir«, sagte Luca und zog mich hinter sich her.

Anscheinend würde ich jetzt – ausgerechnet jetzt – Giulias Familie kennenlernen!

San Gennaro

Luca ging vor mir her in den zweiten Stock, ich hinkte ihm nach und war trotz allem fasziniert. Dies war die Tür, durch die Giulia jeden Tag ging, dies waren die Stufen, die sie hinaufstieg, dies der Griff, den ihre Hand berührte …

Luca schloss auf, ich stützte mich währenddessen gegen die Wand. Drinnen hörte ich Stimmen, anscheinend war die ganze Familie daheim. Ich zögerte, doch Luca zog mich einfach in den Flur, dessen Boden aus Kacheln mit verschlungenen Mustern bestand. Neben der Garderobe hing ein Spiegel im Goldrahmen. Der Junge, der meinen Blick erwiderte, sah aus, als hätte er die letzte Nacht im Freien verbracht. »Wo ist euer Bad?«, wollte ich fragen, doch da tauchte im Flur eine zierliche Gestalt mit glänzenden dunklen Haaren auf – Giulia, meine Giulia. Endlich!

»Jan«, sagte sie erschrocken und berührte mich an der Schulter. »Was ist passiert? War das Nino?«

Luca und ich warfen uns einen schnellen Blick zu. »Ich bin eine Treppe runtergefallen und Luca hat mich aufgesammelt«, erklärte ich.

Giulia sah entsetzt aus. »Ich hole Verbandszeug!«

»Lass – *ich* mache das«, sagte Luca, die Stimme leise und warnend. Er deutete mit dem Kinn zum Wohnzimmer hin. Von dort erklangen die Stimmen mehrerer Erwachsener, sie redeten so schnell, dass ich kein Wort verstand. Oje, Giulias

Eltern. Hatten die schon rausbekommen, dass ich mich mit ihrer Tochter getroffen hatte?

Luca führte mich in ein Bad mit schwarzem Steinboden, vielen Spiegeln und einer altmodischen Badewanne auf Löwenfüßen. Dort drückte er mich auf einen Stuhl und ging mit Waschlappen, Desinfektionsspray und Pflastern ans Werk. »Dein Kopf blutet nicht mehr, aber da können wir kein Pflaster draufmachen, wegen der Haare«, sagte Luca etwas ratlos. Wir beschlossen, es so zu lassen, wie es war, und Luca holte mir ein frisches T-Shirt. Das neue war gelb, und die Aufschrift *Meister Popper* prangte über dem kahlen Typen mit den verschränkten Armen, den man sonst auf Reinigerflaschen sah – nur hatte er auf dieser Version kein T-Shirt an. Vermutlich ein Souvenir aus Deutschland. Genau das Richtige, wenn man zum ersten Mal bei den Eltern des Mädchens aufkreuzt, in das man verliebt ist. O Mann, wenn sie mich so sahen, mussten sie doch denken, dass ich sie mit meiner Warnung vor dem Vesuv verarschen wollte!

Ab und zu sah ich durch die offene Tür, wie Giulia mit dreckigen Tellern, Platten und Salatschüsseln durch den Flur ging, anscheinend räumte sie nebenan den Tisch ab. Jedes Mal warf sie mir einen kurzen, besorgten Blick zu, und ich schaffte es irgendwie, beruhigend zu lächeln.

Als ich wieder halbwegs präsentabel aussah, verließen wir das Bad und gingen durch den Flur. Reflexartig spähte ich in jedes Zimmer, an dem wir vorbeikamen. In einem Raum befanden sich nur ein Bügelbrett und ein Fernseher. Das nächste Zimmer enthielt immerhin ein Bett und einen Kleiderschrank, außerdem war es flächendeckend mit kitschigbunten Jesus-und-Maria-Bildern und -figuren dekoriert. An der einen Wand erkannte ich einen kleinen Altar für einen mir unbekannten Heiligen, jemand hatte ihm Kerzen und frische Blumen spendiert. *O mein Gott, bitte lass das nicht Giulias Zimmer sein,* betete ich im Stillen.

Eine andere Tür gab den Weg zu einer Dachterrasse frei, von der ein frischer Nachtwind den Duft nach Oleander mitbrachte. Luca führte mich in die Küche, in der es nach warmer Tomatensoße und Basilikum roch. Eine kleine, verhutzelte Frau im geblümten Kleid, die schwarzen Haare zu einem Knoten nach hinten gebunden, stand auf einem Hocker und schrubbte einen Topf. Sie drehte sich zu mir herum, blickte mich streng an und sagte etwas in Italienisch mit starkem neapolitanischem Akzent. Luca übersetzte fröhlich: »Sie fragt, ob du der Installateur bist, der schon heute Mittag kommen sollte.«

»Scusi, no«, antwortete ich verlegen. »Ich kann höchstens abspülen helfen. Daheim mache ich das sowieso meistens.«

»Nicht nötig.« Giulia war gerade dabei, die Spülmaschine einzuräumen, sie musste grinsen, als sie mein T-Shirt sah.

Doch mir war nicht nach Grinsen zumute. Was ich zu sagen hatte, würde ihr Leben ins Chaos stürzen. Ob mir Giulia überhaupt glauben würde?

Ein etwa sechsjähriger Junge mit wildem dunklem Haar rannte in die Küche, Spielzeugpistole in der Hand, und tat so, als würde er uns alle abknallen. Luca griff sich mit dramatischer Geste ans Herz, ich nahm die Hände hoch und der Kleine grinste zufrieden. Giulia lachte, griff sich den Kleinen und knuddelte ihn durch, was er sich allerdings nur kurz gefallen ließ.

»Das ist mein kleiner Bruder Marco«, meinte Giulia stolz.

»Leider will er gerade *Camorrista* werden«, ergänzte Luca. »Er trainiert täglich für seine Gangsterkarriere.«

Kleine Kinder fand ich ein bisschen nervig. Deshalb war ich froh, dass Marco das Interesse schon wieder verloren hatte und abzischte. Es fiel mir schwer, die Augen von Giulia abzuwenden. Zum Glück verschwand die Oma in den Flur und Luca wurde von nebenan gerufen. Schnell ergriff Giulia die Chance, mich zu küssen. Doch der Kuss dauerte nicht lange, wir waren beide nervös.

»Deine Eltern finden das nicht gut, das mit uns, oder?«, fragte ich so nüchtern wie möglich.

Giulia seufzte tief. »Wenn die merken, dass ich mich in irgendeinen Touristen …« Ihre Stimme versickerte.

»Ich bin nicht irgendein Tourist«, sagte ich. »Und du bist das erste Mädchen, das mir wirklich etwas bedeutet.«

Einen Augenblick lang war Giulias Blick so verletzlich, dass ich sie am liebsten hier und jetzt in die Arme genommen und noch einmal geküsst hätte. Doch als hätte sie das gespürt, schnappte sie sich eine der gusseisernen Pfannen, die umgedreht neben der Spüle lagen, und begann, sie mit wütenden Bewegungen trocken zu polieren. »So was in der Art hat Lionel auch gesagt. Der *americano,* in den sich meine Freundin Felicità verliebt hatte. Er hat sie bei erster Gelegenheit …«

Ich erfuhr nicht mehr, was Lionel für schändliche Dinge getan hatte, denn in diesem Moment schoss Luca in die Küche. »Schnell, jetzt ist ein günstiger Moment, wenn du ihnen etwas sagen willst – das willst du doch, oder? Das mit dem Vesuv? Außerdem, wenn sie dich kennengelernt haben, kann Nino nicht mehr so einfach mit dir machen, was er will …«

Ein paar Atemzüge später stand ich im Flur vor einem nicht sehr großen, breitschultrigen Mann in blütenweißem

Hemd und braunem Sakko. Bulldogge, ging es mir durch den Kopf. Ein Kraftpaket, das nicht loslässt, wenn es einmal zugebissen hat. Mit lauter, durchdringender Stimme sprach er in seinen Communicator, während er mit einem flüchtigen Nicken an mir vorbeiging. Zack, war er draußen, und die Eingangstür schloss sich hinter ihm. Na toll.

Dafür stand jetzt eine elegante Frau im Kostüm vor mir, die dunklen Haare in einer makellosen Föhnwelle frisiert, das Gesicht geschminkt, als wäre sie auf dem Weg zu einem Fotoshooting. Verdutzt starrte sie mich an, mein ganzes zerschlagenes Ich in diesem blödsinnigen T-Shirt. Gleich würde sie mich wie einen Straßenköter vor die Tür setzen oder höchstpersönlich Nino anrufen, damit er mich abholte.

»Tante Eleonora, das ist Jan, ein Bekannter aus Deutschland«, sagte Luca rasch.

Ein Lächeln formte sich auf ihrem Gesicht, das gleiche herzliche, ein wenig verschmitzte Lächeln, das ich schon von meiner Elfe kannte. »Wie ich sehe, hast du ihm dein Lieblings-T-Shirt geliehen«, meinte Giulias Mutter, zog Luca liebevoll am Ohr und nahm mich an der Hand, um mich ins Wohnzimmer zu führen. Ich taumelte hinterher wie ein Schoßhund an der Leine.

Währenddessen redete Eleonora ununterbrochen. »Wie schön, ach, ich mag Deutschland, du weißt, dass wir dort gelebt haben? Manchmal habe ich fast ein bisschen Heimweh! Nur ist es so kalt und feucht bei euch, das war besonders für Giulia eine Qual.«

»Oh«, sagte ich hilflos und landete auf einer bordeauxfarbenen Ledercouch, direkt neben der hutzeligen Oma, die jetzt gerade mit einem rosafarbenen MP4-Player Musik hörte und energisch darauf herumtippte. Mir gegenüber im

Regal über dem Fernseher stand ein vergoldetes Brandenburger Tor im Miniformat neben einem Heiligenbild im ebenfalls vergoldeten Rahmen und einem von vielen Spielern signierten Fußball.

Irgendetwas Zusammenhängendes musste ich unbedingt noch sagen. »Wo haben Sie denn gewohnt?«

»In Bremen. Irgendwann wollten wir zurück in die Sonne, verstehst du? Aber Luca will am liebsten in Deutschland Maschinenbau studieren …«

In diesem Moment spürte ich es wieder. Ein leichtes Vibrieren des Bodens, das schon einen Moment später wieder vorbei war, nur die Deckenlampe schwankte noch ein wenig. Wir alle schauten nach oben … und dann auf Marco. Denn der hatte seine Orangina so ungeschickt hingestellt, dass sie durch den Erdstoß umkippte und ihn von oben bis unten begoss. Der Kleine guckte völlig verblüfft drein und Giulia, Luca und Giulias Mutter brachen in Gelächter aus. »Jetzt ist Marco noch süßer«, meinte Giulia. Die Oma zog sich die Ohrstöpsel ihres Players heraus, wuschelte Marco lächelnd durchs Haar und ging einen Putzlappen holen.

Es war nur ein kleines Erdbeben gewesen, aber eins von vielen in den letzten Tagen, und das war ein ganz schlechtes Zeichen! Sobald Marco gesäubert war, versuchte ich, eine Lücke im Redeschwall der anderen zu finden. Irgendwann schaffte ich es.

»Wussten Sie schon, dass mein Vater Vulkanologe ist?«, fragte ich Giulias Mutter, und mit höflichem Interesse blickten mich die Familienmitglieder an.

»Tatsächlich?« Eleonora lächelte. »Ist er hier, um unsere Vulkane zu erforschen?«

Ich holte tief Luft. »Ja, und dabei hat er leider etwas Beunruhigendes festgestellt. Es sieht so aus, als würde Magma unter dem Vesuv hochsteigen.«

Giulia und ihre Mutter runzelten die Stirn, Luca schaute interessiert drein und die Oma verstand mich ganz offensichtlich nicht. Jedenfalls konzentrierte sie sich gerade ganz auf ihren Player.

»Bist du sicher?«, fragte Giulia. »Es kam nichts darüber im Fernsehen, oder, Mama?«

»Das ist es ja, es wird offenbar noch geheim gehalten«, sagte ich und beugte mich vor, um noch eindringlicher sprechen zu können. »Aber mein Vater glaubt, dass es zu einem Ausbruch kommen könnte. Vielleicht schon bald.«

»Gesù!«, sagte Eleonora erschrocken und Giulia bekreuzigte sich.

»Na ja, das bisschen Asche, mit dem werden wir schon fertig«, beruhigte Luca sie, wandte sich an seine Großmutter und zog ihr einen Ohrstöpsel des Players aus dem Ohr. »*Nonna,* du hast doch mal erzählt, wie damals …«

In mir stiegen die Erinnerungen hoch – daran, wie der Lavastrom in Hawaii alles in Brand gesteckt hatte, was er berührte. Daran, wie unaufhaltsam die tödliche graue Lawine des pyroklastischen Stroms den Hang des Merapi hinabgefegt war. »Es ist mehr als ein bisschen Asche! Vulkane sind gefährlich, wirklich gefährlich, und ihr müsst fliehen, solange es noch geht, bitte, am besten so bald wie möglich, in den nächsten Tagen!«

Halb neugierig, halb unangenehm berührt blickte mich die Familie an, und mir wurde klar, dass meine Stimme viel zu laut geworden war.

»Wir können doch nicht einfach so weg, am Samstag hat meine Lieblingstante Assunta ihren fünfzigsten Geburtstag, es gibt ein großes Fest in Torre del Greco, wo sie wohnt«, wandte Giulia ein, sie wirkte eher verwirrt als verängstigt.

Torre del Greco, wo war das noch mal?

»Ja, genau, dafür muss ich noch die Getränke besorgen – wie konnte ich das nur vergessen?« Giulias Mutter griff sich an den Kopf. »Die meisten werden Wein trinken, was meinst du?«

»Bestell auch ein paar Flaschen *Peroni* – und genug Cola für die Kinder, damit jeder mal was umkippen kann«, empfahl Luca und blickte grinsend auf den gereinigen Marco.

»Bier? Das würde euch so passen, du meinst wohl, dann bleibt genug für eure nächste Party übrig, was?« Giulias Mutter hob gespielt streng den Finger in Lucas Richtung.

Hatten sie denn gar nicht verstanden, was ich gesagt hatte? War es ihnen egal? Nein, Giulia war es nicht egal, sie fingerte unruhig an ihrer Korallenkette herum. »Ich kann jetzt auch schlecht weg, morgen habe ich Abschlussprüfung in meinem Englisch-Ferienkurs«, sagte sie.

»Das ist wichtig für dich, ich weiß«, meinte ich hilflos und die Liebe zu ihr nahm mir fast den Atem. »Aber willst du deswegen wirklich dein Leben riskieren?«

Die Großmutter wandte sich stirnrunzelnd an Giulia und sagte etwas, fragte vermutlich, wovon ich eigentlich redete. Giulia übersetzte und die Großmutter nickte wissend. *»Sí, sí, il Vesuvio«*, sagte sie mit bedeutungsvoller Miene, deutete mit ausgestrecktem Zeigefinger in die Richtung des Fernsehers und feuerte ein paar schnelle Sätze ab.

»Sie sagt, San Gennaro wird uns beschützen, wie er es bisher immer getan hat«, dolmetschte Giulias Mutter, und mir wurde klar, dass die Großmutter nicht auf den Fernseher gezeigt hatte, sondern auf das Heiligenbild, das darauf stand und einen ernst dreinblickenden Mann in kirchlichen Zeremoniengewändern zeigte. Ich wirkte wohl etwas verwirrt, denn Giulia erklärte: »San Gennaro ist der Schutzheilige von Neapel, und er vollbringt jedes Jahr ein Wunder, um zu zeigen, dass er noch immer über uns wacht.«

»Wunder? Was für ein Wunder?«, fragte ich, und mir wurde erklärt, dass im Dom gleich nebenan eine winzige Menge eingetrocknetes Heiligenblut in einem Glasfläschchen lagerte, das sich während der Zeremonie zu Ehren von San Gennaro entweder verflüssigte oder eben nicht. Wenn es flüssig wurde, dann hieß das, dass alles gut war und Neapel nichts geschehen würde. »Und bei der letzten Zeremonie hat es geklappt«, erklärte mir die Mutter. »Das heißt, wir sind sicher.«

Ich blickte entsetzt von einem zum anderen. Glaubten Giulia und ihre Familie das *wirklich*? Sah so aus. Alle schauten jetzt wieder zuversichtlich drein, meine Warnung hatten sie schon fast wieder verdrängt.

»Bei uns sagt man, Gott hilft denen, die sich selber helfen! Bitte denkt daran, wenn die Beben stärker werden …«

»Wenn wir eine Aschewolke über dem Vesuv sehen, dann werden wir natürlich unsere Sachen packen«, meinte Luca, wohl mehr, um mich zu beruhigen.

»Aber dann ist es zu spät, dann kommt ihr nicht mehr raus aus der Stadt!«, sagte ich verzweifelt, und jetzt fiel mir auch ein, wo Torre del Greco lag. Zwischen dem Vesuv und dem Meer, mitten in der Roten Zone! »Und fahrt nicht ausgerechnet nach Torre del Greco, dort ist es bei einem Ausbruch lebensgefährlich … Ich will nicht, dass dir etwas passiert, Giulia!«

An Giulias Gesichtsausdruck konnte ich sehen, dass ich

zu weit gegangen war. Auch Luca sah nicht begeistert aus, denn jetzt war wohl auch dem Letzten klar, für wen mein Herz schlug.

»*Mò basta,* Schluss jetzt!«, sagte Eleonora streng und funkelte mich an. »Wir werden zu dieser Feier fahren, das steht fest, und es ist vielleicht besser, du gehst jetzt, Jan.«

Dachwache

Traurig und verwirrt hinkte ich durch die dunklen Straßen bis zu unserem Hotel. Mein Bein schmerzte noch von dem Sturz auf der Treppe, aber das war nicht das Schlimmste – viel, viel schlimmer war, dass Giulias Familie mich rausgeworfen hatte. Was hatte ich falsch gemacht? Hätte ich irgendwie überzeugender auftreten können? Oder hatte ich von vornherein keine Chance gehabt?

Mein Vater war nicht da, als ich spätabends im Hotel ankam. Wo er wohl war? Mit Aolani in irgendeiner Bar? Ich versuchte, ihn anzurufen, und rechnete halb damit, dass ich nur seine Mailbox erreichen würde. Doch er ging sofort ran. »Hi, ich bin's«, sagte ich müde.

»Wo bist du?«, fragte André, er klang angespannt.

»Im Hotel.«

»Uff«, sagte mein Vater. »Irgendwie hatte ich ein ganz schlechtes Gefühl … wir sind durch die Straßen gelaufen und haben Ausschau nach dir gehalten.«

Er hatte mich gesucht. Wie hatte er wissen können, dass es mir schlecht ging? *Wenn ihr das zusammen durchsteht, wird nichts euch mehr trennen.* Ja, wir hatten es zusammen durchgestanden, schon so viele Wochen lang. Ich brachte kein Wort mehr heraus und mein Vater fragte nichts mehr. »Ich kehre jetzt um, bis gleich dann«, sagte er und legte auf.

Ich zog das alberne T-Shirt aus und eins von meinen eigenen an, legte mich aufs Bett und fühlte mich einfach nur elend. Schreckliche Bilder machten sich in meinem Kopf breit – die Gipsabgüsse qualvoll verkrümmter Körper in Pompeji. Giulia, Luca und Marco, die von einer Glutwolke erfasst wurden und bei lebendigem Leibe verbrannten. Meine eigenen Hände, die sich vor meinen Augen in schwarze Klauen verwandelten …

Dann war auf einmal André da, setzte sich auf die Kante meines Bettes, nahm mich in die Arme. Das Schluchzen schüttelte meinen Körper und schweigend streichelte mein Vater meinen Rücken. Schließlich deckte er mich zu und strich mir über die Haare. Er stutzte kurz, als seine Finger die Wunde an meinem Hinterkopf berührten und die noch immer blutverkrusteten Haare dort. Aolani brachte einen kalten Waschlappen und warf mir einen besorgten Blick zu.

»Was ist passiert?«, fragte André, und ich erzählte ihm alles – die Verfolgungsjagd mit Nino, mein Unfall auf der Treppe, die vergebliche Warnung.

»Ich hätte das Gleiche getan wie du«, sagte mein Vater und seufzte. »Die meisten Leute reagieren erst mal so. Mal schauen, wie ernst die Lage gerade ist.«

Er klappte seinen Laptop auf und ging auf die Website des *Osservatorio Vesuviano,* während Aolani und ich auf den Bildschirm starrten. Keine Neuigkeiten. Dafür war eine Nachricht unseres Verbündeten Giovanni Braccone eingetroffen, in der er von einer neuen Fumarole im Krater berichtete. »Das könnte bedeuten, das Magma ist schon näher an der Oberfläche und gast stärker aus«, murmelte André.

Als er bei meiner *Tiere warnen*-Website vorbeisurfte und auf die Weltkarte klickte, erstarrten wir. Ein dicker roter Fleck in Süditalien zeigte an, dass es jede Menge neuer Meldungen aus der Gegend um Neapel gab. Hunderte. Mehr als jemals zuvor.

»Wahnsinn!«, sagte ich, schwang die Beine wieder aus dem Bett, zog den Laptop zu mir und scrollte rasch durch die einzelnen Berichte. Sie sahen alle echt aus. Viele Leute berichteten, dass ihre Hunde kaum noch aufhörten zu bellen, Reitpferde waren nervös und scheuten scheinbar ohne Grund, ein Landwirt schrieb, dass seine Hühner das Eierlegen praktisch eingestellt hatten.

André, Aolani und ich blickten uns an. »Wir können nicht länger warten«, sagte mein Vater grimmig. »Wir müssen an die Öffentlichkeit gehen mit dem, was wir wissen. Gleich morgen früh.«

Ich nickte heftig. Vielleicht würde die Familie von Giulia uns endlich glauben, wenn auch das Fernsehen über den Vesuv berichtete! »Aber was, wenn es dann schon zu spät ist?«

Aolani nickte. »Was meinst du, wann könnte es so weit sein?«

Mein Vater hob die Schultern. »Keiner weiß, welche Vorwarnzeit der Vesuv hat … es könnte in ein paar Stunden passieren oder erst in einer Woche.«

Wir wussten beide, dass wir in dieser Nacht nicht viel Schlaf bekommen würden. André tippte rasend schnell eine Rundmail an seine Fachkollegen in aller Welt, in der er ihnen berichtete, was bisher geschehen war, und ihnen die Daten anhängte, die Braccone uns heimlich geliefert hatte. Dann überprüfte er zwei seiner kleineren Kameras, hängte noch ein paar zusätzliche Akkus ans Netz und schnappte sich den Autoschlüssel. »Ich postiere in der Nähe des Gipfels automatische Kameras, die laufend aufzeichnen und ihre Bilder hierherfunken – wäre ja schön bescheuert, wenn wir die

Show verpassen würden. Die dritte bauen wir nachher hier auf dem Dach auf.« Er schob mir den Laptop zu. »Könntest du währenddessen die Adressen aller Redaktionen hier in der Gegend raussuchen?«

»Mach ich«, sagte ich. *Die Show!* O Mann.

»Und was kann ich tun?«, fragte Aolani und strich sich eine Haarsträhne hinters Ohr.

»Du und Jan, ihr packt bitte schon mal sämtliche Sachen«, bat André noch, bevor er die Tür hinter sich schloss. »Bei Bedarf sollten wir sofort abhauen können.«

Er hatte mich gar nicht erst gefragt, ob ich mitkommen wollte. Zum ersten Mal seit dem Pinatubo hatte ich wieder Angst um ihn. Was war, wenn der Berg explodierte, während er am Krater seine Kameras aufbaute?

»Pele wird schon auf ihn achtgeben«, sagte Aolani, die verloren auf einem der Hotelbetten saß.

»Bestimmt«, sagte ich, obwohl ich nach dem Zwischenfall auf den Philippinen nicht mehr sicher war. Andererseits hätte ein anderer so einen Unfall vielleicht nicht überlebt!

Als wir fertig gepackt hatten und Aolani wieder in ihrem Zimmer verschwand, war André noch nicht zurück. Inzwischen war es ein Uhr nachts, und ich fühlte mich gleichzeitig todmüde und hellwach. Wie so oft in den letzten Tagen wählte ich die Nummer von Giulia und sprach ihr die neuesten Entwicklungen auf die Mailbox. Hatte sie die Kraft, sich gegen ihre Familie durchzusetzen?

Irgendwann zwang mich mein zerschlagener Körper doch noch aufs Bett. Ich wachte erst auf, als mein Vater mich rüttelte. Während die Sonne über den Horizont stieg, stand ich aufgeregt an Andrés Seite auf dem Dach des Hotels, die Linse der Kamera und unsere Augen auf den Vulkan gerichtet.

»Sobald die Geschäfte aufmachen, besorgst du uns einige Kanister Trinkwasser«, kommandierte André, ohne den Blick vom Doppelgipfel abzuwenden. »Außerdem zwei möglichst starke Taschenlampen und ein paar Beutel Studentenfutter, irgendwas mit viel Kalorien, was man leicht transportieren kann. Und ein paar dieser Gehirndoping-Kaugummis, ich glaube, die kann man hier als Schüler und Student legal kaufen. Ach ja, zieh deine Bergschuhe an, weg mit den Sneakers.«

»Yes, Sir.« Ich salutierte, ging aber noch nicht los, eine Frage hatte ich noch. »Wenn es losgegangen ist ... wir bleiben nicht hier, oder?«

André schüttelte den Kopf. »Nein, hier könnte es kritisch werden. Wahrscheinlich müssen wir raus aus der Stadt.«

Trotzdem solltest du schauen, dass du baldmöglichst aus Neapel verschwindest, capito?

Ja, ich hatte kapiert.

Als ich mit meiner Beute zurückkam, hing André schon am Telefon. Er argumentierte auf Englisch, Italienisch und zwischendurch auch kurz auf Deutsch, doch es passierte erst einmal nicht viel. »Die sind ziemlich skeptisch«, berichtete er mir. »Kein Wunder. Natürlich fragen sie sich, wer dieser komische Typ ist, der hier düstere Prophezeihungen ausstößt.«

Empört stemmte Aolani die Hände in die Seiten. »Aber du bist Vulkanologe! Du weißt, wovon du redest!«

Mein Vater seufzte. »Die haben hier reichlich eigene Vulkanologen. Nur stecken die anscheinend etwas zu tief im Filz drin.«

Wie von selbst rissen meine Hände einen Beutel Studentenfutter auf. Eine Fressattacke, wieder einmal. Doch ich kam gar nicht dazu, die Hand im Beutel zu vergraben, denn Aolani war schneller. »Gib her«, ächzte sie. »Ich brauche jetzt was, sonst läuft mein Kreislauf nicht mehr im Kreis!«

Ein paar Minuten später ging sie nach unten, um etwas zu holen, und plötzlich sagte André, während er weiterhin durch den Sucher starrte: »Sag mal, Jan, würde es dir eigentlich etwas ausmachen, wenn Aolani und ich zusammenziehen würden? Nicht hier natürlich … in Deutschland … oder vielleicht auch in den USA …«

»Was?« Ich war völlig verblüfft. »Ausgerechnet *du* hast das Singleleben satt?«

André richtete sich auf, er wirkte etwas verlegen. »Irgendwie schon. Ist einfach toll, neben ihr aufzuwachen, weißt du?«

»Also, ich fänd's cool, wenn ihr zusammenbleiben würdet«, sagte ich ehrlich. »Hast du sie denn schon gefragt?«

»Äh, nein«, sagte André und kratzte sich am Kopf. »War ein bisschen viel los in letzter Zeit, weißt du?«

Gnadenlos knallte die Sonne aufs Dach des Hotels, und begeistert begrüßten wir den Hotelchef Umberto, der gerade schwitzend und schnaufend einen Sonnenschirm und drei Stühle zu uns hochschleppte. Er musterte unsere Kamera, die auf die Bucht gerichtet war. »Hübsche Aussicht hier, was? Und alles im Preis inbegriffen!«

»Bald wird die Aussicht nicht mehr so hübsch sein – spätestens, wenn die Asche hier ankommt«, sagte André trocken, und entgeistert hörte Umberto sich an, was mein Vater zu erzählen hatte.

»*Gesù!* Das ist ja entsetzlich!«, rief er schließlich. »Wissen Sie, mein Schwager arbeitet bei RAI, dem Staatsfernsehen, soll ich dem mal Bescheid geben?«

»O ja, bitte!«, sagte mein Vater.

So kam der Stein doch noch ins Rollen. Am nächsten Vormittag begannen die Stationen, bei ihm anzurufen, statt umgekehrt. Sobald er aufgelegt hatte, klingelte es schon wieder. Unten im Zimmer lief unser 3-D-Screen auf Dauerbetrieb, und nachdem einige Kamerateams uns auf unserem Ausguck besucht hatten, konnte ich mir auf mehreren Kanälen Interviews mit André anschauen. Er kam gut rüber im Fernsehen, ernst, kompetent und mit einem rauen Indiana-Jones-Look. Ich war unglaublich stolz auf ihn und froh, dass nicht ich in all diese Kameras sprechen musste.

Das *Osservatorio Vesuviano* verweigerte zunächst die Stellungnahme, später sah ich dann das unglückliche Gesicht von Riccardo Di Marzo auf dem Bildschirm. Er sagte, dass der Vesuv tatsächlich aufgewacht sei und man das im Laufe des Tages ohnehin verkündet hätte.

»Haha, wer's glaubt«, meinte ich. »Was, meinst du, wird die Stadtverwaltung jetzt tun? Evakuieren?«

»Ich bin gespannt«, sagte André nur. »Es ist jetzt Freitag, ich wette, dass sie es nicht schaffen, übers Wochenende irgendetwas zu entscheiden. Und anscheinend ist der Chef des Observatoriums immer noch nicht aus dem Urlaub zurück.«

Ich starrte hinüber zum Vesuv und dachte an Giulia. An die Art, wie sie meine Schulter berührt hatte, dort, in der Wohnung ihrer Familie. Wie besorgt sie mich angesehen hatte … und jetzt war *ich* es, der sich Sorgen um *sie* machte. Ob sie meinen Vater in den Nachrichten gesehen hatte? Glaubte sie mir jetzt endlich? Würden sie und ihre Familie Neapel verlassen?

Sie hatte recht mit dem, was sie mir damals im Eiscafé

alles gesagt hatte. Ich war fremd hier, kein Teil ihrer Welt … aber verdammt, ich liebte sie doch, zählte das gar nicht? Was fühlte sie wirklich für mich? Gab es eine Chance für uns? Und würde ich das jemals erfahren? *Nein. Ja. Nein. Ja. Nein.* Ich musste aufhören, darüber nachzudenken, diese Gedanken grillten mir noch das Hirn!

Ich kaute ein paar Gehirndoping-Kaugummis im Laufe des Tages, um wach und konzentriert zu bleiben, doch irgendwann halfen die auch nicht mehr. Schrecklich müde und hungrig lief ich am frühen Abend durch die Straßen, um mir und meinem Vater aus einem Restaurant, in dem wir schon ein paarmal gewesen waren, etwas zu essen zu besorgen, während André weiterhin Wache hielt. Mehr durch Zufall hob ich kurz den Blick, bevor ich eine Straße überquerte, und da sah ich sie.

Giulia. Obwohl sie mir den Rücken zuwandte, erkannte ich sie sofort.

Sie stand mit ein paar anderen Leuten, die ich nicht kannte, auf der Piazza San Gaetano und unterhielt sich mit ihnen, sie schienen heftig zu diskutieren. Giulia redete mit, in der einen Hand eine Cola und in der anderen einen Snack.

Im ersten Moment stand ich einfach nur da und ihr Bild brannte sich in mein Herz. Wenn ich sie jetzt ansprach, vor ihren Freunden … dann konnte es sein, dass sie mich gar nicht beachtete, dass sie mich behandelte wie einen Fremden. Ich war nicht sicher, ob ich das ertragen konnte. Oder sollte ich es riskieren?

Schließlich zwang ich mich, einen Fuß vor den anderen zu setzen, weiterzugehen in Richtung des Restaurants. Ich überquerte die Piazza wie ein Schlafwandler. Und als ich das nächste Mal hinschaute zu der kleinen Gruppe, war ich nicht sicher, ob ich nur geträumt hatte, denn Giulia war verschwunden. Halb niedergeschlagen, halb erleichtert bog ich um die nächste Straßenecke …

»Jan«, sagte eine helle Stimme. Ich hob den Kopf und da stand sie vor mir in ihrem kurzen blauen Sommerkleid. Ihr elfenhaftes Gesicht war blass heute, sie sah aus, als hätte auch sie nicht viel geschlafen. Doch ihr Haar, das sich um ihr Gesicht schmiegte, glänzte wie eine Krähenschwinge.

»Wie geht es dir?«, fragte ich, etwas Besseres fiel mir in diesem Moment nicht ein.

»Schlecht«, sagte sie und versuchte ein Lächeln. »Ich habe dich vermisst. Aber anrufen ging nicht, meine Eltern haben meinen Communicator beschlagnahmt.«

Ich konnte mir den Grund schon denken, fragte aber trotzdem: »Warum?«

»Es tut mir leid«, sagte Giulia, und plötzlich sah ich, dass in ihren Augen Tränen standen. Was sollte das heißen? Dass ihre Eltern ihr diesen Umgang verboten hatten und sie keine Wahl hatte, als sich dem zu beugen? Aber das konnten die doch nicht machen, wir lebten doch nicht mehr im neunzehnten Jahrhundert und außerdem war sie fast volljährig! Wir würden es schon irgendwie schaffen, das durfte nicht sein, dass ein brutaler Exfreund und widerwillige Eltern uns alles verdarben!

»Ist ihnen egal, was du willst? Oder … hast *du* es dir anders überlegt?«, brachte ich irgendwie heraus.

Plötzlich kam sie auf mich zu. Bevor ich überhaupt kapiert hatte, was geschah, fühlte ich schon ihren warmen Körper, der sich gegen meinen drückte. Sah ich ihr Gesicht, das sich mir näherte. Spürte ich ihre Lippen auf meinen. Meine Arme schlossen sich um sie, ganz sanft, als würde ich einen Kolibri mit der Hand fangen. Giulia schmiegte sich an mich und das fühlte sich so gut, so richtig an.

»Ich werde versuchen, meine Familie zu überreden«, flüsterte Giulia mir ins Ohr. »Dass sie dich akzeptiert. Und dass wir nicht nach Torre del Greco fahren an diesem Wochenende. Ich weiß nicht, ob es klappt. Aber ich werde es versuchen, *d'accordo?*«

»Sí«, sagte ich und hörte selbst, dass meine Stimme erstickt klang.

Als sie weg war, wanderte ich wie in Trance durch die Straßen. Wohin wollte ich, bevor ich Giulia getroffen hatte? Was sollte ich mitbringen? Keine Ahnung. Ich hatte keinen Hunger mehr und keinen Durst.

Dass ich besser mehr auf meine Umgebung geachtet hätte, merkte ich erst, als sich die Spitze eines Messers durch mein T-Shirt bohrte. Eine leise Stimme sagte: »Geh weiter. So, als sei nichts. *Capito?*«

Eine Minute später saß ich in einem roten Nissan mit verdunkelten Scheiben, der mit unbekanntem Ziel durch die Gassen jagte.

Gefangen!

Neben Nino waren noch zwei andere Leute im Auto. Am Steuer saß ein wieseliger Typ mit *Spiderman*-Tattoo, ich sah nur seinen rasierten Nacken. Dann sah ich gar nichts mehr, weil ein zweiter, durchtrainierter Kerl mir grob ein Stück Stoff über die Augen knotete. Anschließend fesselte er mir die Hände mit einem Plastikstreifen, wahrscheinlich Kabelbinder, während Nino mir weiterhin das Messer in die Seite presste und sich in schnellem Neapolitanisch mit den anderen unterhielt. Ich wagte nicht, mich zu bewegen, und konnte noch nicht ganz glauben, was geschah. Die *entführten* mich! Ich versuchte zu fragen, was der Mist sollte, ob sie unbedingt in den Knast wollten, aber das war nicht so einfach, wenn einem das italienische Wort für Gefängnis fehlte.

»Stupido«, zischte Nino mir ins Ohr. »Wieso hast du dich nicht von ihr ferngehalten? Das war dumm.« Er bohrte das Messer tiefer in meine Haut, ein stechender Schmerz schoss durch meine Seite.

Scheiße – hatte Nino gesehen, wie ich Giulia geküsst hatte?!

Sie gehört dir nicht und auch sonst keinem!, hätte ich am liebsten gesagt, aber ich hielt den Mund. Wie weit würde Nino gehen? Und mein Vater wusste nicht, was passiert war, er wartete immer noch darauf, dass ich mit dem Essen zurückkam! Wann würde er ahnen, dass ich in Schwierigkeiten war? Würde er die Polizei rufen? Irgendjemand musste doch die Polizei rufen! Merkte denn niemand, dass hier jemand entführt wurde? Oder war es den Leuten egal, passierte hier so was einfach zu oft? Warum nur hatte ich Luca gesagt, er solle mir nicht mehr folgen?

Rasant ging der Nissan in eine Kurve und ich wurde gegen den durchtrainierten Typen geworfen. Angewidert versuchte ich, von seinem schwitzigen, nach zu viel Aftershave stinkenden Körper wegzukommen. Nino und die anderen diskutierten untereinander, ich verstand kein Wort. War es eine spontane Aktion gewesen, mich zu schnappen? Besprachen sie jetzt, was sie überhaupt mit mir anfangen sollten?

Schließlich hielt der Nissan. Eine ganze Weile blieb es still, niemand sprach, niemand bewegte sich. Dann schließlich stieg der Fahrer aus, die Tür knallte zu. Ein paar Minuten später knurrte Nino ein Kommando und mehrere Hände zerrten mich voran. Ich stolperte über die Bordsteinkante und wäre beinahe auf die Knie gefallen, doch jemand zog mich wieder hoch und schubste mich in einen Innenraum, der nach Mörtel und Mäusekot roch. Es ging ein paar Treppen hinauf, dann klapperten Schlüssel, eine Tür wurde geöffnet.

»So, *ragazzo tedesco,* hier hast du es schön gemütlich – und küssen kannst du höchstens die *ratti*!« Nino strich mir fast zärtlich über die Haare. Mit der Messerklinge. »Du hättest sowieso keine Chance gehabt bei ihr, *Mr. Nice Guy.* Ein kleiner Junge bist du, sonst nichts. Sie steht auf echte Männer, so wie mich.«

Fick dich, dachte ich und stellte mir vor, wie ich ihm das Messer aus der Hand riss und es in seinen Bauch rammte.

Seine Hände fuhren in meine Hosentaschen, holten Geldbeutel, Communicator, den Hotelschlüssel heraus. Kurze Diskussion, dann hörte ich Plastik unter einem Schuh knacken, vermutlich die SIM-Karte. Dann rammte Nino mich gegen den Rücken, so heftig, dass ich der Länge nach auf den Steinboden stürzte und mir die Luft aus den Lungen getrieben wurde. Jetzt begann jemand, meine Füße mit einem schmalen Plastikstreifen zu fesseln – o nein, nicht auch noch das!

Sie traten mich gegen die Beine, den Rücken, die Schultern. Ich rollte mich zusammen und versuchte, wenigstens Kopf und Bauch zu schützen. Irgendwann gingen sie und schlossen die Tür hinter sich ab. Zusammengekrümmt wartete ich darauf, dass der Schmerz nachließ, wartete, wartete, versuchte zu atmen, schluchzte. Dachte an Giulia und ob es das wert gewesen war. Dachte an Tischdecken mit einer Amalfi-Karte darauf, an die Brandung vor dem Castel dell'Ovo, an den Geschmack von Kokosnusseis und ihren Lippen.

»Aiuto – Help!«, brüllte ich immer wieder, doch meine Stimme schien von den Wänden abzuprallen, füllte nur das Zimmer mit Lärm.

Langsam wurde mein Kopf wieder klarer. Wie lange wollten mich die Typen hier lassen? Oder hatten sie etwa gar nicht vor, mich irgendwann zu holen? Eisig sickerte der Gedanke in mich ein, bis ich am ganzen Körper zitterte.

Nicht dran denken, nicht jetzt. Obwohl es fies wehtat, rollte ich mich herum, bis ich mit den Fingern eine der Wände berühren konnte. Auf diese Art erkundete ich den Raum, der ungefähr so groß zu sein schien wie mein Zimmer daheim in München.

Nach einer Viertelstunde wusste ich, dass sich im Raum

nicht viel befand, nur ein Teppich, der staubig roch, eine Kommode aus Holz, ein Tisch und ein paar alte, gedruckte Zeitungen, die unter meinen Fingern knisterten wie Herbstlaub. Es gab nichts zu essen und nichts zu trinken, natürlich nicht.

Ich spannte die Muskeln an und testete die Fesseln. Irre hartes Plastik, die bekam ich nicht ab. Stattdessen machte ich mich daran, das Tuch über meinen Augen loswerden. Vorsichtig begann ich, meine Schläfe an einem der Tischbeine zu reiben, und schon bald rutschte der Stoff mir über den Kopf. Jetzt konnte ich mein Gefängnis auch sehen, aber nur im Halbdunkel, die Dämmerung begann schon. Ich blickte durch die dreckige Fensterscheibe ... und sah den Vesuv über der Bucht thronen.

Wie nah er aussah. Viel näher als aus unserem Hotel.

Ein kalter Schauer überlief mich. Ich musste hier raus!

Der Fenstersims bestand aus geschliffenem Stein. Verbissen machte ich mich daran, den Kabelbinder um meine Hände an einer Kante durchzuscheuern. Ging nicht gut. Aber besser, als gar nichts zu tun.

Nach etwa einer Stunde hörte ich auf, weil mir schwindelig und schlecht war. Erschöpft lag ich auf dem ausgeblichenen Teppich und dachte an meinen Vater, an meine Mutter, an Noah, Finn, Emily und meine Katze Lucky im fernen Deutschland, bis meine Gedanken verschwammen.

Als ich die Augen aufschlug, war es schon wieder hell. Niemand hämmerte an die Tür, niemand war gekommen, mich zu retten. Ich hatte brutalen Durst, mein Mund fühlte sich pappig und ausgetrocknet an. Die Deckenlampe schwankte über mir, hatte mich ein neues Beben geweckt? Mühsam richtete ich mich auf und warf als Erstes einen

Blick aus dem Fenster. Der Kegel des Vulkans sah aus wie immer, aber der Boden vibrierte schon wieder, und das Haus unter mir ächzte auf eine Art, die mich erstarren ließ. Wie ein erschöpfter alter Mann. Verzweifelt wetzte ich meine Fesseln weiter an der Fensterbank, zerrte an dem Plastik und schließlich machte es *Krack* – endlich kaputt!

Ich hüpfte hinüber zur Tür, um zu testen, ob ich sie irgendwie aufbekam. Als ich die alten Zeitungen sah, hatte ich eine Idee. Genau genommen eine uralte Idee, die ich aus einem *Drei Fragezeichen*-Buch meiner Kindheit kannte. Schnell holte ich ein Zeitungsblatt, schob es unter der Tür durch und stocherte dann mit dem kaputten Kabelbinder im Türschloss herum. Wäre ich Justus, Peter oder Bob gewesen, dann wäre der von außen steckende Schlüssel – falls er von außen steckte, das war nicht zu erkennen – jetzt auf die Zeitung gefallen und ich hätte ihn unter der Tür durch nach drinnen ziehen können.

Leider war ich nur Jan Bendert. Es passierte gar nichts.

Vielleicht hatte Nino den Schlüssel mitgenommen und in den Golf von Neapel geworfen.

Mit aller Kraft rammte ich die Schulter gegen die Tür, doch das Schloss hielt. Noch einmal, noch einmal. Nichts passierte. Wieso war nicht schon längst ein Nachbar vorbeigekommen, um zu sehen, was hier oben los war? Gehörte die Wohnung der Camorra, der neapolitanischen Mafia, wollten die Leute gar nicht wissen, was hier vorging? Oder war das Haus unbewohnt?

Die Sonne stieg immer höher, stand jetzt hoch am Himmel. Ich pinkelte in eine Ecke der Wohnung. Falls der Besitzer etwas dagegen hatte, sollte er sich beschweren.

Wieder erschütterte ein Erdstoß das Haus, bildete ich mir

das nur ein oder waren die Beben deutlich stärker geworden? Jedenfalls kamen sie immer öfter, wie Wehen. Raus hier. Nichts wie raus!

Das uralte Fenster ließ sich nicht öffnen. Mit der restlichen Zeitung umwickelte ich meinen Ellenbogen, dann rammte ich ihn gegen die Glasscheibe. Es tat so weh, dass ich mich fluchend zusammenkrümmte. Egal. Noch mal versuchen! Wenn Scherben auf die Straße klirrten, würde ja wohl jemand kapieren, dass in diesem Haus etwas nicht in Ordnung war, und nachsehen kommen!

Beim fünften Versuch klappte es endlich, die Scheibe zersplitterte, und Luft, die mir unglaublich frisch vorkam, strömte mir ins Gesicht. Ich wollte gerade jubeln, doch dann hob ich den Kopf und sah die dunkle Wolke über dem Gipfel des Vesuvs. Hörte das Donnern und Rumpeln aus der Richtung des Berges. Der Ausbruch hatte begonnen!

Stumm vor Entsetzen, sah ich zu und wusste, dass jetzt niemand die Zeit oder den Nerv hatte, sich über zerbrochene Glasscheiben zu wundern. Niemand in dieser Stadt dachte gerade an mich … nicht einmal mein Vater.

Fluchthelfer

Warum war ich so dämlich gewesen, das Fenster zu zertrümmern? Jetzt konnten heiße Gase und Asche ins Innere dringen! Ich durfte nicht hierbleiben! Die Aschewolke über dem Berg dehnte sich aus und stieg rasend schnell höher, sie sah aus wie ein dunkelgrauer Atompilz. Ich versuchte, den Kraterrand zu erkennen, doch das wabernde Grau verdeckte die ganze Spitze des Berges. Hin und wieder blitzte es darin, und ich sah die Leuchtpunkte von glühenden Lavabrocken, die der Vesuv hinausschleuderte.

Ich schleifte den Tisch in Richtung Tür, stützte mich an der Kante ab und stieß beide Füße so nach vorne, dass sie mit voller Wucht gegen die Tür krachten. Doch das Ding war solide. Auch nach zehn, nach zwanzig Versuchen splitterte es nicht.

Erschöpft legte ich mich auf den Boden und fragte mich, was aus mir werden sollte. Und ob Giulia und ihre Familie in Sicherheit waren. Wie lange würde es dauern, bis der Ausbruch Neapel erreichte? Wie gefährlich war die Asche für die Stadt? Konnten pyroklastische Ströme bis hierher vordringen?

Ferne Geräusche, die aus dem Haus zu kommen schienen. Ein Klappern, ein Wummern. Mein Herzschlag legte einen Sprint ein. Kamen Nino und seine Kumpane zurück, um mich zu befreien … oder um mir den Rest zu geben?

Dann wurde es wieder still. Ich quälte mich auf die Füße und spähte durch das kaputte Fenster nach draußen. Kein roter Nissan draußen. Leider auch kein Krankenwagen vor der Tür, kein Polizeiauto. Aber dafür ein bekanntes Gesicht, das vom Bürgersteig aus zu mir hochstarrte.

Im ersten Moment konnte ich es nicht glauben. Nein, das konnte nicht sein, das war nicht möglich! Fred konnte nicht hier sein, er war irgendwo im Grenzgebiet von Indien und Pakistan!

»Fred!«, brüllte ich, streckte den Arm durch das Loch in der Fensterscheibe und winkte wie verrückt. Doch die vertraute Gestalt auf der Straße war wieder verschwunden. Hatte ich mich getäuscht?

Nein. Wieder ein Klappern, dann eine lange Pause und schließlich Schritte auf der Treppe. Jemand rannte hoch zu mir. Vor Erleichterung liefen mir Tränen über die Wangen. Ein Schlüssel knirschte im Schloss, dann schwang die Tür auf, und vor mir stand Fred, gekleidet in ein helles Hemd, eine kakifarbene Weste mit vielen Taschen und eine Armeehose. Er sah übernächtigt aus und hatte einen Vier- oder eher Fünf-Tage-Bart. »Na also«, brummte er, als er mich sah. »Dachte schon, wir finden dich nie!«

Ich fühlte mich ganz schwach vor Erleichterung. »Wie … wie hast du …«

»Ich kenne ein paar Leute hier in der Stadt. Wir haben Giulias Familie ausfindig gemacht und herausbekommen, wie der Kerl heißt, der dich bedroht hat«, sagte Fred, fischte ein Schweizer Messer aus einer seiner vielen Taschen und schnitt den Kabelbinder um meine Füße durch. »Tja, was soll ich sagen? Ich bin hingefahren und habe ihn mir vorgeknöpft. Er wollte erst nicht mit der Sprache rausrücken, was er mit dir gemacht hat, aber nach einer Weile hat er es sich anders überlegt.«

Das gefiel mir. Sehr gut sogar. Wenn sich Fred jemanden vorknöpfte, war das bestimmt nicht angenehm. »Hast du ihn zur Polizei gebracht?«

»Nein, das hätte mit sämtlichen Verhören, Aussagen, Protokollen und so weiter Stunden gedauert. Wichtiger war, dich freizukriegen.«

Kein Wunder, dass er so müde aussah, und das nach dem langen Flug! »Danke«, stammelte ich, aber Fred hörte kaum zu. »So, und jetzt schnell! Draußen ist die Kacke am Dampfen.«

Er zückte eins der Satellitentelefone, von denen auch mein Vater und ich ein Paar hatten, um auch in entlegenen Gegenden telefonieren zu können. Wahrscheinlich war ein normales Handy jetzt nutzlos, weil das Netz überlastet war. Auf dem Weg nach draußen sprach Fred mit irgendjemandem, meinem Vater vielleicht? Ich stolperte hinter ihm her durch die Tür und starrte auf die Wände des Treppenhauses. Große Risse zogen sich durch die vor langer Zeit einmal hellgelb gestrichenen Mauern, auf dem Boden lagen Ziegelstaub und Steinbrocken. Schlagartig wurde mir klar, wo ich war – in einem wegen Einsturzgefahr gesperrten Haus! Wahrscheinlich war es nach dem Erdbeben vor fünf Jahren aufgegeben worden, aber noch war niemand dazu gekommen, es abzureißen.

Die vordere Haustür war mit einem Vorhängeschloss abgesperrt, ich rüttelte kurz daran, doch Fred schüttelte den Kopf und winkte mir, zur Hintertür mitzukommen – die war offen. Ein paar Minuten später stand ich auf der Straße und atmete tief durch. Es knirschte, als ich über den Bürgersteig ging, überall lagen Glassplitter von dem Fenster, das ich zertrümmert hatte.

Von hier aus sah ich den Vesuv nicht mehr. Vielleicht war die Straße deswegen noch nicht voll von panischen Menschen. Auch die Autos fuhren noch ganz gewohnt, also im Kamikaze-Stil. Aber hörten die Leute denn nicht dieses tiefe, unheimliche Donnern? Doch, viele von ihnen zögerten, schauten sich um, redeten nervös mit ihren Begleitern. Ein Hubschrauber knatterte über unsere Köpfe hinweg in Richtung Berg. Einen Moment lang blickte ich ihm nach. Der Vesuv! Es war passiert! Noch fiel es mir schwer, zu begreifen, was das bedeutete.

»Wie konntest du überhaupt so schnell hier sein?«, fragte ich Fred. »Hier, in Neapel! André hat dir doch erst gestern gemailt, oder?«

Fred grinste kurz. »In meinem Job entwickelt man eine Art Instinkt. Bin schon einen Tag vor seiner Nachricht losgeflogen.«

Zehn Minuten später hielt unser Mietwagen mit protestierend kreischenden Bremsen vor mir, André und Aolani sprangen heraus und schlossen mich erleichtert in die Arme. »Gott sei Dank, Jan! Was in aller Welt war mit dir los?«

Schnell erzählte ich, was passiert war, und André starrte mich an. »Das ist ja unglaublich … und die verdammte Polizei wollte oder konnte mir nicht helfen, keine Ahnung, ob wir dich ohne Freds Hilfe je gefunden hätten!«

In diesem Moment erklang wieder ein Donnern aus der Richtung des Vulkans, grimmig ernst blickte André uns an. »Okay. Plan B – weg hier!«

»Einen von euch könnte ich auf der Enduro mitnehmen und zu einem Freund bringen, der weiter im Westen wohnt«, bot Fred an. »Etwa dreißig Kilometer von hier. Das ist außerhalb der Gefahrenzone.«

»Gut, dann fährt Aolani bei dir mit – ein Rucksack muss als Gepäck reichen«, entschied André. »Jan begleitet mich. Los!«

Er schloss Aolani in die Arme, die beiden gaben sich einen Kuss, der es in sich hatte, dann mussten wir los. Ich sah, dass das Auto vollgeladen war, André hatte unsere gesamte Ausrüstung mitgenommen. Hastig kramte Aolani alles Wichtige aus ihrem Koffer in einen Rucksack, ein letztes schnelles *»Good Luck!«* und ein Lächeln für mich, dann fuhren wir los.

Als Erstes schnappte ich mir eine Flasche Wasser vom Rücksitz und trank sie halb leer, ohne abzusetzen. Der Hunger war nicht so schlimm, der konnte warten, wir hatten jetzt andere Probleme.

»Ich fahre dich zum Bahnhof, du nimmst den erstbesten Zug nach Norden«, erklärte mein Vater hastig, während er sich in den dichten Verkehr einfädelte. »Da bist du in Sicherheit. Hier wird's ziemlich brenzlig werden.«

»Ist es ein großer Ausbruch?«, fragte ich beklommen.

»Ja. Das Magma scheint sehr gasreich zu sein, in den letzten Jahrzehnten muss sich im Schlot ein enormer Druck aufgebaut haben. Außerdem haben wir Pech mit dem Wind, die Asche zieht in unsere Richtung.«

»Was ist mit dir? Kommst du nicht mit?«, fragte ich, auch wenn ich die Antwort schon ahnte.

André schüttelte den Kopf. »Ich habe schon mit Braccone gesprochen. Er und seine Kollegen brauchen jetzt jede Unterstützung, die sie kriegen können. Sobald du im Zug sitzt, mache ich mich auf den Weg zum Observatorium.«

»Aber …«

»Kein Aber«, unterbrach mich André und wich einem Motorroller aus, auf dem sich drei Personen aneinander festklammerten. »Das hier ist der Ausbruch des Jahrhunderts, verstehst du, was das für mich bedeutet?«

»Ja«, sagte ich. Lange hatte ich mich aufgelehnt gegen die Art, wie er lebte, doch das schien Jahre her zu sein. Ich hatte nicht das Recht, ihm seinen Weg vorzuschreiben.

»Aber es ist mir wichtig zu wissen, dass du hier raus bist«, fuhr André fort. »Ich will nicht, dass dir etwas passiert.«

Diesmal glaubte ich es ihm.

In meinem Inneren tobte ein Orkan. Nichts hätte ich lieber getan, als Neapel den Rücken zu kehren, all diese Gewalt und Angst hinter mir zu lassen und zurückzukehren ins ruhige, grüne München. Aber der Gedanke daran, dass mein Vater hierblieb und ich ihn nach all dem, was wir zusammen erlebt hatten, im Stich ließ, fühlte sich an wie ein Messer in meinem Bauch. Und genauso unerträglich war es, an Giulia zu denken. Hatte sie ihre Familie überzeugen können, hierzubleiben, nicht nach Torre de Greco zu fahren? Immerhin, gestern Abend war die Warnung vor dem Vesuv schon im Fernsehen gelaufen, das musste sie gesehen haben! Ihre Eltern konnten unmöglich wegen einer Familienfeier ein solches Risiko eingegangen sein! Aber was, wenn doch? Die Sorge um sie schnürte mir die Luft ab.

Scheiße, was jetzt? Hierbleiben, bei meinem Vater und Giulia? Oder fliehen? Der Gedanke daran, hier zu sterben, war furchtbar nah. Mir graute davor, die wirbelnde Asche einzuatmen, die sich wie eine Gewitterwolke auf die Stadt zuschob, ich konnte sie durch die Frontscheibe des Autos sehen und kaum die Augen davon lösen. Ich hatte Angst davor, mit Verbrennungen und entsetzlichen Schmerzen im Krankenhaus zu liegen. Alles in mir schrie danach, zu fliehen. Abzuhauen. Mein Leben zu behalten und all das zu tun, was ich noch vorhatte. Mit einem Mädchen zu schlafen, Windsurfen zu lernen, mit Finn durch Südamerika zu trampen, die Galapagosinseln zu erforschen … sollte es aus sein, bevor ich all das erleben konnte? Nein, nein, nein! Außerdem musste ich auch an meine Mutter denken. Es wäre entsetzlich für sie, wenn mir etwas passierte.

Der Verkehr wurde immer dichter, aber auf dem mehrspurigen Corso Umberto kamen wir noch voran. Ich konnte das flache, moderne Bahnhofsgebäude schon vor mir sehen, die Glasfassade und das Vordach, das von mehreren Bündeln dunkelgrauer Pfeiler gestützt wurde. Eine Menschenmenge drängte sich um das Gebäude. Rufende, unruhige Menschen mit hastig gepackten Koffern, Taschen, Kinderwagen mit brüllenden Babys darin.

»Hast du deine Sachen? Gleich muss es schnell gehen!«, drängte mein Vater. Ich beugte mich nach hinten, holte die beiden Satellitentelefone aus meiner Reisetasche und steckte eins davon in die Tasche meiner Jeans, das zweite gab ich André. Fahrig packte ich Wasser, Notproviant, Taschenmesser, ein Ersatz-T-Shirt und den Laptop in den Rucksack, alles andere kam in die Reisetasche.

»Hier, das sind die neuesten Aufnahmen, die von der Eruption, pass gut darauf auf«, prägte André mir ein und drückte mir einen Datenstick in die Hand. »Der ganze Rest ist zum Glück schon in Sicherheit, ich hab ihn vor ein paar Tagen an mein Büro in Deutschland geschickt.«

Ich brachte den Datenstick vorsichtig in meinem Rucksack unter, ganz tief drinnen, wo er gut abgepolstert war.

André parkte mit Warnblinker in der zweiten Reihe und wir bahnten uns irgendwie einen Weg durch das Chaos heftig diskutierender Menschen, *motorinis* und eintreffender Taxis. Nach einer geordneten Evakuierung sah das hier nicht aus! Für die zwanzig Meter bis ins Gebäude, das von innen ein bisschen wie ein Flughafen aussah, brauchten wir fast eine Viertelstunde. Auf der leuchtenden Anzeigetafel blinkten alle möglichen Meldungen, aber wir konnten einen Zug ausmachen, der in Richtung Pisa fuhr, und rannten zum Gleis.

Der Zug war schon völlig überfüllt, die Menschen standen dicht an dicht in den Abteilen. »Fahrkarte? Brauche ich keine Fahrkarte?«, fragte ich. André schüttelte den Kopf, kramte seinen Geldbeutel heraus und drückte mir hastig ein Bündel Fünfzigeuroscheine in die Hand – es war alles, was er dabeihatte. »Egal. Dann zahlst du eben Strafe. Oder vielleicht kann man auch im Zug ein Ticket lösen. Wichtig ist jetzt nur eins: Du musst diesen Zug nehmen, vielleicht ist das die letzte Gelegenheit!«

Noch immer war ich hin- und hergerissen. Wollte ich überhaupt irgendeinen Zug nehmen? Oder doch besser hierbleiben? Es ging jetzt alles so schnell und noch immer hatte ich mich nicht entschieden …

»Viel Glück, Jan«, sagte mein Vater, und wir umarmten uns noch einmal ganz fest. »Es war so schön, dich endlich richtig kennenzulernen. Ich bin froh, dass ich das nicht verpasst habe.«

Tränen kitzelten in meinen Augen. »Sei vorsichtig, ja?«

»Ich versuch's. Grüß deine Mutter von mir.« Sanft schob er mich weg, auf den Zug zu, und ich zwängte mich irgendwie die Stufen hoch und ins Innere. Dann sah ich zu, wie mein Vater mir von draußen ein letztes Mal zuwinkte und mit schnellen Schritten davonging.

Aus meiner Reisetasche, deren Reißverschluss nicht mehr ganz zugegangen war, lugte die *I love Napoli*-Tasse hervor. Der Gedanke an Giulia traf mich wie ein Schlag in den Magen. *Giulia.* Meine wilde Elfe.

Ich schmeckte ihren Kuss noch auf meinen Lippen. Sie hatte mich nicht aufgegeben … wieso gab *ich* sie auf? War ich doch nichts weiter als ein Tourist, ein *ragazzo tedesco,* der erleichtert die Chance ergriff, in seine gemütliche Welt zurückzukehren? Konnte ich wirklich weiterleben, wenn sie, ihr kleiner Bruder, ihr Cousin starben?

In einem Sekundenbruchteil fiel meine Entscheidung. Ich wollte jetzt bei Giulia sein. Sie umarmen, trösten, beschützen. Egal, was mich das kostete.

Es war nicht ganz leicht, mich aus dem Zug wieder hinauszuwinden, ich rempelte dabei ein halbes Dutzend Leute an, und Flüche, die ich zum Glück nicht verstand, sausten mir um die Ohren. Die große Reisetasche war zu sperrig, um sie mitzunehmen, ich ließ sie einfach auf dem Bahnsteig stehen.

Dann marschierte ich mit meinem Rucksack los.

Asche

So rasch ich konnte, wand ich mich durch die mit Autos, Motorrädern und Menschen völlig verstopften Straßen. Auf einer Piazza in der Nähe hatten die Carabinieri eine freie Fläche abgesperrt, ein Hubschrauber landete darauf, und ich stutzte kurz, als ich sah, wie mein Vater geduckt auf die Maschine zueilte. Zwei andere Menschen saßen schon im Inneren, ich erkannte Braccone und eine Frau in einem feuerfesten Overall. André bemerkte mich nicht und das war auch besser so.

Ich rannte weiter, durch die Gässchen um den Bahnhof, in denen sonst einheimische und chinesische Händler ihren Plastikramsch anboten, hielt mich in Richtung Westen und hoffte, dass ich auf diese Art irgendwo am Dom herauskam.

Vor einem Altar an einer Hauswand hatten sich verängstigte Menschen versammelt, viele zündeten Kerzen an, andere beteten lautstark. Noch während ich hinsah, kam die Aschewolke in Neapel an, und es wurde dunkel, als wäre die Nacht hereingebrochen. Die Sommersonne verwandelte sich in einen blassen Fleck und verschwand dann ganz. Dicke graue Flocken begannen zu fallen und bedeckten alles – Menschen, Autos, Häuser, den Boden, meine Arme. Es sah aus wie Schnee aus der Hölle. Vor meinen Füßen wirbelte Asche auf, die ganze Luft war voll davon, ich konnte nur noch ein paar Meter weit sehen. Dieses Zeug wollte ich nicht in meiner Lunge. Meine Gedanken rasten zurück zum Kawah Ijen. Was für die Träger dort gut genug war, musste jetzt auch für mich reichen. Ich zerriss mein Ersatz-T-Shirt, feuchtete es an und band es mir um Mund und Nase.

Ich versuchte, weiter zu rennen, aber mein geschundener Körper ließ mich im Stich, mehr als einen Laufschritt bekam ich nicht mehr hin. Menschen hasteten an mir vorbei, sie wirkten wie Geister in einer grauen Welt. Viele hatten sich so wie ich Tücher um den Mund gebunden oder Hüte aufgesetzt, ein paar trugen Regenschirme. Niemand achtete auf mich. Irgendjemand schrie etwas, ein paar Straßen weiter hörte ich die Sirene einer Ambulanz. In den Straßen stauten sich die hastig mit Gepäck beladenen Autos, warteten mit laufendem Motor vergeblich darauf, dass es weiterging. Pures Glück, dass André und ich vorhin noch durchgekommen waren. Gut, dass Fred Aolani mit dem Motorrad in Sicherheit bringen würde!

Durchgeschwitzt und mit Asche bedeckt, kam ich in der Via del Duomo an; die hölzernen Portale des Domes standen offen, um die beunruhigten Gläubigen einzulassen. Ich hetzte weiter zu dem orangegelben Haus, in dem Giulias Familie wohnte. Auf mein Klingeln reagierte niemand. Das musste ein Albtraum sein! Waren sie etwa doch nach Torre del Greco gefahren, mitten in den Feuersturm hinein? Wie von Sinnen hämmerte ich gegen die Tür, bis mir endlich der Erdgeschossmieter aufmachte, ein Mann mit Oberarmen wie ein Seemann, er trug nur eine Jogginghose. »*Che cosa vuoi?* – Was willst du?«, herrschte er mich an.

»Die Pasottis …«, keuchte ich.

»Sind nicht hier. Zu Verwandten gefahren.« Der Mann

starrte ärgerlich auf die graue Masse, die in den Hausflur gewirbelt wurde, weil die Tür offen war. Er wollte die Tür wieder zuwerfen, doch ich war schneller und schob meinen Fuß in die Öffnung. In meinem Kopf hatten sich die italienischen Wörter unentwirrbar verknotet. »Wohin … gefahren … Pasottis?«, radebrechte ich. Der Mann seufzte und winkte mir, ihm in seine Wohnung zu folgen. Drinnen war alles vollgestellt mit Schiffsmodellen, bis auf den Teil der Wand, der von einem riesigen Flachbildfernseher eingenommen wurde. Eine spärlich bekleidete Frau stand in einer Zimmertür, schoss ein paar Schnellfeuersätze auf ihren Mann ab und starrte mich feindselig an.

Der Mann begann in irgendwelchen Notizzetteln zu blättern, dann kramte er einen Stadtplan heraus. Er zeigte mit dem Finger auf eine Ortschaft – Torre del Greco. »Hier. Via Veneto Nr. 13.«

Mit einem hohlen Gefühl starrte ich auf den Stadtplan. Normalerweise kam man da wahrscheinlich mit der *Circumvesuviana* hin, oder mit dem Auto, ein gemütlicher Trip von einer halben Stunde. Aber jetzt? Jetzt war das ungefähr so weit wie nach China. Wahrscheinlich saß ich hier in Neapel fest, während Giulia dem Vulkan ausgeliefert war.

»Ich muss dorthin, unbedingt – kann ich den Plan haben?«, fragte ich. Der Mann schaute mich aus zusammengekniffenen Augen an, dann blickte er aus dem Fenster in die graue Welt dort draußen und drückte mir den Plan in die Hand. »Lass dich nicht grillen.«

Während er mich nach draußen geleitete, warf ich noch einen letzten Blick in die Wohnung, auf die Modelle – und es traf mich wie ein Blitzschlag. *Schiffe!* Torre del Greco war eine Küstenstadt und die hatte garantiert einen Hafen. Vielleicht kam ich übers Meer dorthin! Quer über den Golf von Neapel. Keine Ahnung, ob die Fähren noch fuhren, aber vielleicht konnte ich ein Boot mieten. Beim Castel dell'Ovo hatte ich jede Menge kleine Motorboote und Jachten gesehen.

Gegen einen Fünfzigeuroschein nahm mich der Fahrer eines Motorrollers mit und setzte mich in der Nähe des Palazzo Reale ab, wo die Jachthäfen begannen. Ich rannte durch den öffentlichen Park, dessen Palmen jetzt aussahen wie graue Skulpturen, dann stand ich an der Mole und spürte, wie die Hoffnung aus mir hinausrann. Ziemlich viele Leute waren auf die gleiche Idee gekommen wie ich, und zwar vor mir. Dort, wo zuvor Segelboote, blau-weiß gestrichene Holzboote und Zodiac-Schlauchboote vor Anker gelegen hatten, war jetzt … nichts mehr! Der Hafen war so gut wie leer, viele Schiffe hatten längst abgelegt, und nur noch eine Handvoll von Besitzern arbeitete hektisch daran, ihre ehemals weißen Prunkstücke ablegen zu lassen und vom Land weg zu manövrieren.

Unruhig wogte das aufgewühlte schwarze Meer durch die Öffnung zwischen den Hafenbefestigungen, im Sekundentakt klatschten Wellen gegen die Mole und Wasser schwappte um meine Bergschuhe. Es war gefährlich, hier zu sein, möglicherweise löste die Eruption noch einen Tsunami aus. Aber das Meer war meine einzige Chance! Ratlos rieb ich mir die Handgelenke, die noch von den Fesseln schmerzten, und versuchte, durch die dichten Ascheschwaden den Vesuv zu erkennen. Schließlich schaffte ich es, seine Silhouette auszumachen … und erkannte mehrere orange glühende Streifen, die sich den Berg hinunterzogen. Lavaströme. Wenn die so weiterflossen, würden sie sich durch die Küstenorte brennen … und genau dort war Giulia. Vielleicht auch auf der Flucht, vielleicht in Not, vielleicht verletzt …

Weiter, nichts wie weiter. Vielleicht gab es in den anderen kleinen Häfen in Richtung Castel dell'Ovo noch Boote! Obwohl mein ganzer Körper wehtat, rannte ich los, die Via Acton entlang. Ein Erdstoß riss mir beinahe die Beine weg, Steine polterten aus einer Mauer neben der Straße. In Panik wetzte ein Hund an mir vorbei, der vielleicht irgendwann einmal hellbraun gewesen war, seine Leine schleifte hinter ihm her.

Als ich die lange, gerade Küstenstraße entlanghastete, sah ich einen kleinen Hafen, der von aufgeschütteten Felsen geschützt wurde. Hier lagen tatsächlich noch ein paar kleine Motorboote – aber eine Traube von Menschen umringte sie, vielleicht verhandelten die gerade darüber, wer mitfahren durfte. Ich sah ihre Silhouetten in der Dunkelheit, manche hatten Taschenlampen, deren Licht sich an den wirbelnden Ascheflocken brach.

Ich hinkte die Treppen hinunter zu der halbkreisförmigen Anlegestelle. Schlängelte mich durch, bis ich am Wasser war. Und stand direkt vor einem weißen, schmuddelig wirkenden, etwa vier Meter langen Kunststoffboot mit Außenbordmotor, in dem ein Mann in blauer Regenjacke stand, die Kapuze fest über den Kopf gezogen. Bartstoppeln zierten sein Gesicht und auch das Doppelkinn, das über seinen Kragen lappte. Grinsend hielt er ein Schild hoch. »*Barca in affitto* – Boot zu vermieten – 1000 Euro/halber Tag!«, stand darauf.

Angewidert betrachteten ihn die Menschen auf der Anlegestelle, niemand schien gewillt, den unverschämten Preis zu zahlen. Eine Frau keifte den Typen an, doch sein Lächeln wankte nicht eine Sekunde lang.

Ich zog mich ein paar Schritte zurück, um unbeobachtet mein Geld zu zählen. Fünfhundert Euro. Zu wenig, viel zu wenig! Aber vielleicht konnte ich ihn runterhandeln? Ich streifte mir das zerrissene T-Shirt vom Gesicht, so selbstbewusst wie möglich marschierte ich auf den Bootsbesitzer in der blauen Regenjacke zu.

»Buongiorno«, sagte ich höflich, und das Grinsen des Typen wurde noch breiter, als er meinen ausländischen Akzent hörte. »Ist teuer, Ihr Boot da«, fuhr ich fort. »Geht's auch günstiger?«

»*Novecento* – neunhundert«, sagte der Typ. »Das ist mein letztes Wort. Bist nicht der Einzige, der wegwill.«

»Fünfhundert«, bot ich verzweifelt an, doch der Typ zog nur die Augenbrauen hoch und beachtete mich dann nicht mehr.

Ich blickte zum Kastell hinüber, suchte mit den Augen nach Booten, nach dem Hubschrauber meines Vaters, nach irgendeiner Hoffnung. Mein Blick blieb an einer großen Motorjacht hängen, die sich mit leise grollendem Dieselmotor näherte. Sofort drängten die Menschen, lauter graue Gestalten, hoffnungsvoll in ihre Richtung, Rufe ertönten.

Nur ich blieb dort, wo ich war. Bloß jetzt nicht umdrehen. Auf keinen Fall! Denn die Stimme, die gerade hinter mir erklang, kannte ich.

Nino.

Großer Gott! Was war, wenn er mich erkannte? Er würde wütend sein, dass sein Plan schiefgegangen war. Würde er hier und jetzt versuchen, mich umzunieten? Ich traute es ihm zu.

»Du solltest dich schämen, arme, unschuldige Menschen auszunutzen – deine Landsleute!«, tönte Nino, und ich ahnte, mit wem er sprach. »Ich biete dir zweihundert und das ist immer noch doppelt so hoch wie der normale Preis.«

Die Antwort war knapp und bedeutete vermutlich so etwas wie »Vergiss es«.

»Dreihundert.« Ninos Stimme war voll unterdrückter Wut. »Und das ist immer noch Wucher, du *faccia di culo*!«

»Der Preis hat sich gerade erhöht«, kam es gelassen zurück. »Auf tausendfünfhundert.«

Ich konnte hören, wie Nino mit den Zähnen knirschte. »Ach, wirklich? Bist du ganz sicher? Dann schau dir mal das hier an!«

Ein metallisches Geräusch. Vielleicht ein Springmesser, dessen Klinge gerade herausfuhr.

»Vai a cagare!«, motzte der Bootsbesitzer unbeeindruckt, ich konnte mir schon denken, was das hieß – Nino sollte sich verpissen. Ganz vorsichtig drehte ich mich halb um und zählte darauf, dass ich unter der Ascheschicht, die sich mit Gischt zu einem grauen Brei vermischt hatte, kaum zu erkennen war.

Nino war allein, diesmal ohne seine beiden Kumpels. Er sah fast so fertig aus wie ich, aber gefährlich wie eine zusammengerollte Kobra. In seiner Hand war ein Messer. Da alle anderen Menschen auf dem Pier gerade in Richtung der großen Motorjacht blickten, war ich der Einzige, der das mitbekam. Plötzlich hatte ich wieder Hoffnung. Hm, wenn die beiden sich in die Haare gerieten … und ich schnell reagierte … Mir war klar, dass das, was ich vorhatte, eine Straftat war, aber das war mir egal.

Nino packte den Bootsbesitzer an der Jacke und zerrte

ihn an Land. Doch der Typ in der blauen Regenjacke dachte gar nicht daran, vor Angst zu erstarren. Er wehrte sich mit aller Kraft, ich sah ein zweites Messer. Nino und er stürzten zusammen auf den Pier.

Ich zögerte nicht länger, sondern marschierte einfach los, vorbei an den beiden Kerlen. Ganz beiläufig, so als hätte ich jedes Recht dazu, kletterte ich an Bord des Motorboots – und rutschte auf der feuchten Vulkanasche im Inneren aus, beinahe wäre ich über Bord gegangen. Aber dann fand ich mein Gleichgewicht wieder und eilte auf dem schwankenden Boot nach vorne zum Steuer, einem Rad aus Edelstahl.

Mein Herz hämmerte gegen die Rippen. Was musste ich jetzt machen? Hatten Boote Anlasser so wie Autos? Aha, da vorne war ein Zündschloss, es steckte ein Schlüssel mit einem baumelnden Anhänger darin. Mit zitternden Fingern drehte ich, und halleluja! – der Motor erwachte zum Leben. Aber das Boot war noch an zwei Stellen an Land festgemacht, durch daumendicke Taue. Es war keine Zeit, sie zu lösen; noch hatte niemand bemerkt, was ich tat, aber das würde nicht lange so bleiben.

Ich fummelte mein Taschenmesser heraus und begann am hinteren Seil herumzusäbeln, mit dem das Boot an einem Poller vertäut war. Kurzer Blick zur Seite: Noch immer kämpften die beiden Männer an Land und der Typ in der blauen Regenjacke ächzte, anscheinend hatte er einen Stich abbekommen. Inzwischen waren ein paar Leute auf den Kampf aufmerksam geworden und versuchten, Nino wegzuzerren. Andere schienen ihn eher noch anzufeuern, anscheinend war der Bootsbesitzer nicht allzu beliebt.

Jetzt hatte ich das hintere Tau durch und machte mich an das vordere. Jemand schrie etwas, aber ich schaute nicht hoch. Gleich hatte ich es geschafft. Doch jetzt tauchte jemand in meinem Blickfeld auf, ein Mann, er brüllte mich an und machte Miene, ins Boot zu klettern. Ich warf mich auf den großen schwarzen Hebel neben dem Steuer, den kannte ich aus diversen Actionfilmen. Ganz nach vorne mit dem Ding, Vollgas! Der Außenborder röhrte auf, das angesägte Haltetau riss wie ein Bindfaden und der Eindringling stürzte ins Hafenbecken.

Als ich ein paar Meter entfernt und außer Reichweite war, drosselte ich den Außenborder etwas und schaute zurück. Leider war es nicht Nino, der am Boden lag und sich vor Schmerzen krümmte, sondern der Mann im blauen Regenmantel. Aber Nino hing im Griff zweier anderer Männer und blickte mir fassungslos nach. »*Cretino tedesco!*«, brüllte er. »Komm zurück! Das ist nicht dein verdammtes Boot! Lass mich mitfahren, sonst …«

»Sonst was?«, rief ich, lächelte ihm ein letztes Mal zu und zeigte ihm den Stinkefinger. Dann drückte ich den Gashebel wieder nach vorne und das geklaute Boot schob seinen ascheverschmierten Bug durch die Wellen. Schon hatte ich den Bereich der Felsen hinter mir und manövrierte an ein paar Bojen vorbei.

Ich richtete den Bug auf den Vesuv.

In der Stadt des schwarzen Mönchs

Es war zwei Uhr nachmittags und ich fuhr hinein in eine mondlose, nach Schwefel stinkende Nacht. Durch die Aschewolke konnte ich kaum etwas erkennen, nur den roten Schein über dem Krater. Das unheimliche Donnern des Vulkans dröhnte mir in den Ohren. Jetzt begannen auch noch Lapilli vom Himmel zu prasseln, kleine, rotbraune Bimssteine, die der Vulkan ausstieß. Sie trafen mich mit voller Wucht auf Kopf, Armen, Schultern. Ich versuchte, mich hinter die kleine Windschutzscheibe des Bootes zu ducken, aber viel brachte das nicht. Das hier musste die Hölle sein – und ich war mittendrin. Hoffentlich war André nicht zu nah dran am Krater!

Die Bimssteine waren so leicht, dass sie auf dem Wasser schwammen, sie bedeckten die Meeresoberfläche in einer Schicht, die immer dicker wurde. Mein geklautes Boot – keine Nussschale, aber auch nicht wirklich groß – schaffte es kaum, sich einen Weg hindurch zu bahnen. Knirschend schob es sich voran, es klang, als würde ich mit einem Fahrrad über einen Kiesweg fahren. Außerdem füllte sich das Boot langsam mit den Steinen. Wenn das so weiterging, war es bald voll bis zum Rand und soff mir unter den Füßen ab! Ich ließ das Steuer los, um mit beiden Händen Lapilli hinauszuschaufeln, doch sofort begann sich der Bug zur Seite zu drehen, und ich musste wieder lenken, damit ich nicht vom Kurs abkam. Abwechselnd schaufelte und lenkte ich. Klackend rieben sich die schwimmenden Bimssteine am Rumpf. Es ging so furchtbar langsam voran! Was war, wenn ich zu spät kam? Wenn ein pyroklastischer Strom über die Küstenstädte fegte, bevor ich Giulia rausgeholt hatte?

Ich hielt mich dicht an der Küste und sah schemenhaft den Industriehafen Neapels mit seinen großen Kränen vorbeigleiten, dann folgten Werftanlagen, Lagerhallen, Häuser. Moment mal, wie sollte ich Torre del Greco überhaupt vom Wasser aus erkennen? Ratlos spähte ich voraus, dann warf ich im Licht meiner Taschenlampe noch einmal einen Blick auf meinen zerknitterten, verdreckten Plan. Und entdeckte, dass am Rand kleine Bildchen aufgedruckt waren, touristische Fotos der Orte. Von Torre del Greco war eine gelbe Kirche mit ockerfarbenem Dach zu sehen, die direkt am Hafen zu stehen schien. Im Hintergrund konnte man ein Stück der Hafenmauer sehen und darauf einen dunklen Fleck, was war das denn? Ich näherte mein Gesicht dem Papier, bis ich fast mit der Nase darauf stieß. Es war eine Gestalt, eine Statue anscheinend, die am Eingang des Hafens ankommende Schiffe begrüßte. Die würde ich vom Meer aus hoffentlich erkennen.

Klonk! Nervös fuhr ich hoch, hatte ich irgendetwas gerammt? Ja, mein Boot war in eine orangefarbene Boje hineingerauscht. Was bedeutete die?

Etwas schabte am Boden meines Bootes und ich erschrak zum zweiten Mal. Hier waren Felsen! Das Boot bewegte sich nicht mehr, anscheinend hing es fest! Was war, wenn ich hier ein Leck bekam? Dann würde ich ersaufen, noch bevor mich der Vulkan umbringen konnte, denn durch diese Lapilli-Brühe zu schwimmen war unmöglich.

Sehr vorsichtig drückte ich den Gashebel nach vorne und betete, dass sich das Boot wieder lösen würde. Tat es aber nicht. Zeit für Plan B – ich verlagerte mein Gewicht, sodass das Boot hin und her wackelte. Das funktionierte endlich, mit einem hässlichen Knirschen kam es frei. Wie stark beschädigt war es? Auf allen vieren suchte ich den Boden ab, um herauszubekommen, ob irgendwo Wasser hochsprudelte. Aber ich fand nur einige gewöhnliche Meerwasserpfützen. Glück gehabt. Vorsichtshalber fuhr ich jetzt etwas weiter in die Bucht hinaus.

Nach einer Ewigkeit erkannte ich endlich eine lang gezogene Hafenmauer aus dunklen Steinen und darauf die schwarze Statue, die ich auf dem Bild gesehen hatte. Ein Schauer überlief mich. Es war eine Art Kapuzenmönch, der die Hände zum Himmel streckte in einer lautlosen Botschaft an mich. *Was willst du bloß? Siehst du nicht, dass alles in Gottes Hand liegt?*

Mehrere große Schiffe, darunter eine Fähre und ein grau gestrichener Zerstörer der italienischen Marine, ankerten vor Torre del Greco und nahmen Flüchtlinge an Bord, doch ich sah selbst, dass es nicht reichte. Auf den Kaimauern drängten sich noch immer jede Menge aufgeregter Menschen. Waren Giulia und ihre Familie dabei? Würde ich Giulia gleich wiedersehen?

Ich steuerte den äußersten Rand des Hafens an, wo kaum jemand war, und versuchte so gut es ging, mein Boot anlegen zu lassen. Der Rumpf schrammte die Kaimauer entlang und ich verzog das Gesicht. Egal. Ich band es an einem vorspringenden Stein fest, steckte den Zündschlüssel ein und kletterte an Land. Wenn ich Pech hatte, war es weg, wenn ich zurückkam, und was dann?

Mit klopfendem Herzen drängte ich mich durch die Flüchtlinge, suchte nach einem vertrauten Gesicht. »*Hey! Non saltare la coda!* – Nicht vordrängeln!«, brüllte mich jemand an, ein kräftiger Mann, der als Schutz gegen die fallenden Steine einen Motorradhelm trug.

»*Scusi*«, murmelte ich. Ich wollte ja gar nicht zum Schiff, ich suchte nur jemanden, aber das konnte ich nicht jedem erklären, den ich anrempelte …

Eine Frau neben mir hielt zwei Kinder an der Hand, blickte sich verzweifelt um und schrie: »Paolo! Paolo!« Vielleicht ihr drittes Kind. Ich schob mich an ihr vorbei, jetzt hatte ich es immerhin bis zur Mitte des Hafens geschafft. Doch noch immer keine Spur von Giulia und ihrer Familie.

Und jetzt steckte ich fest, die Menschenmenge war so dicht, dass ich nicht mehr vorankam. Körper berührten mich auf allen Seiten, ein junger Mann gestikulierte so heftig, dass sein Ellenbogen mir gegen die Brust knallte. Nur dadurch, dass ich so groß war, bekam ich überhaupt mit, was im Hafen geschah – jetzt legte gerade ein Fischerboot an und sofort wurde es förmlich überrannt, verzweifelte Menschen warfen sich ins Wasser, um zu ihm hinzuschwimmen. Kaum hatte es den Kai berührt, kletterten schon die Ersten über die Bordwand. Ärgerlich brüllte der Kapitän etwas, von dem ich kein Wort verstand. Doch niemand achtete auf ihn und es drängten sich schon viele Männer auf dem Schiff, manche zogen noch schnell ihre Familienmitglieder an Bord. Ein unruhiges Raunen erhob sich und die Menschenmasse wogte nach vorne. Um ein Haar wäre ich von den Füßen gerissen worden. Die Menge schob sich zum Schiff hin und ich musste mit, es gab kein Entkommen. Aber das ging nicht, ich musste Giulia suchen!

Ich zögerte kurz, überwand mich. Dann begann ich mich ohne Rücksicht durchzudrängen und die Ellenbogen einzusetzen. Flüche ertönten um mich herum, aber endlich kam ich voran ... weg vom Wasser, hin zu den Häusern am Rand des Hafens.

Noch immer keine Spur von Giulia. So ähnlich war es mir mal bei einem völlig überfüllten *Screaming Yoghurts*-Konzert gegangen, zu dem mich Emily überredet hatte. Ich hatte mir unseren Standort gemerkt und nur kurz ein Bier geholt, aber dann hatte ich Emily in der Menge nicht mehr wiedergefunden, hatte nur noch ein Meer von Köpfen gesehen, die kaum zu unterscheiden waren in der bunt flackernden Dunkelheit. Erst am Ende des Konzerts hatten wir uns wieder entdeckt.

Hier war es fast genauso dunkel, aber es gab kein Ende, an dem die Lichter angingen – wenn ich Giulia nicht fand, dann war meine ganze Fahrt hierher vergeblich gewesen! Dann würde sie womöglich sterben, weil ich sie hier nicht entdeckt hatte ... und vielleicht kam ich selbst nicht mehr raus aus Torre del Greco ...

Endlich war ich bei den Häusern angelangt. Ich kletterte auf das Dach eines geparkten Autos und richtete mich auf, meine Füße hinterließen Dellen im silbernen Blech. Jetzt hatte ich endlich einen Überblick. Endlose Minuten lang ließ ich den Blick über die unruhige Menge schweifen. Doch die Menschen wirkten alle gleich grau, verzweifelt und vermummt. Ich hätte schreien können vor hilfloser Wut. Stattdessen brüllte ich immer wieder *»Giulia!«*.

Ein paar Köpfe wandten sich mir zu, vielleicht gab es hier ein paar Frauen, die auch Giulia hießen, aber kein antwortender Ruf ertönte.

War sie gar nicht hier? War sie noch im Haus ihrer Tante? Nahmen sie und ihre Eltern an, es würde schon vorbeigehen, irgendwann würde sich der Berg wieder beruhigen? Alle Einwohner von Pompeji, die das gedacht hatten, waren vom Vesuv getötet worden.

Ich musste es versuchen. Ein Blick auf die Karte, dann drängte ich mich durch in Richtung des Stadtzentrums. Vorbei an kleinen Fischgeschäften, jetzt geschlossen, winzigen Cafés, die keinen Espresso mehr servierten. Durch einen roh gemauerten Tunnel hinein in die Gassen der Altstadt. Jetzt war es leicht, voranzukommen. Ich rannte durch eine Gasse, in der die Häuser sich fast zu berühren schienen, bog ab in eine größere Straße, fand mich auf einem Platz mit einer weiß gestrichenen Basilika wieder. Scharfe, metallische Glockenschläge mischten sich in den Lärm des Vesuv.

Aufwärts, immer weiter hangaufwärts ging es, sie hatten die Stadt auf die Flanke des Vulkans gebaut. Ein paar Häuser brannten und der beißende Rauch kratzte mich in der Kehle. Auf der Asche und den Lapilli zu gehen, fühlte sich an, wie auf Murmeln zu laufen, selbst mit meinen Bergschuhen stolperte ich immer wieder. Glühende Ascheteilchen schwebten durch die Luft, brannten Löcher in meine Klamotten und schmerzten kurz, wenn sie auf einem Fleck ungeschützter Haut landeten.

Jetzt nach links in eine große Geschäftsstraße – schicke Klamottenläden, Apotheken, Pasticcerias. Ein paar Menschen mit Plastiktüten, Reisetaschen, Rucksäcken eilten vorbei, alle wollten zum Hafen, wollten weg. Nur ich lief in die andere Richtung. Wieder ein Blick auf die Karte, dann suchte ich nach einem Straßenschild, hätten die nicht ein paar mehr Straßenschilder anbringen können?

Eigentlich musste dies hier schon die Via Veneto sein. Die breiteste Straße bisher, jetzt das komplette Chaos. Ein Auto mit zerschmetterter Windschutzscheibe stand quer, daneben zwei umgestürzte Motorroller. Eine Plastiktüte voller Lebensmittel lag auf dem Bürgersteig, der Henkel gerissen, zertrampelte Eier und Nudeln überall. Eine streunende Katze hastete blindlings über die Straße, und ganz kurz musste ich an Lucky denken, die zum Glück im fernen München war. Hier waren fast keine Leute mehr zu sehen, war dieser Teil der Stadt schon evakuiert?

Haus Nummer 13. Ein edles Haus, Rechtsanwälte wohnten hier, Architekten, Ärzte. Um es herum ein schmiedeeiserner Zaun, mehr als mannshoch und spitz. Ich wischte die Asche vom Klingelschild, fand den Namen *Pasotti*, läutete. Nervös wartete ich, rechnete halb damit, dass die Sprechanlage zum Leben erwachen würde. Nichts! Sie waren abgehauen. Gut! Aber wo war Giulia jetzt?

Ein faustgroßer Stein fiel aus dem Himmel, schlug in der Motorhaube eines geparkten Autos ein und hinterließ eine große Delle. Erschrocken duckte ich mich. *Vulkanische Bombe*, registrierte mein Gehirn. Ich spuckte auf den Stein, den der Vulkan herausgeschleudert hatte, und er zischte mich an wie eine wütende Schlange. Das Ding war glühend heiß. Nichts wie weg hier! Wahrscheinlich waren die Pasottis längst von einem der großen Schiffe evakuiert worden. Ich kam mir dämlich vor. Saudumm, genauer gesagt. So viel hatte ich riskiert, um herzukommen, und es war unnötig gewesen.

So schnell ich über die Lapilli laufen konnte, hastete ich zurück in Richtung Hafen. Doch ich kam nicht weit.

»Jan!«, schrie plötzlich jemand. *»Jan!«*

Ich fuhr herum und sah Menschen, die mit über den Kopf gezogenen Decken in einem Torbogen kauerten. Ein Kind, mehrere Erwachsene. Und eine dieser grauen Gestalten sprang jetzt auf und lief mir entgegen. Einen Moment lang wurde es in meinem Herzen ganz hell.

Giulia warf die Arme um mich und drückte mich. »Du bist hier, warum bist du hier?«

»Dachte, ich schaue mal nach euch«, meinte ich verlegen und hätte sie am liebsten geküsst, bis mir der Atem ausging. Doch irgendwie war es nicht der richtige Moment. Jetzt kamen auch die anderen aus der Toreinfahrt heraus, ich erkannte Giulias Bruder Marco, sein Gesicht war verheult und verschmiert, im Moment war er kein gefährlicher *Camorrista,* sondern nur ein kleiner Junge, der furchtbare Angst hatte. Auf seinen Kopf war ein Kissen gebunden, um ihn vor den fallenden Steinen zu schützen. Giulias Mutter Eleonora hielt seine Hand ganz fest. In einer der beiden anderen Frauen erkannte ich die Großmutter, San Gennaros größten Fan. Die rundliche Frau mit den langen rosa Fingernägeln war wohl Tante Assunta, die sich ihren fünfzigsten Geburtstag bestimmt anders vorgestellt hatte.

Am liebsten hätte ich Giulia nie wieder losgelassen. Aber hier ging es nicht darum, was ich wollte. »Warum seid ihr nicht am Hafen?«, fragte ich sie. »Die evakuieren gerade!«

»Wissen wir.« Giulia sprach so schnell, dass ich sie kaum verstand. »Alle anderen Partygäste sind schon dort, und wir wollten auch gerade hin, aber irgendwie muss Luca auf dem Weg zurückgeblieben sein, plötzlich war er nicht mehr da … er hat noch irgendetwas gesagt, aber der Vulkan hat so einen Krach gemacht, dass ich es nicht verstanden habe …«

Giulias Vater, die Bulldogge, musterte mich mit zusammengekniffenen Augen. »Ich gehe Luca jetzt suchen«, teilte er uns mit. »Ihr bleibt hier, verstanden? In ein paar Minuten bin ich zurück.«

Das war mir ganz und gar nicht recht. Hier herumzustehen und zu warten konnte tödlich sein!

»Signore, besser, Ihre Familie geht schon mal zum Hafen – hier wird es immer riskanter«, sagte ich eindringlich.

»*Ich* werde Luca suchen, schließlich ist das hier meine Stadt und Luca einer meiner Gäste!« Giulias mollige Tante versuchte aufzustehen, doch Signor Pasotti drückte sie wieder zurück. »Es reicht, wenn ich gehe. Gib mir die Hausschlüssel, Assunta. Vielleicht ist er zurückgelaufen, weil er etwas vergessen hat.«

Giulia schüttelte hilflos den Kopf. »So blöd war Luca bestimmt nicht …«

Ich dachte daran, wie Luca mich in der Familie unterstützt hatte. »Wenn Sie möchten, helfe ich Ihnen bei der Suche«, bot ich an.

Pasotti ignorierte mich. »Bis später – ihr wartet hier«, wiederholte er. »Wir gehen alle gemeinsam an Bord, unsere Familie bleibt zusammen!«

Unwillkürlich duckten wir uns, als in das Haus auf der gegenüberliegenden Straßenseite eine große vulkanische Bombe krachte. Dachziegel flogen umher, einige davon knallten nicht weit weg von uns auf die Straße.

»Jan sagt, hier ist es gefährlich, und er ist der Sohn eines Vulkanologen, er kennt sich aus«, versuchte Giulia zu argumentieren und deutete auf das Haus gegenüber. Doch von ihrem Vater kam nur ein gereiztes *»Basta!«* zurück, dann steckte er die Hausschlüssel ein und stiefelte los, ohne uns noch einmal anzusehen.

Das durfte doch einfach nicht wahr sein! Hatte ich ein Boot geklaut und mich über den Golf von Neapel gekämpft, um mich hier von einem Haustyrannen herumkommandieren zu lassen?! Nur mit Mühe schaffte ich es, ihm nicht hinterherzuschreien und stattdessen ganz ruhig zu Giulia zu sagen: »Ich suche in der anderen Richtung. Besser, ihr geht jetzt. Wir treffen uns am Hafen vor der Kirche, ich habe ein Boot dort.«

Eleonora sah mich an und unsere Blicke trafen sich. Sie nickte unmerklich. »Ja«, sagte sie auf Deutsch. Wenigstens sie würde den gleichen Fehler nicht zweimal machen.

»Ich komme mit dir«, sagte Giulia mit blitzenden Augen zu mir, und bevor wir noch lange darüber nachdenken konnten, waren wir schon unterwegs.

Um ehrlich zu sein, ganz recht war mir das nicht. Weil ich Angst um sie hatte. Und weil das Ziel war, Luca möglichst schnell zu finden; mit ihren hochhackigen Sommersandalen kam Giulia über die Lapilli nur sehr langsam voran. Zum Glück war wenigstens die Tante mit den anderen gegangen.

Wir arbeiteten uns durch die Straßen und schauten in jeden Hinterhof, jedes Geschäft – ein paar davon hatten irgendwelche Leute aufgebrochen. War Luca ein Plünderer, hatte er die Familie verlassen, um sich noch schnell kostenlos einen neuen Communicator zu besorgen?

»Was ist das hier eigentlich für Zeug?« Giulia kickte ärgerlich ein paar rotbraune Lapilli durch die Gegend. »Kommt noch mehr davon aus dem beschissenen Vulkan?«

Ich zuckte die Schultern. »Vermutlich. Pompeji und die Nachbarstädte waren zum Schluss sechs bis sieben Meter hoch davon bedeckt.«

»Stimmt. *Cazzo!*« Giulia watete verbissen durch den Bimsstein. »Du meinst, auch Torre del Greco muss man anschließend ausgraben?«

Doch ich kam nicht dazu, ihr zu antworten. Denn in diesem Moment sah ich aus dem Augenwinkel eine Bewegung.

Todesurteil

Es war kein Mensch, den ich bemerkt hatte, das wurde mir schnell klar. In einem Hinterhof schien sich der Boden selbst zu bewegen. Dachte ich jedenfalls. Doch dann ging ich näher heran und sah, dass ein breiter, rot-schwarzer Lavastrom dort entlangkroch. *Pahoehoe,* die glatte, geschmeidige Form. Der Strom war auf dem Weg nach unten, zum Meer, und zwar ganz schön schnell – ich schätzte, dass er einen Meter pro Minute vorankam, weil das Gelände so abschüssig war. Auf seinem Weg hatte er schon ein paar Mauern niedergerissen und Häuser in Brand gesteckt. Gerade wurde ein Terracottatopf mit einem Zitronenbäumchen in Zeitlupe von dem flüssigen Gestein umspült, die Blätter des Baumes schwärzten sich und verkohlten. Obwohl ich mich zwei, drei Meter vom Strom entfernt hielt, spürte ich die intensive Hitze, die er ausstrahlte.

»Das ist ja Lava!«, rief Giulia, die mir gefolgt war – und dann schrie sie auf und eilte auf ein mit Asche und Lapilli bedecktes Bündel Kleider zu, das im Hinterhof lag. Nur dass es leider kein Bündel Kleider war. Sondern ein Mensch.

Als ich genauer hinsah, wurde mir ein bisschen schlecht. Der Hinterkopf des Mannes war von einer vulkanischen Bombe zertrümmert worden und war nur noch ein widerlicher Brei aus Blut, Asche und Gehirnmasse. Giulia weinte, als sie den Körper herumdrehte, vielleicht hatte sie seine

Kleidung erkannt. Es war Luca. Betroffen blickte ich ihm in das blasse Gesicht.

»Er ... war doch ... erst zwanzig!«, stammelte Giulia heulend und streichelte Lucas Wange. »*Porca Madonna*, und dabei hat sich Luca von uns noch am meisten für diesen verdammten Berg interessiert!«

»Vielleicht hat er die Lava bemerkt und wollte sie sich anschauen«, sagte ich bedrückt.

»Wieso hat San Gennaro ihn nicht beschützt? Von Jesus ganz zu schweigen!« Sie nestelte an Lucas Hals herum, versuchte, ihm das kleine goldene Kreuz abzunehmen, das er trug. Doch ihre Hände zitterten so sehr, dass ich ihr helfen musste. »Wie soll ich das nur Tante Beatrice und Onkel Enzo sagen? Es wird sie umbringen!«

Als ich aufblickte, bemerkte ich, dass der Strom schon ein ganzes Stück weitergeflossen war, während wir mit Luca beschäftigt gewesen waren. In meinem Kopf gingen die Alarmglocken an, ich erinnerte mich daran, wie wachsam Fred und mein Vater die Lava in Hawaii im Auge behalten hatten. Vielleicht war dieser Strom nicht der einzige!

Ich drehte mich herum, sondierte die Umgebung – und erschrak. Es gab noch mehrere andere Stellen in der Nähe, wo Häuser brannten, und ich wettete, dass Lava die Ursache war. Das hieß, wir hatten es wahrscheinlich mit einem größeren Strom zu tun, der sich aufgeteilt hatte.

»Besser, wir gehen«, sagte ich drängend. Doch Giulia war gerade damit beschäftigt, Lucas Brieftasche und andere Besitztümer aus seinen Taschen zu bergen. Sie achtete kaum auf mich. Erst als ich sie an der Schulter berührte, blickte sie mit verheultem Gesicht zu mir auf.

»Wir müssen weg hier, und zwar jetzt!«, rief ich ihr zu,

ein neues Krachen und Donnern aus Richtung des Vulkans verschluckte meine Worte fast. Von hier aus konnte man den Berg nicht sehen, aber ich war mir sicher, dass er gerade eine neue Aschewolke ausgestoßen hatte. Der Regen der Lapilli ließ nach, dafür prasselten heiße Lavabrocken auf die Stadt nieder. Wir rannten zu einem kleinen Vordach und suchten dort Deckung.

»Aber wir können Luca doch nicht einfach hierlassen«, sagte Giulia.

»Er wird sowieso nicht mehr lange dort liegen«, sagte ich, denn der Lavastrom wurde immer breiter und kroch jetzt auf Luca zu, in ein paar Minuten würde das flüssige Gestein ihn erreicht haben und einäschern. Giulia schluchzte auf, rannte wieder auf Luca zu und versuchte, seinen schweren, schlaffen Körper am Arm wegzuziehen. »Giulia! Los, *komm endlich*! Wenn wir noch länger warten, erwischt es uns auch – willst du das deiner Familie antun?«

Das wirkte endlich. Sie ließ es zu, dass ich sie an der Hand ergriff und hinter mir herzog. Doch wir kamen nicht weit. Schon dreißig Meter weiter mussten wir anhalten, denn vor uns wälzte sich ein Lavastrom durch die Straße, verzweigt wie ein Fluss mit Nebenarmen.

Ich konnte kaum atmen. Zu spät! Warum nur hatte ich Giulia nicht gleich weggezerrt und sie gezwungen, mit mir loszurennen? Wir waren eingeschlossen, der Weg war abgeschnitten! Vor uns, hinter uns, überall war Lava! Ich konnte die Straße zum Hafen sehen, noch war sie frei, aber der Strom war viel zu breit zum Drüberspringen!

»Wir sind eingeschlossen«, stellte ich fest, und fassungslos starrte Giulia die glühende Masse vor uns an. Vielleicht wurde ihr gerade klar, dass dies unser Todesurteil war.

Der Hubschrauber! Der Observatoriums-Hubschrauber, mit dem mein Vater abgeflogen war! Vielleicht konnte uns der mit einer Winde aus diesem Zeug hier heraushieven. Falls die Maschine unter diesen Bedingungen überhaupt fliegen konnte. Ich riss meinen Communicator aus meinem Rucksack, wählte Andrés Nummer ... und bekam nur eine höfliche Bandansage auf Italienisch zur Antwort. Keine Verbindung, das Netz war wegen Überlastung lahmgelegt, wie ich schon befürchtet hatte. Wir waren nicht die Einzigen, die versuchten, mit Angehörigen Kontakt aufzunehmen. Ich probierte es mit dem Satellitentelefon, mit dem bekam ich zwar eine Verbindung, doch Andrés Anschluss war besetzt. Verdammt!

»Aber was können wir denn tun?«, schrie Giulia.

Ich schüttelte nur stumm den Kopf. Nichts. Nichts konnten wir tun. Außer uns ein letztes Mal halten, ein letztes Mal küssen, bevor einer dieser Ströme uns erfasste.

Doch dann keuchte ich auf, als mir etwas einfiel. Etwas, das Fred während der Dreharbeiten in Hawaii gesagt hatte. Hatte er nicht erzählt, dass er auch einmal von Lava eingeschlossen worden war ... und dass er einfach über sie drübergelaufen war? Es klang fast unglaublich, aber ich hatte ja am Kilauea selbst erlebt, wie solide das Zeug war.

Auf einen Schlag schöpfte ich wieder Hoffnung. Schwarzrot war der Strom, das hieß, die Lava war schon ein bisschen abgekühlt – die ganz frische und sehr heiße hatte eine gelbe oder orangerote Farbe. Ich blickte hinunter auf meine Wanderstiefel, dann auf die Lava und fühlte, wie mir die Knie weich wurden. Wenn es nicht klappte, würde es unfassbar wehtun. Und was war mit Giulia? Sie trug nur diese blödsinnigen Sandalen! Ich musste sie irgendwie tragen.

»Ich kann mit diesen Schuhen über die Lava drüberlaufen«, erklärte ich ihr schnell. »Am besten, ich nehme dich auf den Rücken.«

»Was?« Giulia blickte mich an wie einen gefährlichen Irren. Doch ich hatte jetzt keine Zeit für lange Erklärungen, wir mussten uns beeilen. Es war unheimlich, wie rasch die Ströme vorrückten.

Schnell peilte ich die Richtung. Der Strom, über den ich drüber musste, war etwa vier oder viereinhalb Meter breit. Dahinter kamen wir auf der Straße Richtung Hafen weiter.

»Steig auf!« Ich legte meinen Rucksack ab – den würde ich wohl zurücklassen müssen, nur den Datenstick mit Andrés Aufnahmen und das Satellitentelefon steckte ich ein. Dann bückte ich mich. Zögernd kletterte Giulia auf meinen Rücken und schlang die Arme um meinen Hals. Jetzt war es ein echter Vorteil, dass sie so klein und leicht war. Ich hakte die Hände unter ihre Knie, sie setzte sich zurecht und dann war es so weit.

Die Hitze des Stroms strahlte mir entgegen, ich spürte sie auf jedem Zentimeter meiner Haut, der nicht von Kleidung bedeckt war. Ich setzte einen Fuß auf das geschmolzene Gestein, spürte, wie es sich unter mir bewegte. Es trug mich. Dieses verdammte Zeug trug mich tatsächlich, wir sanken nicht ein! Es federte nur ein bisschen, so als würde ich über ein mit Wasser gefülltes Gummikissen gehen.

Am liebsten wäre ich über den Strom gerannt, aber das ging nicht, ich durfte auf keinen Fall straucheln. Vorsichtig setzte ich einen Fuß vor den anderen. Meine Füße waren warm, als hätte ich die Stiefel vor dem Anziehen direkt neben einen Kaminofen gestellt. Das war auszuhalten. Aber schon nach ein paar Schritten kam ich nicht mehr so gut voran, es war, als würden meine Schuhe an der Lava kleben … und das taten sie auch. Als ich hinunterblickte, merkte ich, dass die schmelzenden Sohlen der Wanderschuhe Fäden zogen. Sah aus, als sei ich in einen riesigen Kaugummi getreten. Wow, hier war es richtig, richtig heiß!

Giulia war ganz still, sie klammerte sich so fest an mich, dass sie mir fast die Luft abschnürte. »Mach schnell«, flüsterte sie heiser.

Ich antwortete nicht. Schweißtropfen liefen kitzelnd über meine Stirn, brannten in meinen Augen, tropften von meiner Nasenspitze. Schneller ging nicht, der Strom versuchte mich festzuhalten. Ein Fuß vor den anderen, mehr war nicht drin.

Nur noch drei Meter. Nur noch zwei. Doch dicht vor uns brach die schwarze Kruste der Lava auf, darunter schimmerte es gleißend. Dort durfte ich den Fuß nicht absetzen, mitten in der Bewegung änderte ich die Richtung. Mit Giulia auf dem Rücken war es schwerer, das Gleichgewicht zu halten, und einen Moment lang kämpfte ich um die Balance. Bloß nicht hinfallen. Nicht hier. Nicht jetzt …

Die Hitze drang immer mehr durch meine Schuhe, meine Füße waren in einem Backofen gefangen. Schwerer Sonnenbrand an den Zehen. Aber gleich hatte ich es geschafft. Nur schien Giulia leider mit jeder Sekunde schwerer zu werden. Mir war schwindelig und um mich herum flimmerte alles. Diese verdammte Hitze …

Nur noch ein paar Schritte. Geschafft! Unglaublich, wir hatten es geschafft! Meine halb geschmolzenen Schuhe berührten festen Boden und klebten prompt am Bürgersteig fest. Ich stolperte und brach in die Knie. Giulia stürzte von meinem Rücken, doch sie kam mit den Füßen auf wie eine

Katze. Erschrocken packte sie mich am Arm. »Jan! Alles in Ordnung mit dir? Jan!«

Es war zu viel gewesen in den letzten Tagen. Ich hatte keine Kraft mehr. Am liebsten hätte ich die Augen geschlossen und wäre liegen geblieben. Doch das duldete Giulia nicht. »Wir müssen zum Hafen! Los!«

Sie zog mich hoch, und irgendwie brachte ich es fertig, auf den Beinen zu bleiben. Halb rannten, halb taumelten wir abwärts, Richtung Meer. Noch hatten wir einen Vorsprung vor der Lava. Hoffentlich kam in nächster Zeit keine Glutwolke.

Wir fanden Giulias Mutter, Marco, Tante Assunta und die Großmutter im Menschengewühl vor der Kirche.

»Wo ist Luca?«, schrie uns Eleonora entgegen. Vielleicht sah sie an unseren Gesichtern, wie wir ihn gefunden hatten, denn sie fing an zu schluchzen. »Was ist passiert?«

»Ein Brocken hat ihn am Kopf getroffen, es muss schnell gegangen sein. Wahrscheinlich hat er nichts gemerkt.« Giulia umarmte ihre völlig aufgelöste Mutter und die betroffen wirkende Tante Assunta, fragte dann beunruhigt: »Was ist mit Papa? Ist er nicht zurückgekommen?«

Eleonora schüttelte den Kopf. »Habt ihr ihn nicht gesehen?«

Giulia und ich tauschten einen Blick. Wenn er jetzt nicht zurück war, würde er auch nicht mehr zurückkommen. Wahrscheinlich war ihm etwas Ähnliches passiert wie uns. Tränen überfluteten Giulias Augen.

Ein paar mittelgroße Schiffe lagen noch im Hafen, aber sie waren schon so voll, dass die Menschen dicht an dicht an der Reling standen, und noch immer kämpften die Leute darum, an Bord zu kommen. Uniformierte stießen sie grob zurück, versuchten, die Türen zu schließen, und schafften es kaum. Wütende Rufe wurden laut, manche Leute weinten, andere diskutierten aufgeregt miteinander. Ein weiteres, neu eingetroffenes Schiff wartete draußen im Meer, aber bis es angelegt hatte, würde garantiert noch einige Zeit vergehen. Giulia und ihre Verwandten reckten den Kopf, sahen aber keinen der anderen Partygäste, mit etwas Glück waren sie schon in Sicherheit.

So schnell es ging, führte ich die kleine Gruppe zu meinem Boot, das ich am Rand des Hafens vertäut hatte. Es war mittlerweile mit Asche bedeckt und lag, weil so viele Lapilli hineingeregnet waren, tief im Wasser. Zwischen Meer und Bordkante waren höchstens zwei Zentimeter Platz. Die Oma machte eine spitze Bemerkung, fragte wahrscheinlich, was das für ein Wrack sei. Auch Giulia und ihre Mutter sahen skeptisch aus.

»Es fährt«, versicherte ich und versuchte, daran zu glauben. Noch konnten wir fliehen, wenn jetzt alles klappte, aber wie viel Zeit hatten wir noch? Was war, wenn hier bald pyroklastische Ströme durchfegten?

Giulia sprang an Bord und begann, den Bimsstein mit den Händen hinauszuschaufeln; ich half ihr von der Mole aus dabei, sonst hätte ich das Boot durch mein Gewicht zum Sinken gebracht. Auch Tante Assunta packte ungeachtet ihrer langen Fingernägel mit an, während Eleonora sich an Marco klammerte, der herumzappelte und am liebsten mitgeholfen hätte.

Die Steine zerkratzten unsere Hände, schabten sie ab, bis unsere Fingerspitzen bluteten. Mir fiel auf, dass die Bimssteinstücke jetzt eine andere Farbe hatten als auf meiner Hinfahrt ... nicht mehr rötlich braun oder schwarz, sondern hellgrau. Aber ich hatte keine Ahnung, was das zu bedeuten hatte. Hatte es etwas damit zu tun, dass »rote« Vulkane nicht so gefährlich waren, »graue« aber tödlich? War das ein Zeichen, dass uns bald pyroklastische Ströme bevorstanden?

Schließlich stieg ich ebenfalls ein und Marco riss sich los und hüpfte hinterher. Während Giulia dem Rest ihrer Familie half, in das schwankende Gefährt zu steigen, holte ich den Zündschlüssel mit dem Anhänger dran – es war eine Pinocchio-Figur – aus der Hosentasche. Der Außenborder sprang nicht gleich an, vielleicht war Asche ins Getriebe geraten.

»Schrott!«, stieß Tante Assunta hervor. »Wir sollten zu den großen Schiffen gehen!«

Giulias Mutter blickte unschlüssig drein. Verbissen drehte ich den Zündschlüssel, wieder und wieder, und endlich lief der Motor. Als ich den Kopf hob, sah ich, dass alle noch dastanden, niemand war gegangen.

»Wenn Papa doch noch kommt, kann er auf eins der Schiffe steigen«, versuchte Giulia ihre Mutter zu trösten, während ich das Motorboot zum Hafenausgang steuerte. Der schwarze Kapuzenmönch wandte uns den Rücken zu und hob die Hände zum Meer hin. Jetzt kam es mir eher so vor, als flehe er die Welt um Hilfe an für diesen todgeweihten Ort.

Zum ersten Mal seit einer Weile fragte ich mich, wo mein Vater jetzt war. Irgendwo hoch oben am Krater? Oder hier unten, vielleicht ganz in der Nähe, wo er den Untergang der Küstenorte filmte? Ganz plötzlich sehnte ich mich nach ihm. Sehnte mich danach, ihm von meinem Lauf über die Lava zu erzählen. Sehnte mich nach einem aufmunternden

Wort von ihm und danach, zu hören, wie es ihm ging. Hoffentlich war bei ihm alles in Ordnung. Wenn wir im Golf von Neapel waren, würde ich noch einmal versuchen, ihn anzurufen.

Ich drückte den Gashebel nach vorne und das gestohlene Boot mühte sich durch die Lapilli. Kurz darauf waren wir raus aus dem Hafen. Die Wellen machten uns zu schaffen, aber mit jedem Meter, den wir uns vom Land und vom Vesuv entfernten, wurde mir etwas wohler zumute. Eleonora durchwühlte den Stauraum im Bug, fand zwei Schwimmwesten und half Marco und der Großmutter, sie anzulegen. Auch einen Eimer entdeckte sie dort, und weil der Seegang so hoch war, mussten wir abwechselnd Wasser und weitere Lapilli aus dem Boot schöpfen.

»Wohin fahren wir eigentlich – nach Neapel?«, fragte Marco und spähte zurück. Die erste Aschewolke war inzwischen weitergezogen, es war etwas heller geworden und der Kegel des Vesuv zeichnete sich hinter uns gegen den Himmel ab. Fasziniert beobachteten die anderen die Lavaströme, die sich an seinen Hängen glühend zu Tal schlängelten.

»Nein, nicht nach Neapel. Das ist im Moment kein guter Ort.« Mit ausgestrecktem Finger deutete ich auf die andere Seite der Bucht. »Dorthin. Am besten hinter die Landzunge, dort können uns die Ströme nicht erreichen.«

Giulias Mutter nickte. »Wir haben Verwandte in Sorrento, bei denen könnten wir bleiben.«

»Was für Ströme? Lavaströme?« Marco sah mich neugierig an, während er unermüdlich Lapilli über Bord beförderte. Mit dem Kissen, das noch immer auf seinen Kopf gebunden war, sah er urkomisch aus.

»Nein«, sagte ich und erklärte ihm und den anderen, was

es mit Glutwolken auf sich hatte. Sie blickten mich völlig verständnislos an, offensichtlich hatten sie noch nie etwas davon gehört.

»Das heißt, wir sind noch nicht in Sicherheit?«, fragte Giulia entsetzt.

»Leider nein«, musste ich ihr antworten.

Wir kamen so furchtbar langsam voran! Und wenn wir Pech hatten, nietete uns die Fähre um, die gerade von Neapel nach Sorrento fuhr, also quer über die Bucht. Sie holte uns gerade von hinten ein, ich änderte den Kurs, damit sie uns nicht zu nahe kam. Doch Giulia schüttelte heftig den Kopf. Fragend blickte ich sie an, und ohne Zögern übernahm Giulia das Steuer, diesen entschlossenen Blick kannte ich von unserem nächtlichen Ausflug zum Castel dell'Ovo. Sie nahm Kurs auf die Fähre, sodass sie direkt an uns vorbeikommen würde. Gerade wollte ich fragen, was das sollte, da rief sie mir zu: »Vielleicht können wir die als Deckung benutzen! Wir ducken uns mit dem Boot auf die andere Seite, wenn tatsächlich eine Glutwolke kommen sollte ... außerdem fährt sie in die gleiche Richtung wie wir, vielleicht kann sie uns den Weg frei schaufeln ...«

Ich zögerte – ob das wirklich etwas bringen würde? »Okay. Einen Versuch ist es wert.«

Erst einmal hielt Giulia das Boot hinter dem Heck der Fähre und wie ein Eisbrecher bahnte das größere Schiff uns einen Weg durch den schwimmenden Teppich der Bimssteine. Gut!

Aber auch Giulia hatte nicht daran gedacht, dass uns die Fähre abschütteln könnte. Sie war einfach schneller als unser kleines Motorboot, das mit sechs Personen an Bord zudem überladen war. Verbissen gab Giulia Vollgas, aber es brachte wenig. Das andere Schiff zog davon, war zehn, zwanzig, dreißig, fünfzig Meter entfernt. Und niemand an Bord rief zu uns herüber oder zeigte sich an der Reling. Hatten sie uns nicht bemerkt oder wollten sie uns nicht bemerken? »Wir müssen versuchen, sie auf uns aufmerksam …«, begann Giulia.

In diesem Moment klingelte mein Satellitentelefon.

Alle starrten mich an, doch ich merkte es kaum, schon riss ich das Gerät aus der Hosentasche und nahm den Anruf an. Es war so schön, Andrés Stimme zu hören! »Alles klar bei dir?«, fragte er. »Ist der Zug gut durchgekommen? Bist du schon in Pisa?«

»Äh, nein«, gestand ich. »Ich bin aus dem Zug ausgestiegen.«

»Du bist *was*? Wo bist du?«

»Zurzeit? Im Golf von Neapel.«

»Heilige Scheiße, und was *machst* du da?«

»Ich habe ein paar Leute aus Torre del Greco herausgeholt.«

Mein Vater ächzte. »Erzähl.«

Ich gab ihm eine Zusammenfassung. Boot geklaut. Torre del Greco durchsucht, Giulia gefunden. Mit ihr über frische Lava gelaufen. Aus dem Hafen rausgekommen mit fünf Passagieren. Als ich fertig war, war es erst einmal still in der Leitung. Dann hörte ich, wie mein Vater tief durchatmete.

»Wow«, sagte er schließlich. »Das ist der Hammer. Jetzt hast du schon dein zweites Paar Schuhe auf Vulkanologenart ruiniert. Willkommen im Club.«

Trotz allem, was passiert war, musste ich lachen. Instinktiv blickte ich auf, wollte mit den Augen Ercolano suchen, wo er sich gerade befand … und merkte, dass fünf Augenpaare auf mich gerichtet waren. Giulias Familie hatte offenbar ganz genau zugehört bei meiner Geschichte. Verlegen wandte ich den Blick ab und konzentrierte mich auf Andrés Stimme. »Und was ist mit dir? Bist du noch im Observatorium? Geht es dir gut?«

»Ja, alles bestens«, sagte André, er klang fast fröhlich. »Das reinste Inferno hier, aber das Gebäude hat gut durchgehalten bisher. Wahrscheinlich fahren wir nachher noch mal mit dem Jeep los, um die Lage im Auge zu behalten.«

Ich blickte mich um. Wo er schon von der Lage sprach … unsere war nicht ganz so rosig, knirschend und fast in Zeitlupe schob sich das Boot durch die Lapilli. Wir mussten weg hier und kamen doch kaum voran. »Funktioniert euer Hubschrauber noch? Wir sitzen hier nämlich beinahe fest …«

»Warum hast du das nicht gleich gesagt? Ich fliege sofort los. Wo genau seid ihr?«

Ich versuchte, es ihm zu beschreiben, doch zum Glück konnte man mit Giulias Handy die genauen Ortskoordinaten abrufen.

»Gib uns zehn Minuten«, sagte André. »Wird ein bisschen schwierig, weil so viel Asche in der Luft ist, aber wir tun, was wir können. Immerhin fällt gerade kein Bimsstein. Ich melde mich wieder, sobald wir in der Nähe sind.«

Unendlich erleichtert berichtete ich den anderen, dass Hilfe unterwegs war. Marco jubelte und wir lächelten ihm zu. Giulia drückte mich kurz.

Es schien unendlich lange zu dauern, bis ich über dem Krach des Vulkans das flappende Motorengeräusch des Helikopters hörte. Ich hob den Kopf, und mein Herz machte einen Satz, als ich den Hubschrauber zwischen den dunklen Schwaden erkennen konnte.

Giulia begann, mit beiden Armen zu winken, und ich tat es ihr nach.

Der Hubschrauber näherte sich aus der Richtung Torre del Greco, er flog niedrig, keine fünfzig Meter hoch, und sehr langsam, wahrscheinlich, damit der Pilot unser graues Boot im grauen Meer nicht übersah. Hatten er oder mein Vater uns schon entdeckt? Gleich waren wir in Sicherheit!

Mein Satellitentelefon klingelte wieder. »Gleich sind wir bei euch«, sagte die ruhige Stimme meines Vaters. »Wir lassen euch ein Kabel runter und ziehen euch …« Er zögerte. »Moment mal, hey, wir bekommen neue Infos vom Observatorium rein, die Seismografen zeichnen gerade was auf … hui, sechs Komma neun … schau mal zum Gipfel, da tut sich was!«

Familie

Schon hörte ich ein Brausen und Krachen aus der Richtung des Vesuv. Aus dem Krater stieg eine gigantische Aschewolke hoch, noch größer als die bei der ersten Eruption heute Mittag. Mir wurde mulmig zumute, als ich das sah. Wenn diese Säule aus heißen Gasen und Asche an Schwung verlor, in sich zusammenbrach und den Hang hinabwälzte …

»Jan«, sagte André. »Hallo? Bist du noch dran?«

»Das sieht übel aus dort über dem Berg«, meinte ich beklommen. »Vielleicht solltet ihr lieber woanders hinfliegen, weiter weg, solange es noch geht.«

»Sei nicht albern. In ein paar Minuten können wir anfangen, euch an Bord zu holen. Wie viele Personen seid ihr noch mal?«

Die Wolke verlangsamte sich. Sackte zusammen. Bewegte sich nach unten und zur Seite, begann, die Flanke des Berges hinabzurasen. Eine graue, glühend heiße Lawine. Ich sah, wie der pyroklastische Strom über die Hafenmauern floss – er bewegte sich fast wie eine Flüssigkeit, geschmeidig und lautlos. Es hielt ihn nicht auf, dass hier das Land endete. Er glitt über die Wellen des aufgewühlten Meeres hinweg …

Der Hubschrauber flog eine flache Kurve, wahrscheinlich, damit mein Vater beobachten konnte, was am Berg geschah. Durchs Funkgerät hörte ich aufgeregte englische und italienische Diskussionen, dann wieder die Stimme meines

Vaters, laut und drängend diesmal. »Schnell – ihr müsst ins Wasser, Jan!«

Meine Hand umklammerte das Satellitentelefon, aber ich brachte kein Wort heraus.

In einem letzten Spurt versuchte der Hubschrauber, hochzuziehen, mehr Höhe zu gewinnen. Doch es war zu spät, schon hatte der pyroklastische Strom ihn erreicht. Er kippte, trudelte aufs Wasser zu. Dann war er im wirbelnden Grau verschwunden ohne jede Spur. Abrupt brach die Verbindung ab.

Ich sprang auf, so heftig, dass noch mehr Wasser über die Bordwand schwappte. »André!«, brüllte ich ins Telefon. Schrie wieder und wieder seinen Namen. Und wusste eigentlich schon, dass es vergeblich war.

Ich krümmte mich zusammen und presste beide Hände gegen das Gesicht, wollte nichts mehr hören, nichts mehr sehen. Dass jemand den Arm um mich legte, spürte ich kaum.

»Jan – das ist doch so eine Glutwolke, oder?«, hörte ich Giulias beunruhigte Stimme. »Die kommt in unsere Richtung!«

Als ich aufblickte, sah ich durch einen Schleier aus Tränen, dass der pyroklastische Strom uns bald erreichen würde. Aber in mir war nur eine große Leere. Apathisch starrte ich die graue Wolke an.

»Raus aus dem Boot«, brüllte Giulia. »Über Bord – schnell, alle auf dieser Seite! Ihr müsst tauchen, bis die Wolke über uns hinweg ist!«

Sie drosselte den Motor, lenkte das Boot quer zu den Wellen und nutzte unser Gewicht, um es kentern zu lassen. Langsam und widerwillig kippte es um, und ich stieß mich davon ab, damit mich der Rumpf nicht erwischte. Mit Asche und Lapilli vermischte Wellen schlugen über mir zusammen. Ich hielt den Atem an und tastete mich vor bis unter das Boot, das jetzt verkehrt herum lag, der gewölbte Boden zeigte zum Himmel und unter dem Boot hatten wir einen kleinen Luftraum. Lauter Köpfe in der Dunkelheit um mich herum, keuchende Münder.

Wie nah war der Strom schon? Schon fast über uns? Wir würden ihn nicht kommen hören, die Gefahr war lautlos!

Es war nicht genug Zeit, meine Schuhe auszuziehen, damit ich besser schwimmen konnte. Ich atmete noch ein paarmal tief ein, dann tauchte ich. Schaufelte mich hinein in die Dunkelheit. Als es sich anfühlte, als würde meine Lunge platzen, kam ich noch einmal hoch, nahm ein paar schnelle Atemzüge im Hohlraum unter dem Boot, ließ mich wieder sinken. Immer heftiger forderte mein Körper Luft, zwang mich dazu, hochzukommen. War der Strom über uns hinweggezogen? War er wieder weg? Hatten alle überlebt? Ich wusste, dass Giulia schwamm wie ein Delfin, aber was war mit Marco, mit der dicken Tante?

Irgendwann wagte ich es, nachzusehen. Es war dunkel draußen und die oberste Wasserschicht fühlte sich an wie sehr heißer Tee.

Vorbei. Überstanden.

»Giulia?«, rief ich, atmete Asche ein, musste husten. »Marco?«

»Sí«, piepste Marcos helle Stimme zurück, und dann spürte ich erleichtert Giulias schmale, kräftige Hand auf meinem Arm.

Unglaublich, sie waren alle noch da. Zusammen mit Giulia versuchte ich, das Boot wieder umzudrehen, doch es gelang uns nicht. Schwer wie ein toter Zwergwal lag es im Wasser. Also halfen wir den anderen, auf den gewölbten, in bizarren Formen geschmolzenen Rumpf zu klettern. Giulias Großmutter fühlte sich leicht wie ein Vögelchen an in meinem Griff, Tante Assunta brauchte einen kräftigen Schubs. Ich reichte Marco nach oben in die Arme seiner Mutter, dann packte ich Giulias Hand, sie zog mich hoch und tropfend wälzte ich mich selbst hinauf. Ein kühler Wind war aufgekommen, und ich hielt Giulia in den Armen, um sie zu wärmen. Ihre Mutter tat so, als sehe sie es nicht.

Wir versuchten, nicht hinüberzublicken zu dem brennenden, geschwärzten Skelett der Fähre, das ein paar Hundert Meter weiter führerlos auf dem Meer dümpelte.

Eine Stunde später fischten Leute des Katastrophenschutzes uns auf.

Die Wohnung der Verwandten in Sorrento war voller Porzellan und hatte echte Seidentapeten. Wir tropften den Perserteppich voll und wurden umgehend mit Handtüchern umwickelt und ins Bad verfrachtet. Ich ertrug es kaum, Giulia loszulassen. Wie gefasst sie war. Man merkte ihr kaum an, dass sie heute ebenfalls ihren Vater verloren hatte … und nicht nur ihn.

Der Hausherr persönlich brachte mir frische Kleidung und verband meine Füße, die gerötet waren wie nach einem Sonnenbrand. Dann drückte mir jemand eine Cola und einen Teller Zucchinisuppe in die Hand. Alle unterhielten sich gleichzeitig und unglaublich schnell, die Lautstärke war ohrenbetäubend. Eine ältere Frau weinte ununterbrochen und küsste ein Foto von Giulias Vater. Immer wieder brach jemand in Tränen aus und wurde von den anderen umarmt.

Schließlich war es auch bei Giulia so weit, Tränen strömten ihr über das Gesicht, sie und ihre Mutter klammerten sich aneinander. Ich fühlte mich gerade nicht stark genug, um sie zu trösten.

Die Stromversorgung schwankte, alle paar Minuten wurde es plötzlich dunkel. Kaum war der Strom wieder da, lief der 3-D-Screen, er zeigte Szenen aus dem chaotischen, aschebedeckten Neapel, Luftbilder der zerstörten Küstenorte, zerzauste Fernsehreporter, die irgendetwas in Mikrofone riefen, schematische Zeichnungen des Vesuv-Ausbruchs. Marco konnte den Blick nicht davon lösen, gebannt starrte er auf den Bildschirm, und auch die anderen schauten immer wieder hin, ungläubig, aufgeregt. Gerade ging ihre Welt unter und niemand konnte etwas dagegen tun.

Mit dem Satellitentelefon in der Hand verzog ich mich ins Treppenhaus, wo es einigermaßen ruhig war. Eigentlich hatte ich vorgehabt, gleich mit meiner Mutter zu sprechen, aber es war dann doch Fred, den ich als Erstes anrief.

Jemand, der nicht sagte, dass es Andrés eigene Schuld gewesen war. Jemand, der mit mir trauern konnte. Für meine Mutter würde André immer der Mann bleiben, der sie in Indonesien im Stich gelassen hatte.

Fred nahm schon beim ersten Klingeln ab. »Hier ist Jan«, sagte ich, und dann versagte mir die Stimme.

»Er hat es nicht überlebt, oder?«, fragte Fred, er klang ganz ruhig.

»Nein«, brachte ich heraus. Nach und nach erzählte ich ihm, was geschehen war, und er versprach, es Aolani zu sagen.

»Es ist gut, dass ihr diesen Sommer hattet«, meinte Fred.

»Auch wenn es jetzt schwerer für dich ist. Schwerer, als wenn ihr euch kaum gekannt hättet.«

Ich tastete nach dem nassen Lederband um mein Handgelenk, berührte wie schon so oft die schwarzen Perlen daran. »Du wirst ihn auch vermissen, oder?«

»Verdammt, ja. Gibt nicht viele wie ihn, das kannst du mir glauben.«

Meine Hand umklammerte den Datenstick mit Andrés letzten erhaltenen Aufnahmen. »Was ist jetzt mit seinem Film? Kannst du den auch alleine fertigstellen?«

»Ich kann und werde.«

»Danke. Ich danke dir. Seid ihr in Sicherheit, alles klar mit Aolani?«

»Ja. Wir haben es rechtzeitig aus der Stadt raus geschafft. Bisschen Asche hier, sonst nichts.«

Wir schwiegen eine Weile. Dann fragte ich: »Geht es dir gut, Fred?«

»Ja … meistens schon. Ich werde wieder ein Konzert spielen, in sechs Wochen, kannst du dir das vorstellen? Wahrscheinlich werden faule Tomaten auf die Bühne fliegen, ich muss noch eine Menge üben bis dahin.«

»Du wirst es gut machen. Darf ich kommen?«

»Machst du Witze? Du bekommst die erste Einladung. Schließlich war das Ganze deine Idee.«

»Pass auf dich auf, Fred. Und sag Aolani von mir … sag ihr …«

Ich schaffte es nicht und schließlich drückte ich auf den *Aus*-Knopf. Wenn ich sie wiedersah, würde ich ihr erzählen, was André vorgehabt hatte. Würde sie das trösten? Oder alles noch schlimmer machen, weil es jetzt nie mehr Wirklichkeit werden konnte?

Und das alles war meine Schuld. Hätte ich mich nicht in Gefahr gebracht, wäre André gar nicht erst mit dem Hubschrauber losgeflogen. Dann wäre er wahrscheinlich noch am Leben. Meine Schuld. Meine! Und das, nachdem ich ihm so oft vorgeworfen hatte, dass er zu viele Risiken einging. Tränen tropften von meinem Gesicht auf die Treppe.

Lange saß ich auf diesen Treppenstufen, bevor ich die Energie aufbrachte, meine Mutter anzurufen. Sie war wieder in München, hatte sich halb tot gesorgt und wollte sofort aufbrechen, um mich holen zu kommen. Keine gute Idee, noch war die ganze Region Katastrophengebiet. Wahrscheinlich würde ich erst in ein paar Tagen über Rom oder Palermo heimfliegen können.

In der Wohnung herrschte noch immer ein unglaublicher Trubel. Alle redeten so schnell, dass ich wenig von dem verstand, was gesagt wurde. Stumm und wie betäubt saß ich in einer Ecke des Sofas. André war fort. In mir war eine Wüste, die bis zum Horizont reichte.

Doch dann kam Giulias Großmutter auf mich zu und blieb vor mir stehen, ihre Hände umklammerten einen Rosenkranz aus Halbedelsteinen. Sie zog mich vom Sofa hoch, umarmte mich mit ihren knochigen Armen und küsste mich auf beide Wangen, dann sagte sie feierlich etwas in Neapolitanisch.

Plötzlich war Giulia neben mir. »Sie meint, San Gennaro habe dich geschickt, um ihre Familie zu retten«, übersetzte sie für mich. »Und sie sagt, gegen einen Jungen, der für ihre Enkelin durchs Feuer gegangen ist, sei ja wohl rein gar nichts einzuwenden.«

Es war, als sei ein Damm gebrochen. Wieder und wieder

wurde ich umarmt und geküsst, von Mutter und Tante und Bruder und allen anderen Verwandten, die nun irgendwie auch meine waren. Ein seltsames Gefühl. Ich war hergekommen, um mit meinem Vater einen Film zu drehen, und hatte etwas ganz anderes gefunden.

Ganz fest schloss sich Giulias Hand um meine und ich drückte ihre ebenfalls. »Immerhin hält sie mich nicht mehr für den Installateur«, murmelte ich Giulia ein bisschen verlegen ins Ohr.

»Oder für einen Touristen«, flüsterte Giulia zurück.

Und dann rannte unsere Gastgeberin mit einem Aufschrei in die Küche, weil dort gerade irgendetwas im Ofen anbrannte.

Epilog

Noch war der Himmel dunkel wie Tinte und das Boot wiegte sich unter uns zu einem unhörbaren Rhythmus. Fred suchte Torre del Greco mit den Augen und starrte dann auf den erleuchteten Bildschirm des Navigationsgerätes. »Etwa hier?«, fragte er. Ich blickte hinüber zu der von vielen Lichtpünktchen dekorierten Küste und nickte. Ja, hier. Genau hier war der Hubschrauber abgestürzt. Das Atmen fiel mir schwer, wenn ich daran dachte, was vor drei Monaten an diesem Ort geschehen war. Manchmal sah ich es noch in meinen Träumen. Aber viel öfter träumte ich von André und hörte sein Lachen dabei.

Einen Moment lang schwiegen wir alle. Wir waren zu fünft – Aolani, Fred, meine Mutter, Giulia und ich. Hunderte mehr wären gekommen, wenn sie gewusst hätten, was wir vorhatten.

Giulia hielt meine Hand. Sie saß ganz dicht neben mir, so dicht, dass ich die Wärme ihres Körpers spüren konnte. Immer deutlicher zeichnete sich der Vesuv, der schon längst wieder ruhte, gegen den Morgenhimmel ab. Als die Sonne flammend über den Horizont trat, erhob sich Aolani. In ihrem roten Kleid sah sie aus wie damals, bei der Zeremonie am Kraterrand. Sie sprach eine Beschwörung und hob beide Hände dem Vulkan entgegen. Als sie zu singen begann, wirkte ihr Gesicht klar und ruhig im ersten Licht. Sie zerrieb ein paar rote Beeren in der Handfläche und ließ das Pulver ins Wasser wehen. Dann nahm sie einen ihrer Obsidian-Ohrringe ab. »Einen gebe ich dir zurück, André … der andere wird mich an dich erinnern, solange ich atme und die Lava des Kilauea fließt.«

Sie ließ ihn ins Wasser fallen und trat dann still von der Reling zurück, überließ einem anderen ihren Platz. Es war Britta, meine Mutter, die vortrat. Einen Moment lang starrte sie schweigend ins dunkle Wasser, wie um Kraft zu sammeln. »Wir haben uns so oft verletzt, André«, flüsterte sie. »Aber was zählt das schon? Wir werden dich nie vergessen.«

Ihre Finger öffneten sich und ein Foto flatterte auf die Wellen, trieb davon. Ein Foto von uns dreien. Britta, André und ich. Acht Jahre alt und strahlend in der Mitte zwischen beiden. Ich musste den Blick davon abwenden.

Giulia war die Nächste. Sie beugte den Kopf und betete auf Italienisch, ich verstand die Namen »San Gennaro« und »André Bendert« – sie bat den Heiligen um seinen Segen für meinen Vater. Schließlich warf sie einen Kranz aus Zitronenblüten und -blättern ins Meer. Eine Weile roch ich noch seinen schweren, süßen Duft, dann blies der Wind ihn davon.

Fred trat an die Reling, und ich sah, dass sich feuchte Spuren über seine Wangen zogen. Er umklammerte etwas, es sah aus wie der Teil eines Objektivs. »Warum warst du nie vorsichtig, du blöder Hund?«, knurrte er, gab das Teil dem Meer und wandte sich rasch ab. Ich sah, wie er tief durchatmete, einmal, zweimal.

Jetzt war ich an der Reihe. Und schaffte es fast nicht, weil ich daran denken musste, wie wir uns am Bahnhof von Neapel umarmt hatten. Wie er gelacht hatte bei dem letzten

Mal, als wir miteinander gesprochen hatten. Wenn ich nicht aus dem Zug ausgestiegen wäre, würde mein Vater dann noch leben? Nein, heute wollte ich nicht daran denken. Ich wollte einfach hier sein und Abschied nehmen.

Das Kunststoffteil, das ich aus Deutschland hergebracht hatte, war schon ein wenig schwitzig geworden von meiner Handfläche, seine scharfen Kanten gruben sich in meine Haut. Noch schaffte ich nicht, es loszulassen. Ich starrte ins Meer und das Glitzern der Wellen verschwamm vor meinen Augen. »Danke für alles, Papa«, sagte ich, und das neue Wort fühlte sich ungewohnt an in meinem Mund. »Du wirst mir fehlen.«

Dann öffneten sich meine Finger und das Kunststoffteil tauchte ins Wasser der Bucht. Es kam sofort wieder zum Vorschein und tanzte über eine Welle. Es schwamm, natürlich tat es das. Es war ja auch ein Stück meines Kanus, das ich am Heck herausgesägt hatte.

»*Hell,* das hätte ihm gefallen«, sagte Fred und holte eine Flasche Whisky und ein paar Becher aus seinem Rucksack. »So, und jetzt stoßen wir auf ihn an.«

Meine Mutter warf mir einen Blick zu, öffnete den Mund, schloss ihn wieder.

»Auf André!«, rief Aolani, während sie ihren Becher hob. »Auf André«, echoten wir und der Whisky brannte sich durch meine Kehle.

Dann wendete Giulia das Boot und startete den Motor, um uns nach Neapel zurückzubringen.

Nachwort

Mein Roman spielt in der nahen Zukunft … und in ebendieser Zukunft könnte der Schlaf des Vesuv tatsächlich beendet sein. Nach der typischen Ruhephase rechnen Experten mit einem Ausbruch in den nächsten Jahren oder Jahrzehnten. Und leider sind die Evakuierungspläne tatsächlich so unzureichend, wie im Roman geschildert. Deshalb war mir bei der Recherche in Neapel und in der Umgebung des Vesuv etwas mulmig zumute, zweimal schreckte ich nachts hoch, weil ich ein verdächtiges Donnern gehört hatte. Wie ein ausbrechender Vulkan klingt, wusste ich von meinem Aufstieg zum Krater des Stromboli, der es schon seit Tausenden von Jahren regelmäßig knallen lässt. Nervös versuchte ich zu erkennen, ob über dem Vesuv eine Aschewolke stand … doch der Krach stellte sich beim ersten Mal als Feuerwerk heraus und beim zweiten Mal als der Beginn der Jagdsaison. Glück gehabt!

Nichts, was in diesem Buch über Vulkane steht, habe ich mir ausgedacht. Es ist tatsächlich möglich, mit gepolsterten Handschuhen aus Asbest Lava zu kneten, und einige Forscher und Filmemacher sind mit *Nomex*-Schutzanzügen und speziellen Helmen schon ganz nah an Lavafontänen herangekommen. Zum Beispiel Katia und Maurice Krafft, die in ihrem kurzen Leben bei 175 Ausbrüchen dabei waren und so wie André im Roman sofort ins Flugzeug sprangen, wenn es irgendwo auf der Welt in einem Vulkan rumpelte. Ihr Leben hat mich zu diesem Buch inspiriert – sie hatten keine Kinder, aber hätten sie welche gehabt, wäre es denen vielleicht ähnlich ergangen wie Jan.

Maurice Krafft verbrauchte bei jedem Ausbruch tatsächlich mehrere Paar Wanderschuhe, weil er nichts dabei fand, über noch glühende Lava zu laufen (und seither haben sich auch noch andere Vulkanologen auf diese Weise gerettet, wenn sie vom geschmolzenen Gestein eingeschlossen worden waren). Pele, die hawaiianische Vulkangöttin, hat Maurice offensichtlich geliebt. Am 25. März 1984 um 1.30 Uhr kam es am Mauna Loa auf Hawaii zu einem Jahrhundert-Ausbruch, auf 25 Kilometer Länge sprühte aus einer Spalte Lava hoch – und Maurice war dort, um es mitzuerleben. Für ihn war klar, dass Pele das wunderbare Ereignis für ihn arrangiert hatte, denn der Ausbruch geschah nicht nur an Maurices Geburtstag, sondern sogar zu der Uhrzeit, zu der er geboren worden war. Erstaunlich, oder? So viel Glück wie er hatte ich auf Hawaii nicht, doch immerhin konnte ich beobachten, wie Lava zischend ins Meer floss.

Als ich auf dem kahlen schwarzen Gipfelplateau des Ätna stand, über das Schwefeldioxid-Schwaden wehten, konnte ich verstehen, warum Maurice und Katia so fasziniert waren von Vulkanen. Aber im Gegensatz zu ihnen war ich auch ein bisschen froh, als ich den Ätna wieder hinter mir lassen konnte, denn Schwefeldioxid kratzt ganz schön in der Kehle und lässt die Augen tränen. Außerdem ist mit dem Ätna nicht zu spaßen, obwohl es Vulkane gibt, die deutlich gefährlicher sind.

Was von einem wirklich verheerenden Ausbruch übrig bleibt, habe ich am Crater Lake in Oregon und am Mount

St. Helens in den USA gesehen – ich war sechs Jahre nach der großen Eruption des St. Helens dort, noch war die ganze Umgebung eine graue Wüste voller geknickter Bäume. Als ich zehn Jahre später wieder dort vorbeischaute, hatte sich die Gegend auf erstaunliche Weise erholt.

Beim Ausbruch des St. Helens starb der dreißigjährige Vulkanologe David Johnston innerhalb von Sekunden, obwohl sein Beobachtungsposten auf einem Hügel neun Kilometer vom Krater entfernt war. Aufgeregt meldete er, dass es losging: *»Vancouver! Vancouver! This is it!«*, danach brach die Verbindung ab. Auch viele andere Vulkanologen haben ihre Leidenschaft für die Feuerberge mit dem Leben bezahlt. Maurice Krafft war es immer klar, dass es dazu kommen würde. »Wenn man sich auf explosive Vulkane spezialisiert hat, lohnt sich die Mühe nicht, etwas für den Ruhestand zurückzulegen«, hat er mal in einem Vortrag gesagt. »Ich würde sogar sagen, wenn ein Vulkanologe, der auf explosive Vulkane spezialisiert ist, wirklich das Rentenalter erreicht, ist das eher suspekt. Man könnte vermuten, dass er seine Arbeit nicht gewissenhaft gemacht hat.«

Zum Glück haben mich bei der Recherche einige gewissenhafte und trotzdem quicklebendige Vulkanologen unterstützt. Prof. Dr. Bernd Zimanowski vom *Physikalisch-Vulkanologischen Labor* der Universität Würzburg war ein geduldiger Interviewpartner und wunderbarer Testleser. Die junge irische Vulkanologin Dr. Jane Chadwick erzählte mir viel über ihre Arbeit auf den Vulkanen Indonesiens und Prof. Dr. Kirbani Sri Brotopuspito vom *Geophysics Laboratory* der Universität in Yogyakarta half mir speziell zum Thema Merapi weiter. Auch die Vulkanologin Dr. Jan Lindsay (*School of Environment*, The University of Auckland) opferte eine Menge Zeit, um meine Fragen zu beantworten und das Manuskript zu lesen, ich danke ihr und ihrer Doktorandin Sonja Storm für die wertvollen Anregungen. Von den vielen italienischen Vulkanologen, die ich während meiner Recherche angeschrieben habe, war übrigens kein einziger bereit, meine Fragen zu beantworten.

Ein großes Dankeschön auch an den Dokumentarfilmer Jan Haft von *nautilusfilm,* den ich hemmlungslos ausquetschen durfte und der auch noch so nett war, das Manuskript testzulesen. Seine Naturfilme sind atemberaubend und werden regelmäßig im Fernsehen gesendet. Im Kino war von ihm bisher *Das grüne Wunder – unser Wald* zu sehen und der nächste Kinofilm ist schon in Vorbereitung. Danke für die spannenden Infos, Jan und Meli!

Danke auch an Anna Heilmeier, die mich an den Erfahrungen ihres Studiums in Neapel teilhaben ließ und mir noch ein paar wichtige Tipps für die Stadt mitgab, die zwar vielleicht nicht mein Leben, aber möglicherweise meine Brieftasche gerettet haben.

Wichtig war für mich wie immer die Meinung meiner Testleser, die mir halfen, der Betriebsblindheit zu entgehen. Beatrix Mannel punktete mit psychologischem Gespür, Ulla Scheler mit ihrem Gefühl für Sprache und Zwischentöne und Wiebke Assenmacher mit unbestechlicher Logik und Genauigkeit. Danke auch an Christian Münker, Daniel Westermayr, Nina Kunze, Sonja Englert, Andrea Hartmann – die selbst schon mal durch ein mit Lapilli bedecktes Meer gesegelt ist! –, Christin Zingelmann und Lennart Schaefer.

Vielen Dank auch an meinen Agenten Gerd F. Rumler, meine Lektorin bei Beltz & Gelberg, Julia Röhlig, und meinen Lektor Frank Griesheimer, die beide ganz wichtige Anregungen für Struktur und Plot der endgültigen Romanfassung gaben.

Glossar

Asche

Vulkanische Asche entsteht nicht durch Verbrennung und hat nichts mit dem Stoff zu tun, der nach einem Holzfeuer zurückbleibt. Vulkanasche besteht aus Magma (also Gestein), das durch die Wucht des Ausbruchs in winzige, scharfkantige Scherben zersplittert ist. Deshalb kann sie auch eine Menge anrichten, zum Beispiel, wenn sie in ein Jet-Triebwerk gerät. Durch die dort herrschenden Temperaturen von bis zu 1000 Grad Celsius schmilzt Vulkanasche zu einer klebrigen Masse, die das Triebwerk verstopft und ausfallen lässt – so manches Verkehrsflugzeug musste aus diesem Grund schon notlanden. Auch Vulkanasche einzuatmen ist nicht sonderlich gesund, deshalb holen erfahrene Vulkan-Anwohner wie die Nachbarn des Sakura-jima in Japan bei starkem Aschefall ihre Atemmaske aus der Schublade. Für Menschen ist Vulkanasche jedoch weniger gefährlich als lästig – sie bedeckt noch in weiter Entfernung vom Vulkan Häuser, Autos und Straßen, kann durch ihr Gewicht Dächer einstürzen lassen und wird bei Nässe extrem rutschig.

Ob bei einem heftigen Ausbruch des Vesuv die Asche auch zu uns herüberziehen würde, hängt von der Wetterlage ab. Fest steht, dass Vulkanausbrüche das Klima beeinflussen können, sie wirken kühlend – das kann Ernten verderben lassen und zu Hungersnöten führen.

Atem des Vulkans

Dass sich der Boden in Vulkangebieten ganz langsam hebt und senkt, erinnert an ein gewaltiges, atmendes Tier unter der Erdoberfläche. Beobachtet wurde dieses Phänomen zum Beispiel an den Phlegräischen Feldern bei Neapel und an der Westküste der USA.

Doch der Atem des Vulkans ist natürlich auch der ätzende, schwefelige Dunst, den viele Feuerberge von sich geben – allein aus dem sizilianischen Ätna strömen täglich 4000 Tonnen Schwefeldioxid, selbst wenn er gerade nicht ausbricht! Gesund sind die oft säurehaltigen Dämpfe am Krater eines Vulkans nicht, sie reizen Haut und Atemwege und zersetzen innerhalb weniger Stunden Kleidung und Metallteile an der Ausrüstung.

Fumarole

Öffnung am Vulkan, aus der heiße Gase – zum Beispiel Wasserdampf, Kohlendioxid und Schwefeldioxid – ausströmen. Oft sieht man sie sofort, da sie von gelben Schwefelkrusten umgeben sind. Und man hört sie auch, denn große Fumarolen pfeifen und donnern wie Jet-Triebwerke. Auf Feuerbergen, die überwacht werden, geben die Forscher jeder Fumarole einen Namen und messen hin und wieder ihre Temperatur und ihre Gaszusammensetzung. Steigt die Temperatur, kann das auf Magma hindeuten, das näher an die Oberfläche kommt. Um zu messen, welche Temperatur und Zusammensetzung die Gase haben, steigen Forscher die Flanke des Berges hoch und halten die Röhrchen von Sammelflaschen in den heißen Gasstrom der Fumarole. Manchmal arbeiten sie auch direkt im Krater des aktiven Vulkans. Dabei helfen eine Gasmaske, ein feuerfester Overall und eine gute Lebensversicherung.

Kawah Ijen

Noch heute erinnern sich die älteren Einheimischen daran, dass Maurice Krafft einmal am Kawah Ijen gefilmt hat – ein Mann wie er ist nicht gerade leicht zu vergessen! Natürlich ließ er sich die Gelegenheit nicht entgehen, den Säuresee zu erforschen. Doch er stellte fest, dass es nicht einfach ist, aus diesem See Proben zu nehmen – verwendet man zum Beispiel ein Stahlseil, um die Behälter hinabzulassen, ätzt die Säure es glatt durch. Katia Krafft ging es auf dieser Reise nicht gut, Moskitostiche an ihren Beinen hatten sich entzündet, zum ersten Mal konnte sie nicht mit Maurice mithalten.

Lahar

Das Wort kommt aus der indonesischen Sprache – kein Wunder, in Indonesien gibt es Hunderte von Feuerbergen. Lahars sind eine der größten Vulkangefahren: Schmilzt bei einem Ausbruch der Schnee auf dem Gipfel eines Vulkans, dann rast eine Lawine aus Schlamm mit dem Lärm eines Güterzugs zu Tal. Auch die Regenzeit in tropischen Ländern kann immer wieder solche Ströme auslösen, wenn auf den Hängen eines Vulkans noch viel Asche lagert. Sie sind etwa 35–60 Stundenkilometer schnell.

Meist rasen Lahars Flusstäler entlang, deshalb sollte man in der Nähe eines Vulkans auf der Hut sein, wenn sich das Wasser eines Flusses verfärbt und abgerissene Äste und andere Trümmer darin mitschwimmen. Dann nichts wie weg vom Fluss und auf einen Hügel, denn es kann sein, dass ein paar Minuten später der Lahar herandonnert – und wie André ja festgestellt hat, fühlt sich der an wie eine Flutwelle aus flüssigem Beton. Die bisher schlimmste Lahar-Katastrophe hat sich in Armero ereignet, einer kolumbianischen Kleinstadt 72 Kilometer vom Vulkan Nevado del Ruiz entfernt. Obwohl die Vulkanologen warnten, dass bei einem Ausbruch mit hundertprozentiger Wahrscheinlichkeit Lahars über den Ort strömen würden, konnten sie sich nicht durchsetzen – Geschäftsleute und Politiker in der Stadt wehrten sich gegen die angeblich geschäftsschädigenden Behauptungen. Als der Vulkan 1985 dann wirklich ausbrach und einen verheerenden Lahar auslöste, starben in Armero 23 000 Menschen (darunter auch jene Geschäftsleute und Politiker). Besonders gruselig: Es war fast nicht möglich, Menschen, die den Lahar überlebt hatten und zum Beispiel bis zur Hüfte im Vulkanschlamm steckten, zu retten. Da man mit Booten durch den Schlamm nicht an diese Opfer herankam, konnten die Retter nur zusehen, wie diese Menschen langsam starben. Katia Krafft war wie üblich sofort zum Ort des Geschehens losgeflogen (diesmal ohne Maurice, der seine Vortragsreise nicht unterbrechen konnte), doch zum ersten Mal fand Katia einen Vulkanausbruch nicht faszinierend, sondern einfach nur grauenhaft. Die furchtbaren Bilder aus Armero vergaß sie nie mehr.

Inzwischen gibt es Instrumente, die vor Lahars warnen: Hoch oben am Vulkan werden Detektoren aus Stahltürmen und Betonwänden aufgestellt, und zwar in Rinnen und

Flusstälern, durch die solche Ströme meist entlangkommen. Prallen Felsbrocken, die vom Lahar mitgerissen wurden, dagegen, beginnen unten im Tal die Sirenen zu heulen. In Neuseeland werden auch Geophone eingesetzt, die durch Lahars ausgelöste Vibrationen messen. Manchmal ist dann noch eine ganze Stunde Zeit für die Evakuierung, bevor der Strom in der Stadt eintrifft.

Lapilli

Lapilli sind kleine Steine, die der Vulkan herausschleudert. Sie bestehen oft aus Bimsstein, einem Gestein, das durch die vielen Gasblasen in seinem Inneren so leicht ist, dass es auf Wasser schwimmt. Jan beobachtet, dass sich die Farbe der Lapilli während des Vesuv-Ausbruchs von Bräunlich-Rötlich zu Hellgrau ändert, und das ist ein wichtiges Zeichen dafür, dass sich die Zusammensetzung des Magmas während des Ausbruchs ändert und damit auch die Explosivität.

Lava

Sobald das Magma an die Oberfläche getreten ist, nennt man es Lava. Je nach Zusammensetzung erstarrt die Lava zu unterschiedlichen Gesteinen, bei jedem Ausbruch ist die Mischung der erstarrten Mineralien etwas anders und einzigartig, deshalb können Vulkanologen durch Untersuchungen in der Umgebung eines Berges zuordnen, welche Lava von welchem Ausbruch stammt. Übrigens muss Lava nicht immer grau oder schwarz sein – ich habe am Vesuv auch rote, gelbe und sogar weiße Lavabrocken gesammelt.

Muschelschalen-Lava (im Original *shelly lava* genannt, eigentlich existiert kein deutscher Begriff dafür) ist typisch für die hawaiianischen Vulkane und macht es an manchen Stellen gefährlich, über Lavafelder zu laufen. Nicht nur Touristen, sondern auch Vulkanologen sind schon durch solche instabilen Lavadecken gebrochen und schwer verletzt worden.

Auf heißer, fließender Lava zu gehen, ist im Notfall tatsächlich möglich, so mancher Vulkanologe hat sich schon auf diese Art gerettet (für Maurice Krafft dagegen war das nicht mal etwas Besonderes, sondern fast schon alltäglich).

Lavaröhre
Lavaröhren bilden sich, wenn die Lava am Rand und an der Oberfläche eines Stroms langsamer fließt und schneller abkühlt als der Rest. Ein festes Dach bildet sich, unter dem das geschmolzene Gestein vor Blicken verborgen Tausende von Metern weiterfließen kann (bis es zum Beispiel ins Meer gelangt). Von solchen Röhren gibt es in Hawaii und anderen Vulkangegenden viele, vom engen Tunnel bis zur riesigen Höhle.

Magma
So nennt man das glutflüssige Gestein, solange es sich noch unter der Erde befindet. Ganz langsam – manchmal mit ein paar Zentimetern pro Jahr – steigt es durch Risse im Gestein hoch, sammelt sich in der Magmakammer unter dem Vulkan und schießt, wenn der Druck darin zu hoch geworden ist, durch den Schlot nach oben. Ist die überschüssige Magmamenge ausgeworfen, ist der Ausbruch zu Ende.

Mount St. Helens

Kaum jemand konnte wirklich daran glauben, dass dieser hübsche, schneebedeckte Berg im Nordwesten der USA so gefährlich sein könnte. Doch die Indianerstämme der Gegend wussten Bescheid, sie nannten ihn »Louwala-Clough«, das bedeutet »Rauchender Berg«. Vermutlich hatten sie im Laufe der Jahrhunderte, als noch keine Weißen in der Gegend lebten, Ausbrüche beobachtet.

Der Ausbruch des Stratovulkans im Jahr 1980 war extrem heftig, weil der ganze Gipfelbereich abrutschte und die Aschewolke mit Überschallgeschwindigkeit seitlich aus dem Vulkan heraus explodierte (*lateral blast* nennen Fachleute so etwas). Solche Eruptionen sind extrem selten, deshalb rechnete niemand damit. Und niemand ahnte, dass der Ausbruch in jeder Sekunde die Wucht einer Atombombe haben würde – und das über eine Dauer von neun Stunden! Es zeigte sich, dass die »Rote Zone« viel zu klein berechnet worden war, nur zwei der 57 Toten hatten sich innerhalb dieser Gefahrenzone aufgehalten. Einige dieser Menschen starben durch ihre eigene Unvorsichtigkeit – obwohl die Behörden alle Straßen zum Vulkan gesperrt hatten, schafften es Neugierige, über Waldwege ins Sperrgebiet vorzudringen. Noch immer steht dort als düsteres Denkmal ein inzwischen verrostetes Auto, in dem eine Familie umgekommen ist.

So wie der St. Helens ragen in den Cascades im Nordwesten der USA noch viele andere einzeln stehende, schneebedeckte Berge auf – alles Stratovulkane, die von einem Observatorium überwacht werden. Besonders riskant wäre es beispielsweise für die Städte Seattle und Portland, wenn der nicht weit entfernte Mount Rainier ausbrechen würde – in diesem Fall würden zerstörerische Lahars vermutlich bis zur Küste vordringen.

Nomex-Anzug

Noch näher an Lava heranzugehen als André und Jan, ist mit einem Anzug aus dem feuerfesten Material Nomex möglich, der mit poliertem Aluminium überzogen ist. Ein solcher silberner Anzug mit dem dazugehörigen klobigen Helm gehörte auch schon zur Lieblingsausrüstung von Maurice und Katia Krafft. Damit durch die Sichtscheibe des Helms nicht zu viel Hitze dringt, besteht sie aus drei Schichten Glas und drei Schichten Goldfolie – so hauchdünn, dass man hindurchblicken kann. Bei den Handschuhen wird nach wie vor oft Asbest verwendet.

Obsidian

Obsidian, ein meist schwarzes oder rötlich-schwarzes vulkanisches Glas, entsteht, wenn bestimmte Magmenzusammensetzungen erstarren, ohne zu kristallisieren. Obsidian ist schwer und hat extrem scharfe Kanten. Er wurde schon von den Menschen der Steinzeit geschätzt, weil sich daraus hervorragende Messer herstellen lassen. Lustigerweise hat Obsidian die gleiche chemische Zusammensetzung wie der leichte, poröse Bimsstein, nur dass dieser sehr viel mehr Gasblasen enthält. »Wie ein Glas *Guinness* – unten schwarz (Obsidian), oben Schaum (Bims)«, hat mir die Vulkanologin Jan Lindsay dazu geschrieben. In Oregon, USA, bin ich schon auf einem erstarrten Obisidan-Strom herumgeklettert, den einer der dortigen Cascades-Vulkane ausgestoßen hatte. Es ist ein prachtvoller Anblick, wie solche Ströme in der Sonne glänzen.

Ohia-Baum

Der hawaiianische Ohia-Baum, den man leicht an seinen puscheligen roten Blüten erkennt, ist perfekt an eine vulkanische Umgebung angepasst – seine kleinen, leichten Samen werden vom Wind auf neue Lavafelder geweht, sodass er einer der ersten Bäume ist, die dort wachsen. Wenn Lava ihn umfließt, bildet er Luftwurzeln und schafft es so, sich weiterhin zu ernähren.

Platten/Plattentektonik

Die Erdkruste ist in zahlreiche riesige Platten zerbrochen. Wie Eisschollen auf einem See gleiten sie auf dem Erdmantel, der durch die Hitze des Erdinneren zwar nicht geschmolzen, aber leicht verformbar ist (ähnlich wie Kuchenteig). Diese Platten stoßen aneinander oder gleiten untereinander. Wo das geschieht, geht oft ein heftiger Ruck durch die Erde, und Vulkane spucken Feuer, da durch Risse glutflüssiges geschmolzenes Gestein nach oben dringen kann. Besonders stark betroffen sind beispielsweise Südamerika, Indonesien, Neuseeland und Japan – sie alle liegen direkt an großen Plattengrenzen.

Pinatubo

Der Pinatubo auf den Philippinen ist ein hochgefährlicher Stratovulkan – bei einem heftigen Ausbruch im Jahr 1991 sprengte der Berg 305 Meter seines Gipfels ab! Forscher des *U.S. Geological Survey* schafften es, die Bewohner der Gegend rechtzeitig vor der Katastrophe zu warnen. Die Geschichte dieses Ausbruchs und wie Vulkanologen versuchten, ihn vorherzusagen, erzählt Dick Thompson in seinem Buch *Volcano Cowboys* – spannend wie ein Roman.

Pyroklastischer Strom

Lawinen aus heißen Gasen und Asche, die mit einer Geschwindigkeit von über 100 Stundenkilometern die Flanken eines »grauen« Vulkans hinabrasen. Solche Ströme können – wie im Roman – tatsächlich Wasserflächen überqueren: Beim Ausbruch des Krakatau im Jahr 1883 schoss ein solcher Strom 50 Kilometer weit über das Meer und tötete an der Küste Sumatras 2000 Menschen. Pyroklastische Ströme sind extrem heiß, die am Pinatubo erreichten 750 Grad Celsius.

Jan liest davon, wie die Stadt St. Pierre mit sämtlichen 29 000 Einwohnern im Jahr 1902 von einem pyroklastischen Strom zerstört wurde, doch die ganze Geschichte dieses Ausbruchs ist noch viel grauenhafter. Es gab nämlich viele Warnzeichen, dass der Mt. Pelée ausbrechen würde, der Vulkan rumorte schon Wochen zuvor und begann, Asche und Gase auszustoßen. Die Bevölkerung war beunruhigt und wollte fliehen – doch der Gouverneur verbot allen Bewohnern, die Stadt zu verlassen! Am 11. Mai standen Wahlen an, und er wollte vermutlich sichergehen, dass sie stattfinden konnten. Nur wenige schafften es, aus der abgeriegelten Stadt zu fliehen und damit ihr Leben zu retten, alle anderen (auch der Gouverneur) starben, als am 8. Mai eine Glutwolke über die Stadt fegte und sie völlig zerstörte. Es gab nur zwei Überlebende, einen Schuhmacher, der am Rand der Stadt lebte und aus der Reichweite des Stroms rennen konnte, und einen verurteilten Verbrecher, der gerade in einem fast fensterlosen Verlies mit dicken Mauern seine Strafe abbüßte. Dieser Verbrecher, Auguste Cyparis, hatte in den Jahren danach ein gutes Auskommen, weil alle Welt ihn sehen wollte – er ging mit dem Zirkus *Barnum & Bailey* auf Tour.

Um zu beurteilen, welche Vulkane diese tödlichen Wolken aus heißen Gasen und Asche ausstoßen und wie weit die Ströme vorgedrungen sind, untersuchen Vulkanologen Ablagerungen im Boden. Oft sind die Ascheschichten, die pyroklastische Ströme hinterlassen, erstaunlich dünn, manchmal nur wenige Zentimeter. Aber sie zeigen manchmal Wellenmuster, wie man sie auch nach der Explosion von Atombomben in der Umgebung gefunden hat – ein deutlicher Hinweis auf die Wucht solcher Ströme.

Schildvulkan

Schildvulkane sind breite, flache Berge, die dadurch entstanden sind, dass dünnflüssiges, wenig Gase enthaltendes Magma ausgeströmt ist. Ihre Ausbrüche sind nicht besonders gefährlich, da sie nicht explodieren. Solche Vulkane sind bekannt und beliebt für ihre eindrucksvollen, leicht zu beobachtenden Lavaströme, daher nennen manche Fachleute sie »rote« Vulkane. Ganze Generationen von amerikanischen Vulkanologen sind an den hawaiianischen Schildvulkanen wie dem Kilauea und dem Mauna Loa ausgebildet worden, deshalb hatten sie zunächst Schwierigkeiten, den viel gefährlicheren Stratovulkan Mount St. Helens richtig einzuschätzen.

Seismometer
Gerät, mit dem Erdbeben aufgezeichnet werden. Ganz wichtig für die Vorhersage von Vulkanausbrüchen, die ja oft mit Beben einhergehen. Früher und teilweise heute noch werden die Erdstöße auf Papierbahnen aufgezeichnet, typisch ist aber mittlerweile, dass die Daten direkt gespeichert und am Bildschirm abgerufen werden können.

Vulkanologen haben noch viele andere Messgeräte zur Verfügung, um einzuschätzen, in welcher Phase sich ein Vulkan befindet – zum Beispiel das COSPEC, ein Gerät, das vom Hubschrauber aus messen kann, wie viel Schwefeldioxid-Gas ein Vulkan ausstößt. Von Satelliten, vom Boden oder vom Hubschrauber aus kann ein Vulkan mit Infrarot fotografiert werden, sodass die Forscher erkennen können, ob aufsteigendes Magma den Berg aufheizt. Und am Berg aufgestellte GPS-Geräte melden per Funk, wie sich der Vulkan durch aufsteigendes Magma verformt, oft beult er sich an manchen Stellen richtiggehend aus. Mit Gravimetern – ultraempfindlichen Waagen – können Vulkanologen feststellen, ob sich die Dichte des Materials im Vulkaninneren verändert (festes Gestein hat beispielsweise eine höhere Dichte als Magma). Sie messen aber auch die elektrische Leitfähigkeit des Bodens, denn Gestein leitet Strom kaum, Wasser dagegen sehr gut und Magma ebenfalls gut.

All diese Messwerte werden an die jeweiligen Vulkan-Observatorien weitergeleitet, damit man sich dort ein Bild der Lage machen kann.

Stratovulkan

Diesen gefährlichen Vulkantypus erkennt man an der hoch aufragenden Kegelform. Sie entsteht, weil der Feuerberg durch jeden Ausbruch ein Stück wächst und schließlich aus vielen Schichten Asche und Lava besteht. Deshalb werden Stratovulkane auch Schichtvulkane genannt.

Stratovulkane fördern meist zähflüssiges, gasreiches Magma, was ihre Ausbrüche sehr explosiv macht. Manche Vulkanologen nennen die Stratovulkane »graue« Vulkane, weil sie die tödlichen grauen Glutwolken, also pyroklastische Ströme, ausstoßen können. Stratovulkane sind zum Beispiel der Vesuv, der Unzen (Japan), der Mount St. Helens (USA), Ruapuehu (Neuseeland) und der Galeras (Kolumbien).

Toxoplasmose

Weitverbreitete Infektionskrankheit, die für die meisten Menschen harmlos ist, nur für Schwangere nicht, da sie das ungeborene Kind schädigen kann. Wer sich – zum Beispiel durch nicht durchgegartes Fleisch infizierter Tiere oder durch Katzenkot – mit dem Einzeller *Toxoplasma gondii* angesteckt hat, merkt meist nichts davon, er hat höchstens leichtes Fieber oder Kopfschmerzen. Doch der Parasit dringt auch ins Gehirn vor und kann so wie im Roman beschrieben tatsächlich Verhaltensauffälligkeiten auslösen. Forscher der Stanford University und eine britische Parasitologin konnten in Experimenten nachweisen, dass infizierte Ratten und Mäuse nicht etwa Stellen mit Katzengeruch mieden, sondern von diesem Geruch angezogen wurden – der Parasit löste in ihnen selbstmörderisches Verhalten aus! Für den Einzeller ist das vorteilhaft, denn nur wenn er über die Jagdbeute in eine Katze gelangt, kann er sich fortpflanzen. Der tschechische Evolutionsbiologe Jaroslav Flegr an der Karls-Universität Prag erforscht schon seit Jahren, wie sich Toxoplasmose beim Menschen auswirkt, denn auch der Mensch war und ist Jagdbeute von Großkatzen. »In einer groß angelegten Versuchsreihe mit mittlerweile zehntausend Probanden zeigte sich, dass sich die Persönlichkeit von mit Toxoplasmose Infizierten tatsächlich verändert«, berichtete die Zeitschrift GEO. »Und je länger die Infektion andauert, desto größer sind offenbar die Veränderungen. Besonders bei Männern beobachtete Flegr eine signifikante Steigerung der Risikobereitschaft – gepaart mit einer Abnahme der Reaktionsfähigkeit.« Leider nicht nur das, sie erhöht (so hat eine Studie an 45 000 Däninnen im Jahr 2012 ergeben) auch die Wahrscheinlichkeit eines Selbstmordversuchs.

Weltweit hat sich ein Drittel der Bevölkerung schon einmal mit Toxoplasmose infiziert.

Tsunami

Tsunamis entstehen zum Beispiel, wenn ein Vulkanausbruch von starken Erdbeben begleitet wird oder Teile des Vulkans abbrechen und ins Meer stürzen. Dadurch rast eine Welle über das Meer, die viel schneller ist und deutlich mehr Wucht hat als eine normale Welle. Selbst ein nur drei Meter hoher Tsunami kann an der Küste schwere Zerstörungen anrichten, von einem bis zu 15 Meter hohen (wie in Asien 2004) oder noch wesentlich höheren (in engen Küstentälern oder Fjorden sind mehr als 100 Meter möglich) ganz zu schweigen. Bevor der Tsunami eine Küste trifft und sich zu ganzer Höhe aufbäumt, zieht sich meist das Meer zurück, sodass der Meeresboden auf dem Trockenen liegt. Dieses Wellental ist ein deutliches Anzeichen dafür, dass bald der

Wellenberg folgt – also nichts wie weg, auf eine Anhöhe oder in ein mehrstöckiges Betonhaus!

Der Ausbruch des Vesuvs könnte einen Tsunami auslösen – solche Wellen gab es, soweit man weiß, in historischer Zeit auch im Mittelmeer.

Vulkan im Maisfeld
Dieser Vorfall ereignete sich am 20. Februar 1943 in Parícutin, Mexiko. Der Bauer, in dessen Maisfeld sich plötzlich die Erde auftat und schwarze Asche spuckte, war entsetzt. Innerhalb weniger Stunden war der neugeborene Vulkan schon ein paar Meter hoch. Als er nach neun Jahren wieder erlosch, war er auf 424 Meter angewachsen. Vom Maisfeld war längst nichts mehr zu sehen, und auch die Kirche des Ortes ist bis heute halb in der Lava versunken – und dadurch zur Touristenattraktion geworden.

Kleine Vulkane wie der Parícutin, die nur ein Mal ausbrechen, nennt man übrigens Aschekegel. In jener Region Mexikos gibt es viele davon.

Vulkanische Bombe
Bei einem Ausbruch schleudern Vulkane meist Felsbrocken und Lavastücke hoch, die in weitem Umkreis auf die Umgebung hinunterhageln. Große flüssige Lavafetzen erstarren im Flug oft zu stromlinienförmigen Geschossen, die Bomben ähnlich sehen (daher der Name). Solche Brocken sind glühend heiß und sehr gefährlich: Als der kolumbianische Vulkan Galeras 1993 ohne Vorwarnung ausbrach, starben sieben Vulkanforscher und drei Touristen – die meisten waren von vulkanischen Bomben erschlagen worden.

Eine wichtige Vorsichtsmaßnahme ist, bei Vulkanbesteigungen einen Schutzhelm zu tragen (zum Zeitpunkt des Galeras-Ausbruchs war das noch nicht üblich). Wird man von einem Ausbruch überrascht und beginnt ein Bombardement, sollte man nicht weglaufen, außer es handelt sich um sehr kleine Steine. Schleudert der Vulkan größere Brocken heraus, ist es besser, sich unter einen Felsen in Deckung zu werfen, seinen Kopf mit einem Rucksack o. Ä. zu schützen und, falls möglich, nach oben zu schauen, um die Flugbahn heranzischender Bomben abzuschätzen. Durch diesen Kniff hat einer der Vulkanologen auf dem Galeras, Stanley Williams, den Ausbruch überlebt, wenn auch schwer verletzt. Das erzählt er in seinem spannenden Sachbuch *Surviving the Volcano*.

Vulkanischer Tremor

Andere Bezeichnung für die Mikrobeben, die vor einem Vulkanausbruch auftreten. Sie entstehen, wenn Magma im Berg nach oben drängt und seine Hitze Gestein verformt und bersten lässt. Manchmal treten vor einem Ausbruch täglich Hunderte oder sogar Tausende dieser kleinen Beben auf – manchmal bleiben sie aber auch aus, jeder Berg und jeder Ausbruch ist anders. Manche Ausbrüche geschehen auch ganz ohne Vorwarnung.

© Christophe Schneider

Katja Brandis

Katja Brandis, geboren 1970, studierte Amerikanistik, Anglistik und Germanistik und arbeitete als Journalistin. Sie schreibt seit ihrer Kindheit und hat inzwischen zahlreiche Romane für Jugendliche veröffentlicht. Sie lebt mit Mann, Sohn und drei Katzen in der Nähe von München. Bei Beltz & Gelberg erschienen von ihr bereits die Romane *Floaters. Im Sog des Meeres*, *Und keiner wird dich kennen* sowie zusammen mit Hans-Peter Ziemek die Romane *Ruf der Tiefe* und *Schatten des Dschungels*.
www.katja-brandis.de

Katja Brandis

Floaters. Im Sog des Meeres

Roman, 473 Seiten (ab 14), Beltz & Gelberg 81194
Ebenfalls als E-Book erhältlich (74518)

Das Jahr 2030: Im Pazifik treibt ein gigantischer Teppich aus Plastikmüll. Der Umweltaktivist und Milliardär Benjamin Lesser will das Meer säubern und den Müllstrudel recyceln. Mit an Bord seines Spezialschiffes sind die Zwillinge Danilo und Malika. Doch Müll-Piraten und »Floaters« haben längst begonnen, die Abfälle auszubeuten, sie verteidigen erbittert ihr Revier. Und mitten auf dem Pazifik trifft Malika einen Jungen, dem sie nie hätte begegnen dürfen …

Katja Brandis

Und keiner wird dich kennen

Roman, 400 Seiten (ab 14), Gulliver TB 74493
Ebenfalls als E-Book erhältlich (74373)

Gute Freunde, ein schönes Zuhause und den tollsten Jungen der Welt zum Freund: Nach Jahren der Angst ist Maja endlich glücklich. Bis zu dem Tag, als der Mann aus dem Gefängnis entlassen wird, der Majas Familie einst brutal terrorisiert hatte. Die Familie muss untertauchen: neue Stadt, neue Identität, alles auf Null. Ein Albtraum beginnt: Wie soll sie Freunde finden, wenn sie nur Lügen erzählen darf? Und wie könnte sie Lorenzo je vergessen? Einsam, voller Wut und Sehnsucht trifft Maja eine verhängnisvolle Entscheidung …

GULLIVER
www.beltz.de
Beltz & Gelberg, Postfach 10 01 54, 69441 Weinheim